BASTEI
LÜBBE

Von Julie Garwood erschienen bei BASTEI-LÜBBE:

11755 Die Rache des Marquis
11785 Geliebte Feindin
11988 Geliebter Barbar
12019 Die Braut des Normannen
12195 Erwachende Leidenschaft
12227 Die standhafte Witwe
12386 Prinz Charming
12560 Die Tochter des Lords
12611 Melodie der Leidenschaft
12644 Wie ein Feuer in dunkler Nacht

JULIE GARWOOD

Im Taumel der Sehnsucht

Aus dem Englischen von Kerstin Winter

BASTEI LÜBBE

BASTEI-LÜBBE-TASCHENBUCH
Band 12 749

Deutsche Erstveröffentlichung
Titel der amerikanischen Originalausgabe:
Rebellious Desire

Printed in Great Britain November 1997
Einbandgestaltung: Roland Winkler
Titelfoto: Pino Daeni /Agentur Thomas Schlück
Satz: hanseatenSatz-bremen, Bremen
Druck und Bindung: Cox & Wyman, Ltd.
ISBN 3-404-12749-8

Der Preis dieses Bandes versteht sich einschließlich
der gesetzlichen Mehrwertsteuer.

Für Gerry – in Liebe

PROLOG

England, 1788

Zornige Stimmen weckten das Kind.

Es setzte sich im Bett auf und rieb sich verschlafen die Augen. »Nanny?« flüsterte es in die plötzliche Stille hinein. Es sah zu dem Schaukelstuhl neben dem Kamin hinüber und stellte fest, daß er leer war. Zitternd vor Kälte und Angst, schlüpfte es wieder unter seine Daunendecke und zog sie sich bis zur Nasenspitze hinauf. Nanny war nicht da, wo sie sein sollte.

Die ersterbende Glut im Kamin leuchtete orange in der Dunkelheit. Das kleine, vierjährige Mädchen mußte an die Augen von Dämonen oder Hexen denken und erschauerte. Es würde einfach gar nicht hinsehen, beschloß es. Es ließ seinen Blick fast trotzig zu den großen Doppelfenstern gleiten, doch die Augen folgten ihm und warfen unheimliche Schatten von Riesen und Ungeheuern an das Fenster, so daß die Zweige, die von außen über das Glas schabten, wie lebendig erschienen. Vor Furcht traten dem Mädchen die Tränen in die Augen. »Nanny?« flüsterte es noch einmal.

Dann hörte es die Stimme seines Vaters. Obwohl er brüllte und sehr wütend klang, vergaß das Mädchen augenblicklich seine Angst. Es war nicht allein und verlassen. Sein Papa war in der Nähe. Ihm konnte nichts geschehen.

Da es nun nichts mehr zu befürchten hatte, erwachte

seine Neugier. Sie lebten nun schon seit über einem Monat in diesem Haus, und in dieser Zeit war niemand zu Besuch gekommen. Doch nun schrie sein Vater jemanden an, und es wollte sehen und hören, was vor sich ging.

Das kleine Mädchen rutschte bis zur Bettkante und drehte sich dann auf den Bauch, um sich hinunterzulassen. An jeder Seite des Bettes lagen dicke Kissen auf dem Hartholzboden, so daß es weich landete. Barfuß tappte es durch das Zimmer, wobei das lange, weiße Nachthemd über den Holzboden schleifte. Es strich sich eine schwarze Locke aus der Stirn und drehte behutsam den Türknauf.

Draußen schlich es lautlos zum Treppenabsatz und blieb dort stehen, um zu lauschen. Die Stimme eines anderen Mannes drang zu ihm herauf, und die Worte, die der Fremde brüllte, waren so voller Haß und Boshaftigkeit, daß das Kind vor Staunen und Furcht die Augen weit aufriß. Das Mädchen spähte am Treppengeländer entlang und sah seinen Vater, der dem Fremden gegenüberstand. Eine dritte Gestalt konnte es von seiner erhöhten Position nicht richtig erkennen, denn sie war teilweise in den Schatten der Eingangshalle verborgen.

»Sie sind lange genug gewarnt worden, Braxton!« schrie der Fremde mit einem kehligen Akzent. »Und wir werden gut dafür bezahlt, daß Sie uns nicht noch mehr Ärger bereiten!«

Der Fremde hielt eine Pistole in der Hand, die so ähnlich aussah wie die, die der Vater des Mädchens zu seinem eigenen Schutz bei sich trug. Aber diese Pistole zeigte auf seinen Papa! Das Mädchen setzte sich augenblicklich in Bewegung. Es wollte zu seinem Vater, wollte sich in seine Arme werfen und ihn sagen hören, daß alles in Ordnung war, daß es sich um nichts Sorgen zu machen brauchte. Aber als das Kind am Fuß der Treppe angekommen war, zögerte es. Sein Vater holte aus und schlug dem Fremden die Waffe aus der Hand. Mit einem dumpfen Laut fiel die Pistole dem Mädchen vor die Füße.

Nun trat ein anderer Mann aus den Schatten heraus. »Perkins läßt Ihnen beste Grüße ausrichten«, sagte er heiser. »Außerdem läßt er Ihnen mitteilen, daß Sie sich wegen des Mädchens keine Gedanken zu machen brauchen. Er wird einen guten Preis für sie erzielen.«

Das Mädchen begann zu zittern. Es wagte nicht, den Mann anzusehen, denn es wußte, daß es in Dämonenaugen – orange leuchtende Dämonenaugen – blicken würde, wenn es das tat. Pures Entsetzen überkam die Kleine. Sie konnte das Böse um sich herum spüren, riechen und schmecken. Und sie war davon überzeugt, daß sie blind werden würde, wenn sie es wagen sollte, aufzuschauen.

Der Mann, den sie für den Teufel persönlich hielt, wich wieder in die Schatten zurück, als der andere einen Satz auf ihren Vater zumachte und ihm einen festen Stoß versetzte. »Wenn deine Kehle erstmal aufgeschlitzt ist, wirst du keine schönen Reden mehr schwingen können«, zischte er. Ihr Vater taumelte, fiel auf die Knie und wollte sich gerade wieder aufrappeln, als der Angreifer ein Messer zog. Ein häßliches, gemeines Lachen drang durch das Foyer und hallte von den Wänden wider.

Der Mann warf das Messer von einer Hand in die andere, während er begann, langsam und geduckt, um ihren Vater herumzugehen.

Das Mädchen bückte sich und hob die Pistole auf. »Papa, ich helf' dir«, wimmerte es. Die Waffe war kalt und schwer, als es sie mit beiden Händen umfaßte, und es hörte ein leises Klicken, als sich seine kleinen Finger um den Hahn schlossen.

Mit ausgestreckten, zitternden Armen hob es die Waffe und richtete den Lauf so gut es ging auf die beiden Kämpfenden, während es mit zögernden Schritten auf seinen Vater zuging. Es wollte ihm die Waffe geben, blieb jedoch abrupt stehen, als der Fremde plötzlich sein Messer in die Schulter ihres Vaters stieß. Der Fremde, der in den Schatten gelauert hatte, sprang vor, um seinen Kumpanen zu unterstützen.

»Papa, ich helf' dir!« schrie die Kleine gequält auf. Ihre Schluchzer drangen durch das angestrengte Grunzen der Kämpfenden. Dann, plötzlich, hielten alle drei inne und starrten ungläubig auf das vierjährige Mädchen, das den Lauf der Pistole auf sie gerichtet hielt.

»Nein!« kreischte der Teufel. Er lachte nun nicht mehr.

»Lauf, Caroline! Lauf weg, Baby, lauf!«

Die Warnung kam zu spät. Das Kind stürzte auf seinen Vater zu, trat dabei jedoch auf den Saum seines langen Nachthemds. Als es stürzte, zogen sich die Finger instinktiv um die Waffe zusammen, und es schloß die Augen, als es auf den Boden aufschlug. Der Schuß, der durch die Eingangshalle krachte, war ohrenbetäubend.

In der tödlichen Stille, die folgte, öffnete das kleine Mädchen die Augen und sah, was es getan hatte.

Dann wurde alles um es herum schwarz.

KAPITEL 1

England, 1802

Schüsse zerrissen die Stille und störten den Frieden der romantischen englischen Landschaft, durch die die Kutsche fuhr.

Caroline Mary Richmond, ihre Cousine Charity und ihr schwarzer Begleiter Benjamin sahen aneinander an. Charity, die glaubte, daß es sich um den Donner eines herannahenden Gewitters handelte, blickte aus dem Fenster und runzelte die Stirn, als sie sah, daß der Herbsthimmel klar und blau war. Nicht eine einzige Wolke war in Sicht. Sie wandte sich zu ihrer Cousine um und wollte gerade eine Bemerkung machen, als Caroline sie an den Schultern packte und sie auf den Boden der gemieteten Kutsche zerrte.

Als ihre Cousine flach auf dem Bauch lag, zog Caroline eine kleine silberne Pistole mit Perlmuttgriff aus ihrem Perlentäschchen. Sie stützte sich auf Charitys Rücken ab, als die Kutsche jäh zum Stehen kam.

»Caroline, was in Gottes Namen soll das?« kam es gedämpft vom Boden her.

»Gewehrschüsse«, zischte Caroline.

Benjamin, der noch auf der Bank gegenüber saß, zog nun seine eigene Waffe, entsicherte sie und spähte vorsichtig aus dem offenen Fenster.

»Da vorne stimmt was nich'!« rief der Kutscher in seinem breiten, irischen Akzent. »Wir warten besser hier ab!« Man hörte, wie er vom Kutschbock kletterte, und Ben sah ihn an dem Wagen vorbeirennen.

»Siehst du etwas?« fragte Caroline.

»Nur den Fahrer, der sich in den Büschen verkriecht«, antwortete Benjamin verächtlich.

»Ich kann überhaupt nichts sehen«, murmelte Charity mißmutig. »Caroline, nimm wenigstens deine Füße von mir. Nachher habe ich überall deine Schuhabdrükke auf meinem Kleid.« Sie kämpfte sich mühsam hoch und blieb auf ihren Fersen sitzen. Ihre Haube war ihr vom Haar gerutscht und hing nur noch an dem Band um ihren Hals. Ihre Haare waren ein einziges Durcheinander aus blonden, wirren Locken und rosafarbenen und gelben Bändern. Die drahtgefaßte Brille hing schief auf der Spitze ihrer winzigen Nase, und sie blinzelte angestrengt, während sie versuchte, ihr Äußeres wieder in Ordnung zu bringen.

»Wirklich, Caroline, manchmal wünschte ich, du wärest nicht ganz so eifrig darauf bedacht, mich zu beschützen«, sagte sie mürrisch. »Oh, Himmel, mir ist ein Glas aus der Brille gefallen. Es muß irgendwo in den Falten meines Kleids stecken. Oh, guter Gott!« Sie stöhnte, während sie hilflos an ihrem Kleid herabblickte, dann fragte sie ängstlich: »Meinst du, es sind irgendwelche Strauchdiebe, die ahnungslosen Reisenden auflauern?«

Caroline blickte konzentriert aus dem Fenster. »Wenn man von der Anzahl der Schüsse und der Reaktion unseres Kutschers ausgeht, sieht es ganz so aus«, antwortete Caroline. Sie verlieh ihrer Stimme absichtlich einen ruhigen, fast heiteren Klang, um Charitys wachsender Nervosität entgegenzuwirken. »Benjamin? Sieh bitte nach den Pferden. Wenn sie ruhig genug sind, dann reiten wir weiter und bieten unsere Hilfe an.«

Benjamin nickte und öffnete die Tür. Als er seine

massige Gestalt mit einer Schulter voran durch die Öffnung schob, schwankte die Kutsche bedrohlich. Statt zum Kutschbock zu gehen, vor dem die Zugpferde eingespannt waren, schlenderte Benjamin nach hinten, wo Carolines zwei Araberpferde angeleint waren. Die edlen Tiere waren Geschenke für Carolines Vater, den Earl of Braxton, und hatten mit den dreien die lange Reise von Boston nach England unternommen.

Der Hengst tänzelte unruhig, und auch die Stute war nervös, doch Benjamin beruhigte sie rasch, indem er in seinem melodiösen, mit afrikanischen Brocken durchsetzten Südstaaten-Dialekt, den nur Caroline wirklich verstehen konnte, leise auf sie einsprach. Schließlich band er sie los und führte sie an die Seite der Kutsche.

»Du wartest hier, Charity«, befahl Caroline. »Und halt den Kopf unten!«

»Bitte sei vorsichtig«, erwiderte Charity. Sie kletterte wieder auf den Sitz und steckte, ohne sich um Carolines Anweisungen zu kümmern, augenblicklich den Kopf aus dem Fenster. »Und du auch, Benjamin«, setzte sie hinzu, während der Riese erst Caroline in den Sattel hob und sich dann auf das andere Pferd schwang.

Caroline lenkte den Hengst in die dichten Bäume hinein. Sie hatte vor, das Überraschungselement zu nutzen und sich den Räubern von hinten zu nähern. Die Anzahl der Schüsse, die sie gehört hatten, ließ auf vier, vielleicht fünf Angreifer schließen, und sie hatte keine Lust, bei einem so unausgeglichenen Verhältnis mitten in eine Truppe Halsabschneider zu platzen.

Ein Zweig zerrte an ihrer blauen Haube. Sie band sie mit einer Hand auf und schleuderte sie von sich. Die Nadeln konnten das Gewicht der dicken schwarzen Locken nicht halten, und so fielen sie befreit auf ihre Schultern und ihren Rücken.

Als sie Stimmen hörten, hielten Caroline und Benjamin an. Obwohl das Unterholz dicht genug war, um sie vor Blicken zu schützen, ließ es genug freie Sicht auf die Szene, die sich vor ihnen auf der Straße abspielte.

Vier stämmige Männer, alle zu Pferd, hatten sich im Halbkreis um eine elegante schwarze Kutsche gruppiert. Alle bis auf einen trugen Masken. Ihre Blicke waren auf einen Gentleman gerichtet, der nun langsam aus der Kutsche stieg. Caroline sah hellrotes Blut an der Innenseite seines Beines entlangströmen und hätte beinahe einen empörten Schrei ausgestoßen.

Der verletzte Gentleman hatte blondes Haar und ein attraktives Gesicht, das nun allerdings leichenblaß und schmerzverzerrt war. Caroline beobachtete, wie er sich gegen die Kutsche lehnte und seine Angreifer mit verächtlichem Blick musterte. Dann weiteten sich seine Augen plötzlich, und die Arroganz wich purem Entsetzen. Der Grund dafür war offensichtlich: Der Mann ohne Maske, bei dem es sich anscheinend um den Anführer der Banditen handelte, hob langsam seine Pistole und richtete den Lauf auf den Gentleman. Es bestand kein Zweifel daran, daß der Schurke sein Gegenüber kaltblütig ermorden wollte.

»Er hat mein Gesicht gesehen«, sagte der Mann zu seinen Kumpanen. »Er muß sterben.«

Zwei der Räuber nickten augenblicklich, der dritte zögerte jedoch. Caroline wartete nicht ab, wie er sich entscheiden würde. Sie zielte und zog den Hahn ihrer Pistole.

Caroline wußte, wie treffsicher sie war – sie war nicht umsonst mit vier älteren Vettern aufgewachsen, die darauf bedacht gewesen waren, ihr beizubringen, wie man sich selbst verteidigte. Sie hatte auf die Waffenhand des Anführers gezielt und nickte nun befriedigt, als sie sein lautes Schmerzensgeheul vernahm.

Benjamin grunzte anerkennend, als er ihr seine Waffe gab und ihr die leere abnahm. Caroline feuerte einen zweiten Schuß ab, mit dem sie den Mann zur Linken des Anführers an der Schulter traf.

Dann war es schon vorbei. Laut schreiend und fluchend trieben die Banditen ihre Fersen in die Flanken ihrer Pferde und stoben davon.

Caroline wartete, bis das Donnern der Hufe auf der Straße nicht mehr zu hören war, dann trieb sie ihren Hengst vorwärts. Als sie die Kutsche erreicht hatte, ließ sie sich aus dem Sattel gleiten. »Ich glaube nicht, daß sie zurückkommen«, sagte sie sanft. Sie hatte immer noch ihre Waffe in der Hand, senkte aber rasch den Lauf, als sie sah, wie der Mann zurückzuckte.

Der Gentleman erwachte langsam aus seiner Erstarrung. Blaue Augen, ein wenig dunkler als Carolines, starrten sie ungläubig an, während ihm langsam dämmerte, was geschehen war. »Sie waren es, die geschossen hat? Sie haben . . .?«

Der arme Kerl schien es nicht fassen zu können. Offenbar war das eben Erlebte zuviel für ihn.

»Ja, ich habe geschossen. Aber Benjamin«, sie deutete auf den Riesen, der hinter ihr stand, »hat mir geholfen.«

Der Gentleman riß seinen Blick von Caroline los und blickte über ihre Schulter. Seine Reaktion auf den farbigen Mann beunruhigte Caroline – er sah ganz so aus, als würde er jeden Moment in Ohnmacht fallen. Zudem wirkte er vollkommen verwirrt, ja beinahe desorientiert, und Caroline kam zu dem Schluß, daß der Schrecken, den die Banditen ihm eingejagt hatten, und seine Verwundung daran schuld waren, daß sein Verstand im

Augenblick ein wenig langsam funktionierte. »Wenn ich meine Waffen nicht benutzt hätte, dann wären Sie jetzt ein toter Mann.«

Sie drehte sich zu Benjamin um und reichte ihm die Zügel ihres Hengstes. »Reite zur Kutsche zurück und erzähl Charity, was passiert ist. Sie rauft sich wahrscheinlich schon die Haare vor Sorge.«

Benjamin nickte und setzte sich in Bewegung. »Bring das Schwarzpulver mit. Nur vorsichtshalber«, rief Caroline ihm hinterher. »Ach, und Charitys Arzneibeutel.«

Nun wandte sie sich wieder an den Fremden. »Schaffen Sie es, in die Kutsche zu klettern?« fragte sie. »Dort haben Sie es bequemer, wenn ich nach Ihrer Wunde sehe.«

Der Mann nickte und stieg vorsichtig das kleine Treppchen hinauf. Er stolperte und wäre fast hintenübergefallen, doch Caroline konnte ihn noch gerade rechtzeitig stützen.

Als er sich auf dem dicken, burgunderroten Polster der Bank niedergelassen hatte, hockte sich Elizabeth auf den Boden zwischen seine ausgestreckten Beine. Die Wunde befand sich an einer äußerst ungünstigen Stelle, und Caroline spürte, wie ihr die Röte in die Wangen stieg. Peinlich berührt zögerte sie, da sie nicht wußte, wie sie vorgehen sollte, doch als nun wieder frisches Blut an den rehbraunen ledernen Hosen herabsickerte, verwarf sie ihre Bedenken.

»Das ist mir sehr unangenehm«, flüsterte der Mann. Er hörte sich weniger verlegen als gequält an, und Caroline hatte plötzlich nur noch Mitleid mit ihm.

Die Wunde befand sich fast genau im Schritt, an der Innenseite seines linken Schenkels. »Sie haben großes Glück gehabt«, flüsterte Caroline. »Es ist ein glatter Durchschuß. Wenn ich den Stoff ein bißchen zerreiße, dann –«

»Auf keinen Fall ruinieren Sie meine Hose!« stieß der Mann empört hervor. Caroline setzte sich auf ihre Fersen, um in sein Gesicht zu sehen.

»Und meine Stiefel! Schauen Sie sich nur meine Stiefel an!«

Offenbar hatte ihn der Vorfall noch mehr mitgenommen, als Caroline geglaubt hatte. Der Mann wirkte, als befände er sich am Rande der Hysterie.

»Das kommt schon wieder in Ordnung«, sagte sie ruhig. »Darf ich Ihre Hose ein Stückchen einreißen?«

Der Gentleman holte tief Luft, verdrehte die Augen zum Himmel und nickte. »Wenn es sein muß«, hauchte er resigniert.

Bevor er es sich anders überlegen konnte, zog Caroline rasch einen Dolch aus der Scheide, die um ihren Knöchel befestigt war.

Der Mann beobachtete sie, und zum ersten Mal erschien ein kleines Lächeln auf seinem Gesicht. »Reisen Sie immer so gut ausgestattet, Madam?«

»Dort, wo wir herkommen, lebt man länger, wenn man ausreichend bewaffnet ist«, erklärte Caroline. Es war eine ausgesprochen knifflige Aufgabe, die Klinge unter den enganliegenden Stoff zu schieben. Caroline hatte den Eindruck, als säße die Hose im wahrsten Sinne des Wortes wie angegossen und fragte sich, wie der Mann überhaupt bequem sitzen konnte. Vorsichtig bohrte und säbelte sie mit der Messerspitze zwischen den Beinen des Mannes herum, bis es ihr schließlich gelang, den Stoff soweit aufzuschlitzen, daß die Wunde offenlag.

Dem Gentleman war der ungewöhnliche Akzent der schönen Frau, die vor ihm kniete, nicht entgangen. »Ah, Sie kommen aus den Kolonien! Dort soll es höchst barbarisch zugehen, wie ich gehört habe.« Er sog scharf die Luft ein, als Caroline die Ränder der Wunde betastete, und fuhr dann ein wenig gepreßt fort: »Nun, dann ist es natürlich kein Wunder, daß Sie ein ganzes Arsenal mit sich herumschleppen.«

Caroline sah überrascht auf. »Es ist wahr, ich komme aus den Kolonien, aber das ist nicht der Grund, warum ich Waffen bei mir habe, Sir.« Sie schüttelte vehement den Kopf und setzte hinzu: »Wir kommen gerade aus London!«

»London?« fragte der Fremde verwirrt.

»Ja, genau. Die Geschichten von den Verbrechen, die täglich in der Stadt begangen werden, sind sogar bis nach Boston gedrungen. Mord, Totschlag, Raub . . . unfaßbar, was einem dort alles zustoßen kann! London ist korrupt und dekadent, das weiß jeder in Übersee. Meine Cousine und ich haben hoch und heilig versprechen müssen, daß wir alle möglichen Maßnahmen treffen, um uns im Notfall verteidigen zu können. Natürlich sollen wir vor allem aufpassen, daß wir gar nicht erst in Gefahr geraten! Was mir hier gar nicht so einfach erscheint.«

»Ha! Ich habe über die Kolonien dieselben Geschichten gehört«, antwortete der Mann mit einem verächtlichen Schnauben. »London ist weit zivilisierter, meine liebe, unwissende Frau.« Caroline fand, daß er sich entsetzlich herablassend anhörte, nahm jedoch keinen Anstoß daran.

»Sie verteidigen Ihre Heimat, und das ist sicherlich sehr löblich«, erwiderte sie seufzend. Sie wandte ihre Aufmerksamkeit wieder seinem Bein zu, bevor er sich eine passende Antwort ausdenken konnte, und fügte hinzu: »Würden Sie mir bitte Ihr Halstuch geben?«

»Äh . . . wie beliebt?« fragte der Fremde. Zwischen den mühsam hervorgebrachten Worten biß er sich immer wieder auf die Unterlippe; offenbar hatte er große Schmerzen.

»Ich brauche etwas, um den Blutfluß zu stoppen«, erklärte sie.

»Wenn irgend jemand davon erfährt, dann bin ich das Gespött von ganz London«, stöhnte er. »An so einer unanständigen Stelle eine Schußwunde zu erhalten, eine Lady, die sich darum kümmert, und nun auch noch meine Krawatte . . . Mein Gott, das ist einfach zuviel! Diese Schmach!«

»Schon gut, machen Sie sich keine Sorgen. Wir brauchen Ihre Krawatte gar nicht«, besänftigte Caroline ihn in dem Tonfall, in dem sie immer kleine Kinder tröstete. »Ich nehme einen Streifen aus meinem Unterrock.«

Der Gentleman schien noch nicht wirklich beruhigt. Er hielt seine Krawatte mit einer Hand an den Hals gepreßt, als wollte er das Stück Stoff mit seinem Leben verteidigen. Caroline kostete es nun schon etwas mehr Mühe, mitfühlend zu klingen, als sie fortfuhr: »Ich verspreche Ihnen, daß ich niemandem von diesem unglücklichen Vorfall erzähle. Ja, ich kenne noch nicht einmal Ihren Namen! Sehen Sie, wie unproblematisch alles ist? Im Augenblick werde ich Sie . . . hm, ich nenne Sie Mr. George. Nach Ihrem König. Na, was halten Sie davon?«

Offenbar gar nichts, denn die Augen des Mannes weiteten sich plötzlich entsetzt. Caroline grübelte eine Weile über den Grund nach und glaubte ihn schließlich erkannt zu haben. »Nun, ich vergaß, daß Ihr König ein wenig . . . nun, unpäßlich ist. Vielleicht ist der Name doch nicht so gut. Wie wäre es mit Smith? Harold Smith?«

Der Mann nickte und stieß erleichtert den Atem aus.

»Fein«, sagte Elizabeth. Sie tätschelte sein Knie, sprang dann rasch aus der Kutsche und bückte sich, um einen Streifen ihres Unterrocks abzureißen.

Das Geräusch von herangaloppierenden Hufen schreckte sie auf. Sie erstarrte, als sie bemerkte, daß das Pferd von Norden auf sie zukam – Benjamin und die Mietkutsche befanden sich in genau der anderen Richtung. Kehrte einer der Banditen zurück? »Geben Sie mir die Pistole, Mr. Smith«, befahl sie, als sie rasch den Dolch in die Schlinge an ihrem Knöchel zurückschob und den Stoffetzen ihres Unterrocks durchs Fenster warf.

»Aber sie ist leer«, rief der Mann panisch.

Auch Caroline packte nun die Furcht. Sie mußte gegen den Drang ankämpfen, ihre Röcke zu raffen, und davonzulaufen. Doch das war feige und kam selbstverständlich nicht in Frage. Sie konnte den verletzten Mann hier nicht allein und schutzlos zurücklassen. »Mag sein, daß sie leer ist, aber das wissen nur Sie und ich!« rief sie ihm tapfer zu. Sie nahm die Pistole, die ihr durchs Fenster gereicht wurde, atmete tief durch und sandte ein stilles Gebet zum Himmel, daß auch Benjamin den Reiter gehört hatte. Oh, warum mußten ausgerechnet jetzt ihre Hände zu beben anfangen?

Endlich kamen Pferd und Reiter um die Biegung der Straße gestoben. Caroline konzentrierte sich zuerst auf das Pferd, ein riesiges, schwarzes Tier, das mindestens drei Handbreit größer war als ihre Araber. Sie spürte, wie die Erde unter ihren Füßen erzitterte, und ihr schoß plötzlich durch den Sinn, daß das Ungeheuer sie vermutlich zu Tode trampeln konnte. Sie hielt die Pistole so ruhig wie möglich, wich jedoch unwillkürlich einen Schritt zurück. Als das Pferd abrupt vor ihr zum Stehen kam und dabei eine Fontäne aus Staub und Sand aufwirbelte, kniff sie instinktiv die Augen zu, obwohl sie wußte, wie riskant es war, den Gegner nur einen Moment aus den Augen zu lassen.

Rasch wischte sie sich über die Lider und öffnete die Augen wieder. Vor ihr ragte das riesige schwarze Ungeheuer auf, und neben seinem Hals funkelte eine blankpolierte Pistole, deren Lauf auf sie gerichtet war. Beides zusammen war ausgesprochen beunruhigend, und Caroline widmete ihre Aufmerksamkeit lieber dem Reiter.

Das war ein Fehler. Der riesige Mann, der von oben auf sie herabstarrte, war weit einschüchternder, als zehn Pferde und eine gezogene Waffe es je gekonnt hätten. Selbst das hellbraune Haar, das ihm wirr in die Stirn fiel, konnte seine harten Züge nicht weicher machen. Sein Kinn wirkte kantig, seine Nase war fein geschnitten, und seine goldbraunen Augen, in denen nicht einmal ein Hauch Freundlichkeit lag, schienen sich in sie hineinbohren zu wollen. Allein die steile Falte zwischen seinen Brauen reichte schon aus, jemanden zum Rückzug zu veranlassen.

Caroline war entschlossen, nicht davonzulaufen. Sie reckte ihr Kinn und begegnete ohne zu blinzeln seinem arroganten Blick.

Jered Marcus Benton, der vierte Duke of Bradford, konnte kaum glauben, was er da sah. Er versuchte, seinen tänzelnden und schnaubenden Hengst zu beruhigen, während er auf die reizende Vision vor ihm starrte. Ein wunderschönes, blauäugiges Mädchen, dessen Pistole direkt auf sein Herz zielte . . . das Bild war nicht leicht zu verarbeiten.

»Was ist denn hier los?« verlangte er so lautstark zu wissen, daß sein Pferd unruhig mit den Hufen stampfte. Mit Schenkeldruck und geschickter Zügelführung brachte er das Tier wieder unter Kontrolle. »Ruhig, Reliance«, knurrte er, streichelte jedoch dabei den Hals des Pferdes. Diese unbewußte Geste der Zuneigung stand im krassen Gegensatz zu seiner grimmigen Miene.

Er hatte noch nicht ein einziges Mal den Blick von Caroline genommen, und sie gelangte langsam zu der

Überzeugung, daß sie es vorgezogen hätte, wenn einer der Räuber zurückkehrt wäre. Sie hatte das dumpfe Gefühl, daß dieser Mann ihre Täuschung durchschauen könnte.

Wo bleibt Benjamin nur? überlegte sie voller Unruhe. Er mußte die Ankunft des Reiters doch gehört haben. Der Boden bebte ja immer noch! Oder waren es vielleicht ihre Beine, die zitterten? Himmel, sie mußte sich zusammenreißen. Und zwar augenblicklich.

»Ich will wissen, was hier passiert ist«, wiederholte der Fremde drohend, doch Caroline zuckte nicht einmal zusammen. Sie gab auch keine Antwort, denn sie befürchtete, daß ihre Stimme verraten würde, wie sehr er sie einschüchterte. So stand sie also nur da, umklammerte die Pistole und versuchte, ihren rasenden Herzschlag zu beruhigen.

Bradford sah sich mit einem raschen Blick um. Seine Lieblingskutsche, die er seinem Freund für zwei Wochen geliehen hatte, stand am Rand der Straße und wies ein paar häßliche Einschußlöcher auf. Plötzlich sah er eine Bewegung im Inneren der Kutsche und erhaschte einen Blick auf einen blonden Wuschelkopf. Bradford hätte fast vor Erleichterung geseufzt. Sein Freund war am Leben.

Er wußte instinktiv, daß die Frau, die dort vor ihm stand und so tapfer um Haltung bemüht war, nicht für den Schaden an der Kutsche verantwortlich war. Plötzlich sah er, wie sie erbebte, und nutzte den Vorteil sofort aus.

»Lassen Sie die Waffe fallen!« Es war kein gutgemeinter Ratschlag oder eine Bitte. Der Duke of Bradford bat so gut wie nie um etwas – er befahl! Und unter normalen Umständen bekam er meist ohne Verzögerung, was er haben wollte.

Doch Bradford mußte feststellen, daß diese Situation offenbar nicht in die Kategorie ›normale Umstände‹

einzuordnen war. Das niedliche Ding machte nämlich keinerlei Anstalten, seinem Befehl zu folgen, sondern starrte ihn nur weiterhin an, ohne die Waffe auch nur zu senken.

Caroline konzentrierte sich darauf, das Zittern ihres Körpers zu unterdrücken, während sie den Mann, der drohend vor ihr aufragte, eingehend studierte. Eine Aura von Macht umgab ihn, und Caroline war entsetzt, als sie bemerkte, wie stark sie sich von seiner Ausstrahlung beeinflussen ließ. Er war schließlich auch nur ein Mann! Sie schüttelte leicht den Kopf, um ihre Gedanken zu klären. Der Fremde wirkte arrogant und ziemlich aufgeblasen und war, wie man aus seinen Kleidern ersehen konnte, offenbar ein reicher Mann. Seine Aufmachung ähnelte der des Mannes, den Caroline Mr. Smith genannt hatte: Der burgunderrote Rock und die goldfarbenen Hosen besaßen den gleichen Schnitt, die schwarzen Schuhe waren gleich, und die Krawatte war ebenso gebunden wie die des blonden Mannes in der Kutsche.

Nun fiel Caroline wieder ein, wie besorgt Mr. Smith gewesen war, daß er zum Gespött der Leute werden könnte. Sie hatte ihm versprochen, niemandem etwas zu sagen, und dieses Versprechen würde sie halten. Der Fremde vor ihr sah, wie sie fand, genau wie der Typ Mensch aus, der liebend gerne solche Geschichten herumerzählen würde. Am besten, sie sah zu, daß er sich vom Schauplatz des Geschehens entfernte.

»Madam, haben Sie ein Ohrenleiden? Ich sagte, Sie sollen Ihre Waffe fallenlassen.« Er hatte nicht brüllen wollen, aber er mußte sich widerwillig eingestehen, daß er beeindruckt war – sowohl von der Hartnäckigkeit, mit der sie die Pistole auf ihn richtete, als auch von ihrem herausfordernden Blick. Und ihre Augen hatten wirklich eine überaus ungewöhnliche Farbe!

»Tun *Sie* es doch!« brachte Caroline endlich heraus. Zufrieden stellte sie fest, daß ihre Stimme kaum bebte, ja, sich statt dessen fast so zornig anhörte wie seine. Es war ein kleiner Sieg zwar, aber nichtsdestoweniger ein Sieg.

Caroline stand mit dem Rücken zur Kutsche, so daß sie nicht sah, wie der verwundete Gentleman nun aus dem Fenster blickte und dem Mann, der vor ihr auf dem riesigen Pferd saß, zur Begrüßung zuwinkte.

Bradford erwiderte den Gruß mit einem knappen Nikken. Immer noch den Blick auf seinen Freund gerichtet, zog er fragend eine Augenbraue hoch. Caroline, die sein Gesicht betrachtete, sah nur, wie auf einmal der zynische Ausdruck verschwand. Staunend fragte sie sich, was diese angenehme Veränderung in seinem Gebaren wohl bewirkt haben mochte, doch bevor sie sich ein wenig entspannen konnte, machte der Fremde ihre Erleichterung mit seinem nächsten Satz wieder zunichte.

»Nun, so kommen wir anscheinend zu keiner Lösung«, sagte er mit tiefer, voller Stimme. »Sollen wir uns duellieren?«

Caroline nahm das Zucken um seine Mundwinkel durchaus wahr und versteifte sich unwillkürlich. Sie fand das überhaupt nicht komisch. Wie konnte er es wagen, eine so gelangweilt-amüsierte Haltung anzunehmen, wenn sie so verängstigt war?

»Sie werden die Waffe fallenlassen«, erwiderte sie dickköpfig. »Ich werde Sie schon nicht erschießen!«

Der Mann ignorierte ihren Befehl und fuhr fort, sie anzusehen, während er den Hals seines Pferdes tätschelte. Offenbar bedeutete sein Reittier ihm viel, und Caroline erkannte plötzlich, daß sie sich dies zunutze machen konnte.

Bradford dachte nicht einmal ansatzweise daran,

nachzugeben. Er würde sich gewiß keiner Frau beugen! Er hatte eben ihr Zittern bemerkt, und es würde bestimmt nicht mehr lange dauern, bis sie ganz zusammenbrach. Gut, er mußte zugeben, daß diese Kleine dort vor ihm außergewöhnlich mutig war, und er konnte nicht umhin, diese Tapferkeit zu bewundern. Aber sie war nichtsdestoweniger eine Frau, und daher minderwertig. Frauen waren doch alle mehr oder weniger gleich; alle waren . . .

»Wenn Sie nicht tun, was ich sage, schieße ich auf Ihr Pferd!«

Die Drohung saß. Der Fremde wäre fast aus dem Sattel gefallen. »Das wagen Sie nicht!« brüllte er empört.

Caroline senkte als Antwort die Waffe, bis der Lauf auf den Kopf des edlen Tieres gerichtet war. »Direkt zwischen die Augen«, versprach sie ihm.

»Bradford!« Die Stimme aus der Kutsche kam gerade noch rechtzeitig, um den Duke davon abzuhalten, dem plötzlich schier überwältigenden Bedürfnis nachzugeben, vom Pferd zu springen und diese Frau eigenhändig zu erwürgen.

»Mr. Smith? Sie kennen den Mann?« rief Caroline, ohne den Blick von ihrem Gegner zu nehmen, der nun abstieg und seine Pistole in den Bund seiner Hose steckte. Eine Woge der Erleichterung überspülte sie. Na, bitte! Sie hatte es geschafft. Wenn dieser Engländer ein typischer Vertreter der eleganten Oberschicht war, dann hatte ihre Cousine vielleicht recht mit ihrer Behauptung, daß diese Leute alle nur Weichlinge waren.

Bradford unterbrach ihre Gedanken. »Kein Gentleman würde jemals das Pferd eines anderen –« Er verstummte, als ihm auffiel, wie absurd seine Bemerkung war.

»Ich habe nicht behauptet, ein Gentleman zu sein«, erwiderte Caroline achselzuckend.

Mr. Smith steckte den Kopf aus dem Fenster und stöhnte auf, als ihm die rasche Bewegung seine Verletzung nur allzu deutlich bewußt machte. »Ihre Pistole ist leer, Mann. Spar dir deinen Wutanfall. Dein Pferd war nie gefährdet.« Er hatte mit einem amüsierten Unterton gesprochen, und Caroline mußte unwillkürlich lächeln.

Bradford war einen Augenblick von ihrem zauberhaften Lächeln aus dem Konzept gebracht. Das vergnügte Funkeln, das in ihren Augen aufblitzte, war wirklich ganz reizend.

»Sie haben sich aber ziemlich leicht überreden lassen«, stellte Caroline fest. Sofort bereute sie, daß sie ihren Gedanken ausgesprochen hatte, denn der Mann kam nun mit alarmierend selbstbewußten Schritten auf sie zu. Er lächelte nicht. Offenbar mangelte es ihm an Humor, und sie ertappte sich dabei, wie sie unwillkürlich zurückwich.

Seine finstere Miene machte sein attraktives Äußeres zunichte, und Caroline kam zu dem Schluß, daß er viel zu groß und zu breit war. Ja, er war fast so massig wie Benjamin, der nun, wie Caroline mit Erleichterung sah, lautlos hinter dem Fremden herangeschlichen kam.

»Hätten Sie mein Pferd erschossen, wenn die Pistole geladen gewesen wäre?« fragte der Fremde drohend. Der Muskel in seiner rechten Wange zuckte bedenklich, und Caroline beeilte sich, ihm eine Antwort zu geben.

»Natürlich nicht. Das Tier ist viel zu schön, um es zu töten, und außerdem kann es ja nichts dafür. Sie dagegen ...«

Bradford hörte ein Knirschen von Kies hinter sich, wirbelte herum und stand Benjamin Auge in Auge gegenüber. Die beiden betrachteten einander eine lange

Weile, und Caroline stellte fest, daß der Fremde von der beeindruckenden Gestalt ihres Freundes keinesfalls eingeschüchtert schien. Er wirkte eher neugierig, was einen deutlichen Unterschied zu Mr. Smith' Reaktion darstellte.

»Gibst du mir bitte den Beutel mit der Arznei, Benjamin? Über den da mußt dir keine Sorgen machen«, fügte sie mit einer Kopfbewegung zu Bradford hinzu. »Er ist offenbar ein Freund von Mr. Smith!«

»Mr. Smith?« fragte Bradford und wandte sich zu dem Gentleman um, der ihn durchs Fenster der Kutsche angrinste.

»Heute heißt er Harold Smith«, erklärte Caroline. »Er möchte mir seinen wahren Namen nicht sagen, da er sich in einer recht unangenehmen Situation befindet. Ich habe vorgeschlagen, ihn George zu nennen – nach Ihrem König –, aber das wollte er nicht, und so haben wir uns auf Harold geeinigt.«

In diesem Moment kam Charity um die Ecke gehastet. Sie hatte ihren Rock ein gutes Stück über ihre wohlgeformten Fußknöchel gerafft, während sie anmutig auf sie zueilte. Caroline war froh über die Ablenkung, denn dieser Bradford starrte sie immer noch auf eine höchst irritierende Weise an. Diese Engländer waren wirklich ein merkwürdiges Volk.

»Caroline! Der unmögliche Kutscher weigert sich, aus den Büschen zu kommen!« keuchte Charity, als sie herangekommen war. Sie blieb neben Benjamin stehen und bedachte ihn mit einem kurzen Lächeln, bevor sie erst Bradford und dann den Mann hinter ihm ansah, der aus dem Kutschenfenster blickte. »Ist die Gefahr vorbei? Der Kutscher hat versprochen, auf seinen Posten zurückzukehren, wenn die Luft wieder rein ist.« Erklärend fügte sie hinzu: »Er hat mich geschickt, um herauszufinden, wie die Dinge stehen.« Sie legte ihre zarte Stirn in Falten. »Caroline, wir sollten umdrehen und augenblicklich wieder nach London zurückkehren. Ich weiß, ich bin diejenige gewesen, die unbedingt zum Landhaus deines Vaters reisen wollte, aber ich sehe jetzt ein, wie dumm meine Idee war. Laß uns zum Stadthaus fahren, Cousine. Von dort können wir ihm eine Nachricht schicken.«

Bradford blickte von einer Frau zur anderen, betrachtete die plappernde Blondine, die ihm wie ein Wirbelwind vorkam, sah das Mädchen mit der Waffe an und fragte sich, wie in aller Welt diese beiden verwandt sein konnten. Ihr Verhalten und ihr Aussehen waren so unterschiedlich wie Tag und Nacht. Charity war zierlich und klein, ihre goldenen Locken tanzten um ihre Schultern, als führten sie ein Eigenleben, und ihre haselnußbraunen Augen funkelten spitzbübisch. Caroline war bestimmt einen halben Kopf größer, hatte schwarzes Haar und erstaunlich klare, blauviolette Augen, die von dichten Wimpern umrahmt waren. Beide waren schlank. Charity war hübsch; ihre Cousine konnte nur als schön bezeichnet werden.

Sie unterschieden sich nicht nur in Äußerlichkeiten. Die kleine Blonde wirkte flatterhaft, ihrem Blick mangelte es an Konzentration und Eindringlichkeit. Sie hatte es noch nicht ein einziges Mal geschafft, ihm in die Augen zu sehen. Offenbar war sie trotz ihres überschäumenden Gehabes ein wenig schüchtern.

Caroline strahlte vor allem Selbstvertrauen aus, und ihr Blick war direkt und offen. Die beiden Mädchen waren echte Gegensätze. Charmante und faszinierende Gegensätze, wie er zugeben mußte.

»Mr. Smith, dies ist Charity«, sagte Caroline und lächelte ihre Cousine herzlich an. Sie hatte Bradford absichtlich übergangen und rechtfertigte diese Unhöflichkeit im stillen mit der Begründung, daß er sie noch immer so unverschämt anstarrte.

Charity huschte zum Kutschenfenster und stellte sich auf Zehenspitzen, um hineinzuspähen. »Benjamin hat gesagt, daß Sie verletzt sind. Sie Armer. Haben Sie Schmerzen? Geht es besser?« Sie wartete lächelnd auf eine Antwort, während der verwundete Gentleman hastig versuchte, sich zu bedecken. »Ich bin Carolines Cousine, aber wir sind praktisch Schwestern, denn wir sind zusammen aufgewachsen. Außerdem sind wir auch fast gleich alt. Ich bin nur sechs Monate älter.« Nach dieser Erklärung drehte Charity sich mit einem breiten Lächeln, durch das zwei reizende Grübchen in ihren Wangen erschienen, zu Caroline um. »Wo ist denn sein Fahrer? Versteckt der sich auch in den Büschen? Also wirklich, diese Engländer! Ich denke, wir sollten uns mal nach diesen beiden tapferen Burschen umsehen!«

»Ja«, sagte Caroline. »Das ist eine wunderbare Idee. Warum versuchst du nicht mit Benjamin den Kutscher zu finden, während ich mich um Mr. Smith' verletztes Bein kümmere?«

»Oh, wo habe ich nur meine Manieren gelassen? Wir sollten uns alle erst einmal vorstellen, auch wenn die Umstände überaus ungewöhnlich sind. Nun, mal sehen ... wie geht man in solch einer Situation am besten vor?«

»Nein!« drang es aus der Kutsche. Der Schrei war so vehement hervorgestoßen worden, daß das Gefährt zu schwanken schien.

»Mr. Smith zieht es vor, ein Fremder zu bleiben«, erklärte Caroline freundlich. »Und du mußt genau wie ich versprechen, daß wir diesen Vorfall vergessen werden.« Sie zog ihre Cousine ein Stück beiseite und flüsterte:

»Die Sache ist diesem Mann entsetzlich peinlich. Du weißt doch, wie diese Engländer sind.«

Bradford stand nah genug, um die letzte Bemerkung zu hören, und wollte gerade entrüstet nachfragen, was Caroline damit meinte, als Charity antwortete: »Es ist ihm peinlich, daß er verwundet worden ist? Sehr seltsam, wirklich. Ist es ernst?«

»Nein«, versicherte Caroline ihr. »Zuerst befürchtete ich es, aber es lag nur daran, daß die Wunde so stark geblutet hat. Nein, der Grund für seine Verlegenheit ist die Stelle, an der er verwundet worden ist. Sehr unangenehm.«

»Oje!« stieß Charity voller Mitgefühl hervor. Sie warf dem Mann in der Kutsche einen raschen Blick zu und wandte sich dann wieder an ihre Cousine. »Unangenehm, sagst du?«

Caroline nickte. Sie wußte, daß Charity darauf brannte, mehr zu erfahren, aber aus Rücksicht auf Mr. Smith sagte sie nichts weiter. »Je eher wir die Sache hinter uns bringen und wieder weiterfahren, desto besser.«

»Wieso?«

»Weil der Mann ein ziemliches Theater wegen seiner Verletzung macht«, erklärte Caroline mit einem ungeduldigen Seufzer. Im Inneren gestand sie sich allerdings ein, daß das nicht die ganze Wahrheit war. Sie war begierig darauf, wieder in ihrer eigenen Kutsche zu sitzen, weil ihr dieser Freund von Mr. Smith unerträglich war. Je schneller sie von ihm weg kam, desto besser. Dieser Mann jagte ihr irgendwie Angst ein, und das wiederum machte Caroline wütend. Sie konnte es nicht leiden, eingeschüchtert zu werden.

»Ist er ein Dandy?« fragte Charity flüsternd. Es klang, als fragte sie nach einer entsetzlichen Krankheit.

Caroline sparte sich eine Antwort. Sie winkte Benjamin und nahm ihm den Medizinbeutel ab. Dann kletterte sie wieder in die Kutsche und wandte sich an Mr. Smith. »Machen Sie sich wegen Charity keine Sorgen. Sie kann Sie kaum sehen, denn sie trägt ihre Brille nicht.«

Benjamin, der Carolines Bemerkung gehört hatte, bot Charity seinen Arm. Als sie ihn nicht ergriff, packte er resolut den ihren und führte sie langsam davon. Bradford sah den beiden hinterher und versuchte, herauszufinden, was eigentlich vor sich ging.

»Du kannst dir ebensogut ansehen, in was für einer Patsche ich stecke«, rief Mr. Smith aus der Kutsche seinem Freund zu. Bradford nickte und ging um die Kutsche herum.

»Es gibt nur sehr wenige Männer, bei denen ich sicher bin, daß sie ihren Mund halten«, erklärte Smith an Caroline gewandt. »Bradford ist einer dieser wenigen.«

Caroline sagte nichts darauf. Sie betrachtete die Wunde und stellte fest, daß die Blutung aufgehört hatte. »Haben Sie irgend etwas Alkoholisches dabei?« fragte sie Mr. Smith, wobei sie absichtlich Bradford ignorierte, der nun eingestiegen war und sich Mr. Smith gegenüber niederließ.

Die Kutsche war weit größer als das gemietete Gefährt, in dem Caroline mit Benjamin und Charity fuhr. Dennoch berührte Bradfords Knie ihre Schulter, als sie sich vor seinen Freund kniete. Es wäre sicher sehr unhöflich gewesen, ihn wieder hinauszuschicken, bis sie die Wunde versorgt hatte; schließlich hatte Mr. Smith ihn ja hereingebeten! Dennoch konnte Caroline nicht anders, als sich zu wünschen, sie hätte den Mut dazu.

»Ich habe etwas Brandy«, antwortete Mr. Smith nun. »Denken Sie, daß ein ordentlicher Schluck helfen würde?« Er zog eine kleine, graue Metallflasche aus seiner Brusttasche.

»Vielleicht, wenn noch etwas übrigbleibt«, sagte Caroline. »Ich werde etwas davon auf die Wunde träufeln, bevor ich sie verbinde. Mama sagt, daß Alkohol Entzündungen hemmt.« Sie verschwieg allerdings, daß ihre Mutter sich ganz und gar nicht sicher war, ob das tatsächlich stimmte, aber damit argumentierte, daß es zumindest nicht schaden konnte. »Es wird ziemlich brennen, und wenn Sie schreien wollen, dann tun Sie es ruhig. Ich verachte Sie deswegen gewiß nicht!«

»Ich werde natürlich keinen Laut von mir geben, Madam! Es ist wirklich nicht sehr charmant von Ihnen, auch nur anzudeuten, daß ich mir eine solche Blöße geben würde«, bemerkte der Mann indigniert. Sekunden später drang der Alkohol in die Wunde ein, und Smith kreischte auf. Bradford, der sich vollkommen hilflos fühlte, verzog mitfühlend das Gesicht.

Caroline nahm ein kleines Töpfchen mit gelbem Puder, der nach abgestandenem Wasser und nassen Blättern roch, und streute eine großzügige Menge davon auf die Wunde. Dann nahm sie den Stoffstreifen ihres Unterrocks, um das Bein zu verbinden. »Das Pulver wird den Schmerz betäuben und die Wunde versiegeln«, erklärte sie mit sanfter Stimme.

Bradford war verzaubert von der leicht heiseren, sinnlichen Stimme dieser Frau. Er ertappte sich dabei, wie er sich wünschte, an Stelle seines Freundes sein zu können, und schüttelte verächtlich den Kopf über diesen Gedanken. Was war los mit ihm? Hatte sie ihn verhext? Er hatte noch nie derart auf eine Frau reagiert, und er konnte nicht behaupten, daß ihm diese neue Erfahrung gefiel. Sie stellte seine Selbstbeherrschung auf die Probe! Ja, sie brachte ihn so sehr durcheinander, daß er sich vorkam wie ein kleiner, dummer Schuljunge, der keine Ahnung hatte, wie er mit einer Frau umzugehen hatte!

»Oh, entsetzlich«, flüsterte Mr. Smith. »Ich habe wie ein Feigling geschrien!« Er tupfte sich seine Stirn mit einem Spitzentüchlein ab und senkte den Blick. »Ihre Mutter muß eine Barbarin sein, wenn sie so grausige Methoden anwendet, um einen Verletzen zu versorgen.«

Der Duke wußte, wie schwer es seinem Freund fiel, eine Schwäche einzugestehen, aber wenn Bradford nun versuchte, die Lage zu verharmlosen, würde er ihn nur noch mehr in Verlegenheit bringen. Während er noch überlegte, was für eine Bemerkung er machen sollte, nahm ihm die junge Frau die Entscheidung ab.

»Aber, Mr. Smith! Sie haben kaum einen Mucks von sich gegeben«, behauptete sie fest. Dann tätschelte sie sein Knie und setzte hinzu: »Sie waren ausgesprochen tapfer. Ja, die Art und Weise, wie Sie den Räubern gegenübergetreten sind, hat mich sehr beeindruckt!« Ihr Kompliment hatte die gewünschte Wirkung. Mr. Smith' Miene entspannte sich, und kurz darauf wirkte er schon fast wieder so blasiert wie zuvor. »Sie haben sich nichts vorzuwerfen«, schloß Caroline mit einem kleinen Lächeln. »Und ich will auch vergessen, daß Sie meine Mutter eine Barbarin genannt haben.«

»Ja, Sie haben recht! Ich bin diesen Schurken wirklich recht forsch gegenübergetreten!« sagte Mr. Smith würdevoll. »Allerdings war ich zahlenmäßig hoffnungslos unterlegen.«

»Das ist richtig«, erwiderte Caroline. »Sie können stolz auf sich sein. Nicht wahr, Mr. Bradford, das finden Sie doch auch?«

Bradford war entzückt, daß sie ihn endlich wahrnahm. »Natürlich«, antwortete er augenblicklich.

Mr. Smith grunzte zufrieden.

»Der einzige Feigling hier in der Umgebung ist dieser irische Kutscher, den ich eingestellt habe«, stellte Caroline nüchtern fest, während sie den Verband anlegte. Bradford zog die Augenbrauen hoch. In ihrer Stimme hatte eine Verachtung mitgeklungen, die ihn überraschte.

»Haben Sie etwas gegen Iren?« fragte er. Caroline blickte zu ihm auf, und er sah den Zorn in ihren Augen. Unwillkürlich fragte er sich, ob ihre Gefühle immer so intensiv waren – liebte sie genauso heftig wie sie haßte? Dann verwarf er verärgert diesen lächerlichen Gedanken.

»Die Iren, denen ich begegnet bin, waren alle Schufte«, antwortete Caroline. »Mama sagt, ich dürfte nicht verallgemeinern, aber ehrlich gesagt fällt mir das manchmal sehr schwer.«

Sie seufzte und wandte sich wieder ihrer Aufgabe zu. »Vor einigen Jahren wurde ich einmal von drei Iren überfallen. Ich weiß nicht, was geschehen wäre, wenn Benjamin nicht noch rechtzeitig zur Stelle gewesen wäre. Wahrscheinlich würde ich dann jetzt nicht hier sein.«

»Ich kann mir kaum vorstellen, daß irgend jemand Sie überwältigen könnte«, bemerkte Mr. Smith.

Es hatte sich wie ein Kompliment angehört, und Caroline nahm es als solches. »Damals wußte ich noch nicht, wie man sich selbst schützt. Meine Vettern waren schrecklich aufgebracht über den Vorfall, und von diesem Tag an wechselten sie sich damit ab, mir beizubringen, wie ich mich verteidigen kann.«

»Die Frau ist ein wandelndes Waffenlager«, sagte Mr. Smith zu seinem Freund. »Sie meint, sie müsse sich vor London schützen!«

»Möchten Sie schon wieder eine Diskussion über die Unterschiede zwischen den zivilisierten Kolonien und dem Sündenpfuhl London anfangen, Mr. Smith?« fragte Caroline mit einem vergnügten Funkeln in den Augen. Sie wollte ihn necken, um ihn von den Schmerzen abzulenken, während sie mit sanften, sicheren Bewegungen den Streifen Stoff um seinen Oberschenkel wand.

Mr. Smith' Gesicht hatte schon wieder eine gesündere Farbe angenommen. »Ich fühle mich schon beträchtlich besser. Ich schulde Ihnen mein Leben, gute Frau.«

Caroline tat, als hätte sie die Bemerkung nicht gehört, und wechselte rasch das Thema. Komplimente und Dankbarkeit machten sie stets verlegen. »In zwei Wochen können Sie wieder mit den Ladies tanzen«, versprach sie. »Sie nehmen doch bestimmt an den großen Ereignissen der Gesellschaft teil, nicht wahr? Gehören Sie vielleicht sogar zu den – wie sagt man? – oberen Zehntausend?«

Ihre unschuldige Frage löste einen Hustenanfall bei Mr. Smith aus. Es hörte sich an, als wäre etwas in seiner Kehle steckengeblieben. Caroline sah ihn stirnrunzelnd an und warf dann Bradford einen Blick zu. Er wirkte amüsiert, und sie fand, daß die kleinen Lachfältchen in seinen Augen ihn fast attraktiv machten.

Während sie ihn betrachtete, kam sie zu dem Schluß, daß Bradford kein Geck war. Diese Feststellung enttäuschte sie fast. Ja, sicher waren er und Mr. Smith in der gleichen Art und Weise gekleidet, aber sie war überzeugt, daß Bradford kein hauchzartes Spitzentüchlein bei sich hatte. Und sie glaubte auch nicht, daß sich *sein* Schenkel so weich und zart wie ein Babypopo anfühlen würde. Nein, wahrscheinlich würde er rauh sein . . . und hart! Er wirkte weit muskulöser als Mr. Smith. Er war groß, kräftig und massig, aber alles sah fest aus. Vermutlich konnte er einen Gegner allein mit seinem Gewicht erdrücken. Wie benahm er sich wohl Frauen gegenüber? Caroline spürte, wie ihr bei dem Gedanken das Blut in die Wangen stieg. Was war denn mit ihr los? Wie konnte sie sich nur einen Mann ohne Kleider vorstellen? Und noch schlimmer: Wie konnte sie sich nur vorstellen, wie er eine Frau berührte? Himmel, was für unschickliche Gedanken!

Bradford bemerkte das zarte Erröten und nahm an, daß sie glaubte, sein Freund würde sich über sie lustig machen. Also beantwortete er ihre Frage. »Wir gehören tatsächlich dazu, aber Mr. Smith nimmt häufiger an irgendwelchen gesellschaftlichen Ereignissen teil als ich.« Da er keine Lust hatte, ihr zu erklären, daß er praktisch überhaupt nicht mehr auf Partys ging, weil sie ihn zu Tode langweilten, wechselte er das Thema. »Sie sagten, daß Sie Ihren Vater besuchen wollten. Sie leben also in den Kolonien? Mit Ihrer Mutter, nehme ich an?«

Bradford wollte soviel wie möglich über diese schwarzhaarige Schönheit herausfinden. Warum das so war, wußte er selbst nicht, er weigerte sich jedoch, darüber nachzudenken. Es war einfach ein simples Interesse an einer Zufallsbekanntschaft, nichts weiter, redete er sich ein.

Caroline runzelte die Stirn. Es wäre natürlich sehr unhöflich gewesen, die Frage nicht zu beantworten, aber sie wollte diesen beiden Gentlemen nichts über sich erzählen. Sie würde nur eine kurze Zeit in London bleiben, und sie hatte kein Bedürfnis, in dieser Zeit mit Engländern Freundschaft zu schließen. Dennoch mußte sie wohl oder übel irgend etwas sagen, denn die beiden Männer sahen sie erwartungsvoll an. »Meine Mutter starb vor vielen Jahren«, sagte sie also endlich. »Ich zog nach Boston, als ich noch sehr klein war. Meine Tante und mein Onkel zogen mich auf, und ich habe meine Tante immer Mama genannt. Sie war es, die mich erzogen hat. Und es war leichter . . . sich anzupassen«, fügte sie mit einem aufgesetzt unbekümmerten Schulterzukken hinzu.

»Bleiben Sie lange in London?« fragte Bradford. Er beugte sich vor und stützte sich mit der Hand auf seinem Knie ab, als warte er begierig auf ihre Antwort.

»Charity möchte auf einige Veranstaltungen gehen, während wir in der Stadt sind«, antwortete sie ausweichend.

Bradford entging das Manöver nicht. »Die Saison beginnt bald. Freuen Sie sich nicht auf das Abenteuer?« Die Frage war im Prinzip rhetorisch, denn er war sich ihrer Antwort sicher. Immerhin war sie eine Frau, und Frauen gierten ja stets nach solcher Art von Vergnügungen.

»Abenteuer? So hatte ich es noch gar nicht betrachtet. Aber ich bin sicher, daß Charity sich gut amüsieren wird.«

Sie sah ihn konzentriert an, und ihn durchfuhr der Gedanke, daß sie mit ihrem direkten, offenen Blick bestimmt in der Lage war, einen Mann zum Stammeln und Stottern zu bringen. Er dagegen, versicherte er sich hastig, während er versuchte, sich daran zu erinnern, worüber sie eben gesprochen hatten, er dagegen besaß natürlich zuviel Erfahrung, hatte schon zuviel erlebt, um sich von irgendeinem Mäuschen einwickeln zu lassen. Dennoch konnte er nicht umhin, sich über seine unvernünftigen Gedanken Sorgen zu machen. Es war ja förmlich Disziplinlosigkeit, die er da an den Tag legte! Gott, er war noch nie von einer Frau so fasziniert gewesen! Was zum Teufel war nur los mit ihm? Es muß die Hitze sein, dachte er schließlich. Trotzdem – er wollte soviel wie möglich über diese Frau erfahren, die vor ihm kniete. Vielleicht war es auch ihre Ausstrahlung, die Herzensgüte, die von ihr ausging. Auf einen Mann wie ihn, der seit so langer Zeit ohne emotionale Wärme lebte, mußte es ja anziehend wirken!

Sein Freund, der sich endlich wieder von seinem Hustenanfall erholt hatte, riß ihn aus seinen Gedanken. An Caroline gewandt fragte er ungläubig: »Heißt das, Sie selbst freuen sich nicht auf die Saison?«

»Ich habe noch nicht darüber nachgedacht«, antwortete Caroline. Mit einem Lächeln fügte sie hinzu: »Wir haben ziemlich viele Geschichten gehört. Es heißt zum Beispiel, daß die Oberschicht ein empfindliches, geschlossenes Grüppchen sei, und daß man sich immer überaus korrekt benehmen muß. Charity hat jetzt schon Angst, daß sie irgendeinen Fehler begeht, wodurch mein Vater in Verlegenheit gebracht wird. Sie möchte unbedingt alles richtig machen, verstehen Sie?«

Ihre Stimme klang ein wenig angespannt, und Bradford wurde nur noch neugieriger.

Mr. Smith grinste arrogant. »Ich wette, Sie werden das Gesprächsthema von ganz London werden«, prophezeite er.

Er hatte es als Kompliment gemeint und war verwirrt, als Caroline stirnrunzelnd nickte. »Das ist Charitys größte Sorge ... was mich betrifft. Sie befürchtet, daß ich etwas ganz Entsetzliches tun werde. Und daß ganz London davon erfährt«, erklärte sie ernsthaft. »Sehen Sie, ich benehme mich selten so, wie man es von mir erwartet. Meine Mama sagt, ich sei rebellisch, und ich fürchte, sie hat recht.«

»Aber nein, nein, Sie haben mich ganz falsch verstanden«, widersprach Mr. Smith hastig. Er wedelte mit seinem Taschentuch in der Luft herum. »Ich wollte damit nur sagen, daß die Oberen Sie lieben werden!«

»Das ist wirklich sehr nett von Ihnen«, sagte Caroline

leise. »Aber ich habe wenig Hoffnung. Nun, wie auch immer, es ist nicht wirklich wichtig, denn ich kehre ja bald wieder nach Boston zurück. Es kann mir egal sein, ob mich Pummer persönlich zur Ausgestoßenen erklärt.«

»Pummer?« fragten Bradford und Mr. Smith gleichzeitig.

»Ja, oder Plummer oder Brummer«, erwiderte Caroline mit einem Schulterzucken. »Mr. Smith, könnten Sie bitte Ihr Bein ein wenig zur Seite rücken, damit ich weitermachen kann? Ah, danke.«

»Meinen Sie Brummell? Beau Brummell?« fragte Bradford, der sich bemühte, nicht zu lächeln.

»Ja, ich glaube, so lautet der Name. Mrs. Maybury hat uns erzählt, daß dieser Brummell in dieser Gruppe das Sagen hat, aber das wissen Sie vermutlich selbst. Mrs. Maybury ist gerade erst in den Kolonien angekommen, als wir abreisen wollten, und deswegen sind wir davon ausgegangen, daß es stimmt.«

»Und was hat sie erzählt?« fragte Bradford.

»Sie meinte, wenn Brummell sich entschließt, eine Lady zu schneiden, dann könnte sie ebensogut gleich ins Kloster gehen. Die Saison ist für sie erledigt, und sie muß in Schimpf und Schande aufs Land nach Hause reisen. Können Sie sich vorstellen, daß eine Person derart viel Macht hat?« Sie hob den Kopf, um Bradford anzusehen, und wünschte sich augenblicklich, sie hätte es nicht getan. Natürlich konnte er sich soviel Macht vorstellen, dachte sie, über sich selbst verärgert. Der Mann hatte sie wahrscheinlich erfunden. Sie seufzte und senkte den Blick. Bradfords Nähe machte sie langsam nervös. Sie sah zu Mr. Smith auf und entdeckte seine finstere Miene. »Oh, habe ich den Verband zu fest angelegt?«

»N-nein, es ist in Ordnung«, stammelte Mr. Smith.

»Aber wie ich schon sagte«, fuhr Caroline fort, »mir persönlich ist es egal, ob Beau Brummell mich schneidet. London reizt mich in dieser Hinsicht einfach nicht. Dennoch mache ich mir Sorgen, ob ich Charity mit meinem Benehmen in Verlegenheit bringe, denn ich möchte nicht, daß sie gedemütigt wird. Das wäre wirklich nicht schön.«

»Ich bin eigentlich überzeugt davon, daß Beau Brummell weder Sie noch Ihre Cousine schneiden wird«, sagte Bradford.

»Sie sind viel zu hübsch, um Sie zu übersehen«, setzte Mr. Smith hinzu.

»Hübsch zu sein sollte nichts damit zu tun haben, ob man akzeptiert wird oder nicht«, sagte Caroline tadelnd. »Es ist das Wesen eines Menschen, das zählt.«

»Ganz abgesehen von dieser hehren Einstellung ... wie man hört legt Brummell gesteigerten Wert auf seine Grauen«, bemerkte Bradford trocken.

»Seine Grauen?« wiederholte Caroline deutlich verwirrt.

»Seine Pferde«, antwortete Bradford. »Ich zweifle nicht daran, daß Sie versuchen würden, sie zu erschießen, wenn der Mann es wagen sollte, Sie oder Ihre Cousine unziemlich zu behandeln.« Seine Miene war ernst, aber in seinen Augen war ein warmes, neckendes Funkeln.

Caroline bemerkte es jedoch nicht. »Das würde ich niemals tun«, widersprach sie entrüstet.

Als er lächelte, schüttelte Caroline den Kopf. »Sie machen sich über mich lustig«, tadelte sie ihn. Dann wandte sie sich wieder an Mr. Smith. »So«, sagte sie. »Ich bin fertig. Behalten Sie den Puder, und wechseln Sie einmal täglich den Verband. Und sehen Sie um Himmels willen zu, daß Sie in nächster Zeit niemand verwundet. Sie haben genug Blut verloren.«

»Ist das Medikament auch von Ihrer Mama?« fragte Mr. Smith mißtrauisch.

Caroline nickte und kletterte aus der Kutsche. Von draußen packte sie Mr. Smith' Beine und hievte sie auf die gegenüberliegende Sitzbank neben Bradford. »Ich fürchte, Sie hatten recht, Mr. Smith. Ihre schönen Stiefel sind ruiniert. Das feine Leder ... ganz voller Blut. Aber vielleicht bekommen Sie sie wieder sauber, wenn Sie sie mit Champagner waschen, so wie es laut Mrs. Maybury dieser Brummell immer tut.«

»Das ist ein gutgehütetes Geheimnis!« rief Mr. Smith entrüstet.

»Nun ja, so geheim kann es wohl nicht sein«, erwiderte Caroline. »Mrs. Maybury wußte es und Sie ja offenbar auch.« Ohne eine Antwort abzuwarten, drehte sie sich zu Bradford um. »Können Sie sich nun um Ihren Freund kümmern?«

Bradford wollte gerade nicken, als Charitys Stimme zu ihnen herüberdrang. »Wir haben den Kutscher gefunden«, rief sie. »Er hat eine gewaltige Beule auf dem Kopf, aber er wird es überstehen!«

Caroline nickte. »Ich wünsche Ihnen beiden noch einen schönen Tag. Benjamin, wir können jetzt gehen. Mr. Bradford wird sich um Mr. Smith kümmern.«

In einer Sprache, die Bradford noch nie gehört hatte, sagte der schwarze Mann etwas zu Caroline, und sie lächelte und nickte. Offenbar hatte sie verstanden.

Und dann waren sie fort. Beide Männer schwiegen, während sie dem Dreiergrüppchen hinterhersahen, das sich auf der Straße von ihnen entfernte. Der Duke of Bradford sprang aus dem Wagen, um noch einen letzten Blick auf die schwarzhaarige Nymphe werfen zu können, und Mr. Smith steckte den Kopf aus dem Fenster.

»Meine Güte, ich fürchte, ich leide wie der König unter geistiger Umnachtung«, sagte der verwundete Mann mit einem verächtlichen Unterton in der Stimme. »Das kleine Ding kommt aus den Kolonien, und ich könnte mich dennoch Hals über Kopf in sie verlieben!«

»Dann beherrsch dich«, erwiderte Bradford knapp. »Ich will sie!« Die Bemerkung erlaubte keinen Widerspruch, und sein Freund war klug genug, dies mit einem heftigen Nicken anzuerkennen. »Mir ist es egal, ob sie aus den Kolonien kommt oder nicht«, setzte Bradford hinzu.

»Du wirst aber für gewaltiges Aufsehen sorgen, wenn du ihr nachstellst. Falls ihr Vater keinen Titel hat ... Denk an deine gesellschaftliche Stellung.«

»Das heißt, du würdest dich dagegenstellen?« fragte Bradford interessiert.

»Nein, im Gegenteil. Sie hat mir mein Leben gerettet.«

Bradford hob fragend eine Augenbraue, und sein Freund setzte zu einer Erklärung an. »Diese Schufte wollten mich umbringen, doch da kam sie und schoß dem Anführer in die Hand.«

Bradford grinste. »Ich kann nicht behaupten, daß mich das erstaunt. Nach dem, was ich von ihr erlebt habe, halte ich sie durchaus für fähig, so etwas zu tun.«

»Einen anderen hat sie in die Schulter getroffen.«

»Ist dir aufgefallen, wie sie meinen Fragen ausgewichen ist?«

Mr. Smith gluckste vergnügt. »Ich hätte nie gedacht, daß ich dich mal lächeln sehe, Bradford, aber heute hast du ja förmlich nichts anderes getan. London wird sich das Maul zerreißen. Und ich glaube, du wirst es mit der Kleinen nicht leicht haben. Ich beneide dich glatt um die Herausforderung.«

Bradford gab keine Antwort, sondern wandte sich um und blickte zu der Wegbiegung, hinter der die Frauen und der Farbige verschwunden waren.

»Ich kann's kaum erwarten, zu sehen, wie die Ladies der Gesellschaft reagieren, wenn sie sie sehen. Allein diese unfaßbar blauen Augen! Du wirst dich mit Unmassen von Gentleman schlagen müssen, Bradford. Herr im Himmel, sieh dir bloß meine Stiefel an!«

Der Duke auf Bradford ignorierte die letzte Bemerkung. Dann, plötzlich, begann er zu lachen. »Und, Brummell? Würdest du es wagen, sie zu schneiden?«

KAPITEL 2

Die gemietete Kutsche fuhr in stetem Tempo nach London zurück. Benjamin, der dem Verantwortungsbewußtsein des Fahrers nicht mehr traute, hatte sich neben ihn auf den Kutschbock gesetzt.

Caroline und Charity saßen einander gegenüber, und nachdem Charity sich ausgiebig über den Vorfall mit den beiden Gentlemen ausgelassen hatte, versanken sie beide in nachdenkliches Schweigen.

Charity war gewöhnlich nicht so nervös. Caroline nahm an, daß ihre Cousine versuchte, mit ihrem aufgeregten Geschnatter ein wenig von der gewaltigen Anspannung zu kompensieren, unter der sie stand. Während Caroline wenig mitteilsam war, ließ Charity sie stets alles wissen, was ihr im Kopf umherging. Das war keine besondere Ehre, denn ihre Cousine teilte förmlich jedem, der nicht schnell genug weglaufen konnte, mit, was sie dachte. Ihre Mutter sagte immer, daß Charity die neusten Nachrichten schneller verbreitete als der Bostoner *Journal*.

Caroline war genau das Gegenteil von Charity. Im allgemeinen wurde sie als ruhig und etwas scheu eingeschätzt, und sie hatte sich längst damit abgefunden. Es lag eben nicht in ihrer Natur, sich jedem anzuvertrauen. Anders als ihre Cousine machte sie auch ihre Probleme mit sich allein aus.

»Ich wünschte, wir hätten einen Plan, an den wir uns halten könnten, jetzt, da wir endlich in England sind«, entfuhr es Charity nun. Sie wrang und zwirbelte ihre rosafarbenen Handschuhe, die sie abgestreift hatte, derart heftig, daß sie schon recht mitgenommen aussahen. »Ich verlasse mich auf dich, Caroline. Du mußt mir sagen, wie wir vorgehen sollen.«

»Charity, wir haben das doch schon unzählige Male durchgesprochen. Ich weiß ja, daß es schwer für dich ist, aber bitte versuch wenigstens, dir nicht allzu viel Sorgen zu machen. Wenn du dein Gesicht weiter so in Falten legst, dann siehst du bald aus wie eine alte Frau!« Carolines Stimme war sanft, aber fest. »Du weißt doch, daß ich dir helfen werde. Aber dafür mußt du mir auch versprechen, vernünftig zu sein.«

»Vernünftig! Genau! Das werd' ich sein! Das ist immer das beste! Oh, ich wünschte, ich hätte etwas mehr von deinem Selbstvertrauen, Lynnie. Du wirkst immer so ruhig, so beherrscht!« Sie stieß einen in die Länge gezogenen Seufzer aus, der Caroline ein Lächeln entlockte. Ihre Cousine hatte in der Tat einen Hang zur Dramatik. »Aber was, wenn sich herausstellt, daß er verheiratet ist?«

Caroline hielt es für besser, nicht darauf zu antworten. Sie wußte, daß sie gewiß nicht in der Lage sein würde, den Zorn aus ihrer Stimme herauszuhalten, und das würde nur einen weiteren Tränenausbruch von Charitys Seite erzeugen. Und Caroline hatte nach der langen, anstrengenden Reise, die sie hinter sich hatten, einfach genug von Tränen und verzweifelten Ausbrüchen.

Männer! Alles Schufte. Abgesehen von ihren Vettern natürlich. Warum die zarte, liebevolle Charity ihr Herz ausgerechnet an einen Engländer verlieren mußte, war Caroline ein Rätsel. In Boston gab es unzählige Verehrer, die sich um Charitys Gunst geprügelt hätten, aber nein – ihre Cousine mußte sich in einen Mann verlieben, der auf der anderen Seite der Welt lebte. Der Engländer Paul Bleachley war geschäftlich in Boston gewesen und hatte sich die Stadt ansehen wollen, als ihm Charity zufällig über den Weg gelaufen war. Charity behauptete steif und fest, daß es bei ihr Liebe auf den ersten Blick gewesen war. Von wegen, ersten Blick ... Caroline konnte diesen Unsinn schon deswegen nicht glauben, weil Charity ihre Brille nicht getragen hatte. Sie war buchstäblich in Bleachley hineingerannt, als er um eine Ecke gebogen war.

Sechs Wochen lang hatten die beiden sich getroffen, wann immer es möglich war. Charity hatte ihm ihre Liebe gestanden und Caroline anvertraut, daß Bleachley es ebenfalls getan hatte. Sie war davon überzeugt, daß der Engländer ein Ehrenmann war, und hatte sich bis jetzt nicht in ihrem Glauben erschüttern lassen, obwohl Bleachley nach besagten sechs Wochen urplötzlich wie vom Erdboden verschluckt gewesen war.

Charity war schrecklich naiv. Aber Caroline ließ sich nicht so leicht blenden. Weder sie noch ihre Familie hatten diesen Mann jemals gesehen, denn seltsamerweise hatte er jedesmal etwas Dringendes zu erledigen gehabt, wenn eine Einladung zum Essen ausgesprochen worden war.

Carolines Verdacht, daß der Mann nur mit den Gefühlen ihrer Cousine gespielt hatte, hatte sich enorm verstärkt, als sie begonnen hatte, heimlich Erkundigungen über ihn einzuziehen. Charity hatte erwähnt, daß Paul Bleachley nach Boston gekommen war, um Verwandte zu besuchen, aber seltsamerweise kannte niemand in der Stadt einen Mann mit diesem Namen.

Bleachley war ausgerechnet in jener Nacht verschwunden, in der der Bostoner Hafen von dieser schrecklichen Explosion erschüttert worden war. Drei englische und zwei amerikanische Schiffe waren vollkommen zerstört worden. Und obwohl Caroline ihre Gedanken für sich behielt, zumal sie keinen Beweis dafür besaß, war sie überzeugt, daß Bleachley irgend etwas mit dieser verräterischen Tat zu tun gehabt hatte.

Die ganze Familie war erleichtert gewesen, daß Bleachley verschwunden war. Alle hatten angenommen, daß er nach England zurückgekehrt war und Charity schon über ihre Verliebtheit hinwegkommen würde. Aber sie hatten sich gründlich geirrt. Als Charity nach einer langen Zeit endlich akzeptiert hatte, daß der Mann sie wohl verlassen hatte, war ihr Kummer unsäglich groß gewesen. Sie hatte wieder und wieder geschworen, daß sie herausfinden würde, was geschehen war, und schließlich war Caroline nichts anderes übriggeblieben, als einzusehen, daß ihre Cousine es ernst meinte.

Charity unterbrach Carolines Gedankengang. »Ich schäme mich wirklich«, sagte sie leise. »Während ich immer wieder jammere und klage, hast du noch nicht ein einziges Wort über deine Sorgen geäußert.«

»Ich habe gar keine Sorgen«, protestierte Caroline.

Charity schüttelte den Kopf in übertriebener Verzweiflung. »Du hast deinen Vater seit vierzehn Jahren nicht mehr gesehen, und du willst mir erzählen, daß du dir deswegen keine Sorgen machst? Mach mir doch nichts vor, Caroline. Du mußt fürchterlich aufgeregt sein! Dein Vater hat dein komplettes Leben auf den Kopf gestellt, und du willst mich glauben machen, daß das unbedeutend ist?«

»Charity! Es gibt nichts, was ich in dieser Hinsicht unternehmen könnte«, sagte Caroline drohend.

»Seit dem Augenblick, in dem du den Brief bekommen hast, versteckst du dich hinter einer Maske. Ich weiß, daß er dich aufgewühlt hat. Weißt du eigentlich, wie wütend ich auf deinen Vater bin? Du gehörst zu meiner Familie und nicht zu einem Mann, an den du dich nicht einmal erinnern kannst.«

Caroline nickte, als sie sich an die bittere Szene erinnerte, die sich an einem Morgen in ihrem Bostoner Zuhause abgespielt hatte, als sie und Charity von ihrem Ausritt zurückgekehrt waren. Alle Familienmitglieder hatten sich versammelt, um mit ernsten Mienen auf die beiden Mädchen zu warten.

Charitys Mama hatte geweint und geschluchzt und immer wieder beteuert, daß ihr Caroline wie eine eigene Tochter war. Hatte sie sie nicht aufgezogen, seit sie als Vierjährige nach Boston gekommen war? Und nannte Caroline sie nicht auch ihre Mama? Charitys Vater war ein wenig beherrschter gewesen und hatte Caroline sehr nüchtern erklärt, daß sie nach England zurückkehren müsse.

»Glaubst du, er wäre dich wirklich holen gekommen, wie er es in dem Brief angedroht hat?« fragte Charity.

»Ja«, antwortete Caroline seufzend. »Uns sind einfach die Ausreden ausgegangen«, fügte sie hinzu. »Mein Vater muß mich für entsetzlich anfällig halten. Du weißt doch, daß deine Mutter ihm jedesmal, wenn er meine Rückkehr gefordert hat, einen Brief geschickt hat, in dem sie erklärte, daß ich mir mal wieder irgendeine Krankheit zugezogen habe. Ich glaube, die einzige Seuche, die sie mir noch nicht zugeschrieben hat, ist die Pest, und das auch nur, weil sie nicht daran gedacht hat.«

»Aber er hat doch vorher auch eine Ewigkeit nichts von dir wissen wollen. Er hat dich immerhin zu uns gegeben!«

»Es war aber nur als vorübergehendes Arrangement gedacht«, erwiderte Caroline. »Ich weiß nicht genau, was damals geschehen ist, aber mein Vater war offenbar nicht in der Lage, sich um mich zu kümmern, nachdem meine Mutter gestorben war, und –«

»Er ist ein Earl!« unterbrach Charity sie. »Und als solcher wäre er ja wohl in der Lage gewesen, jemanden einzustellen, der auf dich aufpaßt. Und was soll das, daß er dich jetzt, nach so langer Zeit, auf einmal bei sich haben will? Das ergibt überhaupt keinen Sinn, und du weißt es.«

»Ich brauche nur ein bißchen Zeit. Irgendwann werde ich schon herausbekommen, aus welchen Gründen er so gehandelt hat.«

»Caroline, kannst du dich an irgend etwas von früher erinnern? Meine früheste Erinnerung habe ich daran, wie ich mit sechs von Brewsters Heuboden geplumpst bin.«

»Nein, ich kann mich erst an die Zeit in Boston erinnern«, antwortete Caroline. Sie spürte, wie sich ihr Magen zusammenzog und wünschte sich, sie hätte diese Unterhaltung einfach abbrechen können.

»Also, weißt du, ich begreife einfach nicht, wieso du den Mann nicht haßt! Jetzt sieh mich nicht so an. Ich weiß, daß man nicht hassen soll, aber dein Papa wollte dich ja damals ganz offensichtlich nicht mehr bei sich haben. Und nun, nach vierzehn Jahren, ändert er einfach mal eben seine Meinung! Kümmert er sich denn gar nicht darum, was du empfindest?«

»Ich glaube fest daran, daß mein Vater damals getan hat, was er für das Beste hielt«, gab Caroline zurück.

»Caimen war entsetzlich wütend, daß du abgereist bist«, bemerkte Charity mit gewisser Befriedigung. Ihr ältester Bruder war in der Tat überaus aufgebracht gewesen.

»Ich finde zwar nicht, daß Caimen ein Recht hat, sich aufzuregen, aber vielleicht muß ich es ihm einfach zugestehen. Ich schulde deinen Eltern und deinen Brüdern sehr, sehr viel, und das darf ich nie vergessen«, sagte Caroline mit fester Stimme. Es klang fast wie ein Schwur. »Charity, ich kann meinen Vater nicht hassen. Wut und Haß sind zerstörerische Gefühle. Und die Tatsachen kann man damit ohnehin nicht ändern.«

Charity schüttelte stirnrunzelnd den Kopf. »Ich begreife dich nicht. Wie kannst du nur alles einfach hinnehmen? Das ist überhaupt nicht deine Art. Immer hast du irgendeinen Plan. Sag mir, was du vorhast. Da ist bestimmt etwas . . . Du handelst, du gluckst nicht einfach herum.«

»Herumglucken?« Caroline kicherte.

»Na ja, du weißt, was ich meine. Du sitzt nicht einfach da und wartest ab, sondern du nimmst die Dinge selbst in Angriff.«

»Nun, ich habe mir gedacht, daß ich ein Jahr bei meinem Vater verbringe. Das schulde ich ihm. Ich werde mir auch Mühe geben, ihn zu mögen. Dann komme ich wieder nach Boston zurück.«

»Und was, wenn dein Vater dich nicht läßt?« Charity begann erneut, ihre Handschuhe zu zwirbeln und zu verdrehen, und Caroline beeilte sich, sie zu beruhigen.

»Ich bin sicher, daß er mich gehen läßt, wenn ich mich hier wirklich nicht wohl fühle. Nun komm, Charity, mach nicht so ein ängstliches Gesicht. Das ist meine einzige Hoffnung. Bitte nimm sie mir nicht!«

»Ich kann aber nicht anders. Himmel, er könnte dich unter die Haube bringen, bevor du dich noch eingelebt hast!«

»Unsinn, Charity. Ich kann mir einfach nicht vorstellen, daß er so etwas tun würde.«

»Hast du eigentlich gehört, daß Caimen zu Luke und Justin gesagt hat, er würde nach England kommen und dich holen, wenn du innerhalb eines halben Jahres nicht zurück bist?«

Caroline nickte. »Allerdings«, sagte sie. »Und George, unser schüchterner, zurückhaltender George, sagte genau dasselbe. Deine Brüder sind wirklich sehr lieb.«

Caroline mußte lächeln, als sie an ihre Vettern dachte. Sie durfte wirklich nicht vergessen, wie glücklich sie sich schätzen konnte, daß sie mit ihnen aufgewachsen war. Ihr Charakter war stark durch die Jungen beeinflußt worden, das wußte sie. Vom Äußeren und vom hitzigen Temperament her ähnelte sie Caimen, zeigte aber gelegentlich etwas von Georges Schüchternheit. Sie besaß Justins Gerechtigkeitssinn und stand Luke in nichts nach, was seinen höchst ungewöhnlichen Sinn für Humor betraf.

»Wir hätten deinem Vater schreiben und so lange warten sollen, bis wir hätten sicher sein können, daß der Brief auch angekommen ist. Es war riskant, einfach so von Boston abzureisen«, sagte Charity ängstlich.

Caroline lächelte. »Und das mußt gerade du mir sagen? Oder hast du etwa vergessen, daß du diejenige warst, die darauf bestanden hat, sofort abzureisen, nachdem deine Mutter dir erlaubt hat, mich zu begleiten?«

»Ja, aber doch nur, weil Caimen auf Mama eingeredet hat, mich nicht gehen zu lassen«, erwiderte Charity. Sie klang, als würde sie einer minderbemittelten Person ein sehr schwieriges Problem erklären wollen. Dann seufzte sie und fragte: »Wer war übrigens der große Mann, der dir mit dem Verwundeten geholfen hat?« Der plötzliche Themawechsel verwirrte Caroline, und Charity nutzte die Chance, um sofort weiterzureden. »Er sah wirklich sehr gut aus!«

»Nein, sah er nicht«, fuhr Caroline ihre Cousine an.

Selbst überrascht über ihre vehemente Reaktion, verstummte sie. »Ich meine, ich fand ihn überhaupt nicht attraktiv«, verbesserte sie sich schließlich.

»Das meinst du nicht ernst! Selbst ohne meine Brille konnte ich erkennen, daß er ziemlich außergewöhnlich war.«

»Hör auf jetzt. Der Mann war arrogant«, sagte Caroline. »Wir werden ihn wahrscheinlich nie wiedersehen, und das ist auch gut so.«

Charity sah ihre Cousine verdattert an. Dann erschien ein kleines Lächeln auf ihren Lippen. »Ich fand ihn phantastisch. Er war so groß, und seine Augen hatten ein herrliches Blau . . .«

»Die Augen waren nicht blau, sondern dunkelbraun mit goldenen Sprenkeln darin«, erwiderte Caroline, bevor sie sich zurückhalten konnte.

Charity lachte auf. »Du findest ihn also doch attraktiv. Ha, du bist in die Falle getappt. Ich wußte sehr gut, daß seine Augen nicht blau sind.« Charity sah höchst zufrieden aus. »Sein Haar ist mir aufgefallen«, fuhr sie fort, ohne auf Carolines wütende Miene zu achten. »Ein bißchen lang und leicht gewellt.«

»Aber nur leicht«, erwiderte Caroline mit einem Schulterzucken.

»Er hat mir irgendwie ein bißchen Angst gemacht«, gab Charity zu. »Er wirkte so –«

»Herrisch?« warf Caroline ein. Charity nickte, und Caroline fuhr fort: »Sein Name ist Bradford, und ich habe keine Lust, noch länger über ihn zu reden. Hast du das fehlende Glas von deiner Brille gefunden?«

»Ja, ich habe es Ben gegeben. Er hat versprochen, die Brille zu reparieren, wenn wir im Stadthaus deines Vaters angekommen sind. Herrisch ist ein absolut zutreffendes Wort, finde ich.« Mit einem wissenden Nikken schloß sie: »Dieser Bradford läßt sich bestimmt nicht leicht einwickeln.«

»Wovon redest du überhaupt?«

»Nur davon, daß du ihn bestimmt nicht so gängeln könntest, wie du es mit Clarence tust!«

»Ich gängele Clarence nicht«, stieß Caroline empört hervor. »Wieso auch? Wir sind schließlich nur Freunde.«

»Clarence läuft dir hinterher wie ein Schoßhündchen«, stellte Charity fest. »Er ist viel zu schwach für dich. Selbst Caimen sagt das. Du brauchst jemanden, der stark ist, ansonsten stampfst du ihn in Grund und Boden.«

»Du redest Blödsinn«, fauchte Caroline.

»Warte nur ab. Ich habe bemerkt, wie dieser Bradford dich angesehen hat. Er wird bestimmt versuchen, dir den Hof zu machen.« Als Caroline den Mund zum Protest öffnete, setzte Charity lauter hinzu: »Oh, doch. Und wenn du dich einmal verliebst, dann wird nur ein Mann mit starkem Charakter wie dieser Mr. Bradford dein Herz gewinnen. Du wirst schon sehen – wenn das geschieht, wirst du dich ändern, wirst nicht mehr so auf deine Unabhängigkeit bestehen ... Allerdings ist es nicht besonders klug, dein Herz an einen Engländer zu verlieren, da du ja nach Boston zurückkehren willst.«

Caroline weigerte sich, die Worte ihrer Cousine auch nur zu kommentieren. Sie hatte keinerlei Absicht, sich in irgend jemanden zu verlieben. Sie hatte es überhaupt satt, sich über derartige Themen zu unterhalten. Der Schlafmangel machte sich bemerkbar, und Charitys Geschnatter trieb sie langsam in den Wahnsinn.

Die Reise von Boston nach London hatte scheinbar eine Ewigkeit gedauert. Caroline hatte sich rasch an die Schiffsplanken gewöhnt, wie der Captain lobend festgestellt hatte, aber Charity und Benjamin war es nicht so gut ergangen. Caroline hatte die meiste Zeit damit verbracht, sich mit der Seekrankheit und dem verzweifelten Gejammer ihrer beiden Reisegefährten zu befassen. Als sie endlich in den Hafen eingelaufen waren, war Caroline vollkommen erschöpft gewesen.

Sie hatten diese eine Nacht noch auf dem Schiff geschlafen und am nächsten Morgen eine Nachricht an den Earl of Braxton geschickt, in der sie ihm ihre Ankunft mitteilten. Ein Bote war gekommen, um ihnen zu sagen, daß der Earl im Augenblick in seinem Landhaus, das einen Drei-Stunden-Ritt von London entfernt lag, weilte. Caroline hatte beschlossen, sich in seinem Stadthaus einzurichten und von dort aus ihren Vater zu benachrichtigen, aber Charity hatte so darauf gebrannt, die englische Landschaft zu sehen, daß sie so lange gebettelt und gebeten hatte, bis sie sich in einer gemieteten Kutsche auf den Weg gemacht hatten.

»Endlich sind wir da!« rief Charity begeistert, als sie nun vor dem Stadthaus hielten. Sie wirkte überhaupt nicht erschöpft, sondern nur aufgeregt, und diese Tatsache verärgerte Caroline genauso sehr wie das unermüdliche und ermüdende Geplapper ihrer Cousine.

Charity lehnte sich weit aus dem Fenster, um das Haus zu betrachten, und schließlich mußte Caroline an ihrem Ärmel zupfen, damit sie Platz machte und sie die Tür öffnen konnten.

»Ich wußte ja, daß es ein schönes Haus sein mußte!« schrie Charity entzückt. »Immerhin ist dein Vater ein Earl. Oh, Caroline, bist du sehr nervös?«

»Natürlich nicht. Mein Vater ist doch gar nicht hier«, erwiderte Caroline, während sie das stattliche Backsteinhaus vor ihnen betrachtete. Sie mußte zugeben, daß es wirklich ein beeindruckendes Gebäude war. Große

Fenster mit elfenbeinfarbenen Rahmen bildeten einen schönen Kontrast zum dunklen Rot der Ziegelfassade. Vorhänge, ebenfalls elfenbeinfarben, schmückten die Seiten eines jeden Fensters und verliehen dem Haus ein würdevolles, fast königliches Aussehen.

Drei Stufen führten zur Eingangstür hinauf, die in derselben Farbe wie die Rahmen gestrichen war. An der Tür war ein mit Gold eingelegter schwarzer Türklopfer angebracht, doch als Caroline gerade danach greifen wollte, schwang die Tür auf.

Der Mann, den Caroline für den Butler hielt, war so beeindruckend wie das Haus selbst, auch wenn er kaum größer als Charity war. Er war ganz und gar in Schwarz gekleidet, nicht einmal eine Krawatte lockerte die Strenge seiner Kleidung auf. Seine Miene war vollkommen emotionslos, bis Caroline sich als Tochter des Earl of Braxton vorgestellt hatte und er lächelnd zu ihr aufschaute.

Der Mann bat die drei hinein und hieß sie willkommen. Er stellte sich als Deighton vor und erklärte, daß er vorausgereist war, um das Haus für die kommende Saison vorzubereiten. Der Earl selbst würde bei Einbruch der Nacht eintreffen. Wie gut, daß wir uns entschieden haben, doch zum Stadthaus zu fahren, dachte Caroline. Sie hätten den Earl um wenige Stunden verpaßt.

Im Haus herrschte aufgeregte Geschäftigkeit. Diener hasteten mit Staublappen und Wassereimern von einem Zimmer zum anderen, und Caroline hatte das Gefühl, ihnen permanent im Weg zu stehen.

Deightons nüchterne Gelassenheit erwies sich als wahrer Segen. Er hatte das scheinbare Durcheinander, das die Dienerschaft veranstaltete, offenbar bestens unter Kontrolle, und nach ein paar knappen Anweisungen kümmerten sich zwei Mädchen um Charitys und Carolines Gepäck, das sie in zwei angrenzenden Zimmern auspackten.

Caroline schlenderte im ersten Stock umher und besah sich flüchtig die fünf Schlafzimmer und das riesige Arbeitszimmer, dann stieg sie eine Treppe zum zweiten Stock hinauf, um sich zu vergewissern, daß Benjamin ebenfalls gut untergebracht war. Anschließend kehrte sie wieder nach unten zurück und half Charity bei der Suche nach ihrer Ersatzbrille.

Doch auch damit konnte sich Caroline nicht lange beschäftigen. Kurz darauf ließ sie ihre Cousine wieder allein. Sie war unruhig und nervös, und sie wußte, woran es lag. Ihr Vater würde heute abend schon ankommen. Wie würde er reagieren? War er genauso liebevoll, wie er sich in seinen Briefen angehört hatte? Würde ihm ihre Erscheinung gefallen, oder würde er enttäuscht sein? Würde er sie mögen? Und noch wichtiger – würde sie *ihn* mögen?

Sie hielt an der Tür zu der gewaltigen Bibliothek an und spähte hinein. Der Raum war geschrubbt, aufgeräumt und makellos – Behaglichkeit strahlte er nicht aus. War ihr Vater etwa ein Anhänger von Kargheit? War er genauso streng wie seine Bibliothek?

Je mehr Räume sie sich im Erdgeschoß anschaute, desto unbehaglicher wurde ihr. Jedes Zimmer war überaus ordentlich, alles wirkte korrekt und akkurat. Und entsetzlich kalt. Der Salon lag links von der gefliesten Eingangshalle und war sehr elegant. In Blaßgelb- und Goldtönen gehalten, wirkte der Raum sehr geschmackvoll, aber wenig einladend. Caroline versuchte, sich ihre Vettern in diesem Salon vorzustellen, aber es war vollkommen unmöglich. Die weichgepolsterten Sitzmöbel sahen nicht so aus, als wären sie für stämmige Männer in Arbeitskleidung gemacht. Männer, die es lieber bequem hatten, die wenig wert auf Eleganz legten, sich nicht einmal die Stiefel abstreifen würden, bevor sie hereingepoltert kamen ... Nein, dachte Caroline. Caimen, Justin, Luke und George würden sich hier genauso unbehaglich fühlen wie sie.

Rechts von der Eingangshalle befand sich das Speisezimmer. Zentrum des Raumes bildete ein massiver Mahagonitisch, um den zwölf Stühle standen, doch die edlen Kristallkelche mit dem Goldrand, die auf dem Büffet an der gegenüberliegenden Tür plaziert waren, zogen die Aufmerksamkeit des Betrachters ebenfalls auf sich. Auch hier war nichts gemütlich, nichts warm oder anheimelnd; der Raum sprach ausschließlich von Reichtum und Luxus.

Caroline wanderte den Flur entlang und entdeckte schließlich ein anderes Arbeitszimmer, das sich direkt hinter dem Empfangssalon befand. Als sie die Tür öffnete und die behagliche Unordnung sah, fiel ihr ein Stein der Erleichterung vom Herzen. Das war offenbar das Zimmer, in dem ihr Vater wirklich *lebte*. Einen Augenblick zögerte sie, da ihr war, als würde sie ein privates Heiligtum entweihen, dann trat sie schließlich ein. Nachdenklich betrachtete sie den herrlichen Schreibtisch, die beiden abgewetzten Ledersessel und die Bücher, die in den Regalen an zwei Wänden standen, während sie langsam auf die großen Fenster zuwanderte, die zu einem sichtgeschützten Abschnitt des Gartens hinausgingen. Nachdem Caroline eine Weile die wunderschöne Aussicht genossen hatte, drehte sie sich um. Vor Überraschung erstarrte sie. Die gegenüberliegende Wand war von oben bis unten mit Zeichnungen bedeckt – Zeichnungen, die sie selbst gemacht hatte. Da waren Bilder, eher Kritzeleien, die sie als kleines Kind angefertigt hatte, andere, kunstvollere, die Häuser und Bäume darstellten. In der Mitte der Wand hing eine Zeichnung, an die sich Caroline noch sehr gut erinnern konnte. Sie trat einen Schritt näher heran und schüttelte lachend den Kopf. Das Bild war ihr erster Versuch eines Familienporträts gewesen. Alle waren anwesend: ihre Bostoner Eltern, ihre Vettern, Charity und sogar ihr Vater, obwohl sie ihn ein wenig abseits von der Gruppe plaziert hatte.

Die Wiedergabe ihrer Modelle war ziemlich lächerlich. Caroline hatte die Bäuche mit großen Kreisen gezeichnet und Zähne als Hauptaugenmerk angesehen. Kleine Gesichter, alle grinsend, aus denen gewaltige Zähne hervorstanden! Sie mußte etwa sechs gewesen sein, als sie das Bild gemalt hatte, und sie erinnerte sich noch daran, wie stolz sie gewesen war.

Die Tatsache, daß ihr Vater all diese Zeichnungen aufgehoben hatte, erstaunte Caroline und wärmte ihr Herz. Charitys Mutter mußte sie ihm geschickt haben, ohne Caroline gegenüber ein Wort darüber zu verlieren.

Caroline lehnte sich an die Tischkante und betrachtete die Bilderwand eine lange Weile. Nun bemerkte sie, daß ihr Vater auf den ganz frühen Bildern überall zu sehen war, auf den neueren aber nicht mehr in Erscheinung trat. Dennoch hatte er sie alle behalten! Und plötzlich begriff sie, daß er auf diese Art und Weise ihre Kindheit mit ihr hatte teilen wollen. Der Gedanke verwirrte sie. Und machte sie auch ein wenig traurig.

Caroline, die von Natur aus denen treu ergeben war, die sie liebte, wußte mit einem Mal nicht mehr, was sie denken sollte. Die Bilder deuteten darauf hin, daß sie ihrem Vater stets wichtig gewesen war. Warum hatte er sie dann aber in die Kolonien geschickt? Er hatte sich doch sicher denken können, daß sie mit der Zeit ihren

Onkel und ihre Tante als Eltern ansehen und sie Mama und Papa nennen würde. Sie war damals, als sie nach Boston kam, erst vier gewesen. Es war nur logisch, daß Charitys Brüder auch ihre Brüder werden würden. Und er mußte auch geahnt haben, daß ihre frühesten Erinnerungen in der neuen Umgebung nach und nach verblassen würden.

Dann nahm das schlechte Gewissen Oberhand. Er hatte für sie ein großer Opfer auf sich genommen. Mama hatte ihr das unzählige Male gesagt! Sie hatte ihr erklärt, daß der Earl seine Tochter in einer intakten Familie hatte aufwachsen sehen wollen, daß er überzeugt gewesen war, bei seinem jüngeren Bruder und seiner Familie würde sie die nötige Zuwendung und Geborgenheit finden, die er ihr – aus welchen Gründen auch immer – nicht hatte geben können.

Aber wieso war er nicht auf den Gedanken gekommen, daß seine Liebe vielleicht ausgereicht hätte?

Und sie? Gütiger Himmel, sie hatte sich ihm als schlechte Tochter erwiesen. Sie wußte noch sehr gut, wie sehr sie immer gezetert hatte, wenn sie ihm einen Brief hatte schreiben sollen. Sie war selbstsüchtig und – so sehr sie dieses Eingeständnis auch schmerzte – wahrhaftig unloyal gewesen. Sie hatte alle Hebel in Bewegung gesetzt, um in Boston bleiben zu können, hatte einen anderen Papa genannt und, was am schlimmsten war, hatte ihre Liebe zu ihrem echten Vater vergessen.

Sie wünschte sich nun, sie hätte die Bilder nicht gesehen. Ihre Augen füllten sich mit Tränen, und plötzlich wirbelte sie auf dem Absatz herum und stürzte aus dem Zimmer. Am liebsten wäre sie sofort wieder nach Boston zurückgereist, und dieser Wunsch erfüllte sie mit Scham. Er war würdelos und schrecklich feige. Würde sie in der Lage sein, ihrem Vater ein wenig von der Liebe abzugeben, die sie für ihre Familie in Boston empfand?

Caroline ging zu ihrem Zimmer und legte sich aufs Bett. Sie war entschlossen, sich über ihre Gefühle Klarheit zu verschaffen. Ihr Verstand beharrte darauf, daß sie noch ein kleines Kind gewesen war, als man sie entwurzelt und in eine andere Familie gegeben hatte; niemand konnte von ihr erwarten, einem Mann, den sie praktisch nicht kannte, Liebe und Loyalität entgegenzubringen. Und doch tat ihr das Herz weh. Es wäre soviel einfacher gewesen, auf einen kalten, hartherzigen Earl zu treffen! Die ganze Reise von Boston nach London über hatte sie die tragische Heldin gespielt, die tapfer – und vor allem voller Selbstmitleid! – ihrem Schicksal entgegengesegelt war. Sie hatte sich und ihrem Vater Rollen zugedacht, mit denen sie einigermaßen hatte zurechtkommen können. Doch die Wirklichkeit war eine andere Sache.

Was sollte sie tun? So sehr sie auch nachdachte, sie konnte keine Antwort finden, und schließlich fiel sie in einen tiefen, traumlosen Schlaf.

Einmal, mitten in der Nacht, erwachte sie.

Es war das Knarren der Tür, das sie aus dem Schlaf riß. Doch obwohl sie augenblicklich hellwach war, tat sie so, als würde sie schlafen. Durch halb geöffnete Augenlider beobachtete sie, wie ein älterer Mann an der Tür zögerte und dann langsam auf sie zukam. Sie schloß die Augen, doch nicht bevor sie die Tränen, die über sein Gesicht rannen, gesehen hatte. Der Mann sah aus wie eine ältere Ausgabe seines Bruders, und sie wußte, daß ihr Vater neben ihrem Bett stand.

Caroline spürte, wie die Decke ihres Bettes heraufgezogen und um ihre Schulter festgesteckt wurde. Diese zärtliche Geste zerriß ihr fast das Herz. Dann fühlte sie seine Hand. Zitternd strich er ihr zart, ganz zart über die Wange, und mit liebevoller Stimme flüsterte er: »Willkommen zu Hause, Tochter.«

Er beugte sich herab und küßte sie leicht auf die Stirn. Dann hörte sie, wie die Schritte sich von ihr entfernten. Der Geruch von Tabak und Gewürzen lag in der Luft, und plötzlich schlug Caroline die Augen auf. Sie erinnerte sich. Sie kannte diesen Geruch. Sie versuchte die dazu passenden Bilder heraufzubeschwören, aber wie die Glühwürmchen, die sie als Kind immer zu fangen versucht hatte, entwischten sie ihr, bevor sie danach greifen und sie festhalten konnte.

Doch der Duft reichte aus, um sie mit einem altbekannten, lange vergessenen Gefühl kindlicher Zufriedenheit und Liebe zu erfüllen. Es war wie ein Schleier, leicht wie Morgennebel, der sie umgab, einhüllte und ihr Geborgenheit gab.

Sie wartete, bis ihr Vater die Hand auf den Türknauf legte und gerade die Tür hinter sich zuziehen wollte. Die Worte entfuhren ihr, ohne daß sie darüber nachdachte. »Gute Nacht, Papa.«

Irgendwie hatte sie das Gefühl, als wiederholte sie damit ein abendliches Ritual, das sie in ihrer Erinnerung vergraben hatte, doch instinktiv wußte sie, daß noch etwas fehlte. Noch während sie darüber nachdachte, wie sie ihre Gefühle in Worte fassen konnte, hörte sie sich schon sagen: »Ich liebe dich, Papa.«

Das Ritual war vollständig. Caroline schloß die Augen und ließ die Erinnerungen der Vergangenheit – wie die Glühwürmchen – davonschwirren.

Sie war endlich nach Hause gekommen.

KAPITEL 3

Der Duke of Bradford konnte die schöne Frau mit den blauen Augen nicht aus seinen Gedanken verbannen. Ihre Unschuld war reizvoll, ihr Lächeln bezaubernd und ihr quicklebendiger Geist erfrischend und vergnüglich gewesen. Der Duke war kein besonders umgänglicher Mensch, neigte zudem zum Zynismus, und es war noch nie vorgekommen, daß eine Frau ihn allein durch ihre Art in gute Laune versetzen konnte. Doch jedes Mal, wenn er daran dachte, wie sie ihm frecherweise angedroht hatte, sein Pferd zu erschießen, ertappte er sich dabei, wie er grinste. Die Lady hatte Mut, und dafür bewunderte er sie.

Nachdem Caroline, ihre Cousine und der riesige Schwarze außer Sicht verschwunden waren, hatte Bradford seinen verwundeten Freund nach Hause gebracht und in die Obhut seiner treuen Diener gegeben. Anschließend war er zu seinem eigenen Haus zurückgefahren und hatte sich augenblicklich an die Aufgabe gemacht, herauszufinden, zu wem, zu welcher Familie, Caroline gehörte. Der einzige Anhaltspunkt, den er besaß, war ihre Äußerung, daß sie in London ihren Vater besuchen wollte. Und aus der Art und Weise, wie sie von der höheren Gesellschaft und den feierlichen Anlässen gesprochen hatte, schloß er, daß dieser Vater tatsächlich zur Elite gehören mußte. Vielleicht besaß er ja sogar einen Titel. Die kleine Cousine hatte erwähnt, daß sie zu dem Stadthaus fahren und dort auf Carolines Vater warten sollten. Daraus ließ sich folgern, daß der Mann auch ein

Landhaus besaß, in dem er wohnte, bis die Saison begann.

Bradford war überzeugt gewesen, daß er bis Einbruch der Nacht seine Antworten haben würde. Weit gefehlt. Auch die nächsten Tage verstrichen ergebnislos. Am Ende des vierten Tages war Bradfords Zuversicht geschwunden. Er hatte nicht einen einzigen Hinweis finden können, und die Enttäuschung, die er darüber empfand, machte ihn mißmutig. Seine Diener hatten maßlos erstaunt reagiert, als Bradford vor vier Tagen mit einem Lächeln auf den Lippen nach Hause gekommen war, doch nun schien in dieser Hinsicht alles wieder zur Normalität zurückgekehrt zu sein. Der Duke war wieder unnahbar und brummig – ganz wie eh und je. Die Köchin verkündete, daß es ihr lieber wäre so, denn sie mochte keine Unberechenbarkeit. Man munkelte schon, man habe sich sicher getäuscht. Bradfords persönlicher Diener, Henderson, war jedoch sicher, das etwas Ungewöhnliches geschehen sein mußte, und begann, sich Sorgen zu machen.

Henderson war sowohl erleichtert als auch neugierig, als der beste Freund des Dukes, der Earl of Milfordhurst, William Franklin Summers, unerwartet zu Besuch kam. Henderson geleitete den Earl die Treppe zum Arbeitszimmer hinauf. Vielleicht, dachte der Kammerdiener, wird es dem Earl ja gelingen, meinen Herrn wieder ein wenig aufzumuntern.

Henderson hatte dem früheren Duke of Bradford stattliche zehn Jahre lang gedient, und als bei einem tragischen Unfall sowohl Vater als auch Erstgeborener umkamen, hatte Henderson all seine Loyalität auf den neuen Duke übertragen. Nur Henderson und Milford, Bradfords bester Freund, wußten noch, wie der Duke gewesen war, bevor man die Last dieses Titels auf seine jungen Schultern geladen hatte.

Mit einem raschen Seitenblick auf Milford erinnerte sich Henderson an die Zeit zurück, als die beiden Freunde sich noch sehr ähnlich waren. Bradford war einmal genau so ein Halunke gewesen wie sein dunkelhaariger Freund, beide hatten die gleichen Dummheiten gemacht, beide hatten den Ladies der Gesellschaft nachgestellt. Doch in den fünf Jahren, die Henderson dem Duke nun diente, war all seine Hoffnung darauf geschwunden, daß sein Herr irgendwann zu dem sorglosen, unbekümmerten Leben von früher zurückfinden würde. Zu vieles war geschehen. Zu oft war er verraten worden.

»Was ist los, Henderson? Sie schauen so düster drein, als würde Brad Ihnen Probleme bereiten«, sagte der Earl mit dem typischen breiten Grinsen, das ihm genau das Aussehen des windigen Spitzbuben verlieh, der er, wie Henderson wußte, auch war.

»Irgend etwas beschäftigt Seine Gnaden. Vor ein paar Tagen scheint etwas geschehen zu sein«, erwiderte Henderson. »Natürlich vertraut er mir seine Sorgen nicht an, aber ich denke, Sie werden die leichte Veränderung in seinem Verhalten durchaus bemerken.«

Henderson gab keine weitere Erklärung ab, doch seine Bemerkung reichte aus, um Milford nachdenklich zu stimmen.

Sobald Milford einen Blick auf seinen Freund geworfen hatte, kam er zu dem Schluß, daß Henderson ein Meister der Untertreibung war. *Leicht* war das letzte Wort, das er für Bradfords Veränderung verwandt hätte, denn der Duke sah aus, als sei er gerade von einer langen Kutschfahrt zurückgekehrt . . . bei der er hinter dem Gefährt hergeschleift worden war, statt bequem im Inneren zu sitzen!

Bradford hockte zusammengesunken an seinem Tisch und hatte die Brauen konzentriert zusammengezogen, während er Namen auf verschiedene Umschläge kritzelte, die auf der Schreibtischoberfläche verstreut lagen.

Auf dem Mahagonimöbel herrschte ein heilloses Chaos, aber Bradfords Erscheinung paßte ganz hervorragend ins Bild. Sein Freund brauchte dringend eine Rasur und eine frisch gebügelte Krawatte.

»Milford. Ich bin gleich fertig«, sagte sein Freund. »Schenk dir einen Drink ein.«

Milford lehnte ab und ließ sich in einem bequemen Sessel dem Tisch gegenüber nieder. »Sag mal, Brad, schreibst du an ganz England?« fragte er, während er respektlos seine Füße auf Bradfords Schreibtisch legte.

»Das kommt dem verdammt nah«, murmelte Bradford, ohne aufzusehen.

»Du siehst aus, als hättest du seit Tagen nicht mehr geschlafen«, bemerkte Milford. Obwohl er immer noch grinste, verrieten seine Augen seine Sorge. Bradford sah wirklich nicht gut aus, und je länger er ihn betrachtete, desto beunruhigter wurde Milford.

»Ganz richtig. Hab' ich auch nicht«, antwortete Bradford endlich. Mit einem langen Seufzer ließ er den Stift fallen, lehnte sich erschöpft in den weichgepolsterten Ohrensessel zurück und plazierte seine Stiefel neben die seines Freundes auf dem Tisch.

Und dann erzählte er seinem Freund ohne einmal innezuhalten von seiner Begegnung mit der Frau namens Caroline, wobei er allerdings Brummells Rolle in der Geschichte verschwieg, da auch er seinem Freund hatte versprechen müssen, nichts über den demütigenden Vorfall mit den Räubern verlauten zu lassen. Stattdessen erging er sich in langatmigen Beschreibungen über Carolines Aussehen, erklärte umständlich und mit vielen Worten ihre Augenfarbe, riß sich aber schließlich zusammen und schloß seine Geschichte mit der wütenden Bemerkung, daß er nichts, aber auch rein gar nichts über das Mädchen hatte herausfinden können – keine seiner aufwendigen Nachforschungen hatte etwas erbracht.

Milford lachte herzlich über Bradfords Bericht, und es dauerte eine ganze Weile, bis er wieder sprechen konnte. »Du suchst wahrscheinlich am falschen Ort«, sagte er schließlich mit einem verschmitzten Grinsen. »Und sie glaubt wirklich, daß die Kolonien zivilisierter sind als unser London?«

Bradford ignorierte die Frage und konzentrierte sich auf die erste Bemerkung seines Freundes. »Was meinst du damit, ich suche am falschen Ort? Sie will zu ihrem Vater. Dieser Spur versuche ich zu folgen.«

»Der größte Teil der besseren Gesellschaft ist noch gar nicht in London. Deswegen hörst du bisher auch noch keinen Klatsch. Versuch noch ein wenig durchzuhalten, mein Freund. Sie wird auf dem Ashford-Ball sein. *Jeder* wird da sein!«

»Die Saison reizt sie nicht«, sagte Bradford düster. Dann schüttelte er den Kopf. »Das hat sie jedenfalls behauptet.«

»Höchst merkwürdig.« Milford gab sich alle Mühe, nicht schon wieder zu lachen. Er hatte seinen Freund seit langer, langer Zeit nicht mehr so aufgewühlt gesehen, und die Erleichterung darüber, daß es sich nicht um etwas Ernstes handelte, machte ihn übermütig. Außerdem weckte sie in ihm die Lust, seinen Freund ein wenig aufzuziehen, wie er es in den guten alten Zeiten, als sie zusammen durch London gestreift waren, immer getan hatte.

»Was ist daran merkwürdig?« fragte Bradford brummig. »Ich gehe schließlich auch kaum auf Partys.«

»Du verstehst mich falsch. Ich meinte, daß du dich

höchst merkwürdig benimmst«, sagte Milford mit einem Glucksen. »Ich glaube, ich habe dich noch nie in solch einer Verfassung erlebt. Und der Grund dafür ist ausgerechnet ein kleines Ding aus den Kolonien! Dieses Ereignis muß ausgiebig genossen werden!« Milford hätte gerne weitergeredet, aber der Drang zu lachen wurde übermächtig, und trotz der wütenden Blicke, die ihm sein Freund zuwarf, entrangen sich seiner Kehle ein paar quiekende und grunzende Laute.

»Du amüsierst dich wirklich prächtig, nicht wahr?« fragte Bradford säuerlich, als Milford sich wieder soweit beruhigt hatte, daß er seinen Freund verstehen konnte.

»Oh, ja«, gab Milford zurück, während er sich eine Träne aus dem Augenwinkel wischte. »Ich kann mich ganz dumpf an einen inbrünstigen Schwur erinnern, den du vor ein paar Jahren geleistet hast«, fuhr er fort. »Sinngemäß ging es, glaube ich, darum, daß alle Frauen nur zu einem Zweck da wären, und daß es das Höchste an Schwachsinn wäre, an ein solches Wesen sein Herz zu verlieren!«

»Wer hat gesagt, daß ich irgend etwas verliere?« fuhr Bradford ihn an. »Sie interessiert mich einfach, das ist alles.« Ruhiger setzte er hinzu: »Hör auf, mich zu ärgern, Milford. Mir ist nicht danach zumute!«

»Reg dich wieder ab«, erwiderte Milford. »Ich will dir wirklich helfen.« Er zwang sich zu einer ernsthaften Miene und fuhr fort: »Du solltest einmal bei den Schneidern nachfragen. Wenn sie aus den Kolonien kommt, werden ihre Kleider hoffnungslos aus der Mode sein. Ihre Verwandten werden sicher nicht wollen, daß sie sich durch unpassende Aufmachung lächerlich macht, und sie daher zu einem Schneider schicken.«

»Du hast erstaunlich gute Ideen«, bemerkte Bradford. Seine Augen leuchteten hoffnungsvoll auf, und es erschien sogar ein Lächeln auf seinen Lippen. »Warum bin ich nur nicht selbst darauf gekommen?«

»Weil du nicht wie ich drei jüngere Schwestern hast«, antwortete Milford.

»Stimmt, die habe ich ja ganz vergessen«, entgegnete Bradford. »Man sieht sie nie.«

»Kein Wunder. Sie verstecken sich ja auch vor dir.« Milford grinste. »Du machst ihnen höllische Angst!« Er zuckte die Achseln. »Aber ich schwöre dir, die meisten Frauen, meine drei Schwestern eingeschlossen, reden von nichts anderem als von Mode und Kleidern.« Dann wurde seine Stimme ernst. »Ist es nur eine Verliebtheit oder etwas Ernstes? In den letzten fünf Jahren hast du nur Kurtisanen um dich herum gehabt. Du bist nicht an wohlerzogene Frauen gewöhnt, Brad. Wie kommt es zu dieser wahrhaft dramatischen Wandlung?«

Bradford gab nicht sofort Antwort, zumal ihm nichts einfiel, was er darauf hätte sagen können. Irgendwie schien sein Inneres nur noch aus verwirrten Gefühlen zu bestehen. »Ich denke, es handelt sich um eine vorübergehende, leichte geistige Umnachtung«, sagte er schließlich und verzog das Gesicht. »Aber sobald ich sie wiedergesehen habe, wird sich das gewiß ändern. Ich werde feststellen, daß sie gar nicht so phantastisch ist wie in meiner Erinnerung, und damit ist die Sache dann erledigt.« Zur Bekräftigung seiner Bemerkung zuckte er mit den Schultern.

Milford nickte. Er glaubte keinen Moment daran. Aber Bradford hatte so ernst gesprochen, daß Milford ihm die Illusion nicht nehmen wollte. Er ließ seinen Freund wieder mit seinen Briefen allein und stieg beschwingt die Treppe hinab. Seine Laune hatte sich derart verbessert, daß er Henderson sogar einen freundlichen Klaps auf die Schulter versetzte, als er sich verabschiedete.

Der Earl of Milfordhurst war begierig darauf, diese bezaubernde Hexe aus den Kolonien kennenzulernen. Sie hatte etwas geschafft, was in den letzten fünf Jahren keiner Frau gelungen war. Obwohl sie nichts davon ahnen konnte, führte die Lady namens Caroline den Earl of Bradford wieder ins Reich der Lebenden zurück.

Milford mochte sie schon jetzt.

Der Morgen brach an, und mit der aufgehenden Sonne kamen neue Pläne. Caroline Richmond, eine Frühaufsteherin, selbst wenn sie spät ins Bett gegangen war, begrüßte die Sonne, indem sie sich zufrieden in ihrem Bett streckte.

Rasch zog sie sich ein einfaches violettes Kleid an und faßte ihr widerspenstiges schweres Haar mit einem Band im Nacken zusammen.

Charity schlief noch, und aus den schlurfenden Geräuschen, die vom Stockwerk über ihr zu ihr herabdrangen, schloß sie, daß Benjamin gerade aufstand. Caroline ging hinunter, um im Speisezimmer auf ihren Vater zu warten. Als sie jedoch die Tür erreichte, sah sie, daß er bereits an einem Ende des langen Tisches saß. In einer Hand hielt er eine Teetasse, in der anderen eine Zeitung, in der er konzentriert las. Er hatte sie nicht bemerkt, und Caroline tat nichts, um seine Aufmerksamkeit zu wecken. Sie blieb stehen und nahm sich Zeit, ihn intensiv zu betrachten. Sein Gesicht war gerötet und voll, aber er hatte dieselben hohen Wangenknochen wie sie. Wenn er auch etwas fülliger war, so sah er doch seinem jüngeren Bruder Henry sehr ähnlich, und Caroline verspürte eine seltsame Erleichterung darüber. Das vertraute Aussehen machte es ihr leichter, zu akzeptieren, daß sie zwei Väter hatte: Ihr Onkel Henry hatte sie erzogen und sie geliebt, und dieser Mann dort hatte sie gezeugt – er war es, von dem sie abstammte. Einmal mehr sagte sie sich, daß es ihre Pflicht war, ihm Liebe entgegenzubringen.

Der Earl spürte schließlich, daß jemand ihn beobachtete, und schaute auf. Er hatte gerade seine Tasse an die Lippen heben wollen, erstarrte nun aber mitten in der Bewegung. Seine Miene drückte Überraschung aus, und Caroline lächelte in der Hoffnung, daß er vor allem ihre Zuneigung spürte und nicht, wie unbehaglich sie sich im Augenblick fühlte.

»Guten Morgen, Vater. Hast du gut geschlafen?«

Ihre Stimme bebte. Gott, nun, da sie ihm endlich gegenüberstand, war sie entsetzlich nervös.

Er setzte die Tasse mit einem Klirren ab. Der Tee schwappte über, aber er bemerkte es gar nicht. Er wollte sich erheben, schien seine Absicht aber zu ändern und ließ sich auf den Stuhl zurückfallen. Tränen traten in seine Augen, und er wischte sie mit einem Zipfel seiner Leinenserviette ab.

Er war genauso nervös und unsicher wie sie! Diese Erkenntnis half Caroline. Ihr Vater wirkte wie betäubt und schien nicht zu wissen, wie er sich verhalten sollte. Sie beobachtete, wie die Zeitung aus seiner Hand rutschte und langsam zu Boden segelte und begriff, daß es an ihr war, den ersten Schritt zu tun.

Mit einem ängstlichen Lächeln ging sie auf ihn zu. Sie blieb vor ihm stehen, und bevor sie es sich anders überlegen konnte, beugte sie sich zu ihm hinab und küßte ihn auf die Wange.

Ihre Liebkosung riß ihn aus seinem Trancezustand. Er sprang so abrupt auf, daß der Stuhl hintenüber fiel und zu Boden polterte. Dann packte er Caroline an den Schultern und zog sie fest an seine Brust.

»Du bist nicht enttäuscht?« flüsterte Caroline. »Sehe ich so aus, wie du dich mir vorgestellt hast?«

»Ich könnte niemals enttäuscht sein. Wie kannst du so etwas nur denken? Ich war einfach einen Augenblick wie vom Donner gerührt«, erklärte er ihr und drückte sie noch einmal. »Du bist das Ebenbild deiner Mutter, möge sie in Frieden ruhen. Kein Mann könnte stolzer auf seine Tochter sein!«

»Ich sehe ihr wirklich ähnlich?« fragte Caroline, als seine Umarmung sich ein wenig lockerte und sie wieder atmen konnte.

»O ja. Laß mich dich noch einmal anschauen.«

Caroline trat einen Schritt zurück und drehte sich mit abgespreizten Armen, damit er sie betrachten konnte. »Du bist eine wahre Schönheit«, sagte er heiser. Dann runzelte er die Stirn. »Setz dich«, befahl er. »Ich will nicht, daß dir schwindelig wird und du dich vielleicht übergeben mußt! Du darfst dich auf keinen Fall überanstrengen.«

Es war nicht sein Befehl, sondern das schlechte Gewissen, das Caroline dazu veranlaßte, sich auf einen Stuhl fallen zu lassen. »Vater, es gibt da etwas, das ich dir sagen muß. Es fällt mir nicht leicht, aber ich finde, wir sollten ehrlich miteinander umgehen. Ich habe die Bilder, die ich als Kind gemalt habe, an deiner Wand gesehen, und deswegen denke ich –« Als sie seinen erwartungsvollen Blick sah, brach sie ab, ließ die Schultern sinken und seufzte.

»Willst du mir sagen, daß du gesund wie ein Ackergaul bist?« fragte ihr Vater mit einem lustigen Blitzen in den Augen.

Carolines Kopf fuhr hoch, und sie sah ihn erstaunt an. »Ja«, gab sie schließlich zu. »Ich glaube, ich bin noch keinen Tag in meinem Leben krank gewesen. Es tut mir leid, Vater.«

Ihr Vater lachte mit ehrlichem Vergnügen. »Was tut dir leid? Daß du nicht krank warst oder daß du und deine Tante Mary mich habt übers Ohr hauen wollen?«

»Ich schäme mich so.« Sie meinte es ehrlich, aber das linderte ihr schlechtes Gewissen auch nicht. »Es war nur so, daß ich dort doch so . . .«

»Zufrieden war?« fragte ihr Vater mit einem Nicken. Er stellte seinen Stuhl wieder auf und setzte sich zu ihr.

»Ja, zufrieden. Ich habe so lange mit Onkel, Tante und ihren Kindern gelebt, daß ich . . . Vater, ich muß dir gestehen, daß ich Tante Mary immer als meine Mutter angesehen und sie Mama genannt habe. Meine Vettern sind mir wie Brüder, und Charity war mir immer wie eine Schwester.« Sie hob den Kopf und setzte hastig hinzu: »Aber ich habe dich nie vergessen, Vater. Du hast in meiner Welt zwar im Laufe der Jahre eine andere Bedeutung angenommen, aber ich wußte immer, daß du mein wahrer Vater bist. Ich hätte niemals gedacht, daß du mich zu dir holen würdest. Ich dachte, du hättest es so haben wollen und wärest mit der Situation zufrieden.«

»Caroline, ich verstehe dich sehr gut«, sagte ihr Vater sanft. Er tätschelte ihre Hand und fuhr fort: »Ich habe viel zu lange damit gewartet, dich zurückzuholen. Aber ich hatte meine Gründe. Ich werde sie im Augenblick noch für mich behalten, einverstanden? Du bist endlich zu Hause, und das ist alles, was zählt.«

»Glaubst du, wir können miteinander auskommen?«

Er warf ihr einen überraschten Blick zu. »Aber ja, ich denke doch«, sagte er. »Und nun erzähl mir, was es Neues von der Familie meines Bruders gibt. Wie ich gehört habe, ist Charity auch hier. Ist sie wirklich die flauschige Kugel, wie Mary sie in ihren Briefen so oft genannt hat?« Seine Stimme klang warm und voller Zuneigung, und Caroline lächelte. Das war tatsächlich eine treffende Beschreibung für ihre Cousine, wie sie vor ein paar Jahren noch ausgesehen hatte.

»Wenn du wissen willst, ob sie immer noch dick ist, dann lautet die Antwort nein. Statt dauernd zu essen, redet sie nun unablässig«, sagte sie grinsend. »Sie ist inzwischen sehr schlank und wirklich hübsch. Ich glaube, sie wird für viel Aufregung sorgen, denn sie ist blond und zierlich, und wir haben gehört, daß genau das Attribute sind, die die feine Gesellschaft bewundert.«

»Ich fürchte, ich bin über die neuesten Moden und Vorlieben nicht recht auf dem laufenden«, gab ihr Vater zu. Sein Lächeln verschwand, statt dessen furchte sich seine Stirn. »Du hast ganz richtig bemerkt, daß wir aufrichtig miteinander umgehen sollten, Tochter. Und deswegen muß ich gestehen, daß auch ich dir in meinen Briefen ausgedachte Geschichten erzählt habe.«

Caroline riß erstaunt die Augen auf. »Im Ernst?«

»Ja. Die Wahrheit ist, daß ich auf keinem einzigen Ball war, seit du mit meinem Bruder und seiner Familie nach Boston gezogen bist. Ich fürchte, man hält mich für einen Eigenbrötler.«

»Ist das wahr?« Als ihr Vater nickte, fuhr Caroline aufgeregt fort: »Aber Vater, du hast doch immer beschrieben, was auf den spektakulären gesellschaftlichen Ereignissen geschehen ist. Du hast uns den Klatsch und Tratsch von ganz London berichtet! Wie hast du solche Dinge nur so genau wiedergeben können?«

»Mein Freund Ludman hat mir geholfen«, antwortete ihr Vater mit einem verlegenen Lächeln. »Er läßt keine Party aus. Er hat mir sozusagen das Material geliefert, damit ich meine Geschichten an dich daraus stricken konnte.«

»Aber warum?« fragte Caroline, nachdem sie eine

Weile darüber nachgedacht hatte. »Magst du keine Partys?«

»Ich habe eine Menge Gründe, aber ich möchte dich im Augenblick nicht damit belasten«, erwiderte ihr Vater ausweichend. »Der Bruder deiner Mutter, der Marquis of Aimsmond, und ich haben seit vierzehn Jahren nicht mehr miteinander gesprochen. Weil ich weiß, daß er zu einigen Anlässen erscheint, tue ich es nicht. Das ist zwar eine sehr schlichte Erklärung, aber ich hoffe, sie reicht dir für den Augenblick.«

Caroline war viel zu neugierig, um sich damit abspeisen zu lassen. »Vierzehn Jahre? Exakt die Zeit, die ich aus England fort war?«

»Ja, genau«, sagte ihr Vater nickend. »Der Marquis war damals so wütend über deine Abreise, daß er verkündete, er würde erst wieder mit mir reden, wenn du zurück bist.« Ihr Vater hüstelte und fügte dann hinzu: »Er wußte nicht, warum ich dich weggeschickt habe, und ich habe es ihm auch nicht erklärt.«

»Aha«, machte Caroline. In Wirklichkeit verstand sie jedoch nichts, und je intensiver sie über die Worte ihres Vaters nachdachte, desto verwirrter wurde sie. »Vater, noch eine letzte Frage, dann können wir das Thema wechseln, ja?«

»Und?« Wieder erschien ein warmes Lächeln auf seinen Lippen, und es versetzte Caroline einen Stich. Sie wollte ihm nicht wehtun, aber sie mußte die Frage stellen.

»Warum hast du mich denn weggeschickt? Mama, ich meine Tante Mary, hat mir immer erzählt, daß der Tod meiner richtigen Mutter dir einen solchen Schlag versetzt hat, daß du dich nicht um mich kümmern konntest. Sie sagte, daß du immer nur das Beste für mich wolltest und geglaubt hast, daß ich bei ihnen glücklicher sein würde. Ist das die Wahrheit? Und wenn sie es ist«, fuhr sie rasch fort, bevor ihr Vater sie unterbrechen konnte, »warum hast du mich so lange dortbleiben lassen?«

Die Frage, die sie wirklich bedrückte, ließ sie unausgesprochen. Vielleicht hatte ihr Vater sie nicht zurück haben wollen. Aber was war die ganze Wahrheit? War sie irgendwie das Opfer einer Fehde zwischen den beiden Familien gewesen? War sie weggeschickt worden, um den Marquis für irgend etwas zu bestrafen? Oder hatte ihr Vater sie nicht geliebt . . . nicht genug geliebt?

Caroline legte ihre Stirn in Falten, als sie, wie schon so oft, über all die Möglichkeiten und deren Folgen nachdachte. Die schlichte Erklärung ihrer Tante war vor allem das gewesen . . . schlicht! Vielleicht hatte sie damals ausgereicht, als Caroline noch ein vertrauensvolles, naives Kind gewesen war; für die erwachsene Caroline war es jedoch nicht genug. Immer wieder hatte sie versucht, den wahren Grund dafür zu finden, warum ihr Vater sie damals fortgeschickt hatte, aber was auch immer ihr eingefallen war, keine Erklärung hatte näherer Betrachtung standgehalten. Und nun hatte sie die Bilder gesehen, die er in seinem Arbeitszimmer aufgehängt hatte. Warum hatte er sie aufgehoben?

»Bitte hab noch ein wenig Geduld, Caroline«, sagte der Earl. Seine Stimme, auf einmal schroff, machte ihr deutlich, daß er dieses Gespräch beenden wollte. »Ich tat damals wirklich, was ich für das beste hielt, und ich verspreche dir, daß ich dir eines Tages alles erklären werde.« Er räusperte sich und begann, den verschütteten Tee mit der Serviette aufzuwischen. »Und jetzt bist du sicher hungrig. Marie!« rief er laut in Richtung Tür. »Bring uns Frühstück. Und frischen Tee!«

»Ich bin eigentlich nicht sehr hungrig«, sagte Caroline zögernd. »Die ganze Aufregung hat mir den Appetit genommen.«

»Nun, im Grunde solltest du froh sein«, erwiderte ihr Vater. »Marie ist meine neue Köchin, und ihre Kochkünste lassen sehr zu wünschen übrig. Sie ist schon die dritte in diesem Jahr.« Er seufzte. »In meinem Haushalt funktioniert selten etwas so, wie es sollte.«

Caroline lächelte, wobei sie an die unzähligen Fragen dachte, die zu stellen sie sich sehnte. Doch als kurz darauf das Frühstück gebracht wurde und sie zu essen begannen, lenkte ihr Vater das Gespräch geschickt auf andere Themen.

Als die Teller abgeräumt wurden, hatte Caroline fast nichts angerührt. Die Köchin besaß wirklich kein besonderes Talent. Die Brötchen waren so hart, daß man sich einen Zahn hätte ausbeißen können, der Fisch trocken und pappig. Die Marmelade, die, aus der Staubschicht auf dem Deckelglas zu schließen, schon recht alt war, war gegoren und sauer. Als sie ihrem Vater in die Bibliothek folgte, überlegte Caroline, ob sie nicht Benjamin um Hilfe bitte sollte. Er kochte sehr gern und betätigte sich in Boston oft und mit Begeisterung in der Küche.

Dann wandte sie ihre Aufmerksamkeit wieder ihrem Vater zu. Er stand vor ihren Kunstwerken und lächelte stolz, als er ihr zeigte, wie er jedes ihrer Bilder auf der Rückseite mit einem Datum versehen hatte. Auf diese Art und Weise, erklärte er ihr, hatte er ihre Entwicklung verfolgen können.

»Ich habe es aufgegeben, zu malen«, sagte Caroline mit einem Lachen. »Wie du ja siehst, Vater, fehlt es mir an Begabung.«

»Das ist doch nicht wichtig. Henry hat mir übrigens geschrieben, daß du eine gute Schülerin bist, die ein Ohr für Sprachen hat.«

»Ja, das stimmt«, gab Caroline zu, »doch leider ist mein Akzent immer jämmerlich.« Sie lächelte und setzte hinzu: »Immerhin heißt es, daß ich eine durchaus erträgliche Singstimme habe und ganz gut Spinett spielen kann. Allerdings kam das Kompliment von meiner Familie, und die ist vielleicht ein wenig voreingenommen.«

Ihr Vater lachte. »Keine Angst, ich halte dich nicht für eine Aufschneiderin. Es besteht kein Grund, warum du dein Talent herunterspielen müßtest.« Er setzte sich in einen der Sessel und bedeutete ihr, sich in dem anderen niederzulassen. »Wie kommt es eigentlich, daß Henry Charity erlaubt hat, die weite Reise mit dir zu unternehmen? Ich freue mich sehr darüber, versteh mich nicht falsch, aber es überrascht mich doch ein bißchen.«

Und so erzählte Caroline ihrem Vater von Paul Bleachley, der romantischen Liebesgeschichte und dem plötzlichen Verschwinden des Mannes. »Hast du schon von einem Mann dieses Namens gehört, Vater?«

»Nein«, erwiderte Richmond. »Aber das heißt nichts, wenn man in Betracht zieht, daß ich seit einer Ewigkeit kaum noch Kontakt mit der Gesellschaft habe.«

»Vater, dein Diener Deighton hat uns aber erzählt, daß du zur Saison zurückgekommen bist. Hattest du denn vor, dieses Jahr wieder auf Bälle zu gehen?«

»Nein«, erwiderte ihr Vater. »Ich komme jedes Jahr zu dieser Zeit nach London zurück. Mein Landhaus ist zu zugig, um den Winter dort zu verbringen. Und Deighton, stur wie er ist, beharrt jedes Jahr darauf, früher herzukommen und dafür zu sorgen, daß im Stadthaus alles in Ordnung ist. Damit ich keine Ausrede habe, doch auf dem Land zu bleiben.« Er lächelte sie zärtlich an. »Jetzt bin ich allerdings froh darüber. Mit meiner wunderschönen Tochter an meiner Seite werde ich mich nur allzu gerne wieder in der Öffentlichkeit zeigen.« Ihr

Vater lachte mit echtem Vergnügen. »Du wirst einen ziemlich Aufruhr verursachen, Caroline.«

»Wegen des Marquis'?« fragte sie.

»Nein. Sondern weil du so ein entzückendes Ding bist«, erwiderte ihr Vater. »Natürlich wird der Marquis sich freuen, seine Nichte wieder in der Stadt zu haben, aber ich denke da eher an die jungen Burschen und wie sie auf dich reagieren werden. Ich bin wirklich gespannt. Deine Mutter wäre stolz auf dich.«

»Wie hast du sie eigentlich kennengelernt, Vater? Ich kann mich überhaupt nicht an sie erinnern, und das tut mir sehr leid. Tante Mary hat mir erzählt, daß sie ein sehr sanftmütiges Wesen war.«

Der Earl of Braxton blickte abwesend in die Ferne und lächelte zärtlich. »Ja, sie war sanftmütig und liebevoll, Caroline.« Er nahm Carolines Hand und begann ihr zu erzählen, wie er seine spätere Frau kennen- und liebengelernt hatte.

»Sie hat sich so über dich gefreut, Caroline. Ich wollte einen Jungen und hatte mir nicht einmal Namen für ein Mädchen überlegt. Als du zur Welt kamst lachte deine Mutter vor Glück, bis ihr die Tränen die Wangen herabliefen. O ja, sie hat sich sehr gefreut.«

»Und du? Warst du enttäuscht?« fragte Caroline lächelnd. Sie wußte, daß dem nicht so war, denn ansonsten hätte er ihr die Geschichte nicht so erzählt, doch sie wollte, daß er es ihr sagte.

»Ich war genauso glücklich wie deine Mutter«, gestand ihr Vater. Er drückte ihre Hand und kramte in seiner Tasche nach einem Taschentuch, mit dem er sich die Augenwinkel abtupfte. Anschließend räusperte er sich und sagte fast schroff: »Also dann. Wir müssen dafür sorgen, daß du und Charity sobald wie möglich mit einem neuen Kleid ausgestattet werdet. Der jährliche Ball des Duke of Ashton findet in nur zwei Wochen statt, und dort werden wir zum ersten Mal auftreten. Der alte Windhund schickt mir jedes Jahr aufs neue eine Einladung. Gott, er wird schockiert sein, wenn ich annehme.« Ihr Vater kicherte, während er sich das verblüffte Gesicht des Dukes vorstellte, wenn er mit seiner schönen Tochter am Arm in den Ballsaal treten würde.

Caroline beobachtete ihren Vater, während er ihr von all den gesellschaftlichen Ereignissen, an denen sie teilnehmen würden, erzählte, und lächelte über seine wachsende Erregung. Es hätte sie nicht überrascht, wenn er sich die Hände vor lauter Vorfreude gerieben hätte. Seine Augen, die nun schelmisch funkelten, erinnerten sie an ihren Vetter Luke. Im Augenblick kam er ihr vor wie ein kleiner Junge, dem ein spannendes Abenteuer bevorstand. Am liebsten hätte sie ihn gewarnt, nicht zuviel zu erwarten, wollte seine Begeisterung aber nicht dämpfen. Sie schwor sich, alles zu tun, was in ihrer Macht stand, um ihn nicht zu enttäuschen. Mit Gottes Wille würde sie es hinter sich bringen. Vielleicht gelang es ihr sogar in den verbleibenden zwei Wochen, zu lernen, wie man sich korrekt benahm. Das war in der Tat eine Herausforderung, und Caroline beschloß, ihr Bestes zu geben.

Die nächsten Stunden blieb sie bei ihrem Vater sitzen und lauschte, während er ihr von den vergangenen Jahren erzählte. Irgendwann fiel ihr auf, daß er weit mehr über Englands wachsende Probleme sprach als über sich selbst. Dann erkannte sie plötzlich, was für ein schrecklich einsamer Mann er gewesen war, und ihr Herz tat ihr weh. Mehr als einmal sagte sie sich, daß er seine Einsamkeit selbst gewählt hatte – er hätte sie ja in den letzten vierzehn Jahren an seiner Seite haben können. Dennoch empfand sie in erster Linie nur Mitleid mit ihm.

Er hatte sie damals nicht nur weggeschickt, weil er sich nicht mehr ausreichend um sie hatte kümmern können, wie Charitys Mutter ihr stets erzählt hatte. Es gab noch einen anderen Grund, dessen war sie sich sicher. Mit der Zeit, wenn sie erst einmal sein volles Vertrauen gewonnen hatte, dann würde sie es schon erfahren.

Und in diesem Moment begriff Caroline, wie dumm ihr Versprechen, das sie ihrer Bostoner Familie gemacht hatte, gewesen war. Es war das Versprechen eines Kindes gewesen, eines, das in Wut und Verzweiflung gegeben worden war. Doch nun akzeptierte sie die Tatsachen. Sie mußte ihr Wort brechen. Ihr Platz war an der Seite ihres Vaters. Sie konnte niemals zurück nach Boston gehen.

Ihre Zukunft lag hier.

KAPITEL 4

Caroline verdankte es allein ihrem Sinn für Humor, daß sie die nächsten Tage überstand, ohne sich der Verzweiflung hinzugeben. Dazu kam, daß Charitys Begeisterung sie von allen düsteren Gedanken ablenkte. Ihre Cousine kostete die Aufmerksamkeit, die man ihr widmete, in vollen Zügen aus und freundete sich rasch mit Madam Newcott, einer Schneiderin mit einem geschulten Auge für Stoffe und Schnitte, an. Charity genoß jede Sekunde von dem, was Caroline insgeheim ›ihren Leidensweg‹ nannte.

Der Earl of Braxton hatte es nicht bei einem Kleid bewenden lassen. Er hatte Anweisungen gegeben, daß beide seiner Schützlinge mit einer komplett neuen Garderobe ausgestattet werden sollten.

Für Charity schlug Madam Newcott rosafarbene und blaßgelbe Stoffe vor, die sie hier und da mit Spitze verzierte, um Charitys zierliche Statur zu unterstreichen. Rüschen dagegen untersagte sie Charity streng; sie würden ihre zarte Gestalt nur erdrücken, argumentierte sie.

Caroline mußte sich in Blau, Lavendel und Elfenbein hüllen lassen und bekam ein elfenbeinfarbenes Kleid angepaßt, das für ihren Geschmack viel zu eng und zu tief ausgeschnitten war. Sie fand das Kleid schrecklich unanständig und teilte Charity ihre Meinung mit.

»Mama würde dir eine Stola über die Brust drapieren«, meinte Charity kichernd. »Und Papa dich gar nicht erst aus dem Haus lassen. Onkel wird einen Stock brauchen, um dir die Verehrer vom Leib zu halten, wenn du das in der Öffentlichkeit trägst.«

»Ich schwöre, ich bin so gepikt und gekniffen worden, daß ich eigentlich am ganzen Körper blau und grün sein müßte«, bemerkte Caroline mürrisch.

Madam Newcott, die vor Caroline kniete und an das, was sie als herrliche Kreation bezeichnete, ein letztes Mal Hand anlegte, ignorierte den Kommentar geflissentlich.

»Wann kommt dein Vater zurück?« fragte Charity.

»Morgen«, antwortete Caroline. »Der Marquis wohnt ein ganzes Stück von London entfernt. Vater wird dort übernachten und morgen zurückkommen.«

»Ist der Marquis der ältere Bruder deiner Mutter, oder ist er jünger?« wollte Charity wissen.

»Älter. Ich habe noch einen Onkel, Franklin, und er ist zwei Jahre jünger als meine Mutter jetzt wäre, wenn sie noch lebte . . . äh, du verstehst, was ich meine?«

»In etwa«, sagte Charity grinsend. »Warum hat dein Vater dem Marquis nicht einfach eine Nachricht geschickt, daß du wieder in London bist? Dann hätte er sich doch die Fahrt ersparen können.«

»Vater wollte es ihm persönlich mitteilen. Er meinte, er müßte es ihm erklären . . .« Caroline runzelte nachdenklich die Stirn. »Weißt du, daß ich nicht einmal von diesen zwei Onkels wußte, bis Vater von ihnen erzählt hat? Ist es nicht komisch, daß er dem Marquis gegenüber auf einmal so eine Höflichkeit an den Tag legt?«

Charity dachte einen Moment nach und hob dann die Schultern. Für sie war das Thema beendet. »Oh, ich wünschte, ich hätte deine Figur«, jammerte sie, während sie ganz vorsichtig aus ihrem rosafarbenen Tageskleid stieg, um die Nadeln, die den Stoff zusammenhielten, nicht zu lösen.

»Zuwenig ist besser als zuviel«, sagte Caroline. »Du hast eine perfekte Figur.«

»Madam Newcott?« fragte Charity. »Caroline ist tatsächlich der Auffassung, daß ihre Beine zu lang und ihre Brüste zu groß sind, um als hübsch zu gelten.«

»Das habe ich nie gesagt«, protestierte Caroline. »Aber ich denke einfach praktisch. Die langen Beine sind günstig zum Reiten, aber ich kann einfach keinen praktischen Nutzen in einem Zuviel an dieser Stelle sehen.« Statt mit Worten zu erklären, klopfte sie sich aufs Dekolleté.

Charity brach in lautes Gelächter aus. »Caimen würde uns ohrfeigen, wenn er uns jetzt hören würde.«

»Das ist wahr«, bestätigte Caroline ihr. Sie blickte in den Spiegel und sagte: »Mein Haar ist viel zu lang, zu schwer und so fürchterlich widerspenstig. Meinst du, ich sollte es abschneiden lassen?«

»Nein!«

»Schon gut«, besänftigte Caroline ihre Cousine. »Dann laufe ich eben wie eine Barbarin herum.«

»Ich könnte es dir ein wenig kürzen, dann ist es wieder nachgewachsen, wenn wir nach Boston zurückfahren.«

Caroline begriff voller Unbehagen, daß sie ihre Cousine in ihren Entschluß einweihen mußte. Ihr Lächeln war verschwunden, als sie den Kopf schüttelte. »Ich bin nicht sicher, daß ich wieder mit nach Boston zurückkehre, Charity.«

Als ihre Cousine den Mund öffnete, um ihr zu widersprechen, schüttelte sie erneut den Kopf. Sie wollte keinesfalls vor Madam Newcott über dieses Thema sprechen, und zum Glück verstand Charity sie sofort.

Doch sobald die Schneiderin gegangen war, griff Charity das Thema wieder auf. »Meinst du nicht, daß deine

Entscheidung etwas übereilt ist, Caroline? Wir sind doch erst zwei Wochen hier. Gib dir mehr Zeit. Du mußt gründlich darüber nachdenken. Himmel, unsere Brüder werden Anfälle bekommen, wenn du nicht mit mir nach Hause zurückkehrst.«

»Ich verspreche dir, daß ich nichts überstürzen werde«, antwortete Caroline. »Aber ich weiß schon jetzt, daß ich meinen Vater nicht im Stich lassen kann, Charity. Ich kann es einfach nicht.« Sie seufzte traurig und fügte flüsternd hinzu: »Ich bin hier zu Hause. Hier gehöre ich hin. Zumindest solange mein Vater am Leben ist.«

»Du erzählst mir, du könntest deinen Vater nicht im Stich lassen. Aber ist das nicht genau das, was er mit dir getan hat?« argumentierte Charity. Ihr Gesicht rötete sich – ein untrügliches Anzeichen dafür, daß Zorn in ihr aufstieg. »Vierzehn Jahre lang hat er sich einfach nicht um dich gekümmert. Wie kannst du so etwas vergessen?«

»Ich habe es nicht vergessen«, gab Caroline zurück. »Aber er hatte seinen Grund. Und eines Tages wird er es mir erklären.«

»Ich habe jetzt wirklich keine Lust mit dir zu streiten, Schwester«, sagte Charity. »In wenigen Tagen werden wir zum ersten Mal auf einen Ball gehen. Dein Vater ist wegen uns ganz aufgeregt, und ich möchte seine Begeisterung nicht dämpfen. Versprich mir nur, daß du dich noch nicht festlegst. Ich werde dich erst einmal nicht mehr darauf ansprechen. Sagen wir für . . . für die nächsten zwei Wochen. Dann hast du Zeit genug gehabt, dir alles ganz genau zu überlegen. Oh, Caroline . . . du magst die Engländer doch nicht einmal!«

»Ich habe ja noch nicht besonders viele kennengelernt«, warf Caroline ein.

Das Gespräch rief Caroline Mr. Smith in Erinnerung zurück; mit ihm hatte sie eine ähnliche Unterhaltung geführt. Und dann dachte sie wieder an den Mann namens Bradford. Wieso hatte er sie nur so durcheinanderbringen können? Sie ertappte sich immer öfter dabei, daß ihre Gedanken bei ihm weilten, und es schien ihr nicht zu gelingen, ihn aus ihrem Kopf zu verdrängen. Sie fühlte sich in gewisser Hinsicht durch ihn bedroht, und als sie es sich eingestand, tadelte sie sich augenblicklich, viel zu dramatisch zu reagieren. Er war schließlich auch bloß ein Mann!

Der Abend ihres ersten Balles war gekommen. Das Ereignis im Ashford-Haus kennzeichnete den Beginn der Saison, und jede wichtige Persönlichkeit würde erscheinen.

Caroline nahm sich viel Zeit, sich anzuziehen. Ihr widerspenstiges Haar widerstand allen Bemühungen der Zofe, es mit Nadeln und Schleifen zu bändigen, und schließlich gaben sie es auf. Caroline bürstete ihre Lokken aus und ließ sie locker über ihre Schultern fallen.

Ihr Kleid hatte die Farbe von violettem Eis und besaß einen runden tiefen Ausschnitt, der mehr als nur ein bißchen von ihren vollen Brüsten sehen ließ. Passende Schuhe und schimmernde weiße Handschuhe rundeten ihre Erscheinung ab, und als Caroline sich vor dem großen Spiegel in ihrem Zimmer betrachtete, fand sie, daß sie sich durchaus blicken lassen konnte.

Mary Margaret, die sommersprossige Kammerzofe, die Deighton für Caroline angestellt hatte, schwärmte wieder und wieder davon, wie entzückend ihre neue Herrin aussah. »Ihre Augen haben jetzt genau die Farbe Ihres Kleides«, flüsterte sie fast ehrfurchtsvoll. »Das ist ja fast wie Zauberei. Oh, wenn ich nur Mäuschen spielen und mitkommen dürfte! Sie werden bestimmt für Aufregung sorgen.«

Caroline lachte. »Wenn du dich in ein Mäuschen verwandelst, dann bist du es, die für Aufregung sorgen würde«, neckte sie die Zofe. »Aber wenn du Lust hast, aufzubleiben, bis ich wiederkomme, dann erzähle ich dir ganz genau, was passiert ist.«

Nach der strahlenden Miene des Mädchens zu urteilen, hätte es Caroline nicht gewundert, wenn Mary Margaret vor lauter Dankbarkeit vor ihr auf die Knie gefallen wäre. Die unverhohlene Bewunderung machte sie verlegen. »Ich muß zugeben, daß ich sehr nervös bin, Mary Margaret. Ich war noch nie zuvor auf einem Ball.«

»Aber Sie sind Lady Caroline!« rief Mary, als wäre das allein genug, den Erfolg des Ereignisses zu garantieren. »Ihre Stellung in der Gesellschaft ist gesichert. Und Sie sind so wunderschön!«

»Ich bin ein einfaches Mädchen von einer Farm«, widersprach Caroline. Die Zofe schien sich mit ihr darüber streiten zu wollen, und so dankte Caroline ihr hastig für ihre Hilfe und floh aus dem Zimmer, um nach Charity und ihrem Vater zu suchen.

Die beiden warteten schon am Fuß der Treppe auf sie. Charity sah reizend aus. Ihre Haare waren zu einem Büschel dicker Locken zusammengefaßt worden, durch das sich ein rosafarbenes Band wand. Ihr Kleid war ebenfalls rosafarben und hatte einen weiten Ausschnitt, der ihre Schultern frei ließ. Der zarte, schimmernde Stoff betonte ihre hübsch geröteten Wangen, und Caroline wußte, daß die Londoner Gesellschaft ihre Cousine einfach lieben würde.

Der Earl of Braxton sah voller Stolz zu, wie seine Tochter die Treppe herunterkam. In seinen Augen schimmerten Tränen, und Caroline wartete, bis er ein Taschentuch hervorgezerrt und sich die Augenwinkel abgetupft hatte, bevor sie fragte, ob man schon lange auf sie wartete.

»Vierzehn Jahre«, antwortete er, bevor er sich selbst daran hindern konnte. Caroline lächelte erfreut über seine Bemerkung. »Du siehst einfach umwerfend aus, Tochter«, fuhr er fort. »Ich weiß gar nicht, wie ich dich vor den jungen Gentlemen beschützen soll.«

Als sie in der Kutsche saßen und losfuhren, fragte Charity: »Onkel, gibt es jemanden, den du häufig triffst?«

»Wie beliebt?« fragte Carolines Vater, der nicht verstand.

»Charity will wissen, ob du dich zu einer bestimmten Lady hingezogen fühlst«, übersetzte Caroline. Sie hatte Charity nicht erzählt, daß ihr Vater die letzten Jahre praktisch kaum noch Kontakt zur Londoner Gesellschaft gehabt hatte.

»Oh, ach so. Nein. Nein, da gibt es niemanden«, antwortete er. »Vor ein paar Jahren allerdings habe ich öfter Lady Tillman begleitet.«

»Vielleicht ist sie heute abend ja auch anwesend«, sagte Caroline.

»Ihr Ehemann starb, kurz nachdem ich deine Mutter geheiratet habe, Caroline«, erklärte ihr Vater. »Sie hatte damals schon eine Tochter. Ich bin gespannt, wie sie sich entwickelt hat.«

»Aber, Onkel, fühlst du dich nicht schrecklich allein?« fragte Charity mit einem Stirnrunzeln. »Ich kann mir gar nicht vorstellen, wie man so leben kann.«

»Nun, das liegt nur daran, daß du ständig von deinen vielen Brüdern umgeben warst«, gab er als Antwort.

»Ja, von ihnen und Caroline«, berichtigte Charity. »Sie ist mir wie eine Schwester.«

Die drei versanken in nachdenkliches Schweigen, bis die Kutsche vor einem gewaltigen Steinhaus anhielt. In

Carolines Augen kam das Haus einem Palast gleich, und sie spürte, wie ihre Eingeweide sich zu einem kalten Klumpen zusammenballten. Gott, sie war so nervös!

»Es ist ziemlich warm für diese Jahreszeit«, bemerkte ihr Vater, als er seinen beiden Begleiterinnen aus der Kutsche half. Er nahm Carolines rechten Ellenbogen und Charitys linken und führte die zwei Mädchen auf das Portal zu.

Charity stolperte über die erste Stufe, und Caroline ermahnte sie, ihre Brille aufzusetzen.

»Aber nur, bis ich drinnen bin«, verkündete Charity. »Ich weiß ja, ich bin schrecklich eitel, aber ich finde mich einfach häßlich mit der Brille!«

»Unsinn«, widersprach der Earl. »Die Brille steht dir sehr gut. Sie verleiht dir ein besonders würdevolles Aussehen.«

Charity sah ihn zweifelnd an, sagte aber nichts. Doch sobald sie in die Eingangshalle traten, die durch unzählige Kerzen erhellt wurde, nahm sie die Brille wieder ab und stopfte sie in die Tasche ihres Onkels. »Ich habe dir noch gar nicht gesagt, wie gut du heute abend aussiehst, Onkel«, sagte sie lächelnd.

Carolines Vater antwortete mit einem weiteren Kompliment, aber Charity hörte kaum hin. Sie gab sich alle Mühe, nicht mit offenem Mund all die Pracht anzustarren, die sie umgab.

Der Earl of Braxton stellte sie zuerst ihrem Gastgeber vor, der am Kopf einer langen Empfangsreihe stand. Der Duke of Ashford war ein alter Mann mit weißem Haar, auf dem ein gelblicher Schimmer lag. Er sprach mit einer hohen, näselnden Stimme, und Caroline war sicher, daß sein Selbstwertgefühl überaus ausgeprägt war. Sie mochte ihn trotzdem auf Anhieb, denn er umarmte ihren Vater mit aufrichtiger Herzlichkeit.

Der Duke schien fasziniert von Caroline und hob sogar sein Lorgnon ans Auge, um sie genauer mustern zu können. Caroline versuchte, seinen ziemlich unverschämten Blick zu ignorieren und war erleichtert, als ihr Vater sie am Arm nahm und die Treppe zum Ballsaal hinaufführte.

Charity war hingerissen. Ihr erster Ball – im Augenblick erschien er ihr wie ein einziges, verschwommenes, wundervolles Durcheinander aus Menschen, Musik und Reichtum. Es war so leicht, sich von der Atmosphäre des Abends davontragen zu lassen. Heute abend durfte sie sich unter die schicke, tonangebende Jugend der Oberschicht mischen. Und bestimmt wußte auch jemand etwas über Paul Bleachley. Heute abend konnte sie endlich mit den Nachforschungen beginnen und herausfinden, was mit ihrer verlorenen Liebe geschehen war.

Der Earl of Braxton stand, seine Tochter zur Linken, seine Nichte zur Rechten, auf der Schwelle zum Ballsaal. Vier Stufen führten hinab zum Parkett, und sie blieben einen Moment stehen, um den Saal zu überblikken.

Vater und Tochter berührten sich nicht, aber Charity hielt sich verzweifelt am Arm des Earls fest, um ja nicht zu stolpern, wenn sie gleich hinabgehen würden. Ihre Augen funkelten, und ihre Wangen waren vor Aufregung gerötet.

Caroline dagegen wirkte vollkommen gelassen. Sie stand dort stolz und aufrecht und blickte mit ruhiger Miene auf die Leute, die, einer nach dem anderen, die Köpfe drehten und zu ihnen heraufstarrten.

Der Earl rührte sich nicht, bis er sicher war, daß alle Gäste seine Tochter und seine Nichte wahrgenommen hatten. Dies war, wie er plötzlich in sich hineinlächelnd erkannte, einer der bemerkenswertesten Momente in seinem Leben, und er wollte ihn voll auskosten. Ein hörbares Raunen ging durch die Menge, und während Charity langsam nervös wurde, genoß der Earl stolz jeden einzelnen Augenblick.

Die Musik setzte wieder ein, und einige junge Männer setzten sich in ihre Richtung in Bewegung. »Da kommen sie schon«, flüsterte Carolines Vater mit einem leisen Lachen.

Das war also das sogenannte Abenteuer, dachte Caroline, als eine wahre Fontäne von Namen, Titeln und Begrüßungsfloskeln auf sie herabprasselte. Je näher die Gentlemen rückten, desto weiter zog sich Caroline zurück. Äußerlich wirkte sie ruhig und gefaßt, aber innerlich bebte sie vor Nervosität. Sie konnte nicht anders – sie mußte Charity bewundern. Sie tauschte mit den Verehrern, die sie umgaben, so selbstverständlich kesse und neckische Worte aus, als hätte sie noch nie in ihrem Leben etwas anderes getan. Sie schien ganz und gar in ihrem Element zu sein und blühte auf wie eine Blume im Frühling, und Caroline wunderte sich, was mit *ihrem*, normalerweise recht gut ausgeprägtem Selbstbewußtsein geschehen war. Sie war eingeschüchtert, fühlte sich unbehaglich und kam sich vollkommen fehl am Platz vor.

Charitys Tanzkarte war im Handumdrehen voll, und man führte sie auf das Parkett zu einem Tanz, der bereits im Gang war, doch der Earl wies bestimmt einen Gentleman ab, der gerade den Arm seiner Tochter ergreifen wollte. Er müsse sie erst einigen Freunde vorstellen, sagte er in einem Tonfall, der keinen Widerspruch duldete.

Ihr Vater starrte konzentriert auf einen Punkt auf der anderen Seite des Saales. Caroline folgte seinem Blick und sah, wie ein älterer Mann sich aus einer Gruppe von plaudernden Gästen löste und sich langsam seinen Weg auf sie zu bahnte.

»Wer ist das, Vater?« fragte Caroline.

»Der Marquis of Aimsmond«, antwortete ihr Vater. »Der ältere Bruder deiner Mutter.«

»Der, zu dem du vorgestern gefahren bist?« fragte Caroline.

»Ja, Kind. Ich mußte es ihm erklären«, antwortete der Earl. Er tätschelte ihre Hand und fügte dann hinzu: »Er wird dich nicht ablehnen. Dafür habe ich gesorgt.«

Verwirrt sah Caroline ihren Vater an. Was hatte er ihm erklären müssen? Und welchen Grund hätte der Marquis haben sollen, sie abzulehnen? Nun, natürlich war dies ein ungünstiger Zeitpunkt, ihren Vater danach zu fragen, aber sie war entschlossen, von ihm eine Erklärung zu verlangen, wenn sie zu Hause waren.

Nachdenklich sah sie dem Marquis entgegen. Er wirkte ziemlich zerbrechlich und schob sich sehr langsam und vorsichtig durch die dichte Menschenmenge.

»Ich denke, ich sollte ihm ein Stück entgegengehen«, sagte sie zu ihrem Vater.

Ohne seine Antwort abzuwarten, straffte sie die Schultern und setzte sich in Bewegung. Dies war der Mann, der vierzehn Jahre lang kein Wort mit ihrem Vater gesprochen hatte . . . und nun lächelte er sie an! Offenbar war die Familienfehde beigelegt. Der Besuch ihres Vaters hatte anscheinend die zerrissenen Bande wieder verknüpft.

Sie traf ihn in der Mitte des Ballsaals. Ohne einen Moment zu zögern, lächelte sie ihn strahlend an und küßte ihn auf die Wange.

Ihr Onkel reagierte mit einem umwerfenden Lächeln. Er nahm ihre beiden Hände in seine, mußte jedoch eine wieder loslassen, um sein Gleichgewicht mit Hilfe seines Gehstocks zu halten.

Eine ganze Weile betrachteten beide sich, ohne ein Wort zu sagen. Doch bevor das Schweigen unangenehm werden konnte, erlöste der Marquis sie. »Es wäre mir eine Ehre, wenn Sie mich Onkel nennen würden«, sagte er. Seine Stimme klang etwas rauh, fast heiser, und ließ seine Rührung erkennen. »Da Ihre Mutter tot ist, habe ich nur noch meinen jüngeren Bruder und seine Frau Loretta. Sie sind meine ganze Familie.«

»Nein«, widersprach Caroline mit weicher Stimme. »Sie haben auch noch meinen Vater und mich.«

Ihre Worte schienen die erwünschte Wirkung zu haben. Der Marquis blickte sie bewegt an. In diesem Moment hörte Caroline das Räuspern ihres Vaters hinter sich.

Der Marquis warf dem Earl einen finsteren Blick zu. »Du hast mir nicht gesagt, daß sie wie ihre Mutter aussieht. Ich bin fast ohnmächtig geworden, als ich sie gerade auf mich zukommen sah.«

»Ich *habe* es dir gesagt«, erwiderte der Earl. »Du bist einfach zu senil, um dich daran zu erinnern.«

»Ha! Mein Geist ist noch überaus jung und lebendig, Brax.«

Carolines Vater grinste. »Sind Franklin und Loretta heute abend auch hier? Ich habe sie bisher noch nicht gesehen, und ich wollte Caroline ihren anderen Onkel vorstellen.«

Der Marquis runzelte die Stirn. »Ja, sie treiben sich hier irgendwo herum«, sagte er mit einem Achselzukken. Dann wandte er sich wieder zu seiner Nichte und bemerkte: »Sie hat meine Augen, Brax! Ja, sie ist ein Abbild ihrer Mutter! Niemand kann übersehen, welcher Familie sie entstammt!«

Caroline mußte zugeben, daß ihre Augen den seinen

wirklich ähnlich sahen. Im Augenblick funkelten die des Alten schelmisch.

»Aber sie hat mein Haar! Das ist eine Tatsache, Aimsmond, und die kannst nicht mal du abstreiten!«

Caroline begann zu lachen. Sie konnte es nicht fassen, daß die beiden sich tatsächlich über sie stritten. »Nun, dann werden alle ja auf Anhieb erkennen, daß ich mit beiden Familien verwandt bin«, sagte sie. Dann schob sie eine Hand in die Armbeuge ihres Onkels, die andere in die ihres Vaters und sah sie nacheinander an. »Sollen wir uns irgendwo ein ruhiges Plätzchen suchen, um uns zu unterhalten? Ihr zwei habt euch zwar vor kurzem noch gesehen, aber ihr habt euch doch bestimmt noch eine Menge zu erzählen.«

Die drei schlenderten auf einen Alkoven in der Nähe zu. Charity gesellte sich zu ihnen, und bald drehte sich das Gespräch um den Ball und um die ledigen Gentlemen, die versuchten, sich den beiden Mädchen zu nähern.

»Darf ich Sie auch Onkel nennen?« fragte Charity den Marquis. »Wenn Sie nichts dagegen haben, fände ich das viel schöner. Wir sind ja schließlich auch entfernt miteinander verwandt, nicht wahr?«

Der Marquis war entzückt über Charitys herzliche Offenheit und nickte zustimmend. »Ja, wir sind durch Heirat tatsächlich entfernt verwandt. Bitte – nenn mich ruhig Onkel. Caroline hat, als sie klein war, immer Onkel Milo zu mir gesagt.«

»Aimsmond, sieh dir das mal an«, sagte Carolines Vater plötzlich. »Was ist denn das für ein Aufruhr?« Er stand neben der gepolsterten Fensterbank auf der der Marquis saß. Dieser hielt Carolines Hand fest umklammert, als wollte er verhindern, daß sie ihm noch einmal entwischte.

Ihr Vater sah zu den großen Türen des Eingangs hinüber, und Caroline folgte seinem Blick. Ihre Augen weiteten sich, als sie sah, wer dort stand und für das allgemeine Raunen verantwortlich war, das durch den Ballsaal ging. Es war der Mann, den sie vor den Räubern gerettet hatte ... Mr. Smith. Nun, natürlich war er nicht Mr. Smith, aber zumindest der Mann, dem sie einen solchen Namen gegeben hatte, um ihn vor Peinlichkeiten zu bewahren.

Während sie ihn beobachtete, huschte ein Lächeln über ihr Gesicht. Er wirkte wie ein Pfau, wie er dort stand und sich von der Menge bewundern ließ. Die diskreten Blicke, die ihm die Gäste immer wieder zuwarfen, verrieten, daß es sich um einen stadtbekannten Dandy handeln mußte. Sein nüchterner schwarzer Anzug war nicht anders als die Anzüge der anderen Gentlemen im Saal, doch er trug ein Halstuch, das so drapiert war, daß es bis zu seinen Ohren hinaufreichte. Caroline hätte wirklich gerne gewußt, wie er damit noch würdevoll den Kopf drehen wollte.

»Ah, Brummell ist auch endlich angekommen«, stellte ihr Onkel mit gewisser Befriedigung fest. »Damit hat der Ball des Dukes seine offizielle Anerkennung erhalten.«

»Brummell?« Caroline spürte, wie ihre Knie weich wurden. »Sagtest du Brummell?« fragte sie lahm, obwohl sie genau wußte, daß sie ihn nicht mißverstanden hatte. O Gott, da habe ich mich aber in die Nesseln gesetzt, fuhr es ihr durch den Kopf. Wie entsetzlich peinlich. Panisch forschte sie in ihrer Erinnerung nach jedem einzelnen Wort, das sie in ihrem Gespräch mit Mr. Smith über den Dandy geäußert hatte. Hatte sie irgend etwas wirklich Beleidigendes gesagt? Himmel, hatte sie ihn nicht Brummer genannt?

Brummell stand allein im Türrahmen und trug eine gelangweilte Miene zur Schau, die er selbst dann beibehielt, wenn er jemandem zur Begrüßung zunickte. Schließlich schritt er ganz gemächlich die Treppe hinunter und bahnte sich langsam, ganz ohne Eile, seinen Weg durch die Menge. Seine Haltung strahlte überlegene Wichtigkeit aus, und als Caroline sah, wie sich die Menge teilte, als er sich näherte, erkannte sie, daß er tatsächlich eine wichtige Person war. Im übrigen bewegte er sich, ohne zu humpeln. Offenbar war seine Wunde gut verheilt.

Caroline ließ Brummell nicht aus den Augen. Sie wollte sehen, welchen Gast er für würdig hielt, als erstes von ihm begrüßt zu werden.

Und dann sah sie ihn! Bradford! Er lehnte lässig an der gegenüberliegenden Wand und war von drei Männern umgeben. Charity stand Caroline im Blickfeld, so daß sie den Hals recken mußte, um ihn besser sehen zu können. Die Männer, die bei Bradford standen, redeten eifrig auf ihn ein und wollten ihn offenbar in ein Gespräch verwickeln, doch Bradford ignorierte sie.

Denn er starrte sie an!

Ihr Vater sagte etwas zu ihr, und Charity versuchte ebenfalls, ihre Aufmerksamkeit zu erregen. Onkel Milo zupfte an ihrem Ärmel. Aber Caroline reagierte nicht. Sie konnte ihren Blick einfach nicht von dem Mann lösen, der sie so eindringlich ansah.

Er war attraktiver, als sie ihn in Erinnerung hatte, und gut einen Kopf größer als seine Gefährten um ihn herum. Sein Haar war zwar gekämmt, wirkte aber immer noch ein wenig vom Wind zerzaust, und das bewahrte ihn davor, vollkommen unnahbar auszusehen. Sein Mund wirkte hart; da war nichts Verletzliches, das seine kantigen Gesichtszüge ein wenig gemildert hätte. Wahrscheinlich lachte er nicht oft.

Seltsam, daß sie vergessen hatte, wie groß er war, wie breit seine Schultern waren. Plötzlich schoß ihr das Bild eines spartanischen Kriegers, König Leonidas vielleicht, durch den Kopf, und sie fand, daß Bradford in einer anderen Zeit, in einem anderen Leben durchaus mit dem mächtigen Kämpfer hätte verwandt sein können.

Der Duke of Bradford hatte Caroline Richmond schon den ganzen Abend beobachtet. In dem Augenblick, in dem sie an der Seite des Earl of Braxton aufgetaucht war – ihre Haltung würdevoll, ganz die einer Königin –, war er von ihrer Erscheinung wie gebannt gewesen. Sie sah einfach umwerfend aus, und ihr Erscheinen hatte augenblicklich für Unruhe unter den ledigen Männern gesorgt. Ja, er wußte, daß er in seiner Bewunderung nicht allein war, und diese Tatsache ärgerte ihn enorm. Herrgott, praktisch jeder junge Geck in diesem Raum starrte sie an!

Verdammt! Er hatte einen Anspruch auf sie! Sie würde ihm gehören. Als er erkannte, wie stark sein Wunsch war, sie zu besitzen, sie ganz für sich allein zu haben, schüttelte er den Kopf. Ihre Wirkung auf ihn war erstaunlich. Er hatte sich schon seit Jahren in dieser affektierten Gesellschaft der Reichen und Adeligen nicht mehr wohl gefühlt. Alles hatte ihn gelangweilt, nichts konnte ihn mehr begeistern, doch plötzlich spürte er, wie sich eine Lebensfreude in ihm regte, von der er geglaubt hatte, sie sei mit seinem Vater und seinem Bruder gestorben.

Bradford hatte die Einladung zu diesem Ball nur deswegen angenommen, weil er darauf gehofft hatte, daß sie kommen würde. Den alljährlichen Ashford-Ball ließ sich niemand von Rang und Namen entgehen, und Bradford war davon ausgegangen, daß Carolines Vater da keine Ausnahme machen würde.

Sein brütender Blick jagte Caroline eine Hitze durch die Adern, die sie sich nicht erklären konnte. Sie spürte, wie ihre Wangen sich röteten, und ärgerte sich über ihre Verlegenheit. Wieso reagierte sie nur so unmöglich auf ihn? Er schüchterte sie ein und tat . . . noch etwas anderes mit ihr. Wenn sie sich nicht zusammenriß, dann würde sie gleich in albernes, nervöses Gekicher ausbrechen. Und wie, bitte schön, sollte sie das ihren Verwandten erklären?

Die Gedanken jagten durch ihren Kopf wie Windböen über das offene Feld, während sie ihn unverwandt anstarrte. Irgendwie gelang es ihr nicht, einen einzigen dieser Gedanken festzuhalten, um ihn zu Ende zu denken. Wenn ihr wenigstens eine Möglichkeit eingefallen wäre, wie sie den Bann, mit dem er sie belegt hatte, lösen konnte!

Ob er auch nur eine Ahnung davon hatte, wie er auf sie wirkte? Sie hoffte inständig, daß das nicht der Fall war. Ihre Hände bebten, und sie war wie betäubt. Gleichzeitig jedoch schienen ihre Sinne enorm geschärft und vollkommen überfordert. Ihr Geist schien den Begriff Vernunft nicht mehr zu kennen.

Carolines Nervosität wuchs. Dazu kam, daß sie befürchtete, in diesem Zustand etwas entsetzlich Unschickliches zu tun. Trotzig dachte sie, daß es ganz allein Bradfords Schuld sein würde, wenn ihr das passierte. Der Gedanke war allerdings wenig tröstend, denn plötzlich schoß ihr durch den Sinn, daß er ausgesprochen selbstzufrieden reagieren würde, wenn er sich dessen bewußt wäre. Ja, wenn sie sich vollkommen lächerlich machte und er auch nur ahnte, daß er der Grund dafür war, dann würde es ihn bestimmt bloß in seiner Arroganz bestätigen.

Mit schier übermenschlicher Kraft gelang es Caroline schließlich, sich zu konzentrieren. Sie zwang ihre Gesichtszüge zu einer Miene, die, wie sie hoffte, gelangweilt und emotionslos war – eine Miene, die die meisten Ladies in diesem Ballsaal zur Schau trugen. Doch dann stellte sie fest, daß es ihr nicht gelang, diesen Gesichtsausdruck beizubehalten. Sie war einfach noch nie ernsthaft gelangweilt gewesen; wie sollte sie also gelangweilt *aussehen*? Als sie diese Tatsache begriff, erschien ein Lächeln auf ihrem Gesicht.

Bradford sah es und lächelte unwillkürlich zurück. Als er sich dabei ertappte, war er selbst überrascht. Er zeigte sonst so gut wie nie irgendwelche Gefühle in der Öffentlichkeit, doch nun benahm er sich wie ein junger Geck, der zum ersten Mal auf einem größeren Ball war.

Caroline versuchte, wenigstens ihre Würde zu wahren, und nickte ihm leicht zu, um ihm zu zeigen, daß sie sein Lächeln zur Kenntnis genommen hatte. Als sie schließlich begriff, daß er nicht als erster wegsehen würde, wollte sie sich wieder zu ihren Verwandten umdrehen. Doch da trat ein schelmischer Ausdruck in Bradfords Augen, und sie beobachtete wie gebannt, wie er ihr so langsam und übertrieben zuzwinkerte, daß diese Geste schon eindeutig zweideutig wirkte.

Caroline schüttelte den Kopf über diese offene Provokation und versuchte, verärgert auszusehen, aber sie konnte sich das Lachen nicht verkneifen, womit sie die Wirkung vollkommen ruinierte. Bevor er sie erneut in seinen Bann ziehen konnte, wandte sie ihm rasch den Rücken zu. Sie kam sich plötzlich vor wie ein kleines Mädchen, das unter Aufsicht gestellt werden mußte. Sie holte tief Luft und versuchte, sich auf das Gespräch zu konzentrieren, das ihre Verwandten führten.

Der Earl und der Marquis debattieren gerade hitzig über die Frage, wem Caroline und Charity vorgestellt werden sollten und, noch wichtiger, wer die Vorstellungen übernehmen sollte. Caroline nutzte die Zeit, um ihre Cousine auf Seite zu ziehen und ihr ins Ohr zu flüstern: »Sie sind hier, Charity. Drüben, an der anderen Wand. Nein! Sieh jetzt nicht hin«, fügte sie rasch hinzu.

»Wer ist hier?« wollte Charity wissen. Sie blinzelte und versuchte, um Caroline herumzublicken.

»*Nicht* hinsehen! Du könntest sie ohnehin nicht erkennen. Sie sind zu weit weg.«

»Lynnie, jetzt reiß dich zusammen«, sagte Charity in ärgerlicher Ungeduld und stemmte eine Hand in die Hüfte. »Wer ist hier?«

»Der Mann, dem wir an dem Tag geholfen haben, als wir ankamen«, erklärte Caroline, die erkannte, daß Charity recht hatte. Sie mußte sich zusammenreißen. Was in aller Welt war denn los mit ihr? Sie benahm sich unruhig und tänzelte genauso herum, wie eines ihrer edlen Pferde. Nur . . . wieso? »Und Bradford auch«, fuhr sie fort. »Sie sind beide hier.«

»Oh, ist das nicht nett?« Charity strahlte vor Freude. »Wir müssen ihnen sofort guten Tag sagen.«

»Nein, das ist *nicht* nett«, schnappte Caroline. »Ich finde das überhaupt nicht nett.«

Charity zog die Stirn in Falten. »Caroline, du solltest dich einmal selbst hören. Was ist denn los mit dir? Du kommst mir fast so vor, als ob du Angst hättest.« Diese Feststellung verblüffte Charity selbst. In all den Jahren, die sie Caroline kannte, hatte sie niemals Furcht bei ihr bemerkt. Es war wirklich erstaunlich, ihre Cousine derart aufgewühlt zu sehen.

Es blieb jedoch keine Zeit mehr, das Thema zu vertiefen. Charity wurde von dem nächsten Verehrer auf die Tanzfläche entführt, und einen Augenblick später forderte der Viscount Claymere mit einer großartigen Verbeugung Caroline auf.

Caroline ging neben ihm zur Mitte der Tanzfläche, wo er ihren Ellenbogen nahm. Seine Hand war verschwitzt; offensichtlich war der gute Mann ein wenig nervös. Um ihn zu beruhigen, lächelte Caroline ihn an, doch das war offenbar genau das falsche gewesen. Der arme Viscount stolperte, und Caroline mußte seinen Arm packen, damit er das Gleichgewicht nicht verlor.

Von diesem Moment an bemühte sie sich, eine gefaßte Miene zu machen und ihn nicht direkt anzusehen, denn der Viscount schien es nicht zu verkraften. Die Musik setzte ein, und Caroline konzentrierte sich auf die komplizierte Schrittfolge, wobei sie im stillen Caimen dafür dankte, daß er sich die Zeit genommen hatte, ihr das Tanzen beizubringen. Sie wußte, daß Bradford sie beobachtete, doch sie schwor sich, nicht zu ihm hinzusehen. Als man sie auf das Parkett geführt hatte, hatte sie beschlossen, ihn von nun an vollkommen zu ignorieren. Schließlich war er, wie sie sich bestimmt zum fünfzigsten Mal in Erinnerung rief, einfach unerträglich. Ja, er wirkte wie ein Spartaner: hart, diszipliniert, streng. Aber wer interessierte sich schon wirklich für die spartanische Zivilisation? Schließlich war die schon lange ausgestorben!

Bradford beobachtete Caroline und faßte den Entschluß, nur noch abzuwarten, bis der Tanz zu Ende war. Als Brummell ihn fragte, was ihn derart faszinierte, deutete er mit dem Kopf in Carolines Richtung. Brummell folgte seinem Blick. Seine Augen leuchteten vergnügt auf, doch seine Miene blieb ausdruckslos, als er begann, Caroline nun ebenfalls zu beobachten.

Caroline war unglaublich erleichtert, als die Musik endlich verstummte. Der Viscount war ihr mehrmals auf die Zehen getreten, und nun schmerzten ihre Füße enorm. Doch bevor der ungeschickte junge Mann noch mehr Schaden anrichten konnte, gesellte sich Carolines Vater zu ihnen. Der Viscount vollführte noch eine großartige Verbeugung und wollte sich dann gerade umwenden und gehen, als er offenbar seine Meinung änderte. Mit einer raschen Bewegung packte er Carolines Hand beugte sich vor und drückte ihr einen geräuschvollen Kuß auf den Handrücken.

Caroline ermahnte sich streng, nicht zu lächeln, aber es fiel ihr schwer. Der Viscount zog ab, nicht jedoch ohne vorher zu versprechen, bald wiederzukommen.

»Bitte sei nicht beleidigt, Vater, aber ich finde, die Engländer sind wirklich ein etwas merkwürdiges Volk. Wieso sind sie immer so nervös und hektisch?« fragte Caroline, als sie dem davoneilenden Viscount hinterhersah.

»Da du selbst Engländerin bist, werde ich es nicht als Beleidigung auffassen«, erwiderte ihr Vater grinsend.

Und dann stand plötzlich er vor ihr, Brummell an seiner Seite. Da die beiden ihr den Weg und die Sicht versperrten, konnte sie sie unmöglich ignorieren. Und so starrte sie eine Weile auf Bradfords Brust, bis sie schließlich den Blick hob.

»Wir möchten der Dame gerne vorgestellt werden«, sagte Bradford gedehnt. Seine Worte waren an ihren Vater gerichtet, doch sein Blick war auf sie fixiert. Caroline bemerkte, daß er auf ihren Mund starrte, und sie fuhr sich nervös mit der Zunge über die Lippen.

Der Earl of Braxton war sichtlich erfreut. »Selbstverständlich. Dies ist meine Tochter Caroline Mary. Caroline, meine Liebe, es ist mir eine Ehre, dir den Duke of Bradford und Mr. George Brummell vorzustellen.«

Bradford wandte sich zu Brummell um und grinste. »Du zuerst?«

»Das versteht sich von selbst«, erwiderte Brummell blasiert. Er wandte seine ganze Aufmerksamkeit Caroline zu und lächelte. Der Lärm um sie herum ließ deutlich nach, als würde jeder im Saal versuchen, dem Gespräch zu lauschen. Plötzlich kam Caroline sich vor wie die Hauptattraktion auf einem Jahrmarkt.

»Es ist mir ein großes Vergnügen, Sie kennenzulernen«, stellte Brummell überaus formell fest. Er verbeugte sich so tief vor ihr, daß er mit den Fingerspitzen den Boden hätte berühren können, dann richtete er sich wieder auf. »Sie stammen aus den Kolonien?« fragte er, während er ihre Hand nahm und langsam an seine Lippen hob. Diese vertrauliche Geste erzeugte bei den Zuschauern hörbares Luftschnappen und Aufkeuchen, und Carolines Augen blitzten vergnügt auf. Die Freude ihres Vaters über einen derart herzlichen Empfang trieb ihr eine angenehme Röte in die Wangen – glaubte sie zumindest. Welchen Grund zu erröten hätte sie sonst haben sollen?

»Sie sind offenbar ein sehr aufmerksamer Beobachter, wenn Sie sofort erkennen können, daß ich aus den Kolonien komme, Mr. Brummell«, erwiderte Caroline.

»Oh, bitte nennen Sie mich Beau. Obwohl man mir gelegentlich sagt, ich solle mich doch an meinen Vornamen George halten, ziehe ich immer den Spitznamen Beau vor.«

»Sie heißen tatsächlich George?« fragte Caroline, die sich alle Mühe gab, nicht laut loszulachen. Der Arme. Kein Wunder, daß er so entsetzt gewesen war, als sie ihn nach König George hatte nennen wollen, wo er doch verzweifelt versucht hatte, seine wahre Identität zu verheimlichen.

»Ja, und erst kürzlich hat mir eine wunderschöne Lady nahegelegt, ich solle mich wieder George nennen. Doch ich weigerte mich«, setzte er mit einem Seufzen hinzu.

Das Spiel schien ihm Spaß zu machen, und Caroline, die es wirklich große Anstrengung kostete, sich das Lachen zu verbeißen, fand, daß er es verdient hatte, auf eine ebenso harte Probe gestellt zu werden. »Wissen Sie, Mr. Harold Smith hat mir schon viel von Ihnen erzählt. Nun, möglich, daß Sie sich nicht an ihn erinnern, denn der gute Mann hat vor langer Zeit alles verkauft, was er besaß, und ist in die Kolonien gereist. Er meinte, London wäre zu . . . barbarisch. Ja, doch, ich glaube, das war der genaue Wortlaut!«

Brummell und Bradford sahen erst einander, anschließend sie an. Dann begannen sie beide laut zu lachen, und als ihre Heiterkeit endlich ein wenig nachließ, mußte sich Brummell die Augenwinkel abtupfen.

»Und wie geht es Mr. Smith?« fragte Bradford, als er wieder zu Atem gekommen war.

Caroline lächelte ihn an und wandte sich dann wieder Brummell zu. »Nun, ich finde, er sieht sehr gesund und kräftig aus. Er hatte wohl eine Weile Probleme mit seinem Bein, aber so, wie er heute wieder umherläuft, scheint er wieder vollkommen genesen.«

»An was hat der arme Kerl denn gelitten?« mischte sich der Earl ein.

»Gicht«, erwiderte Caroline wie aus der Pistole geschossen.

Brummell begann zu husten, und Bradford mußte ihm auf den Rücken klopfen. »Ich habe seit Jahren nicht mehr soviel gelacht«, gab er schließlich zu. »Madam, es war mir ein Vergnügen, und ich hoffe, ich darf Sie bald wiedersehen.« Brummells Stimme stieg während des letzten Satzes an, und Caroline begriff, daß die Umstehenden es hören sollten. »Bevor der Ball vorbei ist, muß ich unbedingt noch ihre Base kennenlernen.«

Caroline nickte und sah Brummell hinterher, der sich

nun zurückzog. Endlich wandte sie sich Bradford zu, während sie sich inständig wünschte, sie hätte den Mut gehabt, ihn zu fragen, ob er nicht auch dringend irgendwo hingehen mußte.

Die Musik setzte wieder ein, und im gleichen Moment verkündete ihr Vater, er wolle für den Marquis Champagner holen. Bradford bat ihren Vater höflich, diesen Walzer mit seiner Tochter tanzen zu dürfen, und während der Earl noch die Erlaubnis gab, schüttelte Caroline schon heftig den Kopf.

Bradford ignorierte ihre Weigerung und nahm ihre Hand. Er zerrte sie förmlich über die Tanzfläche, bis sie fast an den gegenüberliegenden Türen waren, die nach draußen führten. Dort wandte er sich ihr zu und nahm sie in die Arme.

Caroline hielt ihren Blick auf seinen schwarzen Rock gerichtet. »Ich kann keinen Walzer tanzen«, flüsterte sie.

Bradford nahm seine Hand von ihrer Taille und hob ihr Kinn an, so daß sie ihn ansehen mußte. »Meine Knöpfe werden Ihnen nicht antworten«, sagte er amüsiert.

»Ich sagte, ich weiß nicht, wie man Walzer tanzt«, wiederholte Caroline. Bradfords Finger strichen über die empfindliche Haut unter ihrem Kinn, und sie spürte ein Zittern in ihren Beinen.

»Legen Sie Ihren Arm um mich«, flüsterte Bradford samtig. Er senkte den Kopf, so daß ihre Gesichter sich fast berührten.

Caroline schüttelte den Kopf. Wieder ignorierte Bradford es, nahm ihre eine Hand und legte sie auf seine Schulter. Wenn sie ihre Hand nur ein winziges Stück bewegt hätte, hätte sie sein Haar berührt. Und dann begannen sie zu tanzen, wirbelten wieder und wieder herum, und das einzige, auf das sie sich noch konzentrieren konnte, war das Gefühl seiner Arme um ihren Körper.

Sie sprachen kein Wort während des Tanzes, und Caroline war froh darüber. Sie kam sich ungeschickt vor und war verunsichert. Seine Hand schien sich durch ihr Kleid zu brennen und sie zu brandmarken.

Caroline ließ ihre Hand ein wenig zum Hals rutschen und tastete vorsichtig nach dem seidigen braunen Haar in seinem Nacken. Sie war überrascht, daß es sich so weich anfühlte. Rasch zog sie die Finger zurück, bevor er ihr forsches Vorgehen bemerkte.

Doch es war zu spät – er *hatte* es bereits bemerkt. Das leichte Kitzeln in seinem Nacken brachte ihn vollkommen aus dem Konzept. Er verspürte plötzlich den Drang, sie hochzuheben und zu küssen, bis die Leidenschaft sie überwältigte ... so wie er in diesem Augenblick von ihr überwältigt war.

Irgendwann schaffte es Caroline, sich ein wenig aus der Trance zu lösen und sich umzusehen. Augenblicklich stellte sie fest, daß die anderen tanzenden Ladies ihre Hände nicht so weit oben am Hals ihrer Partner liegen hatten. Hastig ließ sie ihre Hand abwärts rutschen, bis sie dort lag, wo sie offenbar hingehörte. Dann warf sie Bradford einen biestigen Blick zu. »Wir tanzen viel zu eng miteinander«, stellte sie fest. »Ich lasse nicht zu, daß Sie meinen Vater in Verlegenheit bringen.«

Widerwillig lockerte Bradford seinen Griff, damit sie ein wenig zurückweichen konnte. Er schenkte ihr ein Lächeln, das nur als schurkisch bezeichnet werden konnte. »Und ist das der einzige Grund, warum Sie Abstand zu mir halten wollen?«

»Selbstverständlich«, antwortete Caroline. Ihre Knie fühlten sich zittrig an, ihr Herz raste, doch sie hütete sich, ihm ihre Verunsicherung zu zeigen. Sie weigerte sich auch, ihn anzusehen, versuchte, ihre Augen auf etwas anderes zu richten, und bemerkte zum ersten Mal die vielen Frauen, die am Rand der Tanzfläche standen und mit deutlichem Mißfallen zu ihnen herüberstarrten. »Bradford? Warum sehen diese Frauen uns so finster an?« fragte sie und wagte es, kurz zu ihm aufzuschauen.

Bradford blickte sich um und sah dann wieder auf Caroline herab.

»Tun Sie vielleicht etwas, das sich nicht gehört?« fragte sie mißtrauisch.

Bradford lachte. »Unglücklicherweise benehmen wir uns überaus korrekt«, teilte er ihr mit. »Die meisten der älteren Damen mögen diesen neuen Tanz nicht. Der Walzer ist bei den konservativen Herrschaften noch nicht in Gnade aufgenommen worden.«

Caroline nickte. »Ich verstehe.« Sie hob wieder den Kopf, begegnete seinem Blick und lächelte. »Sind Sie ein Radikaler oder ein Traditionalist?«

»Was denken Sie?« wollte Bradford wissen.

»Oh, wahrscheinlich ein Radikaler«, erwiderte Caroline, ohne zu zögern. »Ich wette, Sie sorgen im Oberhaus ständig für Unruhe. Na, habe ich recht?«

Bradford hob die Schultern. »Man sagt mir nach, gelegentlich sehr eigensinnig zu sein, aber nur, wenn die Sache, die ich vertrete, gefährdet ist.«

»Und doch werden Sie respektiert«, bemerkte Caroline. »Ist es wegen des Titels, den Sie geerbt haben, oder haben Sie sich selbst einen Namen gemacht?«

Bradford lachte. »Wollen Sie herausfinden, ob ich in meinem Leben schon etwas erreicht habe? Etwas Sinnvolles getan habe?« Er hielt inne und fuhr nach einer Weile fort: »Woher wollen Sie wissen, daß man mich respektiert?«

»An der Art, wie die Leute Sie ansehen«, antwortete Caroline. »Mein Vater ist ein Traditionalist. Wenn er noch aktiv in der Politik tätig wäre, dann würde er wahrscheinlich in jeder Debatte als ihr Gegner auftreten. Bradford, könnten wir bitte mit den Drehungen aufhören? Mir wird langsam schwindelig.«

Augenblicklich hörte Bradford auf zu tanzen, nahm ihren Ellenbogen und führte sie auf die Türen zum Balkon zu.

»Ihr Vater war zu seiner Zeit weit radikaler, als ich es je werden könnte«, bemerkte er.

Erstaunt sah sie ihn an.

»Es ist wahr«, bestätigte er ihr. »Er setzte sich für die Forderungen Irlands ein.«

»Was für Forderungen?«

»Selbstbestimmung«, erklärte Bradford. »Ihr Vater glaubte zwar nicht, daß die Iren schon bereit waren, sich selbst zu regieren, aber er kämpfte dafür, daß sie in der Regierung eine Stimme erhielten und daß ihre Rechtslage verbessert wurde.«

Verwundert lauschte Caroline seinen Erläuterungen. Sie versuchte, sich ihren Vater als jungen Mann vorzustellen, der für das eintrat, was er für richtig hielt. »Er ist heute so ein sanftmütiger, ruhiger Mensch«, sagte Caroline. »Es fällt mir schwer, zu glauben, was Sie da sagen. Natürlich glaube ich Ihnen«, setzte sie hastig hinzu, bevor er sich beleidigt fühlen konnte.

Bradford konnte das Grinsen nicht lassen. Er hatte durchaus bemerkt, wie eilig sie es hatte, ihm zu versichern, daß sie nicht an seinen Worten zweifelte. Achtete sie immer so sehr auf die Gefühle anderer?

Caroline merkte nicht, daß Bradford sie beobachtete. Sie dachte über ihren Vater nach. Was hatte ihn wohl dazu bewogen, sein Engagement aufzugeben? Warum hatte er sich von allem zurückgezogen . . . ja, sogar vom Leben?

Bradford entdeckte mehrere potentielle Verehrer, die sich recht resolut ihren Weg durch die Menge auf ihr Eckchen zu bahnten. Die Musik setzte wieder ein, und Bradford zog Caroline wieder in seine Arme. Er wollte sie noch nicht wieder hergeben. In diesem Moment fiel ihm ein, was er zu Milford gesagt hatte: Er müßte Caroline nur noch einmal sehen, um sich von seiner Besessenheit lösen zu können. Was für ein Unsinn das gewesen war!

Caroline protestierte nicht, als Bradford sie wieder auf die Tanzfläche zog. Sie kümmerte sich auch nicht mehr um die bösen Blicke. In seinen Armen fühlte sie sich wie verzaubert, und sie erbebte, als sie seine Finger an ihrem Rücken spürte. Caroline hatte auf einen Mann noch nie so reagiert, wie sie nun auf Bradford reagierte. Diese intensive körperliche Anziehungskraft, die er auf sie ausübte, verwirrte sie. Sie durfte keinesfalls vergessen, daß sie sich korrekt und anständig benehmen mußte! Als sie sich dabei ertappte, daß sie sich überlegte, wie er wohl küßte, wußte sie, daß es Zeit war, sich der Versuchung zu entziehen.

Sie würde ihm einfach sagen, daß sie genug Walzer getanzt hatte. »Ich mag nicht –«

Er unterbrach sie mit einer arroganten Bemerkung. »Sie mögen nicht, was mit Ihnen geschieht?«

Carolines Augen weiteten sich, und sie hätte fast genickt. Zum Glück konnte sie sich noch rechtzeitig zurückhalten und starrte ihn statt dessen stirnrunzelnd an. »Was in aller Welt meinen Sie damit?«

»Das wissen Sie genau, Caroline. Mir geht es genauso.«

»Nichts geschieht mit mir oder mit Ihnen«, sagte sie gepreßt. »Außer, daß mir schon wieder schwindelig wird, so wie Sie mich unablässig durch den Saal wirbeln. Im übrigen finde ich es hier sehr warm. Meinen Sie nicht, daß wir genug getanzt haben?«

»Ja, es ist wirklich sehr warm geworden«, erwiderte Bradford. Sie hatten gerade wieder eine Runde vollendet und befanden sich erneut an den Türen zum Balkon. Caroline lächelte im Glauben, daß sie sich nun von ihm befreien konnte, doch als er stehenblieb, ließ er sie nicht los. Statt dessen nahm er ihren Arm und führte sie vom Parkett. Und bevor sie protestieren konnte, zog er sie durch die Türen hinaus in die dunkle Nacht.

KAPITEL 5

»Lassen Sie meinen Arm los! Wir können doch nicht allein hier draußen herumlaufen«, zischte Caroline ihn wütend an.

Ihre Verärgerung schien Bradfords Entschlossenheit nicht einmal ins Wanken zu bringen. Der starrköpfige Kerl ging einfach weiter und zog sie mit sich. Schon wandten Pärchen, die draußen in der lauen Luft spazierengingen, die Köpfe und warfen ihnen neugierige Blicke zu.

Sobald Caroline sich gewahr wurde, daß sie beobachtet wurden, glättete sie ihre Stirn und gab sich alle Mühe, kühl und gelassen zu wirken. Dieses Unterfangen fiel ihr ganz und gar nicht leicht; schließlich wünschte sie sich nichts mehr, als den Duke zu Boden zu schlagen und ihm ein paar anständige Tritte zu verpassen. So undamenhaft diese Gedanken auch waren, so munterten sie Caroline doch enorm auf. Zudem zweifelte sie nicht daran, daß sie es bewerkstelligen konnte ... zumindest würde sie ihm etwas von seiner Arroganz herausprügeln können. Sie hatte nicht umsonst viele Stunden mit ihren Vettern geübt, wie man einem aufdringlichen Mann Manieren beibrachte. Sie kannte alle Tricks, um dem männlichen Geschlecht echtes Unwohlsein zu verschaffen.

Ihre Zuversicht schwand, als sie feststellte, daß sie ihm nicht einmal ihre Hand entziehen konnte. Nicht, daß ihr die Kraft dazu fehlte ... ihre Hand schien ihr nicht gehorchen zu wollen. Was war los? Hatte sie ihr Selbstvertrauen in Boston zurückgelassen?

Die Terrasse lief an drei Seiten des Hauses entlang, und Bradford ging weiter, bis sie das entfernteste Stück Geländer erreicht hatten. Hier war niemand mehr zu sehen; sie waren tatsächlich allein.

Auf dem ganzen Geländer waren in gleichmäßigen Abständen Kerzen plaziert worden, die man in hohe Gläser gesteckt hatte, so daß der Wind sie nicht löschen konnte. Das weiche Licht, das sie über die Terrasse warfen, hatte etwas Romantisches. Bradford hielt an und drehte sich zu ihr um. Der Schein einer Kerze fiel auf sein Gesicht und milderte seine harten Züge.

»Ich denke, nun habe ich tatsächlich Ihre ungeteilte Aufmerksamkeit«, begann er ohne Umschweife. »Ich habe keine Lust, Sie mit halb London zu teilen.«

»Und nun, da Sie meine ungeteilte Aufmerksamkeit besitzen – was haben Sie mit mir vor?«

Bradford lächelte über ihren herausfordernden Tonfall. In ihren Augen las er Furcht und Verwirrung, doch ihre sanfte Stimme klang, als wäre sie die Ruhe in Person. Ihre aufgesetzte Gelassenheit gefiel ihm. Sie war keine Frau, die sich vor jemanden ducken oder in Ohnmacht fallen würde. Sie war, wie er fand, eine würdige Gegnerin.

Fast hätte er geantwortet, daß er sie sich nehmen und so lange bei sich behalten würde, wie es ihm gefiel – welche Hindernisse auch immer sie ihm in den Weg stellen wollte. Doch obwohl er dies natürlich nicht aussprach, schien sie eine gewisse Absicht in seiner Miene lesen zu können, denn plötzlich begann sie langsam zurückzuweichen.

Bradford ließ seine Hände vorschnellen und hielt sie an den Schultern fest. Er spürte die seidenweiche Haut unter seinen Fingerspitzen und hätte fast vergessen, was er vorgehabt hatte, bis sie plötzlich versuchte, sich von ihm loszureißen.

»Oh, nein, Sie bleiben«, flüsterte er. Er zog sie zu sich, schwang sie herum und drückte sie gegen das Geländer. Caroline fühlte sich wehrlos wie eine Marionette, die der Puppenspieler nach Belieben bewegte.

»Würden Sie mich bitte wieder zurückkehren lassen?« fragte sie gereizt.

»Nein. Erst will ich ein wenig mit Ihnen plaudern«, antwortete Bradford.

Er tat, als hätte er alle Zeit der Welt, und Caroline gab sich keine Mühe, ihre Verärgerung zu verbergen. »Was sind Sie bloß für ein Dickkopf. Sie scheinen vollkommen zu übersehen, daß ich keine Lust habe, mich mit Ihnen zu unterhalten.«

»Doch, Sie *haben* Lust«, teilte Bradford ihr mit. »Mit uns passiert irgend etwas. Ich fühle es, und Sie fühlen es auch. Je eher wir beide das als Tatsache anerkennen, desto besser, denke ich. Ich habe keine Zeit für Spielchen oder eine langatmige Werbung, Caroline. Wenn ich etwas haben will, dann nehme ich es mir.«

Entsetzt sah Caroline ihn an. Sie hatte ihm auf den Kopf zugesagt, was sie dachte, und sie hatte nicht gelogen. Sie wollte wirklich nicht mit ihm allein sein. Bradford machte sie entsetzlich nervös. Wenn er in ihrer Nähe war, schien sie sich nicht mehr vollkommen in der Gewalt zu haben, und sie hatte fest daran geglaubt, daß ihre schonungslosen Worte ihn verprellen würden. Doch statt dessen hatte er ihr genauso schonungslos geantwortet!

»Und nun haben Sie beschlossen, daß Sie mich wollen?« fragte sie. Bradford schwieg, aber er brauchte ihr auch keine Antwort zu geben. Seine Augen, die kein einziges Mal von ihr abließen, sagten genug.

Caroline fehlten die Worte. Normalerweise fiel es ihr nicht schwer, einen Mann, der zu frech wurde, verbal auf seinen Platz zu verweisen. Doch nun mußte sie feststellen, daß ihr nicht nur die Stimme versagte – nein, sie hatte auch noch Schwierigkeiten, einen einzigen vernünftigen Gedanken zu fassen.

»Schockiert Sie meine Offenheit?« Bradford brach schließlich das Schweigen, und zu ihrem Erstaunen klang seine Stimme zärtlich. »Mich verunsichert es«, fügte er mit einem schiefen Grinsen hinzu. »Und es ist gar nicht so einfach, das zuzugeben.«

Sein Blick war so heiß, daß er Wasser hätte zum Kochen bringen können. Caroline spürte jedenfalls, wie ihr warm wurde. Was sollte sie tun? Was sagen? Sie hatte keine Ahnung, auf welche Art und Weise sie reagieren sollte. »Es macht mich nervös, wenn Sie mich so ansehen«, gestand sie ihm schließlich. Seufzend schüttelte sie den Kopf. »Ich warne Sie. Wenn ich nervös werde, muß ich oft schrecklich lachen, und dann sind Sie bestimmt beleidigt.«

»Caroline«, sagte Bradford weich. »Geben Sie einfach nur zu, daß etwas zwischen uns besteht.«

»Wir kennen uns doch gar nicht«, protestierte Caroline.

»Ich kenne Sie besser, als Sie glauben«, entgegnete Bradford. Als Caroline ungläubig die Augen aufriß, bekräftigte er seine Behauptung mit einem Nicken. »Sie sind loyal, vertrauenswürdig und übervoll mit Liebe für jene Menschen, die Ihnen nahestehen.« Aus ihrem Erröten entnahm er, daß er sie in Verlegenheit brachte, doch es kümmerte ihn nicht im geringsten. Er war entschlossen, sie dazu zu bringen, ihm ihre Gefühle einzugestehen. Das war im Augenblick alles, was zählte.

»Woher wollen Sie so etwas wissen?« fragte Caroline atemlos.

»Ich erkannte es an dem Tag, als ich Sie zum ersten

Mal traf. Sie hatten damals Angst, doch es hat Sie nicht davon abgehalten, sich mir entgegenzustellen. Das einzige, was Sie im Sinn hatten, war, einen Fremden vor Gefahr zu schützen. Tapferkeit ist ein Charakterzug, den ich bewundere«, fügte er hinzu. Er lächelte nicht mehr, sondern fuhr ernst fort: »Als wir uns unterhielten, erzählten Sie mir von Ihrer Befürchtung, daß Sie etwas tun könnten, das Ihre Angehörigen in Verlegenheit brächte. Außerdem sprachen Sie von Ihrer Familie in den Kolonien, und Ihre Loyalität ihr gegenüber war nicht zu verkennen. Zu guter Letzt«, schloß er, »nannten Sie Ihre Tante Mama, und als Sie es taten, konnte man die tiefe Zuneigung, die Sie für sie empfinden, in Ihren Augen sehen.«

»Ein Hund ist auch loyal und vertrauenswürdig.«

Carolines Bemerkung entlockte Bradford ein widerwilliges Grinsen. »Eben, als wir tanzten, haben Sie in meinen Armen gezittert. Wollen Sie mir jetzt erzählen, daß Ihnen kalt war?« Sein neckender Tonfall nahm Caroline etwas von ihrer Anspannung, und sie erwiderte sein Lächeln. Doch bevor sie etwas erwidern konnte, fuhr er fort: »Nun? Kommen Sie, seien Sie ehrlich mit mir!«

»Ehrlichkeit ist ein Charakterzug, den *ich* bewundere«, erwiderte Caroline. »Und wissen Sie warum? Weil diese Tugend mir nämlich vollkommen abgeht.« Sie seufzte und fuhr dann fort: »Sehen Sie, mein Wort ist nichts wert, und was ich sage, ist oft nicht ernst zu nehmen. Wenn ich also zugebe, daß zwischen uns ein besonderes Gefühl besteht, dann werden Sie niemals wissen, ob ich die Wahrheit sage oder nicht.«

Bradford grinste und schüttelte den Kopf. »Dann sollten wir irgend etwas tun, was uns einen Beweis liefern kann«, schlug er vor. Seine Augen funkelten vergnügt, und Caroline wußte, daß er ihr kein Wort von dem, was sie da eben gesagt hatte, glaubte. Sie hatte gelogen, und sie konnte ihn nicht an der Nase herumführen.

»Und wie genau soll dieser Beweis aussehen? Wie wollen Sie zweifelsfrei herausfinden, ob ich etwas für Sie empfinde oder nicht?« fragte Caroline. Sie hatte die Brauen konzentriert zusammengezogen, doch plötzlich blitzten ihre Augen auf, und Bradford ahnte, daß sie etwas im Schilde führte. Es war dasselbe Funkeln, das in ihre Augen getreten war, kurz bevor sie Brummell aufgezogen hatte. Er mußte sich eingestehen, daß er gespannt war, was sie sich hatte einfallen lassen.

»Nun, vielleicht gibt es da tatsächlich eine Möglichkeit«, fuhr sie fort. »Wie wäre es, wenn Sie vom Balkon springen? Wenn ich nicht entsetzt aufschreie, dann wissen Sie ohne Zweifel, daß mir Ihr Schicksal nicht sonderlich nahegeht.«

»Und wenn Sie doch Ihr Entsetzen äußern?« fragte Bradford glucksend.

»Tja, dann können Sie sicher sein, daß es mich tatsächlich kümmert, was Sie tun. Zwar hätten Sie dann jeden Knochen in ihrem Leib gebrochen, aber wenigstens hätten wir beide Klarheit, nicht wahr?«

Sie lächelte ihn lieblich an, und Bradford kam der dumpfe Verdacht, daß ihr die Szenerie, die sie soeben beschrieben hatte, durchaus Vergnügen bereiten könnte.

»Ich hätte eine Alternative vorzuschlagen«, meinte Bradford. »Und zwar eine, die meinen Körper nicht gleich vernichtet, da Sie ja so besorgt um ihn sind.«

»Ich bin ganz und gar nicht besorgt um Ihren Körper«, versicherte Caroline ihm. »Und diese Unterhaltung wird langsam recht unschicklich. Was ist, wenn jemand uns hört?«

»Machen Sie sich immer so viele Gedanken darüber, was andere Leute denken könnten?«

»Bis ich nach England gekommen bin, habe ich nicht einmal *einen* Gedanken daran verschwendet«, gab Caroline zurück. »Und ich finde es auch ziemlich anstrengend. Sich immer korrekt zu benehmen, ist wahrhaft ermüdend.«

Bradford mußte über ihre Aufrichtigkeit lächeln. »Caroline, ich würde Sie gerne küssen, damit wir es hinter uns haben!«

Sie regte sich nicht. Sie fühlte sich so gelähmt wie ein kleines Tier, das das Fangnetz über sich herabsausen sieht. Bradford stützte sich mit beiden Händen links und rechts von ihr ab und beugte sich langsam vor. »Sie sind so romantisch«, flüsterte Caroline. »Dann haben wir es hinter uns? Ist das so unangenehm? Oder mühselig?«

Wieso, fragte sie sich selbst etwas panisch, konnte sie nur nicht aufhören, ihn zu necken? Damit machte sie die Situation wahrscheinlich nur noch schlimmer, als sie ohnehin schon war.

»Sie behaupten starrsinnig, daß nichts zwischen uns besteht, Sie meiden meinen Blick, wann immer es Ihnen möglich ist . . . und doch zittern Sie in meinen Armen. Ihr Körper verrät Sie.«

Ihr Nicken überraschte ihn vollkommen. »Ich weiß es ja«, flüsterte sie.

Bradford starrte auf ihre vollen, rosigen Lippen, die ihn lockten. Er konnte nicht mehr länger warten, schwor sich aber, langsam vorzugehen. Sein Mund strich zart über den ihren. Caroline versuchte, ihren Kopf wegzudrehen, doch Bradford hielt sie am Kinn fest. Wieder berührte er ihre Lippen mit den seinen, diesmal fester, und obwohl er vorgehabt hatte, es bei dieser keuschen Variante zu belassen, stellte er fest, daß er nun noch mehr wollte. Er öffnete den Mund über ihren Lippen, und als sie versuchte, sich dem Drängen seiner Zunge zu widersetzen, drückte er ihr Kinn herab, so daß sich ihre Lippen schließlich teilten. Und dann nahm sich seine Zunge, wonach sein Körper sich sehnte, erforschte, liebkoste und drang in die süße, feuchte Höhle, die sie ihm bot.

Caroline war schockiert über diesen intimen Kuß. Sie hatte nicht gewußt, daß Männer so etwas mit Frauen taten. Sie wand sich in seinen Armen, hörte sich aber zu ihrem eigenen Entsetzen vor Wonne aufstöhnen. Sie konnte auch nicht verhindern, daß ihre Zunge die seine berührte, erst schüchtern zwar, dann jedoch forscher und begieriger. Sie hörte sein tiefes Knurren, nahm es als Ermunterung und legte ihm die Arme um den Nacken, um ihn näher an sich heranzuziehen.

Obwohl sie es nicht für möglich gehalten hätte, wurde der Kuß noch inniger, noch heißer. Sie klammerte sich an Bradfords starke Schulter und trank begierig von den lustvollen Empfindungen, die er ihr verschaffte.

Je länger sie sich küßten, desto mehr wollte Bradford. Seine Leidenschaft machte seine Berührung fast grob, und er hielt ihren Kopf fest, um noch tiefer, noch intensiver in ihren Mund dringen zu können. Noch nie hatte ihn ein simpler Kuß so aus der Fassung gebracht, so stark erregt. Er begehrte sie, wie er noch keine andere Frau begehrt hatte, und je mehr sie ihm gab, desto mehr wollte er.

Seine Zunge drang ein, zog sich zurück, stieß wieder und wieder zu. Caroline glaubte in einem Meer neuer heißer Empfindungen zu ertrinken, und durch ihre Adern schien ein flüssiges Feuer zu strömen. Die Intensität der Gefühle, die Macht der Begierde, die er in ihr weckte, erschreckte sie, und doch konnte sie einfach nicht aufhören, zu genießen.

Schließlich gelang es ihr, sich von ihm zu lösen. Ihre Beine wollten sie nicht mehr tragen, so daß sie sich gegen die Wand lehnen mußte. Ihr Atem kam stoßweise, und ihre Gedanken überschlugen sich.

Auch Bradford brauchte eine ganze Weile, bis er sicher war, daß er sich wieder ganz und gar unter Kontrolle hatte.

Caroline hielt ihren Blick gesenkt, denn sie wollte nicht, daß er sah, wie entsetzt sie über sich selbst war. Himmel, wie hatte sie sich nur so gehenlassen können? Er mußte sie ja für ein lockeres Frauenzimmer halten!

»Und *jetzt* sagen Sie mir noch einmal ins Gesicht, daß nichts zwischen uns besteht«, verlangte Bradford. Seine Stimme klang schroff und, wie sie verärgert zur Kenntnis nahm, fürchterlich triumphierend.

»Ich leugne ja nicht, daß Sie recht angenehm küssen«, erwiderte Caroline. Sie blickte auf, und ihre klaren Augen zogen Bradford erneut in ihren Bann.

»Ich will Sie, Caroline.« So weit zum Thema ›süße Worte‹, dachte Bradford und zog in Gedanken eine Grimasse. Er hätte sich für sein hastiges Vorgehen ohrfeigen mögen, als er sah, wie sich ihre Miene veränderte.

Ein drückendes Schweigen senkte sich über sie, während Caroline fassungslos zu ihm aufsah. Wie sollte sie reagieren? Sie war wütend, aber sie konnte die Schuld nur sich selbst zuschreiben. *Sie* hatte sich schließlich wie ein gewöhnliches Straßenmädchen benommen, hatte den Kuß erwidert, statt diesen Mann empört von sich zu stoßen. »Sie *wollen* mich?« fragte sie schließlich mit bebender Stimme. »Wie können Sie es wagen, mir etwas Derartiges zu sagen? Liegt es daran, daß ich Ihnen erlaubt habe, mich zu küssen?« Tränen quollen in ihre

Augen, aber sie war zu aufgewühlt, um sich darum zu kümmern. »Ich will gar nicht wissen, ob Sie mich wollen!«

Sie ließ Bradford nicht erst die Zeit, sich eine Erwiderung zu überlegen. Mit wachsendem Zorn fuhr sie fort: »Glauben Sie, Sie könnten alles haben, was sie wollen, nur weil Sie Titel und Rang besitzen? Nun, Mylord, Sie irren sich. *Mich* können Sie nicht haben, egal, wie sehr Sie mich wollen. Ich gehöre nicht zu Ihrer besseren Gesellschaft, und ich lasse mich auch nicht durch materiellen Wohlstand verlocken!«

»Jede Frau läßt sich durch materielle Dinge verlokken«, murmelte Bradford.

»Wollen Sie damit sagen, daß es bloß auf den Preis ankommt? Heißt das, Sie kriegen jede Frau, wenn nur der Preis stimmt?« Caroline straffte die Schultern und richtete sich zu voller Größe auf, als Bradford die Schultern zuckte. Ihr wütender Blick schien sich direkt in sein Inneres bohren zu wollen. »Sie beleidigen mich, Mylord!«

»Nur weil ich aufrichtig zu Ihnen bin?«

»Nein! Weil Sie tatsächlich glauben, was Sie da sagen«, fauchte Caroline. »Ich würde mich genauso wenig mit Ihnen einlassen, wie ich mich mit Ihrem König George einlassen würde.«

»Ich verstehe nicht, wie Sie zu dem Schluß kommen, daß ich Sie als Mätresse haben will. Ich habe nur gesagt, daß ich Sie begehre. Und Sie sind beleidigt, wo Sie doch geschmeichelt sein sollten!« Auch Bradford war jetzt wütend, und er gab sich keine Mühe, das zu verbergen. »Aber wenn ich Ihnen den Hof mache und um Ihre Hand anhalte . . . was dann?« Er hatte seine Hände links und rechts von ihrem Kopf gegen die Wand gestützt, und ihre Gesichter waren nur ein winziges Stück voneinander entfernt. Oh, er wußte genau, was sie wollte – in dieser Hinsicht war sie nicht anders als all die anderen Frauen. Und das ärgerliche war – so sehr es ihn auch schmerzte, es sich einzugestehen –, daß er sie beinahe genug begehrte, um es ihr zu geben. »Nicht wahr, dann würde sich Ihre Ansicht recht schnell ändern, oder?«

Caroline sah ihn mit zornig funkelnden Augen an. »Wie bitte? Geschmeichelt soll ich sein? Sie meinen, Sie hätten mir ein Kompliment gemacht? Ha! Sie erzählen mir die ganze Zeit, daß es zwischen uns irgend etwas gibt. Einverstanden.« Sie brach ab, um nach Luft zu schnappen. »Aber es handelt sich hier nur um körperliche Anziehungskraft – nicht mehr! Glauben Sie ernsthaft, daß ich mich Ihnen aus einem derart armseligen Grund hingebe? Ich würde Sie niemals heiraten«, fuhr sie voller Inbrunst fort. »Sie behaupten, Sie wollten eine loyale, vertrauenswürdige, liebende Frau, aber *Sie* besitzen keine einzige von diesen Eigenschaften.«

»Und woher wollen Sie das wissen?« fragte Bradford barsch.

Caroline war zu aufgebracht, um sich einschüchtern zu lassen. »Erstens haben Sie angedeutet, daß Sie mich als Mätresse wollen. Und alles nur, weil wir uns zueinander hingezogen fühlen.«

»Warum sonst sollte ich Sie als Geliebte wollen?« fragte Bradford. »Im übrigen habe ich Sie keinesfalls gebeten, meine Mätresse zu werden!« Den letzten Satz hatte er gebrüllt, aber es kümmerte ihn nicht, ob ihn jemand hörte.

»Oh, aber das hätten Sie noch getan. Zweitens sind Sie viel zu egoistisch für meinen Geschmack. Tja, *ich* lasse mich nicht nur vom schönen Schein blenden, Mylord. Ich heirate nur einen Mann, der rücksichtsvoll und verständig ist. Und ganz bestimmt keinen Engländer.«

»Was zum Teufel stimmt denn mit den Engländern nicht?« brüllte Bradford. Dann plötzlich, wie durch Zauber, löste sich sein Zorn in nichts auf, und er begann zu lachen. Sie hatte die Tatsachen vollkommen verdreht, um Himmels willen. Es waren die Engländer, die die Kolonisten verachteten, nicht andersherum! »Haben Sie vergessen, daß Sie zufällig auch Engländerin sind?«

Caroline beschloß, diese letzte Frage zu übergehen. »Der größte Teil Ihrer sogenannten Oberschicht ist unloyal«, antwortete Caroline. Sie wollte ihn wütend machen, wußte jedoch, daß sie kläglich scheiterte. Sein Lachen verwirrte sie. Der Zorn, den er ihr eben noch entgegengeschleudert hatte, war ihr lieber gewesen, und sie begriff seinen plötzlichen Stimmungsumschwung nicht. Immer mußte er sie aus dem Gleichgewicht bringen! »Wie viele haben sich gegen Ihren König gewandt, als er Beistand brauchte! Sein eigener Sohn hat ihn einmal verraten und wird es ohne Zweifel noch einmal versuchen. Warum lachen Sie? Merken Sie denn nicht, wann man Sie beleidigt?« Caroline brach ab. Sie fühlte sich plötzlich so ausgelaugt und so schlapp wie eine Blume, die man gepflückt und zu lange in der Sonne hatte liegen lassen.

»Darf ich jetzt auch einmal etwas sagen?« fragte Bradford ernster, als er merkte, daß sie ihre Tirade beendet hatte. »Fein. Zuerst werde ich Ihnen erklären, warum ich Sie begehre. Warum ich Sie haben will.«

»Das interessiert mich nicht«, erwiderte Caroline gereizt. Sie warf einen Blick über seine Schulter, um sicherzustellen, daß niemand sie belauschte, dann richtete sie ihre Augen wieder auf ihn. »So, wie Sie mich eben geküßt haben«, begann sie flüsternd, »nehme ich an, daß Sie . . . daß Sie meinen Körper begehren.« Sie spürte, wie ihr das Blut in die Wangen stieg, konnte es aber nicht verhindern.

»Ja, ich gebe zu, daß ich Sie gerne in meinem Bett haben würde. Sie sind eine wunderschöne Frau.«

»Das ist es aber nicht, was zählt«, fuhr Caroline ihn an. Bradford begriff plötzlich, daß sie tatsächlich nicht zu wissen schien, wie schön sie war – was für eine erfrischende Erkenntnis! Die meisten Frauen, die er kannte, benutzten Ihre Schönheit als Waffe und als Mittel, um zu bekommen, was immer sie haben wollten.

»Wissen Sie, daß Sie mich zum Lachen bringen?« fragte er.

Caroline warf wütend die Haare zurück. »Natürlich weiß ich das!« fauchte sie. »Was haben Sie denn gerade eben noch getan? Ich bin ja nicht minderbemittelt! Sie haben mich *ausgelacht!* Und wahrscheinlich haben unzählige Gäste drinnen das auch noch gehört!«

»Ich habe Sie nicht ausgelacht«, widersprach Bradford. Er gab sich Mühe, ernst zu bleiben, aber er scheiterte kläglich. »Die Situation war so komisch, daß ich –«

»Ach ja? Und warum durfte ich nicht mitlachen?« sagte sie trotzig. »Hören Sie auf, mich besänftigen zu wollen. Das ist vergebliche Liebesmüh. Da Sie ja auf Aufrichtigkeit bestanden haben, sollen Sie jetzt auch die geballte Ladung bekommen. Ich kann es nicht leiden, daß Sie mich körperlich anziehen. Ich bin ein Mensch, der sich selbst gerne unter Kontrolle hat, und ich verabscheue es, mich von Ihrer Präsenz einschüchtern oder sogar überwältigen zu lassen. So, und da Sie unerträglich und anmaßend sind, da sie beängstigend und aufdringlich sind ... aus all diesen Gründen, würden wir beide überhaupt nicht miteinander auskommen. So leid es mir tut, Sie werden wohl oder übel jemand anderen begehren müssen. Am besten jemanden, dem es nichts ausmacht, wenn er ständig niedergetrampelt wird. Möchten sie, daß ich Ihnen bei der Suche nach einer solchen Person helfe? Schließlich haben Sie mir ja schon gesagt, welche Anforderungen Sie stellen.« In ihren Augen erschien wieder dieses besondere Funkeln, und Bradford ertappte sich dabei, wie er neugierig auf ihre nächste Bemerkung wartete. »Sie wollen jemanden, der loyal, vertrauenswürdig und voller Liebe ist. Und – oh, ja, das hätte ich fast vergessen. Jemanden, den Sie auslachen können!«

»Sie haben noch etwas vergessen. Aufrichtig muß die Person auch sein«, warf Bradford mit einem Grinsen ein. Auch innerlich lächelte er, denn Caroline hatte ihm neue Hoffnung gegeben, obwohl sie sich dessen wahrscheinlich nicht bewußt war. Sie hatte zugegeben, daß sie sich vor ihm fürchtete. Bradford interpretierte das dahingehend, daß sie sich in Wirklichkeit vor ihrer Reaktion auf ihn fürchtete. Und diese neue Erkenntnis stimmte ihn wieder zuversichtlich.

»Oh, ja, natürlich. Sie muß aufrichtig und ehrlich sein«, bestätigte Caroline mit einem eifrigen Nicken. »Und wie soll sie aussehen, Ihre perfekte Wunderfrau? Soll sie blond oder braun sein? Blaue Augen oder braune haben? Soll sie klein sein, vielleicht lieber groß? Sie brauchen es mir nur zu sagen, und ich mache mich auf die Suche.«

»Schwarze Haare und zornig funkelnde, blauviolette Augen«, meinte Bradford ernsthaft. »Am liebsten hätte ich sie weder zu klein, noch zu groß.«

»Ich weiß, daß Sie mich beschreiben, Mylord«, antwortete Caroline nüchtern. »Ich bin nicht perfekt. Ich habe durchaus Fehler.«

»O ja, ein paar sind mir schon aufgefallen«, erwiderte Bradford. Und plötzlich konnte er keinen Augenblick länger widerstehen. Er neigte den Kopf, um sie zu küssen.

Caroline bekam nicht die kleinste Chance, sich zu

wehren. Bradford nahm seine Lippen wieder fort, bevor sie noch wußte, wie ihr geschah. »Ihnen sind Fehler von mir aufgefallen?« fragte sie und tat, als wäre nichts geschehen.

»Sie hegen eine unbegründete Abneigung gegen Engländer und Iren, lachen in den unpassendsten Momenten, haben ein aufbrausendes Temperament und ziehen Schlüsse, die manchmal nur als voreilig bezeichnet werden können«, gab Bradford zurück. »Soll ich fortfahren?«

»Nein, sollen Sie nicht«, erwiderte Caroline. »Im übrigen stimmt Ihre Aufzählung nicht. Ich verabscheue nicht alle Engländer oder Iren, sondern nur die unhöflichen und groben. Ich brause gelegentlich auf, ja, und ich muß auch in unpassenden Momenten lachen, aber ich arbeite daran. Und außerdem ziehe ich nur äußerst selten voreilig Schlüsse. Meistens habe ich einfach recht! Sie dagegen kommen mir so vor, als seien Sie viel zu arrogant, um überhaupt einen winzigen Charakterfehler zuzugeben. Daher sind Sie eine wahrhaft bemitleidenswerte Person!«

»Ihre Aufrichtigkeit überwältigt mich immer wieder aufs neue«, sagte er mit einem Grinsen. »Und Ihre Bescheidenheit läßt mich beinahe auf die Knie sinken.« Daß Caroline sein Glucksen überhaupt nicht komisch fand, stand ihr im Gesicht geschrieben. Bradford begriff, daß er seinem Ziel kein Stück näher kommen würde, wenn er sie noch länger neckte, aber er konnte einfach nicht anders. Er hatte sich seit Jahren nicht mehr so gut amüsiert.

»Ich kann mir nicht vorstellen, daß irgend etwas Sie auf die Knie bringen könnte«, bemerkte Caroline. Plötzlich lächelte sie, und Bradford schüttelte den Kopf.

»Sie genießen die Vorstellung, nicht wahr?« fragte er.

»O ja«, antwortete Caroline. »Aber wir müssen jetzt

wieder hineingehen, bevor jemandem auffällt, daß wir fort sind.«

Bradford schaffte es, ihr einzureden, daß niemand sie gesehen haben konnte, als sie zusammen hinausgegangen waren. Tatsächlich war er sich aber nur allzu bewußt, daß vermutlich *jeder* sie gesehen hatte. Im Ballsaal würden wahrscheinlich schon die Gerüchte umgehen. Den Adleraugen der feinen Ladies entging so gut wie nichts. Und aus Erfahrung wußte der Duke of Bradford, daß praktisch alles, was er tat, für Klatsch sorgte.

Doch Carolines guter Ruf würde keinen Schaden nehmen, nur weil er ihr seine Aufmerksamkeit widmete. Im übrigen würde sie natürlich augenblicklich darauf bestehen, zu ihrem Vater zurückzukehren, wenn er ihr die Wahrheit sagte, und das wollte er nicht. Nur noch eine kleine Weile, redete er sich ein. Nur noch eine winzige Weile mit ihr zusammen, dann würde er sie gehen lassen.

»Wir hätten uns nicht küssen dürfen, und wir hätten auch nicht auf so vertraute Art und Weise miteinander reden dürfen. Wir kennen uns doch gar nicht gut genug, um solche persönlichen Dinge auszutauschen«, befand Caroline nun. Sie wollte gerade hinzufügen, daß Bradford am besten das ganze Gespräch vergessen sollte, als seine nächste Bemerkung sie vollkommen aus dem Tritt brachte.

»Ich weiß alles über Sie«, behauptete er. »Sie haben die letzten vierzehn Jahre bei Ihrer Tante und Ihrem Onkel auf einer Farm außerhalb von Boston gelebt. Ihr Onkel hat England den Rücken gekehrt und Boston zu seiner Heimat gemacht. Ihre Cousine Charity ist Ihnen wie eine Schwester. Obwohl sie ein halbes Jahr älter ist als Sie, überläßt sie Ihnen gerne die Führung. Ihr Vater, der Earl of Braxton, lebt seit vielen Jahre zurückgezogen wie ein Eremit und wird als etwas exzentrisch angesehen. Sie können mit Pistolen umgehen, obwohl Ihnen früher richtiggehend schlecht geworden ist, wenn Sie eine Waffe nur berührt haben. Sie hielten das für eine lächerliche Kleinmädchen-Antipathie und arbeiteten an sich, bis sie es überwunden hatten. Reicht Ihnen das? Sind Sie nun überzeugt, daß ich alles über Sie weiß, oder soll ich fortfahren?«

Caroline starrte ihn mit offenem Mund an. »Woher wissen Sie das alles?«

»Das ist unbedeutend«, antwortete Bradford.

»Aber warum haben Sie –?«

»Weil Sie mich interessieren«, unterbrach er sie ruhig. Er war ernst, und Caroline stellte fest, daß sie schon wieder nervös wurde.

»Caroline, ich bekomme immer, was ich will. Wenn Sie mich erst einmal besser kennen, dann werden Sie es einsehen.«

»Ich will nichts davon hören«, stieß sie heftig hervor. »Sie benehmen sich wie ein kleiner Junge, dem man zuviel hat durchgehen lassen!«

Bradford zuckte nur mit den breiten Schultern. »Nun, ich denke, Sie müssen sich erst an mich gewöhnen. Früher oder später werden Sie ohnehin nachgeben. Ich lasse mich nicht abweisen, Caroline. Höchstens noch eine Weile auf Distanz halten.«

»Ich habe gehört, daß sich viele verheiratete Frauen in England Liebhaber halten«, sagte Caroline verächtlich. »Ist das der Grund, warum Sie mir vorschlagen, ich sollte Ihre Mätresse werden?«

»Fangen Sie schon wieder damit an? Ich habe niemals etwas Derartiges vorgeschlagen«, entgegnete Bradford. »Sie ziehen die falschen Schlüsse, Caroline. Aber wenn

Sie es schon erwähnen – ja, es gibt einige Ladies, die, obwohl verheiratet, andere Männer mit ins Bett nehmen.«

»Dann sind sie wirklich zu bedauern«, stellte Caroline fest. »Sie betrügen nicht nur ihre Ehemänner, sondern spotten auch dem Ehegelöbnis, das sie geleistet haben.«

Die Bemerkung gefiel Bradford, aber er hütete sich, sie das merken zu lassen. Statt dessen ließ er sie fortfahren.

»Sie behaupten, mich gut zu kennen, und doch beleidigen Sie mich, indem Sie andeuten, ich wäre wie diese englischen Ladies. Sie sind doch derjenige, der die falschen Schlüsse zieht.«

Bradford hatte einige Schwierigkeiten, ihrer Argumentation zu folgen, und als Caroline seine Verwirrung sah, seufzte sie ärgerlich. »Ich warte auf eine Entschuldigung.«

Als Antwort beugte Bradford sich vor und drückte ihr einen Kuß auf den Scheitel. »Ich warne *Sie*, Caroline. Wie ich schon sagte – ich lasse mich nicht abweisen! Ich kriege Sie!«

Caroline öffnete den Mund, um neue Argumente vorzubringen, schloß ihn dann jedoch wieder. Was hatte es schon für einen Sinn? Der Mann hatte sich etwas in den Kopf gesetzt, und sie wußte, sie würde ihn nicht davon abbringen können. »So, wie Sie es sagen, hört es sich an wie ein anstrengender Wettstreit.«

»Tja, das ist es ja auch.«

»Aha. Und wenn es sich um einen Wettstreit handelt«, sagte Caroline, »dann bin ich also Ihr Gegner. Und ich warne Sie, Mylord. Ich lasse mich niemals auf Spiele ein, die ich nicht gewinnen kann.«

»Caroline, wissen Sie, was ich glaube?« Er flüsterte

nun, und es klang so zärtlich, daß es direkt in ihr Herz drang. »Ich glaube, wir werden beide als Sieger hervorgehen.« Und dann schnitt er ihre Antwort mit einem langen, wunderbaren Kuß ab.

»Lynnie! Was tust du da?!« Charitys Stimme ließ die beiden auseinanderfahren. »Oh, Sie sind das, Mylord. Ich wußte ja, daß Sie meiner Cousine nachstellen würden, aber Sie dürfen sich wirklich nicht allein mit ihr hier draußen aufhalten. Ich denke nicht, daß sich das schickt!«

Charity lächelte Bradford an, als dieser Caroline widerstrebend losließ. »Na, habe ich dir nicht gesagt, daß er sich in dich verguckt hat, Caroline?«

Bradford grinste, und Caroline stöhnte auf. Charity hatte sie in einer höchst verfänglichen Situation ertappt, und Caroline wußte genau, daß sie keine Chance haben würde, ihre Cousine zu überzeugen, daß sie diesen Mann nicht freiwillig geküßt hatte. Du lieber Himmel, sie hatte sich schließlich an Bradfords Schultern geklammert!

»Hören Sie auf zu grinsen, und erklären Sie es meiner Cousine«, fauchte sie Bradford an und rüttelte an seinem Arm.

»Selbstverständlich«, antwortete Bradford. »Aber erlauben Sie mir, mich erst vorzustellen.« Caroline sah das vergnügte Blitzen seiner Augen und beschloß, die Sache zu beschleunigen. »Charity, das ist Bradford. Er ist ein Duke«, fügte sie beiläufig hinzu. »Und dieser Kuß eben war ein ›Abschied-auf-*ewig*-Kuß‹, nicht wahr, Mylord?«

»Oh, nur ein Abschied bis morgen«, erwiderte Bradford. Er ignorierte ihren festen Schubs und nahm statt dessen Charitys Hand. »Es ist mir ein Vergnügen, Sie kennenzulernen, Charity.«

Bradford und Charity tauschten ein paar Nettigkeiten aus, dann sprach Charity endlich das Thema an, das sie am meisten beschäftigte. »Mylord, kennen Sie zufällig einen Mann namens Paul Bleachley?« Sie warf Caroline einen unsicheren Blick zu, und diese lächelte sie ermutigend an. Caroline wußte, wie wichtig die Sache für ihre Cousine war, und hatte augenblicklich ein schlechtes Gewissen, daß sie Bradford noch nicht danach gefragt hatte.

»Ja.«

Dieses eine Wort hatte eine erstaunliche Wirkung. Caroline packte seinen Arm und versuchte, ihn zu sich zurückzuziehen, während Charity zur gleichen Zeit aufgeregt an seinem anderen Arm zupfte. »Sind Sie ihm in letzter Zeit begegnet?« fragte sie atemlos.

Bradford nahm Carolines Hand und zog sie an seine Seite. Dann wandte er sich Charity zu. Sein Daumen rieb gegen Carolines Handinnenfläche, während er sich erzählen ließ, wie und wann Charity den Mann kennengelernt hatte.

»Können Sie mir sagen, ob Paul verheiratet ist?« fragte Charity abschließend. »Er ist ganz plötzlich aus Boston verschwunden und hat mir nicht einmal einen Brief dagelassen.«

»Nein«, antwortete Bradford. »Er ist nicht verheiratet. Er ist vor einigen Monaten aus den Kolonien zurückgekehrt und lebt jetzt in seinem Haus in den Außenbezirken von London.«

Es gab noch sehr viel mehr zu erzählen, aber Bradford zögerte. Aus Charitys Reaktion schloß er, daß sie und Paul sich in der Zeit, die er in Übersee verbracht hatte, nähergekommen waren.

Während er mit Unbehagen beobachtete, wie sich Charitys Augen mit Tränen füllte, versuchte Caroline, sich Bradfords Hand zu entziehen, um ihre Cousine zu trösten, doch Bradford ließ es nicht zu. Er zog ein leinenes Taschentuch aus seinem Rock und bot es Charity an. Dann schlug er vor, daß sie zu ihrem Onkel zurückkehren sollte und versprach, daß er und Caroline gleich nachfolgen würden.

Caroline grinste, als sie das Taschentuch sah. Nirgendwo ein Zipfelchen Spitze, dachte sie zufrieden. Ganz wie sie es sich vorgestellt hatte.

»Liebt sie Paul?« fragte Bradford, als Charity außer Hörweite war.

Zögernd nickte Caroline. »Er hat Versprechungen gemacht, die er nicht eingehalten hat«, erwiderte sie. »Er hat ihr das Herz gebrochen.«

»Paul geht es nicht besser«, sagte Bradford ruhig. »Ich könnte mir vorstellen, daß auch er sie liebt, sonst hätte er ihr überhaupt keine Versprechungen gemacht. Er ist ein ehrbarer Mann.«

»So, ist er das? Ich fürchte, Sie irren sich!« sagte Caroline barsch. »Charity erzählte mir, daß er um ihre Hand angehalten hat. Sie hat ihm ihr Jawort gegeben, aber dann ist er einfach verschwunden.«

Bradford ließ ihre Hand nicht los, während sie langsam über den Balkon zurückschlenderten. »Ich werde Ihnen sagen, was ich weiß, Caroline, aber Sie müssen sich genau überlegen, ob Sie es an Ihre Cousine weitergeben wollen. Das, was ich zu erzählen habe, wird Charity nur neue Pein verursachen, und ich meine, daß es vielleicht besser wäre, wenn Sie ihr die Wahrheit ersparen.«

Caroline blieb stehen und drehte sich ihm zu. »Sagen Sie es mir und überlassen Sie mir die Entscheidung«, forderte sie ihn auf.

Bradford nickte. »Während Paul in Boston war, wurde er schwer verwundet. Es hatte eine Explosion gegeben, und sein Schiff wurde vernichtet. Er hat im Grunde nur durch Glück überlebt, aber Narben davongetragen, die er sein ganzes Leben behalten wird. Wieder zurück in England hat er sich in sein Haus verkrochen – es liegt etwa eine Stunde zu Pferd von hier entfernt –, und empfängt keinerlei Besuch mehr. Nicht einmal seine Familie darf zu ihm kommen.«

Caroline war erschüttert. »Haben Sie ihn gesehen?«

»Ja. Kurz nachdem er nach London zurückgekehrt ist. Er kann einen Arm nicht mehr gebrauchen, und sein Gesicht ist vollkommen entstellt.«

Caroline schloß die Augen und schüttelte langsam den Kopf. »Ich habe ihn für einen Schuft gehalten, als er einfach verschwunden ist, aber Charity hat nie geglaubt, daß er sie freiwillig hat sitzenlassen.« Sie holte tief Atem und sagte dann: »Beschreiben Sie mir sein Gesicht. Bitte, Bradford, halten Sie mich nicht für sensationslüstern. Ich muß es einfach wissen. Für Charity.«

Bradford schüttelte den Kopf. »Sie haben mir nicht zugehört. Paul läßt niemanden mehr zu sich. Nicht einmal ich darf ihn besuchen, und wir kennen uns schon seit der Kindheit. Eine Gesichtshälfte ist verbrannt, und sein linkes Auge quillt förmlich aus seiner Höhle. Er bietet keinen schönen Anblick mehr.«

»Charity hat ihn niemals wegen seines Aussehens geliebt«, sagte Caroline fest. »Wir Richmonds sind nicht so oberflächlich, Bradford. Das habe ich Ihnen eben schon zu erklären versucht. Jemanden zu begehren, nur weil er oder sie attraktiv ist, ist nicht unsere Art. Charitys Wesen ist tiefgründiger, als Sie glauben.«

Ohne es wirklich zu merken, hatte sie Bradfords Hand genommen. Diese Geste der Vertrautheit überraschte ihn und wärmte sein Herz. Auch wenn er wußte, daß sie nur über das nachdachte, was er ihr gerade gesagt hatte, und sich der Geste wahrscheinlich nicht bewußt war, kam es ihm wie ein kleiner Sieg vor. Vor allem war es ein Anfang.

»In unsere Familie hat Charity einen Spitznamen«, unterbrach Caroline seine Gedanken. »Wir nennen sie Schmetterling. Tatsächlich scheint sie immer um einen herumzuflattern, und sie ist mindestens genau so hübsch wie einer.« Sie überlegte einen Moment. »Aber sie ist auch sehr stark. Sie liebt Paul Bleachley, und ich kann mir nicht vorstellen, daß seine Narben dies ändern werden.«

»Dann wollen Sie es ihr also erzählen?« fragte Bradford besorgt. »Paul ist mein Freund, und ich will nicht dazu beitragen, daß er noch mehr leiden muß. Der Mann hat genug durchmachen müssen.«

Caroline nickte. Sie verstand seine Sorge. Sie hätte wahrscheinlich genauso gehandelt, wenn sie sich in seiner Lage befände. »Bitte vertrauen Sie mir einfach. Ich denke, ich weiß, was zu tun ist.«

Es wäre leichter gewesen, wenn sie ihn gebeten hätte, ihr sein Vermögen zu geben – oder auch seinen rechten Arm, was das anging! Vertrauen! Unmöglich. Bradfords Miene verwandelte sich wieder in die harte, zynische Maske. Caroline bemerkte den plötzlichen Stimmungsumschwung daran, wie sein Mund sich verhärtete, wie seine Kieferknochen leicht hervortraten. Doch derselbe Mund hatte sie eben noch zärtlich und leidenschaftlich geküßt, und sie erkannte mit einem Mal, daß seine emotionslose Maske nur eine Fassade war. Ein Schutz, hinter dem er seine wahren Gefühle verbergen wollte. »Aus Ihrem Blick schließe ich, daß Ihnen meine Bitte nicht gefällt«, stellte Caroline fest. »Sie wollen mir also nicht vertrauen?«

Er gab keine Antwort. Verwirrt wartete Caroline eine

Weile und beschloß dann, das Thema erst einmal fallenzulassen. Gleichzeitig ließ sie seine Hand los. »Ich danke Ihnen, daß Sie mir anvertraut haben, was mit Bleachley geschehen ist«, sagte sie. Und bevor er sie aufhalten konnte, eilte sie bereits auf den Eingang des Ballsaals zu. Im Türrahmen blieb sie stehen und wandte sich zu ihm um. »Und vielen Dank für die Entschuldigung. Ich weiß, wie schwer es Ihnen gefallen ist.«

Im ersten Moment war Bradford verärgert, daß sie ihn so beiläufig entließ, doch dann mußte er plötzlich grinsen. Er war der Duke of Bradford, und Caroline Richmond aus den Kolonien war von dieser Tatsache nicht im mindesten beeindruckt! Er holte sie ein und hielt sie am Ellenbogen fest. »Ich habe mich gar nicht entschuldigt.«

»Oh, aber das hätten Sie, wenn ich Ihnen nur etwas mehr Zeit gegeben hätte«, sagte sie mit einem lieblichen Lächeln. Mit diesen Worten wandte sie sich der Menge im Saal zu, und zeigte ihm damit unmißverständlich, daß sie das Gespräch für beendet betrachtete.

Bradford konnte nicht mehr – er mußte einfach lachen. Er hatte so viele Jahre kaum noch gelächelt, geschweige denn laut gelacht! Zudem wußte er, daß sie recht hatte. Vermutlich *hätte* er sich entschuldigt, wenn Sie ihm genug Zeit gelassen hätte. Sie hatte ihn durchschaut, und nicht nur in dieser Hinsicht. Auch was die Form ihrer Beziehung betraf, hatte sie recht gehabt: Er hatte durchaus geplant, sie zu seiner Mätresse zu machen, wenn sie denn nur willig gewesen wäre. Doch im Glauben, daß sie wie die meisten Frauen war, die er kannte, war er viel zu unvorsichtig, viel zu hastig vorgegangen. Nun war ihm klar, daß er sich etwas anderes einfallen lassen mußte. Sie war *nicht*, wie die meisten Frauen. Wenn er sie haben wollte, mußte er es anders angehen.

Caroline Richmond verwirrte ihn. Sie tat, als würde sie auf seinen Titel und auf sein Geld pfeifen, und er war beinahe geneigt, ihr das abzunehmen. Wußte sie vielleicht gar nicht, was er ihr zu bieten hatte? Er konnte nicht ernsthaft glauben, daß ihr materielles Glück wirklich so vollkommen gleichgültig war. Schließlich war sie eine Frau! Allerdings schien sie in diesem Spiel zwischen Mann und Frau weit geschickter und gerissener zu sein, als die meisten anderen. Und weit sturer, was das betraf. Nun, so schnell gab er nicht auf! Wie schwierig sich dieser ›Wettstreit‹ auch gestalten mochte, er würde als Sieger hervorgehen. Ob sie wohl wußte, was ihr bevorstand? Mit wem sie sich eingelassen hatte? Nein, wohl kaum. Plötzlich spürte er, daß er die Stirn runzelte. Hastig setzte er eine gleichgültige Miene auf, damit niemand auf die Idee kommen konnte, er käme mit seinen Gedanken – oder gar mit seinen Gefühlen! – nicht zurecht.

Caroline hatte behauptet, sie wolle einen Mann, der rücksichtsvoll und aufmerksam war. Bradford wußte, daß niemand ihm diese Eigenschaften zuschreiben würde. Nicht nur einmal hatte er belauscht, wie man ihn hinter seinem Rücken als kalt und skrupellos bezeichnete. Rücksichtsvoll? Er wußte nicht einmal genau, was dieses Wort bedeutete. Nun, er würde es schon herausfinden. Wenn sie Rücksicht haben wollte, dann, in Gottes Namen, sollte sie sie bekommen.

»Ah, da bist du ja, Tochter.« Carolines Vater unterbrach Bradfords Grübeleien. Sie waren nur ein paar Schritte in den Ballsaal hineingegangen, als der Earl mit ihnen zusammentraf. »Liebes, es ist nicht gerade sehr höflich, einfach so zu verschwinden.«

»Entschuldige bitte, Vater«, antwortete Caroline zerknirscht. Rasch stellte sie sich auf Zehenspitzen und küßte ihn auf die Wange. »Ich habe mich ... äh, davontragen lassen«, fügte sie mit einem Blick auf Bradford hinzu.

»Ja, nun, das ist verständlich«, sagte ihr Vater versöhnlich. »Das erste Mal auf einem großen Ball ... Amüsierst du dich gut?«

Caroline wußte, was von ihr erwartet wurde. »Es ist traumhaft, Vater. Ich habe so viele interessante Leute kennengelernt.«

Die Zuneigung, die Caroline für ihren Vater empfand, war so deutlich spürbar, daß Bradford nicht anders konnte, als die beiden um ihr besonderes Verhältnis zueinander zu beneiden. Allerdings fand er die Beziehung auch verwunderlich, denn er hatte erfahren, daß Braxton seine Tochter vor vierzehn Jahren in die Kolonien geschickt und sie bis vor ein paar Wochen nicht mehr wiedergesehen hatte. Ganz offensichtlich hatte die lange Trennung Carolines Liebe zu ihrem Vater nicht vermindert, und das war in Bradfords Augen wirklich überaus ungewöhnlich.

»Ich wußte, daß es dir gefallen würde. Und Sie, Bradford?« Der Earl strahlte. »Unterhalten auch Sie sich gut?«

Bevor Bradford antworteten konnte, fuhr Braxton schon fort. »Sie haben heute abend mit Ihrem Erscheinen für ziemliches Aufsehen gesorgt. Normalerweise machen Sie sich doch auch nichts aus solchen gesellschaftlichen Ereignissen, nicht wahr?«

»Ja, ich war bisher sehr nachlässig in meinen Pflichten«, erwiderte Bradford. »Aber ich bin willens, mich zu ändern. Der heutige Abend war für mich sehr ... anregend.« Er warf Caroline einen knappen, süffisanten Blick zu. »Bislang habe ich mich prächtig amüsiert!«

»Ah, da kommen der Marquis und Charity.« Der Earl winkte seinem Schwager und seiner Nichte, wartete, bis sie sich zu ihnen gesellt hatten, und fragte dann an Bradford gewandt: »Sie erinnern sich an den Marquis of Aimsmond?«

Caroline entging nicht, wie formell ihr Vater mit einem Mal klang. Zudem hörte sie einen Hauch von Ehrerbietung aus seiner Stimme heraus, woraus sie schloß, daß Bradford der wichtigste von all diesen hochrangigen Gentlemen um sie herum war. Irgendwie kam ihr das ein wenig albern vor; immerhin war Bradford weit jünger als ihr Vater oder ihr Onkel.

Bradford nickte, um den anderen zu bedeuten, daß er sich durchaus an den Marquis erinnern konnte. Es war das knappe Nicken eines Mannes, der sich seines hohen Rangs bewußt war und wußte, was sich gehörte. »Ich freue mich, Sie wiederzusehen, Aimsmond.«

»Das kann ich zurückgeben«, sagte der Marquis mit einem Lächeln. Dann wandte er sich an Carolines Vater. »Unser Gastgeber hat uns gebeten, auf ein Wort zu ihm zu kommen.«

»Natürlich«, antwortete der Earl. »Ich bin gleich zurück, Caroline.«

»Mit Ihrer Erlaubnis«, warf Bradford ein, »würde ich gerne Caroline dem Earl of Milfordhurst vorstellen. Ich bringe sie Ihnen gleich wieder.«

Carolines Vater lächelte und nickte freundlich. Dann nahm er Charitys Arm und folgte dem Marquis durch den Saal. Bradford führte Caroline in die entgegengesetzte Richtung.

Milford sah Bradford mit einer Traumfrau am Arm auf ihn zukommen. Sofort entschuldigte er sich von den Gentlemen, mit denen er sich gerade noch unterhalten hatte, und marschierte auf die beiden los. Man traf sich auf der Hälfte des Weges.

»Caroline, darf ich Ihnen meinen Freund, William

Summers, Earl of Milfordhurst, vorstellen?« sagte Bradford. »Milford, das ist Lady Caroline Mary Richmond, die Tochter des Earl of Braxton.«

»Ich freue mich, Sie kennenzulernen«, sagte Caroline. Sie knickste, während sie den gutaussehenden Mann, der ihre Hand ergriff, eingehend betrachtete. Mit seinem jungenhaften Grinsen und seinen lustig funkelnden, grünen Augen wirkte er ganz und gar wie das Paradebeispiel des frechen, unwiderstehlichen Schürzenjägers.

»Das Vergnügen ist ganz auf meiner Seite«, erwiderte Milford mit einer formellen Verbeugung. »Dies ist also die Lady aus den Kolonien«, bemerkte er, zu Bradford gewandt. »Ist das ein neues Kleid, das Sie da anhaben?« fragte er Caroline.

Verwirrt blickte sie ihn an, nickte aber schließlich. »Ja. Wir haben es bei Madam Newcott machen lassen.«

Milford warf Bradford einen wissenden Blick zu und gluckste vergnügt.

Caroline war nicht sicher, was zwischen den beiden vor sich ging, hatte aber keine Zeit, darüber nachzugrübeln, denn in diesem Augenblick kam Charity mit schwingenden Röcken zu ihnen getänzelt und blieb stehen. Sie lächelte abwartend in die Runde.

Bradford beeilte sich, sie seinem Freund vorzustellen. Während Charity begann, über ihre Eindrücke zu plaudern, gesellte sich Braxton wieder zu ihnen, und Bradford bat ihn um eine Unterhaltung unter vier Augen, wobei er das breite Grinsen seines Freundes geflissentlich übersah.

Sobald Braxton und der Duke sich in einen nahen Alkoven zurückgezogen hatten, übernahm Milford die Aufgabe, für die beiden Damen Erfrischungen zu besorgen.

Den größten Teil der Unterhaltung bestritt Charity. Geduldig lächelnd lauschte Caroline ihren aufgeregten Kommentaren über den Ball. Es gefiel ihr, daß Milford Charity aufmerksam zuhörte, und sie kam zu dem Schluß, daß er ein netter Mann war, den zu mögen keine Schwierigkeit bedeuten würde.

Als Charity ihren Redefluß stoppte, um Atem zu holen, nutzte Caroline die Pause. »Wie lange kennen Sie Bradford schon?« fragte sie Milford.

»Seit wir Kleinkinder waren. Wir sind eigentlich wie Brüder.«

»Und wir wie Schwestern«, warf Charity ein. »Oje, ist das der Gastgeber, der mir dort winkt? Ich glaube, ich habe ihm diesen Tanz versprochen. Er ist wirklich behende für sein fortgeschrittenes Alter. Würden Sie mich bitte entschuldigen?« Sie seufzte, als sie ihren Rocksaum raffte, und flüsterte Caroline zu: »Bete für mich, daß meine Füße das durchstehen.« Dann eilte sie in einer Wolke aus rosafarbener Seide davon.

»Ich bin Ihnen etwas schuldig«, sagte Milford, als er und Caroline allein waren.

Caroline warf ihm einen verdutzten Blick zu, und er begann zu erklären. »Brad hatte vergessen, wie man lacht. Sie haben ihm geholfen, sich zu erinnern.«

Caroline lächelte. »Er scheint nicht gerade der Umgänglichste zu sein, richtig?«

Milford grinste und nickte. »Sehr gut bemerkt. Ich wußte, daß Sie mir gefallen würden.«

Carolines Augen weiteten sich. Dieser Abend war wirklich voller Überraschungen. Erst sprach Bradford über ihre Familiengeschichte, als hätte er selbst daran teilgehabt, und nun deutete sein Freund an, daß auch er über sie Bescheid wußte. War sie überhaupt noch jemandem unbekannt?

»Ich habe inzwischen schon einige Bemerkungen über Bradford gehört«, sagte Caroline. »Wie kommt es denn, daß es so ein großartiges Ereignis ist, ihn lachen zu sehen? Den Eindruck hatte ich jedenfalls, als ich das Geflüster mitbekam.«

Milford zuckte die Schultern. »Es hat in der Vergangenheit nicht viel gegeben, das ihn zum Lachen gebracht hätte«, antwortete er ausweichend. Das genügte nicht, um Carolines Neugier zu befriedigen.

»Hören Sie, ich halte Sie für einen netten Mann«, begann sie. Doch bevor sie fortfahren konnte, wurde sie unterbrochen.

»Ach, er ist nett, und ich nicht?« ertönte Bradfords Stimme hinter ihr. Sie drehte den Kopf und stellte fest, daß sein Anblick sie freute.

»Genau«, antwortete Caroline. »Sie könnten sich bei Ihrem Freund ein paar Dinge abschauen.«

Bradford legte die Stirn in düstere Falten. Caroline lächelte breit. Fein. Es gefiel ihr, wenn er sich ärgerte!

In diesem Augenblick wurde zur Tafel gerufen. Caroline hörte es mit einigem Bedauern, denn sie hätte ihr finster dreinblickendes Gegenüber gerne noch ein wenig mehr aufgezogen. Sowohl Milford als auch Bradford boten ihr den Arm, doch sie wies sie höflich zurück. Sie müsse sich zu ihrem Vater und ihrem Onkel an den Tisch setzen, erklärte sie und sah sich suchend um. Bradford folgte ihrem Blick und entdeckte den Earl of Braxton inmitten einer Gruppe junger Männer. Bradfords Miene wurde nur noch düsterer.

»Diese Burschen da wollen sich über Ihren Vater an Sie heranmachen«, bemerkte er. Er klang so angewidert, daß Caroline sich überrascht zu ihm umdrehte.

»Hast du vor, für den Rest des Abends an Carolines Seite zu kleben?« fragte Milford grinsend.

»Nein«, knurrte Bradford. Er wußte durchaus, daß sein Freund ihn necken wollte, aber ihm war überhaupt nicht danach, darauf einzugehen. »Nichtsdestoweniger werde ich mit ein paar der besonders eifrigen Gentlemen ein paar Takte reden, bevor dieser Abend vorüber ist!«

Milford lachte leise, verbeugte sich vor Caroline und ging davon. Bradford packte Carolines Arm so entschlossen, daß man es nur als besitzergreifend bezeichnen konnte, und bahnte ihr langsam einen Weg zum Dinner-Bereich.

»Ist das nicht der Earl of Stanton, der dort drüben mit Charity spricht?« fragte Caroline. Sie erinnerte sich daran, daß ihr der Mann kurz nach ihrer Ankunft vorgestellt worden war.

»Nein«, antwortete Bradford. »Er ist Earl of Stanton.«

Sie sah zu ihm auf, um herauszufinden, ob er sie nekken wollte, doch seine Miene verriet nichts. »Habe ich nicht gerade genau das gesagt?«

Bradford begriff, daß Caroline seine Bemerkung wirklich nicht verstanden hatte, und lächelte. »Es gibt einen Unterschied, der durch das Wörtchen ›der‹ verdeutlicht wird«, erklärte er. »Wenn ich Ihnen sage, daß er *der* Earl of Stanton ist, dann wüßten Sie, daß er innerhalb seiner Familie den höchsten Rang innehat. Wenn ich aber sage, er ist Earl of Stanton, dann sagt Ihnen das, daß es andere gibt, die ranghöher sind.«

»Aha. Vielen Dank für die Unterweisung«, sagte Caroline ohne Ironie. »Sie werden der Duke of Bradford genannt. Kann ich also daraus schließen, daß Sie den höchsten Rang innerhalb Ihrer Familie besitzen?«

»Ja«, sagte Bradford. »Aber ich bin außerdem der Earl of Canton, Marquis of Summertonham und Viscount Benton.«

Bradford mußte über ihre staunend aufgerissenen

Augen lächeln. »Sind Sie etwa auch Ritter?« fragte sie schließlich kopfschüttelnd.

»Noch nicht«, gab er zurück. »Die Ehre, zum Ritter geschlagen zu werden, ist nicht vererbbar. Der König verleiht sie.«

»Ich verstehe«, sagte Caroline. »Mir ist klar, daß Sie mich für erbärmlich ungebildet halten müssen. Aber ich habe ja bisher in Boston gelebt, und dort sind Titel nicht von Bedeutung. Abgesehen davon sind wir alle davon ausgegangen, daß ich nie wieder nach England zurückkehren werde. Mein Onkel hält jedoch auch nicht viel von Rang und Titel, denn er ist der Meinung, daß ein Mensch sich nur durch das auszeichnet, was er leistet, und nicht durch das, was seine Vorfahren für ihn getan haben. Ich nehme an, daß mir aus diesem Grund das Wissen fehlt.« Caroline seufzte. »Onkel und ich, wir dachten einfach nicht, daß es für mich von Bedeutung sein könnte.«

Nun kam der Earl of Braxton zurück, und Bradford mußte sich wohl oder übel zurückziehen. »Wir werden unsere Unterhaltung morgen weiterführen«, sagte er, bevor er widerwillig ihren Arm losließ. »Ich werde Sie besuchen. Ihr Vater hat es erlaubt.«

Caroline wurde zum Essen neben ihren Onkel und ihrem Vater gegenüber gesetzt. Als die beiden begannen, alte Erinnerung an Carolines Mutter aufzufrischen – die Frau, die beide geliebt hatten –, hatte Caroline die Bestätigung, daß zwischen ihnen wirklich wieder alles in Ordnung war.

Bradford brachte eine hochrote Charity an den Tisch und verabschiedete sich erneut. Seine Miene war fast emotionslos, als er ihr einen guten Abend wünschte, doch Caroline sah das vergnügte Funkeln in seinen Augen. Während sie sich noch fragte, was ihn so amüsierte, lieferte ihr Charity schon die Antwort.

»O Gott, es war so schrecklich peinlich!« flüsterte sie Caroline zu, sobald sie sich gesetzt hatte. »Ich dachte, ich würde mit unserem Gastgeber plaudern, doch er muß weggegangen sein, während ich redete, und ich selbst war damit beschäftigt, mir die Leute um uns herum anzusehen. Erst als Bradford plötzlich an meiner Seite auftauchte, bemerkte ich es. Meine Güte, ich war in eine angeregte Unterhaltung mit einer Topfpflanze versunken!«

Caroline verschluckte sich an ihrem Champagner und versuchte verzweifelt, nicht loszuprusten. Sie wußte, daß Charity beleidigt reagieren würde; schon jetzt wirkte ihre Cousine so, als wäre sie am liebsten im Boden versunken.

»Und was hat er gesagt?« fragte sie, als sie ihre Stimme einigermaßen unter Kontrolle hatte.

»Kein einziges Wort«, flüsterte Charity. »Er nahm nur meinen Arm und führte mich an diesen Tisch. Er ist ein echter Gentleman«, fügte sie mit einem Seufzen hinzu.

Caroline nickte. Sie drehte sich zu ihrem Vater um und bat um Charitys Brille. Anschließend reichte sie sie ihrer Cousine und schlug vor, daß diese sie zur Abwechslung mal wieder aufsetzen sollte.

»Sag mal, hast du gehört, was die Leute über deinen Bradford klatschen?« fragte Charity so leise, daß sie das Gespräch zwischen ihrem Onkel und dem Marquis nicht störte.

»Er ist nicht *mein* Bradford«, erwiderte Caroline gereizt. Doch sie konnte sich nicht zurückhalten. »Was für Klatsch denn?«

»Der Mann kommt sonst *nie* zu irgendeinem Ball. Als er hier auftauchte, war das offenbar die Überraschung des Abends. Und er scheint sich bestens zu amüsieren. Unser Gastgeber ist höchst zufrieden. Caroline! Hast du gewußt, daß dein Vater sich seit Jahren nicht mehr in der Öffentlichkeit gezeigt hat? Daß er heute hier ist, scheint auch ein großes Wunder zu sein. Und jeder hier ist der Meinung, daß du der Grund für beide Überraschungen bist.«

Caroline mußte daran denken, was Milford gesagt hatte – daß er ihr etwas schuldig war, weil sie ihrem Freund das Lachen zurückgegeben hatte.

»Er hat doch nur vergessen, wie es geht«, flüsterte Caroline.

Sie blickte auf und entdeckte Bradford inmitten einer Gruppe sehr hübscher Ladies, die alle kokett kicherten. Caroline fand es ausgesprochen peinlich und ärgerlich, wie sie um ihn herumscharwenzelten. Dabei hätte sie doch nur erleichtert sein sollen – so war sie ihn wenigstens los! Aber nein, es versetzte ihr einen heftigen Stich, und dieses Gefühl ärgerte sie nur noch mehr.

Doch ihr blieb kaum Zeit, darüber zu grübeln, und sie war froh darum. Nach dem Dinner lernte sie unzählige Freunde und Bekannte ihres Vaters und ihres Onkels kennen. Einige waren adelig, einige nicht. Aus Furcht, daß sie eine wichtige Person falsch ansprechen könnte und dadurch ihre Unwissenheit verraten könnte, sagte Caroline so wenig wie möglich.

Bald schon kam sie sich ganz wie das naive Mädchen vom Land vor, das sie ja im Grunde auch war. Wieder und wieder knickste sie vor Londons Oberschicht und fühlte sich dabei vollkommen fehl am Platz.

Irgendwann stellte man ihr Lady Tillman, eine alte Freundin ihres Vaters, vor, und der Marquis flüsterte Caroline ins Ohr, daß diese Frau früher einmal versucht hatte, sich den Earl of Braxton zu angeln.

Lady Tillman wirkte auf Caroline nicht viel anders als die anderen Frauen, die sich auf diesem Ball amüsierten, abgesehen davon, daß sie etwas älter und etwas rundlicher war. Caroline war überzeugt, daß die Frau ihr Mienenspiel vor dem Spiegel eingeübt haben mußte, denn sie veränderte ihren Gesichtsausdruck stets ganz langsam und konzentriert, ob sie nun Freude, Interesse oder Entzücken vermitteln wollte. Caroline stufte sie nach kurzer Zeit als langweilig und oberflächlich ein, und als sie sah, daß ihr Vater von dieser Frau wirklich eingenommen zu sein schien, konnte sie nicht anders, als Enttäuschung zu empfinden.

Doch als sie daran dachte, wie einsam ihr Vater gewesen war, packte sie augenblicklich das schlechte Gewissen. Also gab sie sich um seinetwillen alle Mühe, die grauhaarige, braunäugige Frau zu mögen, mußte jedoch nach kurzer Zeit feststellen, daß es ihr nicht gelingen wollte. Und als Lady Tillman über eine Bemerkung, die nicht einmal im entferntesten Sinne komisch war, in kontrollierte Kichersalven ausbrach, gab Caroline es ganz auf.

Lady Tillmans Tochter war eine jüngere Ausgabe ihrer Mutter; sie glich ihr sowohl im Aussehen als auch in Gestik und Mimik. Caroline konnte sie nicht leiden.

Lady Tillman verkündete stolz, daß Rachel verlobt war, und schickte den Earl los, um den zukünftigen Gatten ihrer Tochter zu suchen. Sobald er zurückkehrte und Caroline und Charity Nigel Crestwall vorstellte, empfand Caroline noch etwas anderes für Rachel ... tiefes Mitleid nämlich.

Nigel Crestwall besaß die Augen eine gerissenen Fuchses. Die Blicke, die er Caroline zuwarf, waren nur als lauernd zu bezeichnen. Caroline fühlte sich in seiner Gegenwart ausgesprochen unbehaglich und war froh, als Rachel so lange greinte, bis er endlich mit ihr tanzte.

Der Marquis wirkte inzwischen sehr erschöpft, und

Caroline schlug vor, daß sie zum Dessert in den Speisesaal zurückkehren sollten. Sobald sie saßen, trat Viscount Claymere an den Tisch und flehte ziemlich theatralisch, sich doch zu ihnen setzen zu dürfen. Anschließend wollte Terrence St. James vorgestellt werden, und auch er ließ sich an ihrem Tisch nieder.

Caroline war es bald leid, wie die beiden jungen Männer regelrecht um ihre Aufmerksamkeit kämpften. Als sie zufällig aufblickte, entdeckte sie Bradford, der sie quer durch den Raum beobachtete. Eine Frau, die wahrhaft umwerfend aussah, wie Caroline zähneknirschend anerkennen mußte, hing an seinem Arm und schaute bewundernd zu ihm auf.

Bradford hielt ein Weinglas in seiner Hand und hob es nun in einer Geste, die sowohl einen Gruß als auch einen Toast bedeuten konnte. Sie nickte und wollte die Geste gerade erwidern, als der Viscount sich vorbeugte und ihr das Glas versehentlich aus der Hand schlug. Der Champagner ergoß sich über das Tischtuch, und der Viscount überhäufte sie augenblicklich mit flehentlichen Bitten um Vergebung. Caroline blieb nichts anderes übrig, als die Zähne zusammenzubeißen und sich die Tirade anzuhören.

Als er endlich fertig war und Caroline wieder zu Bradford hinübersehen konnte, erkannte sie auf den ersten Blick, daß die kleine Szene ihm viel Spaß gemacht hatte. Sein Grinsen ging von einem Ohr zum anderen.

Caroline lächelte unwillkürlich zurück. Dann schüttelte sie leicht den Kopf und wandte ihre Aufmerksamkeit wieder den Gesprächen um sie herum zu. St. James ergriff immer wieder ihre Hand, die auf dem Tisch lag, und sie zog sie immer wieder weg.

Als der Abend sich schließlich dem Ende zuneigte, umarmte Caroline ihren Onkel und versprach ihm wohl zum zehnten Mal, daß sie übermorgen zum Tee kommen würde. Dann verabschiedeten Charity und sie sich von verschiedenen Leuten und bedankten sich beim Duke of Ashford für diesen wunderbaren Abend.

»Was hatte Bradford denn mit dir zu besprechen?« fragte Caroline ihren Vater, nachdem dieser geduldig Charitys Beschreibung des Abends über sich hatte ergehen lassen.

»Er will dir morgen einen Besuch abstatten«, verkündete ihr Vater. Er hörte sich sehr selbstzufrieden an. »Ich sagte ihm, daß er schon der fünfte sei, der mich um diese Erlaubnis gebeten habe.« Er lachte leise in sich hinein. »Das gefiel ihm überhaupt nicht, das kann ich euch sagen.«

»Bradford stellt Caroline nach«, bemerkte Charity.

»Ich nehme an, der größte Teil von Londons männlicher Bevölkerung ist seit heute auf der Jagd«, erwiderte der Earl. »Aber deine Cousine ist nicht die einzige, die das Interesse geweckt hat. Ich habe eine Flut von Anfragen deinetwegen, Charity.«

»Im Ernst?« Charity schien von dieser Nachricht nicht sonderlich begeistert.

»Ja. Und wir müssen die Einladungen morgen gemeinsam durchgehen. Ich schätze, ihr beide werdet eine Menge Blumen und Briefe bekommen. Allerdings ist es 'zig Jahre her, daß ich jemandem den Hof gemacht habe, und so könnte es durchaus sein, daß sich die Gepflogenheiten ein wenig geändert haben. Es ist nicht gerade einfach, mit den aktuellen Gebräuchen auf dem laufenden zu bleiben, wißt ihr.«

Während ihr Onkel fortfuhr, über die Gentlemen zu reden, die sich um ihre Gunst bemühten, wurde Charitys Miene immer alarmierter. Caroline fing ihren Blick ein und schüttelte leicht den Kopf, um ihr zu bedeuten, ihren Mund zu halten. Sie wollte ihrem Vater nicht die Freude nehmen, die er über den Ansturm der Verehrer empfand. Sobald sie allein waren, würde sie mit Charity ein langes Gespräch führen.

Charity begriff und nickte. Caroline versuchte, sich auf das zu konzentrieren, was ihr Vater sagte, aber ständig tauchte Bradfords Bild vor ihrem inneren Auge auf. Plötzlich dachte sie an Clarence, ihren Bostoner Verehrer. Sie stellte ihn im Geiste neben Bradford und stöhnte auf. Der Vergleich war lächerlich. Clarence war noch ein Junge, Bradford jedoch ein Mann. Clarence hatte sie immer an ein Hengstfohlen von ihrer Farm erinnert – ungelenk und schrecklich unsicher, wann immer sie in seiner Nähe war. Bradford dagegen war wie ihr Lieblingshengst: lebhaft, kraftstotzend, vital! Seine ganze Haltung drückte Selbstvertrauen und Kraft aus. Unwillkürlich fragte sie sich, ob Bradford auch, wie ihr Hengst, Ausdauer besaß. Ob es stimmte, daß er sich nicht abweisen ließ? Würde er ihr beharrlich nachstellen? Was für ein alberner Vergleich, tadelte sie sich. Es konnte nur an ihrer Erschöpfung liegen, daß sie derart dummen Gedanken nachhing.

KAPITEL 6

Caroline hatte beschlossen, daß sie am nächsten Morgen mit Charity über Paul Bleachley reden würde. Ihre Cousine konnte ein paar Stunden Schlaf nach der Aufregung des Balls gebrauchen.

Doch als sie Charitys Schlafzimmer betrat, um ihr gute Nacht zu wünschen, fand sie ihre Cousine weinend im Bett. Sie hielt eines der dicken Gänsefederkissen an ihre Brust gepreßt und hatte ihr Gesicht darin vergraben.

»Du hast ja so recht gehabt«, preßte sie zwischen Schluchzern hervor, als Caroline sich neben sie auf der Bettkante niederließ. »Er war überhaupt kein ehrbarer Mann. Inzwischen hege ich wirklich die unanständigsten Gedanken. Ich wünschte, wir beide würden ihn aufstöbern, damit du ihn erschießen kannst.«

Caroline mußte lächeln. »Das ist wirklich ein unanständiger Gedanke«, sagte sie leise. »Aber ich bin diejenige, die sich in Bleachley getäuscht hat, Charity, nicht du. Von nun an werde ich auf dich hören, wenn es sich um das Thema Männer dreht. Du hattest den richtigen Instinkt.«

»Du machst dich über mich lustig«, sagte Charity schniefend und tupfte sich die Augen mit einem Kissenzipfel ab. »Oder weißt du etwas? Dann sag's schon.«

»Bleachley wurde bei der Explosion im Bostoner Hafen verwundet. Kannst du dich noch an die Nacht erinnern, Charity? Der ganze Hafen stand in Flammen. Wir konnten das orangefarbene Leuchten sogar noch bei uns sehen!«

»Ja, natürlich kann ich mich daran erinnern. Oh, Gott, sag mir, was ihm zugestoßen ist!«

Charitys Pein war nicht gespielt, und Caroline beeilte sich, ihr die restliche Geschichte zu erzählen.

»Was soll ich nur tun?« fragte Charity, als Caroline geendet hatte. »Bradford meint also, er will nicht einmal seine Freunde sehen? Oh, mein armer Paul! Er muß sich furchtbar quälen!« Sie begann wieder zu weinen, und Caroline fühlte sich vollkommen hilflos.

Charitys Tränen wollten nicht versiegen. Caroline saß stumm daneben, bis sie es fast nicht mehr ertragen konnte. Fast panisch versuchte sie, sich einen Plan auszudenken, doch die Ideen, die ihr kamen, waren so absurd, daß sie eine nach der anderen verwarf. Wenn Charity nur nicht so herzzerreißend geschluchzt hätte. Und vor allem nicht so laut.

Dann fiel ihr etwas ein, das möglicherweise funktionieren konnte. Sie zwang sich zu einem Lächeln und sagte: »Schau, Charity, hör auf zu weinen. Ich glaube, ich weiß, was wir tun können. Ich werde zwar Bradford um einen Gefallen bitten müssen, aber das läßt sich nicht ändern.«

»Was hast du vor?« Charity ergriff mit beiden Händen Carolines Rechte und drückte sie fest. Vor Schmerz verzog Caroline das Gesicht. Mochte ihre Cousine auch zart und klein sein – wenn es darauf ankam, besaß sie Bärenkräfte.

»Es geht doch darum, daß du Paul alleine treffen kannst, um ihn zu überzeugen, daß du ihn wirklich liebst, richtig?«

Charity nickte so heftig, daß sich ihr Haar aus dem Knoten auf ihrem Kopf löste.

»Bradford wird uns Zutritt zu Bleachleys Haus verschaffen«, verkündete Caroline, die sich für ihren Plan zu erwärmen begann. »Dafür sorge ich schon. Der Rest hängt von dir ab, Charity. Mein Plan macht es erforderlich, daß du eine schwierige Rolle spielen mußt. Du darfst nicht nett sein. Das würde alles verderben.«

»Ich . . . ich verstehe nicht«, gab Charity stirnrunzelnd zu.

»Erinnerst du dich noch an den Morgen, an dem ich Benjamin zu uns gebracht habe?«

»Ja. Ich bekam einen riesigen Schreck, als ich in die Küche kam und ihn mit einem Messer in der Hand am Tisch sitzen sah.«

»Du hattest Angst, aber du hast es ihm nicht gezeigt. Und deine Brüder auch nicht. Weißt du noch, wie Caimen sich vorstellte und darauf bestand, Benjamin die Hand zu schütteln?«

»Ja, sicher, aber was hat das mit Paul zu tun?«

»Warte ab«, sagte Caroline. »Benjamin war uns gegenüber entsetzlich mißtrauisch, aber wir alle taten so, als wäre es das Normalste auf der Welt, einen verwundeten Schwarzen in der Küche sitzen zu haben. Dann trat Mama ein, warf nur einen einzigen Blick auf ihn und verkündete, daß sie sich um seine Verletzungen kümmern würde. Der arme Ben hatte einfach keine Chance. Sie verband ihn, drängte ihm etwas zu essen auf und packte ihn ins Bett, bevor er noch einmal protestieren konnte. Wenn ich mich recht entsinne, hat er sein Messer keinen Augenblick aus der Hand gelegt. Ich glaube, er hat anfangs sogar damit geschlafen.«

Caroline lächelte. »Mama hatte unendliches Mitleid mit ihm, aber sie hat es ihm nicht gezeigt. Und genau das ist der Punkt. Wenn du Paul gegenüber auch nur ein winziges bißchen Mitgefühl zeigst, nun, dann ist der ganze Plan gescheitert.« Sie fuhr mit ihrer Erklärung fort, und als sie zu Ende geredet hatte, war sie zuversichtlich, daß es tatsächlich funktionieren würde.

Auch Charity sah glücklicher aus. Caroline verkündete, daß sie nun schlafen gehen würde.

»Aber wir haben doch noch gar nicht über deine Eindrücke gesprochen. Du glaubst gar nicht, was für Komplimente man dir gemacht hat. Du hast wirklich für Aufruhr gesorgt. Alle Ladies haben dich beneidet. Und wußtest du, daß *jeder* Mann bei deinem Vater vorgesprochen hat, um dir vorgestellt zu werden? Oh, es gibt noch soviel zu erzählen. Hast du zum Beispiel gewußt, daß dein Onkel Franklin auch auf dem Ball war? Oh, ja, ich weiß es genau«, sagte sie hastig, als sie Carolines Stirnrunzeln entdeckte. »Dein anderer Onkel, der Marquis ach, was für ein lieber, alter Mann! –, nun, er zeigte mir Franklin und winkte ihm dann, aber Franklin hat sich einfach umgedreht und ist weggegangen.«

»Vielleicht hat er euch nicht gesehen.«

»Also, ich habe zwar meine Brille nicht aufgehabt, aber seine finstere Miene konnte ich trotzdem erkennen. Er war nicht weit weg. Ich fand sein Verhalten ziemlich seltsam, aber du hast ja schon oft gesagt, daß die Engländer sowieso ein merkwürdiges Völkchen sind. Ich gehe davon aus, daß dies der Grund für sein unhöfliches Benehmen ist.«

»Du hast recht, es ist wirklich seltsam«, sagte Caroline. »Ich habe ihn nicht kennengelernt. Man sollte meinen . . .«

»Hab' ich dir schon erzählt, daß Bradford nie auf gesellschaftliche Ereignisse geht? Ich glaube, er ist heute nur gekommen, weil er wußte, daß du da sein würdest. Jetzt schüttele nicht so heftig den Kopf«, schimpfte Charity. »Ich habe dir doch schon von vornherein gesagt, daß er dir den Hof machen wird. Vorhin hast du gesagt, du wolltest von nun an meinen Instinkten trauen, weißt du noch? Eben. Und nun gib endlich zu, daß du ihn auch attraktiv findest. Um Himmels willen, Caroline, ich habe euch beide beim Küssen ertappt! Außerdem habe ich auch mitbekommen, was für Blicke du ihm zugeworfen hast, wenn du dich unbeobachtet gefühlt hast.«

»War das so deutlich?« fragte Caroline peinlich berührt.

»Für mich ja, aber ich kenne dich ja auch so gut.«

»Also gut«, gab Caroline zu. »Ich finde ihn attraktiv. Aber er macht mich so furchtbar nervös.«

Charity lächelte und tätschelte mütterlich Carolines Hand.

»Charity, kannst du dir vorstellen, daß ich überhaupt nicht mehr weiß, was ich denken soll? Seit wir in England angekommen sind, muß ich ständig meine Pläne und Überzeugungen umstoßen. Ich fühle mich, als hätte man mein Innerstes nach außen gekehrt. Ich habe fest daran geglaubt, daß ich nach Boston zurückkehren würde – du weißt bestimmt noch, wie laut ich getönt habe –, und nun akzeptiere ich einfach die Tatsache, daß meine Zukunft in England liegt. Und als ich Bradford kennenlernte, habe ich ihn sofort als arrogant und unerträglich eingestuft. Nun muß ich gestehen, daß ich ihn tatsächlich mag. Was ist denn bloß mit mir los?«

»Meiner Meinung nach lernst du gerade, Kompromisse zu schließen, Schwesterherz. Das ist alles. Bisher warst du stur und eigenwillig. Doch manchmal ist es besser, sich in sein Schicksal zu fügen, und das gehört zum Erwachsenwerden.«

Caroline warf ihr einen frostigen Blick zu, und Charity lachte auf. »Ich weiß, wie altklug ich mich anhöre, aber ich glaube, daß du dich gerade verliebst, Lynnie.

Doch, im Ernst. Nun schau mich nicht so entgeistert an. Das ist ja nicht der Untergang der Welt!«

»Da wäre ich mir nicht so sicher«, erwiderte Caroline bissig. Sie stand auf und streckte sich. »Schlaf gut, Charity.«

Es war schon nach drei Uhr morgens, als Caroline endlich in ihrem Bett lag. Unzählige Fragen schossen ihr durch den Kopf, und alle hingen mit Bradford zusammen. Warum war es ein solches Wunder, daß er lachte? Sie durfte nicht vergessen, ihn danach zu fragen.

Als Caroline endlich einschlief, lag ein Lächeln auf ihren Lippen.

Wie immer erwachte Caroline bei Tagesanbruch, aber diesmal fand sie das ganz und gar nicht angenehm. Sie hatte kaum vier Stunden geschlafen, und die Ringe unter den Augen machten das für jedermann sichtbar.

Sie zog ein beigefarbenes Tageskleid an und band ihr Haar zurück. Kurz darauf ging sie nach unten, um sich auf die Suche nach einer Tasse Tee zu machen.

Das Eßzimmer war leer, und nirgendwo stand eine Teekanne herum. Caroline wanderte durch den langen Flur, bis sie schließlich die Küche fand. Eine Frau, von der Caroline annahm, daß sie die Köchin war, saß neben dem Herd auf einem Stuhl.

Caroline stellte sich vor und blickte sich in dem großen Raum um. Entsetzt registrierte sie die schmierigen Wände und den dreckigen Boden, und je länger sie sich umsah, desto wütender wurde sie.

»Ich heiße Marie«, sagte die Köchin. Dann brach es trotzig aus ihr heraus: »Ich bin noch nicht lange hier. Ich weiß, wie furchtbar es hier aussieht, aber ich hatte noch keine Zeit, zu putzen.«

Caroline warf ihr einen scharfen Blick zu, und die

Köchin zog den Kopf ein. »Ich kann Ihnen genauso gut sagen, was los ist«, fuhr die Frau kleinlaut fort. »Ich habe den Braten schon wieder verdorben.«

»Die Küche sieht aus wie ein Schweinestall«, stellte Caroline mit Abscheu fest.

Die Köchin schien jedoch erst einmal andere Sorgen loswerden zu müssen. »Das Brot ist so trocken, daß man es nicht essen kann«, sagte sie. »Bestimmt werde ich entlassen, und was wird dann aus mir?« Sie brach in Tränen aus und vergrub das Gesicht in ihrer dreckigen Schürze. Caroline stand daneben und wußte nicht, was sie tun sollte.

»Hat man dir bei deiner Einstellung nicht gesagt, was von dir erwartet wird?« fragte sie schließlich.

Ihre Frage schien die Köchin erst recht zu erschüttern. Die Schluchzer wurden noch lauter und verzweifelter.

»Nun beruhige dich!« befahl Caroline scharf, und Marie gehorchte augenblicklich, indem sie den Kopf hob und nach Atem rang.

»Ich hab' gelogen, und Toby hat mir geholfen, die Referenzschreiben aufzusetzen«, gestand sie schniefend. »Ich weiß ja, daß das Betrug is', aber ich brauchte doch so dringend 'ne Arbeit! Toby bringt nich' genug nach Hause, und ich muß ein paar Schillinge verdienen, um Klein-Kirby durchzubringen!«

»Wer sind Toby und Kirby?« fragte Caroline freundlicher. Marie schien grundsätzlich ein anständiger, ehrlicher Mensch zu sein, und Caroline konnte ihr Mitleid nicht unterdrücken.

»Mein Mann und mein Junge«, antwortete Marie. »Ich koch' für sie, und die zwei beschweren sich so gut wie nie, und da dachte ich, ich könnt's ja auch mal bei 'nem Earl versuchen«, fuhr sie fort. »Aber nun wird er mich bestimmt entlassen, und dann steh' ich auf der Straße und weiß nich', was ich tun soll.«

Caroline betrachtete Marie nachdenklich. Sie war nicht gerade dick, aber das fand Caroline kaum verwunderlich. Das, was Marie kochte, war so gut wie ungenießbar, und sie konnte sich nicht vorstellen, daß Marie sich freudig darüber hermachte.

»Werden Sie's Ihrem Vater sagen?« fragte die Köchin nun, während sie nervös einen Zipfel ihrer Schürze zwirbelte.

»Vielleicht können wir so etwas wie eine Abmachung treffen«, erwiderte Caroline. »Wieviel liegt dir daran, diese Anstellung zu behalten?«

»Oh, ich würde alles dafür tun, Miss, alles!« beteuerte Marie ihr hastig. Ihr Eifer verriet Caroline, daß die Frau kaum älter als sie selbst sein konnte, und als sie sich nun das Gesicht genauer ansah, stellte sie fest, daß es noch faltenlos war. Was Marie viel älter erscheinen ließ, waren ihre Augen. Sie wirkten müde und stumpf.

»Du hast doch bestimmt schon meinen Freund Benjamin kennengelernt, nicht wahr?« fragte sie.

Marie nickte. »Man hat mir gesagt, er würde für Ihre Sicherheit sorgen.«

»Das ist richtig«, bestätigte Caroline. »Aber er kann auch sehr gut kochen. Ich werde ihn bitten, demnächst unsere Mahlzeiten zuzubereiten, und du wirst ihm dabei zusehen und helfen. Auf diese Weise kannst du viel lernen.«

Marie nickte erneut und versprach zu tun, was immer Benjamin ihr auftragen würde.

Benjamin lächelte, als Caroline ihm die Lage schilderte. Caroline wußte, daß er es gerne tat, obwohl er sich nicht dazu äußerte. Aber sie hätte ihn niemals gebeten, diese Aufgabe zu übernehmen, wenn sie sich nicht sicher gewesen wäre, daß es ihm selbst Vergnügen bereitete. Er war wirklich ein wunderbarer Koch.

Kurz darauf waren die Aufgaben zwischen Benjamin und Marie in der Küche verteilt. Marie war dankbar und machte sich daran, zu tun, was der große Schwarze ihr aufgetragen hatte, während Benjamin sich in die Arbeit stürzte und im übrigen so tat, als wäre Marie gar nicht vorhanden. Zufrieden nahm Caroline sich eine Tasse mit frischem heißen Tee und kehrte ins Eßzimmer zurück, um dort auf ihren Vater zu warten.

Der Earl of Braxton erschien eine Stunde später. Caroline setzte sich zu ihm und sah zu, wie er sein Frühstück, das er in höchsten Tönen lobte, zu sich nahm. Anschließend gingen sie den Stapel Post durch, der bereits am Morgen eingetroffen war. Caroline und Charity waren förmlich mit Blumen und flehentlichen Bitten, Besuche zu empfangen, überschüttet worden.

»Habe ich schon erwähnt, daß der Duke of Bradford heute nachmittag um zwei Uhr herkommen wird?« fragte ihr Vater.

»Um zwei!« Caroline sprang auf und strich sich unbewußt das Haar glatt. »Das ist ja in weniger als zwei Stunden! Ich muß mich sofort umziehen!«

Ihr Vater nickte und rief ihr hinterher: »Heute abend sind wir zu einer Dinner-Party bei Viscount Claymere und seiner Familie eingeladen.«

Caroline drehte sich im Türrahmen zu ihm um. »Ist Claymere nicht der ungeschickte Gentleman von gestern abend?«

Als ihr Vater nickte, verdrehte Caroline die Augen. »Oje, dann darf ich heute abend kein helles Kleid anziehen. Ganz bestimmt verschüttet er irgend etwas. Zu schade, daß schwarz nicht in Mode ist.«

Bradford kam eine Viertelstunde zu spät. Caroline schritt ungeduldig im Salon auf und ab, bis sie Deighton ›Seine Gnaden‹ sagen hörte. Einen kurzen Augenblick später öffneten sich die Türen, und da stand er.

Bradford strahlte Kraft und Energie aus. Er trug Reitkleidung; die hellbraunen, engen Lederhosen schmiegten sich an seine Schenkel, und sein schokoladenbrauner Rock ließ sein weißes Halstuch nur noch heller blitzen. Die Stiefel waren auf Hochglanz poliert, und Caroline überlegte unwillkürlich, ob man sich darin spiegeln konnte, wenn man sich tief genug bückte.

Es war nicht zu übersehen, daß er sich sehr sorgfältig gekleidet hatte, aber schließlich hatte auch sie sich besondere Mühe gegeben. Sie trug ein lavendelfarbenes Kleid, dessen eckiger Ausschnitt dunkelblau gesäumt war. Mary Margaret hatte ihr Haar locker im Nacken zusammengefaßt und kleine Ringellöckchen nach vorn gezogen, so daß sie nun ihr Gesicht einrahmten.

Erst jetzt wurde sich Caroline bewußt, daß Bradford und sie einander anstarrten. Sie raffte den Saum ihres Rockes, wodurch ihre blauen Lederschuhe sichtbar wurden, und vollführte einen formellen Knicks. »Sie sind spät, Mylord. Was hat Sie aufgehalten?«

Ihre Direktheit entlockte ihm ein Lächeln. »Und Sie sind zu früh. Wußten Sie nicht, daß eine Lady einen Verehrer mindestens zwanzig Minuten warten läßt, damit dieser nicht auf die Idee kommt, sie würde sich zu sehr auf ihn freuen?«

»Sind Sie denn mein Verehrer?« fragte Caroline, während sie langsam auf ihn zuging.

Ihre Augen blitzten spitzbübisch, und er nickte lächelnd. »Freuen Sie sich denn, mich zu sehen?«

»Nun, natürlich«, antwortete Caroline. »Mir ist zu Ohren gekommen, daß Sie reich und mächtig sind, und daher muß ich mich selbstverständlich über Ihre Aufmerksamkeit freuen. Das ist es doch, was Sie denken, oder etwa nicht?« Sie lachte über seinen Gesichtsausdruck, der sein plötzliches Unbehagen verriet.

»Ich habe Sie noch nicht einmal anständig begrüßt, und schon ziehen Sie mich wieder auf«, sagte Bradford mit einem tiefen Seufzer.

»Wir haben uns doch gerade begrüßt«, widersprach Caroline. Ihr Lächeln und ihre Lust auf Geplänkel schwanden, als Bradford in alarmierendem Tempo auf sie zukam. Caroline wich zurück und wäre seinem Griff zweifellos entgangen, hätte das Sofa ihren Rückzug nicht gestoppt.

Bradford packte Caroline an den Schultern und zog sie langsam zu sich. Seine Absicht war deutlich, und Caroline versuchte panisch, ihn von sich zu drücken, während sie ihren Blick auf die offenen Türen hinter ihm fixiert hielt. Himmel, ihr Vater konnte jeden Moment auftauchen. Sie wußte, daß Deighton zum Earl gegangen war, um Bradford zu melden, und es kam Caroline ganz und gar nicht gelegen, wenn ihr Vater sie in einer derart kompromittierenden Situation ertappen würde.

»Mein Vater –«, begann Caroline, kam aber nicht weiter. Bradfords Lippen legte sich auf ihre, und seine heißen, betörenden Liebkosungen ließen ihren Widerstand dahinschmelzen. Sie erwiderte den Kuß beinahe augenblicklich, wobei sie ihre Hände an seine Wangen legte. Alle Gedanken an Rebellion waren plötzlich fort, und als Bradford sich von ihr löste, war Caroline zutiefst enttäuscht. Offenbar stand ihr das Gefühl ins Gesicht geschrieben, denn Bradford begann zu lachen.

»Warum haben Sie mich nicht so geküßt wie gestern abend?« fragte Caroline. Erst jetzt bemerkte sie, daß sie immer noch seine Wangen berührte. Rasch ließ sie die Hände sinken.

»Nun, wenn ich Sie so küssen würde«, antwortete er mit einem breiten Grinsen, »dann würde ich nicht mehr aufhören können. Ich weiß, wo meine Grenzen liegen.«

»Wollen Sie damit andeuten, daß ich Sie dazu bringen könnte, Ihre Beherrschung zu verlieren?«

Bradford sah das lustige Funkeln in ihren violetten Augen und staunte einmal mehr über ihre Naivität. Sie glaubte ihn zu necken und hatte keine Ahnung, daß das, was sie sagte, der Wahrheit entsprach. Sie konnte ihn nur allzu leicht dazu bringen, seine Beherrschung zu verlieren.

»Da Sie mir nicht antworten, kann ich nur zu dem Schluß kommen, daß es so ist!« Caroline lachte, faltete die Hände und schlenderte zu einem der Ohrensessel, die vor dem Kamin standen. »Dadurch habe ich echte Macht über Sie, nicht wahr, Mylord? Und dabei bin ich praktisch nur halb so groß wie Sie.«

Bradford ließ sich in dem anderen Sessel nieder und streckte seine langen muskulösen Beine aus. Entspannt legte er die Stiefel übereinander, während er überlegte, wie er ihr antworten sollte. Eine ganze Weile betrachtete er sie nur, ohne etwas zu sagen. Caroline kam es vor, als würde er über etwas Unangenehmem brüten.

»Also gut«, meinte sie schließlich seufzend. »Sie sind nicht in der Stimmung für Albernheiten, ich sehe es schon. Aber abgesehen davon möchte ich mit Ihnen auch noch etwas Wichtiges besprechen, bevor mein Vater kommt. Ich wollte Sie um einen kleinen Gefallen bitten, Bradford, und wenn Sie ihn mir gewähren, dann stehe ich für ewig in Ihrer Schuld.« Caroline faltete die Hände im Schoß und wartete auf Bradfords Antwort.

»Für ewig?« Bradford zog eine Augenbraue hoch. »Das

ist eine verdammt lange Zeit, um in der Schuld eines anderen zu stehen.«

»Na gut, ich übertreibe ein wenig«, gab Caroline zu. »Ich wollte Sie bitten, mich und Charity zu Paul Bleachley zu begleiten. Nur Sie können uns dort Zutritt verschaffen.«

Bradford schüttelte bedauernd den Kopf. »Das würde Paul niemals erlauben.«

»Nein, Sie verstehen nicht«, sagte Caroline rasch. Sie stand auf und begann, auf und ab zu wandern. »Es ist sogar von größter Bedeutung, daß Paul nichts von unserem Kommen ahnt. Natürlich würde er nein sagen. Aber wir wollen überraschend dort auftauchen.« Sie blieb vor Bradford stehen und lächelte ihn an. »Es ist wirklich ganz einfach.« Als Bradford erneut die Stirn runzelte, spürte Caroline, wie sie langsam die Geduld verlor. Ihr Vater konnte jeden Moment den Salon betreten, und sie wollte diese Sache geklärt wissen, bevor er kam. Also stemmte sie ihre Hände in die Hüften. »Mein Plan ist wirklich gut«, erklärte sie ihm. »Ich denke doch nur an meine Cousine . . . und auch an Paul. Ich will nur, was das beste für sie ist.«

Diese Bemerkung erzielte eine sofortige Wirkung. Bradford brach in Gelächter aus. »Und Sie glauben zu wissen, was das beste für die beiden ist?« fragte er, als er sich wieder ein wenig beruhigt hatte.

»Warum müssen Sie mich immer auslachen«, murmelte Caroline. In diesem Moment hörte sie die Schritte ihres Vaters auf der Treppe und wandte sich wieder Bradford zu. »Bitte sagen Sie ja. Sie müssen mir vertrauen, Bradford. Ich weiß schon, was ich tue. Und außerdem wäre das sehr rücksichtsvoll von Ihnen.«

Plötzlich erkannte sie, daß sie ja förmlich bettelte. Sofort straffte sie die Schultern und warf ihm einen Blick zu, der, wie sie hoffte, fest und entschlossen war. »Ich lasse mich nicht abweisen«, wiederholte sie flüsternd seine Worte vom Abend zuvor. »Höchstens eine Weile auf Distanz halten.«

Als der Earl in den Empfangssalon trat, lachte Bradford noch immer.

Die folgende Stunde verstrich in lockerer Plauderei. Carolines Vater machte keine Anstalten, sich vor Bradford zurückzuziehen, und Caroline wollte einfach keine Ausrede einfallen, die es ihr ermöglicht hätte, allein mit dem Duke zu sprechen.

Schließlich begleiteten Vater und Tochter den Duke zur Tür. »Ich freue mich darauf, von Ihnen eine Nachricht zu erhalten«, sagte Caroline und bedachte ihn mit einem bedeutungsvollen Blick. »Und bitte spätestens morgen früh«, fügte sie hinzu. »Sonst muß ich andere Arrangements treffen.«

»Sind Sie heute abend bei den Claymeres?« fragte der Earl seinen Gast. »Ich denke, es könnte ein sehr interessanter Abend werden. Die kleine Clarissa soll auf dem Spinett spielen, und ihre Schwester wird singen.«

Bradford konnte sich nichts Vergnüglicheres vorstellen.

»Und ich ziehe die Schürze unserer Köchin an, damit der Viscount mein Kleid nicht ruinieren kann«, warf Caroline ein. Ihr Vater warf ihr einen Blick zu, der deutlich besagte, daß man derartige Bemerkungen nicht vor Gästen machte, und Caroline senkte verlegen die Augen. Wann würde sie endlich lernen, den Mund zu halten? Himmel, wurde sie vielleicht gar so eine Plaudertasche wie Charity, die jedem sagte, was sie dachte?

Bradford jedoch wußte ihre Bemerkung zu würdigen. »Milford und ich werden beide da sein«, versprach er. Gleichzeitig überlegte er angestrengt, wie er Claymere eine Einladung aus dem Kreuz leiern sollte. Er wußte, daß der Viscount Caroline den Hof machen wollte, aber das durfte er nicht zulassen. Niemand würde Caroline Richmond bekommen. Niemand außer Jered Marcus Benton.

»Fangen die Partys in England eigentlich immer nach Schlafenszeit an?« fragte Caroline ihren Vater, nachdem sie herzhaft gegähnt hatte. Das Schaukeln der Kutsche trug wenig dazu bei, daß sie sich wacher und munterer fühlte.

»Du mußt ja auch immer so früh aufstehen«, sagte Charity. »Ich habe bis Mittag geschlafen und fühle mich blendend. Caroline, kneif dir noch einmal in die Wangen. Du siehst so blaß aus.«

Caroline gehorchte und gähnte wieder.

»Ich bin überzeugt, daß ihr euch beide gut amüsieren werdet«, sagte der Earl. »Die Claymeres sind wirklich eine großartige Familie. Habe ich schon gesagt, daß die kleinen Schwestern des Viscounts heute abend für uns auftreten?«

Caroline nickte. Sie schloß die Augen und lauschte während der restlichen Fahrt der Unterhaltung zwischen ihrem Vater und Charity. Charity war recht aufgekratzt, da am Abend noch eine Nachricht von Bradford eingetroffen war. Er hatte sich kurz gefaßt und ihnen mitteilen lassen, daß er am folgenden Tag um zehn Uhr morgens kommen würde, um Charity und Caroline zu Bleachley zu begleiten. Der letzte Satz lautete: »Ist das für Sie rücksichtsvoll genug?«

Da Caroline nun wußte, daß sie auf Bradfords Hilfe zählen konnte, sprach sie mit ihrem Vater über ihren Plan. Er erlaubte ihr, die Fahrt zu unternehmen, ermahnte sie aber, um eins zurückzusein, damit sie pünktlich zum Tee beim Marquis erscheinen konnten.

Bradford war noch nicht da, als sie bei den Claymeres eintrafen, und Caroline stellte fest, daß sie schon wieder enttäuscht war. Doch der Viscount forderte bald ihre ganze Aufmerksamkeit; er tat alles, um sie hellwach und auf Trab zu halten. Er trat ihr mehrmals auf die Füße und entschuldigte sich jedesmal so wortreich und ausdauernd, daß Caroline nicht wußte, was quälender war: seine Tölpelhaftigkeit oder seine ausschweifenden Bitten um Vergebung. Er wußte einfach nicht, wann er aufhören mußte, und sein Überschwang drohte, sie in den Wahnsinn zu treiben.

Bradford traf nur wenige Minuten vor der Darbietung der beiden Claymere-Mädchen ein. Caroline saß in der hintersten Reihe zwischen Charity und ihrem Vater, was kein Zufall war. Caroline hatte beide genötigt, sich neben sie zu setzen, damit der Viscount gezwungen war, sich einen anderen Platz zu suchen.

Wie sich herausstellte, hatte die kleine Clarissa gut vierzig Pfund Übergewicht. Sie brauchte lange, um sich auf das Spiel vorzubereiten und setzte wieder und wieder zu spielen an, bis Caroline es aufgab, die Versuche zu zählen. Endlich kam Musik zustande, und obwohl Clarissa sicherlich ihr Bestes gab, fiel es Caroline enorm schwer, das Stück zu genießen. Sie schloß die Augen und war wenige Minuten später eingeschlafen.

Bradford lehnte an einer Wand und versuchte, so teilnahmslos wie möglich auszusehen. Dabei schwor er, daß er sofort Caroline packen und sie hinausschleifen würde, wenn das Mädchen am Spinett noch einmal neu ansetzen mußte.

Nun trat auch Milford ein, umrundete die Zuhörer und gesellte sich zu seinem Freund. »Was gibt es denn zu grinsen?« fragte er Bradford.

»Allein die Tatsache, daß ich hier bin, ist lachhaft. Ich

ertrage diese Parodie auf Mozart, nur um Caroline nahe zu sein«, gestand Bradford.

»Und wo ist sie?« Milford blickte sich suchend um.

Bradford warf einen Blick zur hintersten Reihe und begann augenblicklich laut zu lachen. Ein paar Gäste warfen ihm indignierte Blicke zu, und er nickte zum Gruß, während er versuchte, wieder zu seiner gelangweilten Miene zurückzufinden. »Sie sitzt in der Mitte der letzten Reihe . . . und schläft.«

»Tatsächlich«, meinte Milford mit einem leisen Lachen. »Kluges Kind.«

Caroline verschlief Clarissas Vortrag komplett. Sie wachte auch nicht auf, als das Mädchen aufhörte und ein wenig Unruhe entstand, während sich ihre Schwester auf ihre Gesangsdarbietung vorbereitete.

Der Earl of Braxton nutzte die Gelegenheit, um sich woanders hinzusetzen. Er war begierig darauf, Catherine Claymere singen zu hören, denn der Viscount hatte ihm versichert, daß Catherine mit einer wunderbaren Sopranstimme gesegnet war.

Als Charity ihrem Onkel folgte, zögerten Bradford und Milford keinen Augenblick. Rasch nahmen sie die freigewordenen Plätze ein. Bradford setzte sich Caroline zur Rechten, Milford zur Linken. »Sollen wir sie aufwecken?« fragte Milford mit einem genüßlichen Grinsen.

»Nur, wenn sie zu schnarchen beginnt«, erwiderte Bradford. »Sieh sie dir an. Ist sie nicht wunderschön im Schlaf?«

»Und versuchst du immer noch, sie zu vergessen?« fragte Milford, ohne eine Antwort zu erwarten.

Bradford gab ihm auch keine. Gestern noch hatte er geglaubt, er würde sich nehmen, was er wollte, und sie dann für einen anderen freigeben. Doch heute sah er es schon ein wenig anders. Der Gedanke daran, daß sie einem anderen gehören könnte . . .

Bradford wurde in die Realität zurückgeholt, als die Musik erneut einsetzte. Es klang beinahe angenehm, bis Catherine zu singen begann. Ein schriller Laut, der in den Ohren schmerzte, zerriß die Atmosphäre. Dennoch amüsierte Bradford sich königlich, denn der grausame Lärm weckte Caroline. Sie zuckte heftig zusammen, riß gleichzeitig die Augen auf und umklammerte vor Entsetzen Bradfords Schenkel.

Dann fiel ihr ein, wo sie sich befand. Sofort stieg ihr die Röte in die Wangen, was Bradford ganz entzückend fand.

Bradford legte seine Hand auf ihre, und erst da bemerkte Caroline, daß sie noch immer seinen Schenkel berührte. Sie entzog ihm ihre Hand, warf ihm einen bösen Blick zu und drehte dann den Kopf zu Milford, um ihn freundlich anzulächeln.

»Bitte sagen Sie mir, wie Sie das gemacht haben«, flüsterte Milford ihr zu. »Ich würde diese grauenvolle Darbietung auch gerne verschlafen.«

Caroline mußte sich ein wenig zu ihm neigen, um ihn besser verstehen zu können. Sofort wurde sie von der anderen Seite zurückgerissen.

Entrüstet, aber um Haltung bemüht, faltete Caroline ihre Hände im Schoß und starrte stur geradeaus. Bradford streckte sich genüßlich, und bevor sie ihn daran hindern konnte, lag sein Arm auf ihren Schultern. Sie versuchte, ihn abzuschütteln, aber es gelang ihr nicht. »Benehmen Sie sich gefälligst«, murmelte sie aus dem Mundwinkel heraus. »Was sollen denn die Leute denken?«

»Daß ich Anspruch auf Sie erhebe«, erwiderte Bradford schlicht. Seine Finger begannen ihren Nacken zu kneten, und Caroline bemühte sich, nicht wohlig aufzuseufzen.

»Ihrem Freund mangelt es an Manieren«, sagte sie an Milford gewandt.

»Ja, ich weiß. Ich habe ihn schon unzählige Male darauf hingewiesen«, flüsterte Milford zurück.

Sein albernes Grinsen verriet ihr, daß sie von seiner Seite keine Hilfe zu erwarten hatte, und sie stieß wütend die Luft aus. Sie mußte aufstehen und sich einen anderen Platz suchen! Der Himmel mochte ihr helfen, aber sie würde sich sogar in die erste Reihe setzen und Catherines gesangliche Folter ertragen, wenn es nicht anders ging.

Das Problem war nur, daß Bradford sie nicht aufstehen ließ. Als würde er ihre Absicht ahnen, lastete sein Arm plötzlich schwerer auf ihren Schultern.

»Ich muß Sie wirklich bitten, mich zu entschuldigen«, zischte Caroline und bedachte ihn mit einem wütenden Blick. Bradford ließ sich davon nicht beirren. Er schenkte ihr ein derart jungenhaftes Grinsen, daß sie die Augen senken mußte, um den plötzlichen Wunsch, ihn zu küssen, unterdrücken zu können.

Als Catherine ihr Lied beendet hatte, erklang höflicher Applaus. Einige Gäste, Caroline und Bradford eingeschlossen, sprangen erleichtert auf, doch da setzte Catherine zur nächsten Tortur an, und die Leute plumpsten sichtlich entgeistert auf ihre Plätze zurück – alle, bis auf Caroline, die die Chance nutzte und sich hastig durch die Reihe schob. Mit einem letzten, zuckersüßen Lächeln in Bradfords Richtung, verließ sie den Raum.

Draußen fragte sie eine Kammerzofe, wo sie sich erfrischen konnte, und lief dann an ein paar Gästen vorbei zur Treppe und die Stufen hinauf. Im ersten Stock war seltsamerweise kein Mensch zu sehen. Am Ende eines langen Flures fand Caroline endlich das Badezimmer. Ein mannshoher Spiegel befand sich darin, und Caroline nahm sich Zeit, ihre Erscheinung gründlich zu überprüfen.

Nun war es nicht mehr nötig, ihren Wangen durch Kneifen einen rosigen Schimmer zu verleihen. Bradford hatte ihr die Blässe durch seine bloße Anwesenheit vertrieben. Unwillkürlich schüttelte sie den Kopf. Es war ihr immer noch ein Rätsel, warum sie so heftig auf diesen Mann reagierte.

Als Caroline schließlich die Tür öffnete, verharrte sie einen Moment verdutzt im Türrahmen. Der Flur lag im Dunkeln; irgend jemand mußte die Kerzen gelöscht haben! Vorsichtig tastete sie sich an der Wand entlang bis sie die Treppe erreicht hatte. Plötzlich hörte sie ein Geräusch hinter sich. Als sie gerade den Kopf wenden wollte, spürte sie einen festen Stoß.

Sie hatte nicht einmal Zeit, zu schreien. Caroline segelte durch die Luft und versuchte verzweifelt, nach dem Geländer zu greifen.

Dann krachte sie auch schon dagegen. Ihr Ellenbogen fing den größten Teil des Aufpralls ab, so daß sie mit dem Hinterteil auf der Treppe landete. Bevor sie sich festhalten konnte, rollte sie zwei weitere Stufen abwärts. Der Absatz ihres Schuhs verfing sich im Saum und zerriß ihn, doch ihr Ausschnitt war weit übler zugerichtet: Als sie versucht hatte, ihren Ellenbogen vor dem schmerzhaften Aufprall zu retten, waren ihre Finger in dem Spitzenbesatz hängengeblieben. Nun klaffte ein gewaltiger Riß in ihrem Mieder.

Caroline saß mitten auf der Treppe und versuchte, wieder zu sich zu kommen. Ihre Frisur hatte sich aufgelöst, so daß ihre Haare nun wirr über ihre Schultern hingen. Ihr ganzer Körper schmerzte, und sie rieb sich eine Weile den pochenden Ellenbogen. Endlich erhob sie sich auf ihre zitternden Beine. Mit einer Hand klammerte sie sich am Geländer fest, während sie mit der anderen den Riß in ihrem Mieder zusammenhielt.

Das einzig Positive an diesem entsetzlichen Vorfall war, daß niemand sie gesehen hatte. Der Schmerz ebbte langsam ab, obwohl sie sich immer noch fühlte, als wäre sie gerade eben gründlich verprügelt worden. Und dann stieg Zorn in ihr auf. Caroline wandte sich um und stöhnte laut auf, als ihre Muskeln protestierten. Sie war ziemlich tief gefallen. Sie hätte sich das Genick brechen können! Und plötzlich traf sie die Erkenntnis wie ein Schlag. Jemand hatte *gewollt*, daß sie sich das Genick brach!

Es war Bradford, der sie schließlich fand. Als sie nicht gleich in den Salon zurückgekehrt war, hatte er begonnen, unruhig auf dem Stuhl hin und her zu rutschen, bis Milford ihm einen strafenden Blick zuwarf.

»Was macht sie denn so lange da draußen?« murmelte Bradford. Plötzlich erschien vor seinem inneren Auge das Bild von einem übereifrigen Verehrer, der Caroline belagerte, und dieser Gedanke ließ ihn augenblicklich hochfahren. Er drängte sich durch die hintere Reihe, wobei er Milford auf den Fuß trat, doch er hielt sich nicht damit auf, sich bei seinem Freund zu entschuldigen.

Milford, nun auch neugierig geworden, stand ebenfalls auf, um Bradford zu folgen. Als er fast die Tür erreicht hatte, schraubte sich Catherines Stimme in schwindelnde Höhen, und es kostete Milford jedes bißchen Selbstbeherrschung, für die letzten Meter nicht die Beine in die Hand zu nehmen.

»Was in Gottes Namen . . .« Bradford war am Fuß der Treppe stehengeblieben und starrte verdattert zu Caroline hinauf. Sie sah aus, als hätte sie gerade ein sehr heftiges Schäferstündchen in einem Heuschober hinter sich. Das einzige, was fehlte, um das Bild perfekt zu machen, war ein Strohhalm im Haar. Und, wie er im stillen zynisch hinzufügte, der Mann, mit dem sie sich herumgewälzt hatte.

Er wußte, daß er voreilige Schlüsse zog, aber ihr Anblick war wirklich mehr als denkwürdig. Ihr Busen war nur noch zur Hälfte bedeckt, und er konnte sich nicht vorstellen, daß sie sich das Kleid aus purem Vergnügen selbst zerrissen hatte. Irgend etwas war geschehen, das stand fest. Blieb nur noch die Frage, inwiefern sie es hatte geschehen *lassen* ...

Caroline beobachtete das lebhafte Mienenspiel in Bradfords Gesicht, bis sie fand, daß sowohl er als auch Milford sie lange genug angestarrt hatten. Als sie sich eine Träne aus dem Augenwinkel wischte, bemerkte sie, daß Milford seinem Freund eine Hand auf den Arm gelegt hatte. Himmel, es sah aus, als würde er versuchen, Bradford *zurückzuhalten!*

»Echte Gentlemen würden niemals eine Lady so blöde anstarren«, sagte Caroline schließlich so hochmütig, wie es ihr möglich war. »Sie würden einer Lady in Not augenblicklich zur Hilfe eilen.«

Endlich erwachte Bradford aus seiner Erstarrung. Mit einer heftigen Bewegung schüttelte er Milfords Hand ab und begann, die Treppe hinaufzusteigen. »Laß sie erklären«, zischte Milford seinem Freund zu, während er hastig hinterhereilte. Dann bückte er sich und hob einen von Carolines Schuhe auf, der ein paar Stufen unter ihr lag.

Bradford versuchte, seine Miene zu beherrschen, aber er war so zornig, daß es ihm nicht gelang. Er wollte nichts weiter, als dem Mann, der das getan hatte, die Hände um den Hals legen und zudrücken! Im Hinauflaufen zog er seinen Rock aus und legte ihn Caroline um die Schultern, als er sie erreicht hatte.

»Wer war mit Ihnen dort oben?« fragte Bradford. Seine Stimme war gefährlich ruhig, was im scharfen Kontrast zu seiner wutverzerrten Miene stand. Verwirrt warf Caroline Milford einen Blick zu, der seinen Freund besorgt beobachtete.

Als Caroline nicht gleich antwortete, packte Bradford Carolines Schultern. Catherine Claymeres beeindrukkender Sopran, der bis zu ihnen hinaufdrang, stieg immer schriller an.

»Wir sollten hier besser verschwinden, bevor das Claymere-Gör verstummt«, versuchte Milford, die angespannte Atmosphäre aufzulockern. »Die Zuhörer da drin stehen kurz vor dem Nervenzusammenbruch und warten bestimmt nur auf eine Chance, den Salon fluchtartig zu verlassen.« Und, fügte er im stillen hinzu, nichts wie raus hier, bevor Brad explodiert.

Caroline ignorierte Bradfords fast schmerzhaften Griff und sah an ihm vorbei zu Milford. »Was glaubt er denn, was passiert ist?«

Milford zuckte die Achseln, während Bradford sich plötzlich bückte und sie in seine Arme hob. »Sag Braxton, daß Caroline sich ihr Kleid zerrissen hat und ich sie nach Hause bringe.« Sein Tonfall verriet Milford, daß er besser nicht widersprechen sollte.

Bradford sah Caroline ernst an. »Wenn wir draußen sind, dann werden Sie mir den Namen des Mannes verraten, mit dem Sie oben waren, und ich werde –«

»Sie glauben, ich sei mit einem Mann oben gewesen?« Plötzlich dämmerte Caroline, was in seinem Kopf vorging. Ihre Augen weiteten sich. Vollkommen verwirrt wandte sie sich an Milford. »Glaubt er etwa ernsthaft, ich hätte oben jemanden getroffen, mit dem ich –« Bradford begann, im raschen Tempo die Treppe hinunterzugehen, und Caroline mußte sich an ihm festklammern. »Bradford!« sagte sie drohend, während sie versuchte, sein Gesicht zu ihr zu drehen. »Ich bin die Treppe hinuntergefallen!« Sofort ärgerte sie sich über sich selbst – hatte sie es etwa nötig, sich zu rechtfertigen? »Natürlich erst nach meinem heimlichen Rendezvous«, setzte sie beißend hinzu. »Der Mann war wirklich unglaublich . . . und so schnell!« Sie hörte Milford lachen, würdigte ihn aber nicht einmal eines Blickes. »Aber ich muß gestehen, daß er wirklich ein paar merkwürdige Einfälle hatte. Er bestand darauf, mein Kleid vorne und unten am Saum zu zerfetzen und meinen Schuh über das Geländer zu schleudern. Ist das nicht eine komische Art und Weise, jemanden seine Bewunderung zu zeigen?«

»Hören Sie auf, hier herumzukreischen«, befahl Bradford. Seine Stimme hatte an Schärfe verloren, und auch seine Miene entspannte sich ein wenig. »Sie klingen fast wie das Claymere-Mädchen.«

Sie waren inzwischen an der Eingangstür angelangt, und Milford beeilte sich, sie zu öffnen. Er schlüpfte hinter den beiden hinaus und zog die Tür wieder zu. Ja, er würde Braxton Bescheid geben, aber nicht, bevor die beiden verschwunden waren. Er wollte keinesfalls etwas verpassen.

»Sie hätten sich verletzen können«, murmelte Bradford über ihrem Kopf. Sein Kinn strich über ihren Scheitel, und Milford grinste breit. Er irrte sich selten, was die Beziehungen anderer anging. Es würde spannend werden, zu beobachten, wann Bradford endlich begriff, was mit ihm geschah.

Bradford hörte Milfords verhaltenes Lachen und drehte sich wütend zu ihm um. »Sie hätte sich umbringen können, Mann!«

»Ich habe mir wirklich weh getan«, gab Caroline kleinlaut zu. Warum konnte er sie nicht trösten, anstatt sie anzufauchen? »Ich habe mir den Ellenbogen gestoßen und bin auf meinen –«

»Wie konnte das denn passieren, Liebes?« unterbrach Bradford sie. »Müssen Sie wie Charity normalerweise auch eine Brille tragen?« Seine Stimme war nun so zärtlich und mitfühlend, daß Caroline die Tränen in die Augen stiegen.

»Es war schrecklich«, gestand sie. Es war ihr egal, ob sie sich jämmerlich anhörte oder nicht. Sie dachte wieder an das Entsetzen, das sie gepackt hatte, als sie den Stoß gespürt hatte und ... Plötzlich wurde sie sich bewußt, wie Bradford sie eben genannt hatte. »Und Ihnen habe ich nicht erlaubt, mich ›Liebes‹ zu nennen.«

Als Bradfords Kutsche vorfuhr, öffnete Milford für sie beide die Tür. »Paß auf ihren Kopf auf«, warnte er Bradford, doch Caroline duckte sich schon. Nun lag ihre Wange an seiner Schulter, und das gefiel ihr sehr. Außerdem roch er sehr gut, dachte sie mit einem kleinen Lächeln.

In der Kutsche ließ er sich mit ihr auf dem Schoß nieder, erinnerte Milford noch einmal an die Nachricht für Braxton und lehnte sich dann zurück. Er atmete ihren Duft ein und hörte sich zufrieden seufzen. Es war so schön, sie in den Armen zu halten! Das einzige Problem dabei war nur, daß seine Zufriedenheit, was sie betraf, nie lange währte. Sie auf dem Schoß sitzen zu haben war nett, aber Bradford konnte sich noch viel, viel nettere Dinge vorstellen.

Die Kutsche fuhr an, und Caroline setzte sich widerwillig auf. Bradford betrachtete sie intensiv, und als sie erkannte, was dieser Blick zu bedeuten hatte, begann sie wieder zu zittern.

»Ich denke nicht, daß es sich für einen Gentleman schickt, eine Lady so anzusehen«, flüsterte Caroline. Ihr Gesicht war nur ein kleines Stück von seinem entfernt, aber sie konnte ihren Kopf nicht weiter zurückziehen. Nervös zog sie die Aufschläge seines Rocks über ihrer Brust zusammen.

»Schicklichkeit war noch nie mein Fall«, antwortete Bradford. »Obwohl genau das eine der Kriterien ist, nach denen Sie potentielle Verehrer bewerten, nicht wahr?«

»Nett müssen sie auch sein. Und Sie sind es nicht«, sagte Caroline in einem schwachen Versuch, sich aus dem Bann zu lösen, den er über sie legte.

»Und wie sind Sie zu dieser Auffassung gelangt?« Bradford zog neugierig eine Augenbraue hoch.

»Sie haben mir unterstellt, daß ich etwas entsetzlich Unanständiges getan habe«, antwortete Caroline. Sie zog drohend eine Augenbraue hoch, als er über ihre Ausdrucksweise grinste.

»Nur einen kurzen Augenblick lang, und außerdem hätte ich niemals Ihnen die Schuld gegeben«, meinte er, während er ihr zärtlich das Haar über die Schulter zurückstrich. »Ich glaubte, irgendein mieser Schuft hätte Sie vielleicht verführt . . . oder Ihnen sogar Gewalt angetan!«

Caroline schüttelte den Kopf. »Müssen Sie denn immer gleich das Schlimmste von anderen Menschen denken? Das ist auch kein besonders netter Zug.«

Bradford seufzte gespielt. »Gibt es überhaupt etwas, was Ihnen an mir gefällt?« Seine Finger strichen wie beiläufig über ihre Wange, und Caroline, die sofort eine Gänsehaut bekam, versuchte, seine Hand wegzuschieben.

Gleichzeitig wünschte sie sich mehr als alles andere auf der Welt, daß Bradford sie küssen würde. Schließlich faßte sie sich ein Herz. »Ich mag es, wie Sie mich küssen«, flüsterte sie. »Halten Sie mich jetzt für sehr unanständig?«

Bradford antwortete nicht. Statt dessen legte er seine Hände an ihre Wangen und zog sie zu sich. Sein Mund berührte federleicht ihre Lippen und entlockte ihr einen zufriedenen Seufzer.

Caroline öffnete die Lippen, schmiegte sich an ihn und genoß das Gefühl seines harten Körpers an ihrem. Mehr Ermutigung brauchte Bradford nicht. Eine Hand glitt in ihren Nacken, die andere zu ihrer Taille. Er öffnete den Mund, um ihre Zunge einzulassen und vergaß augenblicklich alle Zärtlichkeit. Begierig nahm er sich, was ihm so unschuldig und freimütig dargeboten wurde.

Carolines Herzschlag beschleunigte sich, und sie glaubte, nicht mehr atmen zu können. Dieser Mann ließ sie jede Vernunft, jede Vorsicht vergessen! Ihre Zunge liebkoste seine, während ihre Finger sich in sein weiches Haar wühlten. Als Bradford sich schließlich zurückzog, stöhnte Caroline enttäuscht auf.

Bradford holte ein paarmal tief Luft in der Hoffnung, seine wachsende Erregung unter Kontrolle zwingen zu können, doch es nützte nichts. Sie fühlte sich so unglaublich weich, so wundervoll biegsam an. Er beschloß, sich wie ein wahrer Gentleman zu benehmen, sie auf den Sitz gegenüber zu verfrachten und damit ihre Tugend zu bewahren – eben das zu tun, was jeder anständige Mann tun würde. Doch dann sah er in ihre Augen. Sie wirkten verschleiert und verträumt – so, als wäre sie soeben aus dem tiefen Schlummer der Unschuld erwacht und würde nun zum ersten Mal all die Möglichkeiten der körperlichen Freuden zwischen Mann und Frau erahnen . . .

Bradford konnte nicht anders – er mußte sie noch einmal küssen. Er versicherte sich, daß es die letzte Zärtlichkeit war, die sie an diesem Abend austauschen würden, und vergaß es sogleich wieder, als seine Zunge der ihren begegnete und die pure Leidenschaft zwischen ihnen aufflammte wie ein loderndes Feuer. Sein Finger zog eine Linie ihren Hals hinab, zögerte einen winzigen Moment und glitt dann tiefer, um ihre vollen Brüste zu berühren. Und dies war der Moment, in dem auch die letzten Überlegungen, den Gentleman zu spielen, verschwanden.

Caroline wollte gegen seine Forschheit protestieren, mußte aber gleichzeitig gegen den Ansturm der Empfindungen, die seine Berührung erzeugte, ankämpfen. Sein Mund wanderte zu ihrem Ohr, und der heiße Hauch seines Atems ließ jeden Gedanken an Widerstand verschwinden.

Schließlich fand sein heißer Mund ihre Brüste, und Caroline war machtlos, etwas dagegen zu unternehmen. Ihr war, als würde sie in seinen Armen schweben, und es war zu anstrengend, sich gegen die Flut der Gefühle zu wehren, die sie zu überschwemmen drohten. Sie war so unschuldig, so unerfahren, und jede seiner Berührungen eröffnete ihr eine ganz neue Welt des Empfindens. Instinktiv vertraute sie Bradford, vertraute darauf, daß er aufhören würde, bevor etwas geschah. Er führte sie in diese neue Welt, und sie war überzeugt, daß er wissen würde, wenn sie anhalten mußten. Er war der Erfahrene von ihnen beiden.

»Caroline, du fühlst dich so wunderbar an«, flüsterte Bradford heiser. »So weich. Du bist für die Liebe erschaffen worden.« Seine Zunge umkreiste eine Brustspitze, während seine Hand die andere liebkoste. Caroline wand sich in seinen Armen, um der süßen Folter zu entgehen, und doch klammerte sie sich gleichzeitig an seine Schulter und bettelte stumm um mehr. Bradford hielt sie fest und nahm endlich die schmerzende Brustspitze in den Mund. Als er zu saugen begann und seine Zunge spielen ließ, glaubte Caroline, den Verstand verlieren zu müssen.

Alles in ihrem Inneren schien sich zusammenzuziehen, und Caroline entflammte in einer Begierde, die sie selbst nicht verstand. Die Sehnsucht nach etwas, das sie nicht definieren konnte, wurde langsam so gewaltig, daß sie am liebsten in Tränen ausgebrochen wäre. Dann, plötzlich, stellte sie entsetzt fest, daß sie in diesem Zustand alles tun würde, was er wollte, und diese Erkenntnis machte ihr derart angst, daß sie begann, sich ernsthaft gegen ihn zu wehren. »Bradford, nicht! Wir müssen aufhören!«

Er brachte sie mit einem langen, heißen Kuß zum Verstummen und verlagerte ihre Position, so daß sie seine harte Erektion spürte. Caroline geriet in Panik, als sie begriff, daß Bradford nicht beabsichtigte, die ganze Aktion in nächster Zeit zu stoppen. »Ich will dich, Caroline. Ich begehre dich so sehr, wie ich noch nie eine Frau begehrt habe!«

Ihr Rock wurde hinaufgeschoben, und seine Hand liebkoste ihren Schenkel. Seine Berührung war so heiß, sein Verlangen so deutlich spürbar, daß Caroline zurückzuckte. Sie schlug seine Hand weg. Ihr Atem kam genauso stoßweise wie seiner, doch Zorn hatte ihre Begierde ersetzt.

»Sie hätten aufhören müssen, bevor es so weit kam«, flüsterte sie.

Es dauerte einen Moment, bis Carolines Bemerkung durch den Dunst seiner Leidenschaft drang. Als er endlich einen Zustand erreicht hatte, der seinem normalen beherrschten Ich wenigstens nahekam, war Caroline bereits auf den Sitz gegenüber geflohen und hielt sich erneut seinen Rock vor der Brust zusammen.

Plötzlich war Caroline die ganze Situation entsetzlich peinlich. Sie zitterte am ganzen Körper, und ihre Eingeweide zogen sich krampfartig zusammen. Sie erkannte, daß sie Bradford wirklich begehrte, und diese Tatsache entsetzte sie. Was war nur aus ihr geworden? Sie paßte inzwischen ja bestens in eine heruntergekommene Spelunke! Sie fror nun und schämte sich, und so demütigend es auch war – sie begann zu weinen. Himmel, sie hatte seit Jahren nicht mehr geweint, und nun? Das war alles nur seine Schuld! Er war doch derjenige, der die Erfahrung besaß, er war derjenige, der hätte aufhören müssen.

Bradford sah die Tränen über Carolines Wangen strömen, aber er befand sich nicht in der Stimmung, sie zu trösten. Sein ganzer Körper schmerzte vor Verlangen, und das war ganz allein ihre Schuld. Wußte sie denn nicht, wie aufreizend sie sich benahm? Hatte sie denn keine Ahnung von ihrer Anziehungskraft? Himmel, bei was für Menschen war sie nur aufgewachsen? Hatte ihr denn niemand beigebracht, in welchen Grenzen man sich in solchen Situationen zu bewegen hatte? Sie hatte so heiß, so wollüstig auf seine Berührungen reagiert, daß Bradford davon ausgegangen war, sie wolle die Erfüllung genauso sehr wie er. Oh, er hoffte aufrichtig, daß das tatsächlich der Fall gewesen war! Denn dann litt sie jetzt genauso wie er unter dem unbefriedigten Verlangen, und das geschah ihr nur recht!

Caroline tupfte sich die Tränen mit einem Zipfel seiner Jacke aus den Augen. Sie hoffte, daß er sie deswegen tadeln würde, denn dann hätte sie wenigstens explodieren können. Sie strich ihr Kleid glatt und bewegte sich, stöhnte jedoch sofort auf. Ihr Hinterteil war wahrscheinlich grün und blau von ihrer unsanften Landung auf der Treppe. Merkwürdig, daß sie eben nichts davon gespürt hatte, als Bradford sie geküßt hatte.

Die Kutsche krachte in ein Schlagloch, und Caroline biß die Zähne zusammen, als ihre Kehrseite wieder einen Schlag abbekam.

»Was stöhnen Sie denn so?« fauchte Bradford sie an. Er streckte die Beine so weit aus, wie die enge Kutsche es zuließ, und verfing sich dabei in Carolines zerrissenem Saum.

»Ich habe Schmerzen«, fuhr sie ihn an.

»Gut«, erwiderte Bradford. Seine Stimme war barsch, aber nicht mehr ganz so laut. Das fand Caroline überaus schade, denn sie hatte Lust auf einen anständigen Streit. Nun fügte er hinzu: »Ich habe auch Schmerzen.«

»Ach ja? Und weswegen?«

»Machen Sie Witze? Mir tut alles weh, weil Sie mich fast in den Wahnsinn getrieben haben. Sie sind doch schuld, daß ich Sie so begehre. Sind Sie denn wirklich so naiv?« Seine Stimme wurde wieder lauter, und er beugte sich, die Hände auf den Schenkeln abgestützt, vor, um sie drohend anzusehen.

»Ich war naiv, bis Sie meine Unerfahrenheit ausgenutzt haben. Ich dachte, Sie seien ein Gentleman, der früh genug aufhören würde, statt . . . statt sich solche Freiheiten herauszunehmen. Ein Gentleman!« Ihre Stimme triefte vor Sarkasmus. »Sie begehren mich! Ha! Was zum Teufel hatten Sie eigentlich vor, Bradford?« Nun war sie es, die brüllte. Sie wußte, daß sie sich vermutlich wie ein kleines, dummes Kind benahm, aber es kümmerte sie nicht. Ihre Wut löste den Klumpen in ihrem Inneren auf, und ihre Beine zitterten nicht mehr.

»Sie nehmen sich etwas zu wichtig«, antwortete Bradford hochmütig. »Ich denke nicht, daß Sie mein Interesse lange wachhalten können. Eine Nacht dürfte ausreichen, um die Faszination zu beseitigen.«

Seine Worte trafen sie, aber sie wäre lieber gestorben, als es ihm zu zeigen. »Ach ja? Wie denken Sie sich das denn?« Ihre Stimme war nun gefährlich ruhig und fest. »Mich einfach zu nehmen, fallenzulassen und dann zur nächsten überzugehen? Und ich habe Ihnen vertraut. Mein Gott, was für eine Närrin ich war.«

Bradford erkannte, daß sie tatsächlich litt, und sein Zorn verpuffte. Er war schließlich verantwortlich für ihren Zustand. Er hatte sich benommen wie ein Schürzenjäger, und zum ersten Mal in seinem Leben hatte er deswegen ein schlechtes Gewissen. »Ich war ein Gentleman, bis Sie mich verhext haben«, murmelte er und hoffte, daß sie die Entschuldigung als solche erkennen würde.

Was Caroline offenbar nicht tat. »Wollen Sie damit sagen, daß eigentlich ich schuld bin?« fragte sie ungläubig.

»Caroline, hören Sie auf, so zu tun, als hätte ich Ihnen gerade Ihre Jungfräulichkeit gestohlen«, fuhr Bradford sie an. »Und legen Sie nicht jedes Wort auf die Goldwaage.«

»Ach, ich soll Sie also nicht so ernst nehmen, ja? Darf ich Ihnen auch nicht vertrauen?«

»Zwischen Mann und Frau gibt es kein Vertrauen.«

Mit einem Schlag war Carolines Wut wie weggeblasen. Verwirrt sah sie ihn an. »Ohne Vertrauen gibt es aber auch keine Liebe.«

Als er darauf nichts erwiderte, erkannte Caroline, daß er tatsächlich glaubte, was er da eben gesagt hatte, und es stimmte sie traurig. »Ich könnte niemals einen Mann heiraten, der mir nicht vertraut.«

»Habe ich Ihnen die Ehe angeboten?«

»Nein, haben Sie nicht«, erwiderte Caroline. »Und ich sehe keinen Grund, warum wir diese seltsame Beziehung aufrechterhalten sollten, Bradford. Ich will etwas, das sie mir nicht geben können. Und da wir uns beide gerade darüber klargeworden sind, daß es keine Zukunft für uns gibt, denke ich, es ist das beste, Lebewohl zu sagen.«

»Fein«, murmelte Bradford, wußte aber im gleichen Moment schon, daß er keinerlei Absicht hatte, Lebewohl zu sagen. Himmel, sie brachte ihn wirklich vollkommen durcheinander! »Sie wollen einen Narren!«

Caroline sparte sich einen Kommentar. Die Kutsche hielt vor ihrem Haus, und sie versuchte, die Tür aufzumachen, bevor Bradford sich bewegen konnte. Doch sein Fuß hing noch in ihrem Saum und das Ratschen sagte ihr, daß ihr Kleid noch ein Stück weiter eingerissen war.

Bradford stieg aus der Kutsche aus und hob dann Caroline auf seine Arme. Sie protestierte nicht, verzog aber das Gesicht. »Morgen werden Sie steif wie ein Brett sein«, prophezeite Bradford ihr.

Einen Moment lang war Caroline versucht, ihm zu erzählen, daß sie glaubte, die Treppe hinuntergestoßen worden zu sein, doch dann besann sie sich anders. Sie gelangte langsam zu dem Glauben, daß sie sich das Geräusch hinter sich und den anschließenden Stoß nur eingebildet hatte. Der lange Tag hatte sie erschöpft, und sie hatte überhaupt keine Lust, mit Bradford über die furchtbare Möglichkeit zu debattieren, daß ihr jemand etwas antun wollte.

Deighton öffnete ihnen die Tür. Für einen Mann seines Alters bewies er erstaunliche Flinkheit, denn er räumte rasch das Feld, als Bradford mit Caroline auf dem Arm hineinrauschte und zügig das Foyer durchquerte, an der Treppe jedoch wartete.

»Wissen Sie, was ich glaube? Sie sollten sich so bald wie möglich ebenfalls eine Brille anpassen lassen«, bemerkte Bradford, als er Deighton hinauffolgte. »Sie brauchen dringend eine Leibwache, Caroline.«

»Nicht so laut«, schimpfte Caroline. »Und ich brauche keine Leibwache.«

»Oh, doch. Sie brauchen jemanden, der Sie vor sich selbst beschützt.«

»Wollten Sie sich für die Stelle bewerben?« Als Bradford stirnrunzelnd schwieg, fuhr sie fort: »Lieber würde ich mich in die Fänge eines Rudels Wölfe begeben als unter Ihren Schutz.« Genüßlich setzte sie hinzu: »Meine Chancen zu überleben wären jedenfalls größer.«

»In die Fänge von Wölfen?« Bradfords Augenbraue schnellte aufwärts.

»Sie wissen, was ich meine. Wenn die Kutschfahrt zurück eine Kostprobe für Ihre Beschützerleistung ist, dann –«

»Caroline, schreien Sie doch nicht so«, meinte Bradford mit einer Kopfbewegung zu Deighton hin.

Caroline folgte alarmiert seinem Blick, dann senkte sie die Stimme. »Jetzt hören Sie mir mal gut zu, Bradford. Wir zwei sind fertig miteinander. Benjamin kümmert sich um meinen Schutz.«

Deighton öffnete die Tür zu Carolines Zimmer und trat beiseite. Mary Margaret saß in einem Schaukelstuhl neben dem Fenster, sprang aber auf, als sie ihre Herrin sah.

»Raus.«

Auf den knappen Befehl hin verließ Mary Margaret fluchtartig das Zimmer. Sie hatte nicht einmal einen kurzen Augenblick gezögert, und das ärgerte Caroline gewaltig.

»Kommandieren Sie meine Zofe nicht herum«, fuhr sie ihn an, als Mary Margaret die Tür hinter sich geschlossen hatte. »Wenn ich schreie, wird Benjamin hier sein, bevor Sie nur mit Ihren zynischen Augen geblinzelt haben, und er wird Sie in Stücke reißen, ohne daß ich etwas sagen muß!«

»Dann rufen Sie ihn doch!« Die Provokation war überdeutlich, und Caroline erkannte ihre Niederlage augenblicklich an. Bradford trat zum Bett und legte Caroline auf die Überdecke. Er versuchte, es sanft zu tun, aber sie federte dennoch zweimal auf und ab, bevor sie endlich still lag. »Ich sagte, rufen Sie ihn doch!«

»Nein, das tue ich nicht«, erwiderte sie mit Nachdruck. Sie zog Bradfords Rock unter ihrem Körper hervor, ohne sich darum zu kümmern, daß ihr zerrissenes Kleid mehr zeigte, als schicklich war. Dann schleuderte sie ihm die Jacke entgegen. »Und jetzt belästigen Sie mich nicht weiter mit Ihrer Gegenwart. Hauen Sie ab! Ich hoffe, ich sehe Sie nie wieder!«

Bradford ignorierte die Jacke, die ihm an die Brust klatschte und zu Boden fiel. Statt dessen beugte er sich zu ihr und stützte sich mit beiden Händen so auf dem Bett ab, daß Caroline dazwischen gefangen war. Als seine Nasenspitze fast ihre berührte, sagte er: »Und jetzt hören *Sie* mir mal zu, Sie kleines Biest. Wir sind noch lange nicht fertig miteinander. Ich kriege Sie, so oder so. Wenn ich dafür heiraten muß, bitte, dann heirate ich. Doch was auch immer geschieht, wir spielen nach meinen Regeln, Caroline Richmond, nicht nach Ihren. Haben Sie das verstanden?«

»Wenn die Hölle kalt wird«, begann Caroline mit sichtlichem Vergnügen, »wenn die Kolonien England annektieren, wenn König George abdankt und ganz besonders wenn der unerträgliche Duke of Bradford *rücksichtsvoll* wird. Mit anderen Worten, Jered Marcus Benton: Sie kriegen mich *niemals!* Haben *Sie* das verstanden?«

Sie schloß die Augen und wartete auf die Explosion, seine wütende Rache. Das tiefe Rumoren, das sich verdächtig nach unterdrücktem Gelächter anhörte, verwirrte sie. Sie schlug die Augen wieder auf und beobachtete Bradfords angestrengte Versuche, eine reglose Miene beizubehalten.

»Irgend jemand sollte Sie wirklich mal beiseite nehmen und Sie darauf hinweisen, wann man Sie beleidigt, Mylord. Vielleicht könnte Milford Sie ja darin unterweisen. Er scheint ja in jeder Hinsicht das genaue Gegenteil von Ihnen zu sein.« Caroline schnaubte undamenhaft. »Obwohl es mir ein Rätsel ist, wie er Sie als seinen Freund bezeichnen kann! Sie sind ein so unangenehmer Mensch! Unnachgiebig, verbohrt und unflexibel!«

»Unflexibel? Ich habe gerade erst einen Schwur gebrochen, den ich mir vor Jahren selbst geleistet habe, und alles nur, weil eine Wildkatze mit violetten Augen mich zum Wahnsinn treibt. Innerhalb von nur zwei Wochen ist es Ihnen gelungen, mein ganzes Leben auf den Kopf zu stellen.«

Caroline zog die Brauen zusammen; was meinte er mit dem Schwur, den er vor Jahren geleistet hatte? Und was hatte sie damit zu tun? Doch sie sollte keine Chance bekommen, ihn danach zu fragen. Plötzlich lag Bradfords Mund auf ihrem, und der Kuß erforderte ihre ganze Aufmerksamkeit.

Caroline versuchte, ihre Lippen geschlossen zu halten und stemmte sich gleichzeitig mit aller Kraft gegen seine Schultern, doch es nützte nichts.

Sie konnte einfach nicht ignorieren, was er mit ihr machte. Sie war zwischen seinen Armen gefangen, und seine Lippen lagen auf ihren. Nur noch ein kleiner Kuß, dachte sie, als sie ihre Arme um Bradfords Hals schlang, nur noch ein kleines Abschiedsküßchen. Dann hatte sie etwas, an das sie sich für den Rest des Lebens mit Genuß erinnern konnte. Schließlich ergab sie sich, ließ seine Zunge tun, was immer sie wollte, und gab ihrerseits, was sie zu geben hatte. Sie hörte ihn seufzen, und sie erwiderte den Laut, als er sich schließlich deutlich widerwillig von ihr löste und aufstand. »Das war ein Abschiedskuß, Bradford«, flüsterte Caroline. Ihre Lippen fühlten sich geschwollen und wund an, und ihre Augen füllten sich mit Tränen, als ihr Blick ihm zur Tür folgte. Der lange Tag mußte sie erschöpft haben. Ganz bestimmt heulte sie nicht, weil er aus ihrem Leben marschierte.

»Ja, Liebes«, rief Bradford über seine Schulter. Er hatte seinen Rock genommen und sich über eine Schulter gehängt. »Bis morgen.« Er öffnete die Tür und ging.

Himmel! Was für ein dickköpfiger Mann! Hatten sie sich nicht eben geeinigt, daß ihre Beziehung keinen Sinn hatte? Daß es keine Zukunft für sie gab? Caroline ging in Gedanken noch einmal das Gespräch von eben durch und erinnerte sich, sehr nachdrücklich behauptet zu haben, sie könne keinen Mann heiraten, zu dem sie kein Vertrauen hatte. Oder hatte sie gesagt, sie könne keinen Mann heiraten, der kein Vertrauen in sie hatte? Sie runzelte die Stirn, da sie plötzlich nicht mehr ganz sicher war, wie sie sich nun tatsächlich geäußert hatte. Das war natürlich Bradfords Schuld! Er hatte sie so in Rage gebracht, daß sie kaum hatte reden, geschweige denn vernünftig argumentieren können. An Bradfords Kommentar über das Heiraten konnte sie sich allerdings noch ausgesprochen gut erinnern. Er hatte sehr deutlich gemacht, daß er an einer Ehe nicht interessiert war. Oder nicht?

»Dieser Mann bringt mich noch um den Verstand«, murmelte Caroline. Sie stand auf und streifte ihr Kleid ab. Mary Margaret hatte ihr vorsorglich bereits den blauen Hausmantel ans Fußende des Bettes gelegt, und sie nahm ihn und zog ihn an, während sie sich fragte, wo die kleine rothaarige Zofe wohl hingelaufen war. Wahrscheinlich hockte sie zitternd in irgendeiner Ecke, und alles nur, weil Bradford sie angebellt hatte.

Sie seufzte resigniert, hängte das zerrissene Kleid über einen Stuhl und trat dann ans Fenster, um hinauszusehen.

Eine lange Zeit stand sie nur dort und versuchte, ihre Gedanken zu ordnen und Antworten zu finden, die ihr immer im letzten Moment wieder zu entgleiten schienen. Langsam aber sicher schwanden der Trotz und ihre Verärgerung, und schließlich erkannte sie mit aller Deutlichkeit die Wahrheit. Und sogar noch in diesem Moment, als sie sich eingestand, daß sie sich seit langem selbst belog, gab sie noch vor empört zu sein, während ihr doch innerlich nach einem breiten Grinsen zumute war. Und sobald sie sich diese furchtbare Tatsache eingestanden hatte, begann sie laut zu lachen. Oh, lieber Gott, die Wahrheit ließ sie beinahe in die Knie gehen. Sie begann, sich in diesen arroganten Engländer zu verlieben!

Was war nur aus ihr geworden, seit sie in England angekommen war. Und obwohl sie noch immer lachte, spürte sie, wie ihr die Tränen der Schwermut über die Wangen rannen.

Bradford war ein Schuft und ein Frauenheld und vollkommen ungeeignet für sie. Sie hatte sich erlaubt, ihn anziehend zu finden, obwohl sie dafür all ihre Grundsätze über den Haufen geworfen hatte. Der Mann hatte geprahlt, daß er sie bekommen würde, aber kein einziges Mal das Wort ›Liebe‹ erwähnt. Er hatte ganz beiläufig erwähnt, daß Vertrauen nichts mit einer Beziehung zwischen Mann und Frau zu tun hatte.

Caroline war sich nicht bewußt gewesen, daß zu lieben so viele Probleme, so viel Kummer mit sich bringen konnte. Aber wenn sich herausstellen sollte, daß Jered Marcus Benton zu lieben, Elend und Leiden bedeutete, dann, das schwor sie sich, würde sie dafür sorgen, daß auch er eine üble Zeit durchzumachen hatte.

Es würde sie enorme Anstrengung kosten, aber es war eine Herausforderung, der sie nicht widerstehen konnte. Der Preis, der auf sie wartete, war zu köstlich.

Genauso, wie er ihr geschworen hatte, daß er sie nicht aufgeben würde, so schwor sie sich nun, daß sie *ihn* nicht aufgeben würde. Nun, natürlich wollte er sie nur ›haben‹. Caroline dagegen wollte weit mehr.

Der arme Mensch! Fast hatte sie Mitleid mit ihm. Aber nur fast. Sie durfte sich keine Schwäche erlauben, keine Gnade zeigen, wenn sie erreichen wollte, was sie sich vorgenommen hatte. Sie würde den Mann umkrempeln und ihn zu einem geeigneten Verehrer machen. Und vielleicht, dachte sie mit einem neuen Lachanfall, würde es ihr mit Gottes Hilfe sogar gelingen.

Er war ein Schuft und ein Frauenheld, aber sie nahm es nun als gegeben hin, daß er *ihr* Schuft und Frauenheld war. Sie würde ihn bekommen, aber zu ihren Bedingungen, nicht zu den seinen. Ja, sie hatte sich in diesen hochnäsigen Adeligen verliebt, und wenn sie Himmel und Hölle in Bewegung setzen mußte, daß er sich auch in sie verliebte . . . nun, dann würde sie eben genau das tun!

Was für ein dummer Junge er im Grunde doch war! Er redete von Spielen, Wettbewerben, die nach seinen Regeln verlaufen würden. Caroline mußte ihn wirklich ein wenig bedauern. Tja, wie es aussah, war er der Naive. Und er hatte nicht begriffen . . . noch nicht. Dies war ganz und gar kein Spiel.

KAPITEL 7

Bradford kam am nächsten Morgen exakt um zehn Uhr, um Caroline und Charity abzuholen. Er hatte nicht besonders gut geschlafen, da seine Gedanken sich ausschließlich um Caroline gedreht hatten, und seine Laune war dementsprechend schlecht. Zudem war er sich nicht sicher, ob es eine gute Idee war, zu Bleachley zu fahren, und am liebsten hätte er die ganze Aktion abgeblasen. Ihm war jedoch bewußt, daß Caroline sich nicht darauf einlassen würde.

»Sie werden mir jetzt sagen, was genau Sie vorhaben«, forderte er Caroline auf, als diese sich in der Kutsche ihm gegenüber niederließ.

Charity, die sich neben Caroline gesetzt hatte, antwortete anstelle ihrer Cousine. »Oh, Bradford, Sie können sich gar nicht vorstellen, wie nervös ich bin. Aber Caroline ist wieder und wieder alles ganz genau mit mir durchgegangen, und ich bin zuversichtlich, daß alles gut wird.«

Bradford konnte sich nur mit Mühe davon abhalten, ungeduldig aufzustöhnen. Er hatte wissen wollen, was die beiden Frauen im Sinn hatten, nicht, wie besorgt Charity war. Als er Caroline einen Blick zuwarf, lächelte sie ihn liebreizend an. Oh, ja, sie war sich seiner Verärgerung durchaus bewußt.

Bradford fand, daß sie heute besonders appetitlich aussah. Sie trug ein dunkelblaues Tageskleid, das weiß eingefaßt war, dazu einen Umhang in demselben Blau. Aber es war das Funkeln in ihren Augen, das ihn fesselte. Sie wirkte, als wäre sie bereit, es mit der ganzen Welt aufzunehmen. Als sie seine Musterung unbeirrt und immer noch lächelnd über sich ergehen ließ, zog er fragend eine Augenbraue hinauf. Sofort imitierte sie seinen Ausdruck. Sie schien sich heute morgen in einer kessen Stimmung zu befinden und hatte offenbar die zornigen Worte vom Abend zuvor vergessen.

Ihre gute Laune verbesserte die seine. Plötzlich bemerkte er, daß er sie angrinste. Seltsam, wie leicht er sich durch sie beeinflussen ließ.

Caroline hätte am liebsten laut gelacht, als sie die Veränderung in Bradfords Gesicht sah. Eben noch hatte er die Stirn gerunzelt, und nun lächelte er. Sie fand, daß er heute morgen besonders attraktiv aussah und nicht annähernd so einschüchternd wie am Abend zuvor in seinem schwarzen Ausgehanzug. Seine Hosen waren zwar immer noch zu eng, um als schicklich betrachtet zu werden, doch seine braune Jacke, deren Farbe sie an einen Nerz erinnerte, paßte wunderbar zu seinen Augen.

Als sie endlich Bleachleys Haus erreichten, war Bradford froh, Charity aus dem Wagen helfen zu können. Seine Ohren klingelten förmlich von ihrem Geplapper, das die ganze einstündige Fahrt kein einziges Mal ausgesetzt hatte. Er wandte sich um, um Caroline herauszuhelfen und ignorierte ihre Hand, die sie ihm bereits wartend entgegenstreckte. Statt dessen packte er sie um die Taille und drückte ihr schnell einen Kuß auf die Stirn, bevor er sie auf den Boden absetzte.

»Das muß aufhören. Ich will nicht mehr, daß Sie sich solche Freiheiten herausnehmen«, verkündete Caroline. Ihre Stimme klang fest, aber sie sah zu ihrer Cousine herüber, die bereits an der Tür stand und wartete, so daß er ihr Gesicht nicht erkennen konnte.

Bradford zwang Caroline, ihn anzusehen, und sie schaute düster zu ihm auf. Er wollte sie gerade darauf hinweisen, daß ein züchtiger Kuß in seinen Augen kaum unter die Kategorie ›Freiheiten‹ fallen konnte, als sie sagte: »Ich denke, Sie bleiben besser hier draußen, Bradford. Ansonsten könnten Sie versuchen, sich einzumischen. Dadurch würden Sie nur alles verderben.«

»Aber . . .« Bradford war sprachlos.

»Nun schauen Sie mich nicht so empört an«, sagte Caroline gereizt. Jetzt, da der Augenblick gekommen war, war sie mindestens genauso nervös wie Charity. Wenn irgend etwas schiefging, würde Charity am Boden zerstört sein, Bleachley wahrscheinlich wütend, und alles wäre dann ganz allein ihre, Carolines, Schuld. Schließlich hatte sie sich den Plan ausgedacht.

»Was in Gottes Namen haben Sie denn vor?« Bradford hatte Carolines Schultern gepackt und drückte sie fest.

Caroline machte sich los. »Es ist jetzt zu spät, es Ihnen lang und breit zu erklären. Sie haben mir versprochen, daß Sie mir vertrauen.«

Sie wandte sich um, hastete die Treppe hinauf, nahm Charitys Hand und klopfte an die Tür. Sie spürte, daß Bradford sich hinter sie stellte, und hörte, wie er leise sagte: »Ich habe niemals versprochen, daß ich Ihnen vertrauen werde.«

Caroline lächelte und wandte den Kopf. »Aber Sie hätten es noch getan.«

In diesem Moment wurde die Tür von einer mürrisch dreinblickenden Frau geöffnet, die eine grellweiße Schürze um ihre ausladende Taille gebunden hatte. »Sie kommen spät«, sagte sie leise mit einem Blick zu Bradford. Die beiden Ladies vor ihr schien sie gar nicht wahrzunehmen. »Er ist in der Bibliothek«, setzte sie hinzu. Dann drehte sie sich um und verschwand.

Charity und Caroline warfen sich einen verwirrten Blick zu. Bradford mußte Caroline erst sanft anstoßen, damit sie sich in Bewegung setzte. Als sie eintrat, zog sie Charity an der Hand mit sich.

Bradford schloß die Tür und wies auf eine andere links vom Eingang. »Da ist er drin, Charity. Ich werde mit hineingehen.« Er hatte dies so unendlich sanft gesagt, daß Caroline befürchtete, es würde Charity den Rest geben. Schon füllten die Augen ihrer Cousine sich mit Tränen, und ihre Hand schloß sich fester um Carolines.

»Hör auf damit«, zischte Caroline. »Reiß dich jetzt sofort zusammen und tu, was wir besprochen haben. Du hast nur diese eine Chance.« Nach diesen Worten öffnete Caroline die Tür zur Bibliothek, gab ihrer Cousine einen undamenhaften Schubs und schloß die Tür dann wieder.

Bradford war fest entschlossen gewesen, mit Charity zu gehen, aber Caroline ließ es nicht zu. Sie lehnte sich mit dem Rücken gegen die Eichentür und sah lächelnd zu ihm auf. »Jetzt kommt es allein auf Charity an, Bradford. Und hören Sie auf, so finster die Stirn zu runzeln. Sie machen mich nervös.«

»Caroline, ich glaube wirklich, daß ich versuchen sollte, zwischen den beiden zu vermitteln. Paul hat sich verändert.«

»Sie werden mir schon vertrauen müssen«, erwiderte Caroline fest.

Bradford wußte, daß ein Kommentar sinnlos gewesen wäre. Als Pauls empörter Aufschrei durch die Tür drang, zuckte er zusammen. Und dann hörte er die Stimme der kleinen, zarten Charity und erstarrte verdutzt. Die liebreizende Cousine begann zu kreischen wie eine Furie.

Voller Zorn schrie sie den Mann an, den sie, wie man Bradford glauben gemacht hatte, doch angeblich liebte!

»Wie kannst du es wagen, am Leben zu sein!« brüllte Charity so laut, daß man draußen jedes Wort verstehen konnte. »Und ich dachte, du wärest ein ehrenhafter Mann, du elender Schuft!«

Bradford konnte Pauls Antwort nicht verstehen. Doch Charitys Erwiderung war derart lautstark, daß Bradford sich nicht gewundert hätte, wenn die Tür gezittert hätte. »Ich gehe nicht! Nicht, bevor ich dir nicht gesagt habe, was für ein Scheusal du bist! Du hast mir die Ehe versprochen, Mr. Bleachley. Du hast doch nur mit meinen Gefühlen gespielt. Du hast behauptet, du würdest mich lieben!«

»Sieh mich an!« Paul Bleachleys Befehl klang wie das drohende Grollen eines Löwen.

»Ich sehe dich ja an!« kreischte Charity zurück. »Und ich habe verflixt lange darauf gewartet, wenn ich das hinzufügen darf. Es ist Monate her, seit ich dich zum letzten Mal gesehen habe, und jeder Tag war voller Tränen und Qual! Ich dachte, du wärest tot, Paul! Oh, Gott, wie blöd ich war! Du bist wahrhaftig kein Ehrenmann, gib's doch endlich zu!«

Bradford wartete auf Pauls zornige Antwort, aber statt dessen hörte er plötzlich, wie etwas aus Glas zerschmettert wurde. »Was geht da vor?« fragte er alarmiert, während er versuchte, Caroline von der Tür wegzuschieben.

Caroline war wild entschlossen, sich kein Stück von der Tür wegzubewegen, mußte aber einsehen, daß sie gegen seine Kraft nichts ausrichten konnte. Und so änderte sie rasch ihre Taktik. Sie warf ihre Arme um seinen Nacken und zog seinen Kopf zu sich herab. Und dann küßte sie ihn – so ausgiebig und leidenschaftlich, wie er es ihr beigebracht hatte. Die Ablenkung funktionierte hervorragend, denn Bradford war entzückt von ihrer Initiative. Sein letzter zusammenhängender Gedanke war, daß er Caroline von der Tür entfernen und Charity aus der Bibliothek zerren würde, sobald er genug von dem Mund dieser Frau hatte, die tatsächlich glaubte, sie könne seine Absichten unterminieren.

Hinter der Tür, in der Bibliothek, spielte Charity weiterhin die sitzengelassene, gedemütigte Frau. Sie nahm die nächste Vase, die in Griffweite war, und schleuderte sie in die Richtung, in der sich Pauls Schreibtisch befand. In ihrem Inneren war sie jedoch schlichtweg entsetzt über das, was sie da tat. Jedesmal, wenn sie ihm in die Augen sah und den Schmerz darin erkannte, wäre sie am liebsten in Tränen ausgebrochen.

Paul duckte sich rasch, so daß die zweite Vase nur knapp über seinen Kopf hinwegflog. Dann stand er auf, klammerte sich an der Tischkante fest und beugte sich vor. »Um Himmels willen! Siehst du denn nicht, was aus meinem Gesicht geworden ist? Charity, setz verdammt noch mal deine Brille auf und sieh mich an!«

Charity protestierte nicht. Sie öffnete ihr Täschchen, kippte den Inhalt auf den kleinen Tisch in ihrer Nähe aus und schob sich rasch die drahtgefaßte Brille auf die Nase. Dann wandte sie sich wieder zu ihm um, stemmte die Hände in die Hüften und starrte ihn eine lange Weile an. »Und?« sagte sie trotzig.

»Bist du blind?« Plötzlich schwand Pauls Zorn und machte einer tiefen Müdigkeit Platz. Ihre Reaktion verwirrte ihn zu sehr. »Ich bin nicht mehr besonders hübsch, Charity. Muß ich auf jede einzelne Narbe hinweisen?«

Seine Stimme klang verzweifelt, aber Charity schottete sich gegen seinen Kummer ab. »Oh, Gott, bist du eitel! *Das* ist es also, was du vorhast! Du willst mir einreden, daß ein paar kleine Fehler der Grund sind, warum du mich einfach hast fallenlassen, ja? Ha! Ich bin doch nicht dumm, Paul. Da mußt du dir schon etwas Besseres einfallen lassen! Bist du meiner überdrüssig geworden? Hast du dich in eine andere verliebt? Was ist es? Komm, sag es mir, vielleicht kann ich dir ja *dann* verzeihen!«

»Ich habe mich nicht in eine andere verliebt«, brüllte Paul, als sein Zorn neu aufflammte. »Ich sehe nur noch auf einem Auge, Charity. Siehst du, wie das andere heraustritt? Findest du das schön?«

Charity war gezwungen, sich ein sehr stilvolles Blumenarrangement in einer zierlichen Vase zu greifen und es in seine Richtung zu werfen. »Dann trag doch eine Augenklappe, wenn es dich so stört.«

»Und die Narben, Charity. Was soll ich damit machen?«

»Um Himmels willen, Paul, laß dir einen Bart wachsen. *Und hör auf, ständig das Thema zu wechseln!* Wir reden hier darüber, daß du dein Versprechen, mich zu heiraten, nicht einhalten willst. Eitelkeit ist nicht das Thema, verstehst du?«

Charity lockerte mit einer Hand ihr Haar auf, während sie versuchte, wieder zu Atem zu kommen, dann wandte sie sich um und räumte ihre Sachen wieder in die Tasche ein. Sie ließ sich Zeit damit, denn sie wußte, daß Paul jede ihrer Bewegungen beobachtete. »Ich habe eine neue Frisur, und du hast es noch nicht einmal bemerkt«, sagte sie, während sie resolut das Band ihrer Tasche zuzog. »Du kannst anscheinend nur an dich denken. Nun, ich bin nur froh, daß ich vor unserer Heirat herausgefunden habe, wie entsetzlich eitel du bist. Ich werde dich wohl oder übel umerziehen müssen. Hast du das verstanden, Paul? Oder bist du vielleicht nicht nur eingebildet, sondern auch schwer von Begriff?«

»Umerziehen? Mich?«

Charity konnte sein Flüstern gerade noch verstehen. Sie sah ihn an und entdeckte einen Hoffnungsschimmer in seinen Augen. Und in dem Moment wußte sie, daß sie gewonnen hatte. »So. Und bevor ich gehe, stelle ich dir ein Ultimatum«, sagte sie in einem barschen Ton, mit dem sie so zufrieden war, daß sie beinahe gegrinst hätte. Mit übertriebener Sorgfalt streifte sie sich ihre Handschuhe über, dann begann sie, vor seinem Schreibtisch auf und ab zu gehen. »Entweder du wirst innerhalb von zwei Wochen bei meinem Onkel vorsprechen und um meine Hand anhalten, oder ich gehe davon aus, daß du mich nicht mehr liebst.«

»Ich habe niemals aufgehört, dich zu lieben, Charity. Aber –«

»Und ich habe niemals aufgehört, *dich* zu lieben«, unterbrach sie ihn. Ihre Miene war ernst und feierlich, als sie um den Tisch herumging und neben ihm stehenblieb. Paul drehte sich zu ihr, und sie legte ihm sanft die Hände an die Wangen. Dann stellte sie sich auf Zehenspitzen und begann, kleine Küsse auf seine vernarbte Wange zu plazieren. »Bitte mißversteh mich nicht, Paul. Es tut mir entsetzlich leid, daß du verwundet worden bist. Aber was geschehen ist, ist geschehen, und wir müssen nach vorne schauen.«

Einen langen, befriedigenden Kuß gestand sie ihm zu, dann machte sie sich von ihm los. Ihre Haltung wurde plötzlich wieder kühl. »Und wag es ja nicht, mir noch einmal davonzulaufen. Ich werde dich finden, wo auch immer du dich verstecken magst. Und wenn ich dir nicht bald im Haus meines Onkels begegne, dann, davon bin ich überzeugt, kann ich sehr, sehr gewalttätig werden. Aber das hast du dann ganz allein selbst zu verantworten, Paul Bleachley.«

Und mit diesen drohenden Worten straffte Charity ihre Schultern, wirbelte herum und öffnete die Tür. Ohne auf die schuldbewußten, verdutzten Blicke von Caroline und Bradford zu achten, die hastig auseinanderfuhren, marschierte sie an ihnen vorbei, durch das Foyer, durch die Eingangstür und hinaus ins Freie.

Caroline war durch die Küsse aufgewühlter, als sie sich selbst einzugestehen wagte. Sie errötete, raffte ihren Rock und stob ihrer Cousine hinterher, wobei sie murmelte, daß sie sicher gewesen wäre, sie hätte Bradford gesagt, er dürfe sich keine Freiheiten mehr herausnehmen.

Bradford stand mit offenem Mund da und starrte der leise schimpfenden Caroline hinterher. Er wandte sich um, als er Paul hinter sich hörte, und war wie vom Donner gerührt, als dieser ihn angrinste. Er mußte etwas verpaßt haben! Fassungslos sah er seinem Freund nach, der nun die Treppe zum ersten Stock hinaufging.

»Wo gehst du hin?« fragte er. Er war sowohl enttäuscht, daß er Caroline nicht mehr küssen konnte, als auch verärgert, daß er nicht den Hauch einer Ahnung hatte, was bei dem Treffen zwischen Paul und Charity herausgekommen war.

»Ich lasse mir einen Bart wachsen«, rief Paul über die Schulter zurück. Und dann begann er zu lachen.

Den größten Teil der Rückfahrt nach London konnte Charity sich nicht entscheiden, ob sie lieber lachen oder weinen sollte. Caroline tätschelte ihr beruhigend die Hand und hörte zu, während Charity erzählte, wie sehr sie Paul liebte und wie sehr er gelitten hatte. Bradford unternahm mehrere Vorstöße, Charity zu unterbrechen, um herauszufinden, was eigentlich geschehen war, aber niemand schien ihm Beachtung schenken zu wollen.

Endlich hatte Caroline Mitleid und erklärte es ihm. »Ich wußte, daß Paul sich von Charity abwenden würde, wenn sie auch nur einen Hauch von Mitgefühl zeigen würde. Sie waren es, der mich darauf gebracht hat, Bradford.«

»Ich?« Bradford forschte fieberhaft in seiner Erinnerung, konnte aber keine Bemerkung finden, die sie auf eine solche Idee hätte bringen können.

»Ja, wirklich«, fuhr Caroline fort. »Mitleid war das letzte, was Paul ertragen konnte. Die Art und Weise, wie er sich von allem und jedem abgeschottet hat, war ein Hinweis darauf«, fügte sie hinzu. Ihre Stimme hatte den Klang einer Person, die einem Schwachsinnigen etwas zu erklären versucht.

Schließlich wandte sie sich wieder an Charity. »Hast du ihm auch gesagt, daß du ihn erschießen würdest, wenn er wegzulaufen versucht, Liebes?«

»Ich denke schon.« Charity nickte. »Kann aber auch sein, daß ich ihm sagte, ich würde ihn verklagen, falls er sein Eheversprechen nicht einhalten will. Das kann ich doch, nicht wahr?«

»Das wird gar nicht nötig sein«, versicherte Caroline ihr. »Du hast mir doch gerade erzählt, daß er dich geküßt und gesagt hat, daß er dich noch immer liebt. Ich glaube kaum, daß die Notwendigkeit besteht, ihn zu erschießen.«

Bradford verdrehte die Augen. »Mein Gott. Charity könnte doch nicht einmal einer Fliege etwas zuleide tun.«

»Das ist wahr«, erwiderte Charity unbekümmert und grinste. »Aber Caroline trifft ein Fliege mitten ins Herz, wenn sie will. Sie würde ihn erschießen, wenn ich sie darum bäte.«

Bradford verzog schockiert das Gesicht, und Charity und Caroline brachen in Gelächter aus.

»Caroline, ich werde in Zukunft alles tun, was du sagst,

versprochen. Deine Idee hat mir das Leben gerettet. Das werde ich dir niemals vergessen.«

»Es hat also tatsächlich funktioniert,« stellte Bradford fest, und ein breites Grinsen erschien auf seinem Gesicht. »Caroline, ich muß Sie bewundern. Langsam begreife ich, wie komplex und ausgefeilt der Plan war. Charity mußte Paul in Grund und Boden schreien.«

Caroline sah ihn mürrisch an, doch Charity lachte wieder. »Lynnie, du hast mir gesagt, er hätte überhaupt keinen Sinn für Humor«, bemerkte sie. »Aber ich habe den Eindruck, er will jetzt einen Scherz machen.«

»Ach, übrigens, Caroline«, meinte Bradford. »Charity mag ja vielleicht versprochen haben, Ihrem Vater nichts von unserem Kuß zu erzählen, ich aber nicht.«

»Was genau soll denn das heißen?« fragte Caroline alarmiert.

»Ach, das werden Sie schon früh genug feststellen.« Bradford lachte leise. »Nun sehen Sie mich nicht so besorgt an. Sie müssen mir nur vertrauen.«

»Ich traue Ihnen genauso weit wie Sie mir«, fuhr Caroline ihn an. An Charity gewandt sagte sie: »Nur zu deiner Information: Das bedeutet überhaupt nichts. Bradford vertraut keiner Frau.«

Charity sagte nichts, sondern blickte nur von einem zum anderen und wieder zurück. Was war geschehen? Die Atmosphäre in der Kutsche hatte sich plötzlich merklich verändert, und Charity wußte nicht, was sie davon halten sollte.

»Sie werden nicht mit meinem Vater sprechen«, sagte Caroline bestimmt.

»Oh, doch.« Bradfords Stimme stand ihrer an Entschlossenheit in nichts nach.

»Es wird überhaupt nichts bringen«, prophezeite Caroline ihm.

»Machen Sie sich nichts vor«, erwiderte Bradford. »Ich werde –«

»Sagen Sie es nicht!« fauchte Caroline, die überzeugt davon war, daß er wiederholen wollte, er würde sie bekommen. Hatte er das nicht schon oft genug verkündet? Und nun stand er kurz davor, das ausgerechnet ihrer zartbesaiteten Cousine aufzutischen!

»Was soll er nicht sagen?« fragte Charity.

Weder Caroline nach Bradford gaben ihr eine Antwort. Dafür drehten sich beide zu ihr um und starrten sie an. Charity rückte auf ihrem Sitz zurück bis an die Kutschenwand. Was hatte sie bloß getan? Und ausnahmsweise kam sie zu dem Schluß, daß es weiser war, einmal ihre Gedanken für sich zu behalten.

KAPITEL 8

Die folgenden Wochen waren ausgefüllt mit Dinner-Partys und Bällen, die Tage verstrichen mit Besuchen oder Empfängen. Der alte Marquis bestand darauf, daß Caroline ihn oft besuchte, und es dauerte nicht lange, bis sie ihren Onkel Milo ins Herz geschlossen hatte. Onkel Franklin, der fast zehn Jahre jüngere Bruder des Marquis', war meistens ebenfalls anwesend. Er ähnelte dem älteren sehr, doch er strahlte nicht dieselbe Herzlichkeit aus. Zudem war er weit zurückhaltender. Caroline spürte eine Spannung zwischen den beiden Brüdern, hätte aber selbst nicht sagen können, wie sie diese hätte definieren sollen. Sie gingen durchaus höflich miteinander um, blieben aber stets auf Distanz.

Franklin war ein attraktiver Mann mit dunkelbraunem Haar und ebensolchen Augen, doch die Kälte darin machte Caroline ein wenig nervös. Seine Frau Loretta kam selten zu Besuch, und Franklin erklärte jedesmal, daß sie sehr viele gesellschaftliche Verpflichtungen hätte. Laut Franklin war Loretta in den Kreisen der Oberschicht heißbegehrt. Caroline konnte nicht umhin, sich zu wundern, denn sie hatte Loretta auf noch keinem gesellschaftlichen Ereignis getroffen, so daß die Frage nahelag, wer um alles in der Welt sie denn so heiß begehrte ... wer sie überhaupt einlud.

Der Earl of Braxton begleitete Lady Tillman nun gelegentlich zu einigen kleineren, familiäreren Zusammenkünften, und Caroline freute sich darüber, auch wenn sie Lady Tillman nicht besonders gut leiden mochte.

Hauptsache war jedoch, daß ihr Vater sich wieder ein wenig amüsierte. Er hatte es verdient, glücklich zu sein, und wenn Lady Tillman diejenige war, die er gerne um sich hatte, dann sollte es so sein. Caroline würde sich gewiß nicht einmischen.

Im Laufe der Zeit verblaßte der Vorfall im Haus der Claymeres in ihrer Erinnerung. Caroline war inzwischen froh, daß sie niemandem von ihrem Verdacht, jemand könnte sie gestoßen haben, erzählt hatte. Mittlerweile war sie davon überzeugt, daß ihre Phantasie ein wenig mit ihr durchgegangen war. In Wirklichkeit war sie nur so erschöpft gewesen, daß sie nicht richtig aufgepaßt hatte.

Doch während sie sich nicht länger in Gefahr wähnte, von einem Unbekannten angegriffen zu werden, fühlte sie sich mehr und mehr durch den Duke of Bradford bedroht. Der Mann trieb sie an den Rand der Verzweiflung.

Er brachte sie ständig aus dem Gleichgewicht. Bradford begleitete sie zu allen Ereignissen, wich niemals von ihrer Seite und machte es jedem, der auch nur in Rufweite kam, überaus deutlich, daß sie ihm gehörte. Sie nahm ihm seine Besitzansprüche nicht weiter übel, auch nicht seine anmaßende Angewohnheit, sie in Ekken zu zerren und zu küssen, bis sie vor Verlangen wie betäubt war. Was sie vollkommen verstörte und ärgerte, war ihre immer intensivere Reaktion auf ihn. Körperlich schien sie ihm ganz und gar ausgeliefert. Dieser Kerl mußte sie nur ansehen, und schon wurden ihre Knie weich.

Bradford hatte behauptet, daß er sie haben wollte, und sie hatte ihn mehr als einmal zurückgewiesen. Doch je mehr Zeit sie mit ihm verbrachte, desto klarer erkannte sie, daß auch sie ihn haben wollte. Wenn er nicht in ihrer Nähe war, fühlte sie sich elend und leer, und diese Tatsache brachte sie zur Weißglut. Was war nur aus ihrer Selbstbeherrschung, aus ihrer Unabhängigkeit geworden?

Nun, wenigstens hatte sie sich selbst gegenüber zugegeben, daß sie ihn liebte. Er dagegen hatte immer noch kein einziges Mal das Wort ›Liebe‹ erwähnt. Und ihr körperliches Verlangen nach ihm war nur ein kleiner Teil des Grundes, warum er ihr fehlte, wenn er nicht bei ihr war. Dieser Mann hatte ganz gewiß seine Fehler, aber auch seine guten Seiten. Er ging normalerweise freundlich mit anderen um, war fast schon zu großzügig und besaß dazu eine Charakterstärke, die ihn auszeichnete.

Aber er war auch ein wahrer Schuft! Oh, sie wußte sehr gut, was er vorhatte, wie er sich sein ›Spiel‹ vorstellte. Jedes Mal, wenn er sie küßte, sah sie den Triumph in seinen Augen. Sie schmolz in seinen Armen dahin und war überzeugt, daß er sich in Gedanken die Hände rieb. Worauf wartete er? Wollte er, daß sie zugab, ihn auch zu begehren?

Allein über ihre Lage nachzudenken, strapazierte ihre Nerven bis zum äußersten. Sie würde ihm nicht eher sagen, daß auch sie ihn wollte, bis er ihr mitgeteilt hatte, daß er sie liebte. Und wenn der Duke of Bradford so gerne spielte, nun, dann hatte Caroline auch noch ein paar Kniffe auf Lager.

Charity dagegen hätte nicht glücklicher sein können. Paul Bleachley hatte brav den Earl aufgesucht und machte Charity nun offiziell den Hof. Er hatte sich eine schwarze, glänzende Augenklappe angelegt, die ihm ein verwegenes Aussehen verlieh. Außerdem ließ er sich einen Bart stehen.

Caroline mochte Paul. Er war ein ruhiger Mann mit einem stillen Lächeln, und die Art und Weise, wie er

Charity ansah, verriet Caroline, daß er ihre Cousine von ganzem Herzen liebte und schätzte. Warum hatte sie selbst sich nur nicht einen solch freundlichen und umgänglichen Menschen wie Paul ausgesucht? Sie mußte sich eingestehen, daß sie neidisch auf die Beziehung zwischen Charity und dem sanftmütigen Engländer war und wünschte sich mehr als einmal, daß Bradford sie auch so ansehen würde, wie Paul seine Charity. Oh, Bradford sah sie ständig an, doch in seinem Blick lag stets etwas sehr, sehr Körperliches, was überhaupt nichts mit der Wertschätzung ihrer Person zu tun hatte.

Braxton hatte beschlossen, eine Dinner-Party zu geben, und zwanzig Gäste eingeladen. Erwartet wurden unter anderen Carolines Onkels, der Marquis und Franklin, Franklins Frau Loretta, Lady Tillman und ihre Tochter Rachel und – sehr zu Carolines heimlichem Widerwillen – Rachels abscheulicher Verlobter Nigel Crestwall. Milford und Bradford waren ebenso eingeladen wie Paul Bleachley. Aus Rücksicht auf den Marquis, der immer schnell ermüdete, war das Essen recht früh angesetzt worden, und diejenigen, die sich länger auf den Beinen halten konnten, würden danach in die Oper fahren.

Benjamin legte sich gewaltig ins Zeug, um das Essen für die vielen Leute zu kochen. Schon am frühen Nachmittag waren die Tauben gefüllt, der Fisch entgrätet und filetiert, und die Hühnchen brutzelten auf Spießen über der offenen Feuerstelle. Deighton entwickelte sich zu einem wahren Despoten, als er sich um die letzten Vorbereitungen kümmerte, und Caroline und Charity taten ohne zu murren alles, was er befahl. Schließlich wußte er weit besser, was korrekt war und was nicht, und Charity fragte ihn sogar, welches Kleid er wohl für angemessen hielt.

Caroline hatte sich bereits entschieden, das gewagte Elfenbeinfarbene anzuziehen. Es war ausgesprochen tief ausgeschnitten, und, wie sie hoffte, ausgesprochen verführerisch. Sie hatte vor, ganz die personifizierte Verlockung zu spielen, denn es wurde langsam Zeit, in ihrer Beziehung zu Bradford die Oberhand zu gewinnen. Wenn er Spaß daran hatte, sie ständig aus dem Gleichgewicht zu bringen, dann würde sie nun den Spieß umdrehen.

Caroline nahm sich Zeit, sich sorgfältig anzuziehen. Mit jedem Moment, der verstrich, wurde sie nervöser. Sie hatte sich geschworen, daß es ein perfekter Abend werden sollte. Ihr Plan war eigentlich recht simpel. Sie würde Bradford aufreizen, würde ihn bis an den Rand des Wahnsinns treiben und ihn dann zwingen, ihr zu gestehen, was er tief in seinem Herzen empfand.

Charity trat ein, als Caroline sich gerade kritisch im Spiegel musterte, und schnappte hörbar nach Luft. »Bradford wird es die Sprache verschlagen, wenn er dich sieht«, prophezeite sie. »Du siehst aus wie Venus, die Göttin der Liebe.«

»Und du genauso«, erwiderte Caroline mit einem Lächeln.

Charity drehte sich um die eigene Achse, so daß das zitronengelbe Kleid besser zur Geltung kam. »Ich fühle mich wundervoll, Caroline. Das ist die Liebe, weißt du? Sie macht einen ziemlich selbstbewußt und glücklich.«

Caroline konnte dem nicht zustimmen, sparte sich aber eine Bemerkung. Im Augenblick fand sie, daß die Liebe ein einziges Elend war. Sie zupfte an ihrem Mieder, um es wenigstens ein winziges Stückchen weiter hinaufzuziehen, bis Charity sie ermahnte, damit aufzuhören, weil sie es vermutlich sonst zerreißen würde und sich umziehen mußte.

Caroline seufzte, begleitete ihre Cousine nach unten und wartete mit ihr in der Eingangshalle auf die ersten Gäste.

»Paul und ich haben beschlossen, in England zu heiraten«, sagte Charity.

»Ja, nun, natürlich«, erwiderte Caroline. »Wo denn sonst?«

»In Boston«, bemerkte Charity mit einem Stirnrunzeln. »Aber wir wollen nicht mehr warten, und es gehört sich nicht, zusammen zu reisen, bevor wir Mann und Frau sind.«

Caroline sah ihre Cousine verwirrt an. »Aber ihr werdet doch sicher hier leben. Paul ist hier zu Hause. Du willst nur nach Boston, um die Familie zu besuchen, nicht wahr?«

Charity beobachtete Deighton, der vor der Eingangstür auf und ab lief, so daß ihr Carolines entgeisterte Miene entging. »Paul möchte ganz neu anfangen. Er besitzt ja keinen Titel, also muß er auch nichts Wichtiges hier aufgeben. Aber er ist auch nicht arm und hat sehr große Pläne. Papa wird ihm helfen, sich in Boston zu etablieren.«

»Ja, natürlich«, sagte Caroline. »Und was hat er vor?« Sie versuchte, sich den Anschein zu geben, interessiert zu sein, aber die Traurigkeit, die sie plötzlich übermannte, machte es schwierig. Sie war noch nicht soweit, auf Charity verzichten zu können. Ihre Cousine war die letzte Verbindung zu ihrer Familie in Boston.

»Er hat schon einige ausführliche Gespräche mit Benjamin geführt«, antwortete Charity. »Paul will Land kaufen und ein Gentleman-Farmer werden. Benjamin hat gesagt, er würde ihm gerne helfen.«

»Gentleman-Farmer? Charity, so etwas gibt es nicht.« Caroline schnaubte verächtlich. »Nicht in den Kolonien.

Wenn du Land bebauen willst, mußt du viel und hart arbeiten, so sieht es aus. Und das jeden Tag, das ganze Jahr lang.«

»Paul ist dennoch entschlossen«, erwiderte Charity. »Seine Hand heilt, er kann sie langsam wieder einsetzen, und du weißt, daß meine Brüder ihn unterstützen werden, wo immer sie können.«

»Ja.« Caroline seufzte. Sie hatte keinesfalls überhört, daß Charity gesagt hatte, Benjamin würde ihnen helfen. Sie, Caroline, hatte kein Recht zu erwarten, daß Benjamin bei ihr in England bleiben würde. Nur ... warum fühlte sie sich auf einmal so im Stich gelassen? Die Glocke ertönte und signalisierte, daß der erste Gast angekommen war, und Caroline zwang sich zu einem Lächeln. Deighton hielt an der Tür inne, drehte sich um und warf Charity und Caroline noch einen letzten prüfenden Blick zu. Dann nickte er, offenbar zufrieden, verwandelte sein Gesicht in eine ausdruckslose Maske und öffnete die Tür. Die Dinner-Party hatte begonnen.

Bradford war einer der letzten, die eintrafen. Sobald sie ihn begrüßt hatte, murrte Caroline über seine späte Ankunft und erkannte im gleichen Moment, daß dies kein guter Anfang für einen perfekten Abend war. Aber seine Reaktion auf ihr Kleid war auch nicht das, was sie sich vorgestellt hatte. Statt ihr zu sagen, wie entzükkend sie aussah, schlug er barsch vor, sie solle hinaufgehen und sich fertig ankleiden.

»Ich *bin* angekleidet«, zischte Caroline empört.

Sie standen am Rand der Eingangshalle, als sich Milford zu ihnen gesellte. Auch er hörte Bradfords Bemerkung. »In meinen Augen sieht sie großartig aus, Brad«, sagte er und bedachte Caroline mit einem beifälligen Blick.

»Das Kleid verhüllt ja praktisch nichts«, urteilte Bradford. »Gehen Sie hinauf und ziehen Sie sich etwas an, das dem Anlaß angemessen ist.«

»Nein, das tue ich nicht«, erwiderte Caroline nachdrücklich.

»Sie sehen unanständig aus«, knurrte Bradford. Milford begann zu kichern, und sowohl Caroline als auch Bradford wandten sich augenblicklich zu ihm um und funkelten ihn wütend an.

Dann wandte sich Caroline wieder Bradford zu. »Ihre Hosen sind genauso unanständig.«

Eine solche Bemerkung hatte er nicht erwartet. »Was ist denn nicht in Ordnung mit meinen Hosen?« wollte er wissen.

»Sie sitzen viel zu eng. Es ist ein Wunder, daß Sie sich damit überhaupt niederlassen können, ohne sich etwas einzuklemmen!« Sie ließ ihren Blick langsam von seiner Hüfte abwärts wandern, wobei sie heimlich seine kräftigen Beine bewunderte. Oh, er war wirklich attraktiv. Und er sah, wie sie zugeben mußte, in seinem formellen Abendanzug auch schrecklich distinguiert aus!

Milford konnte nicht an sich halten; er prustete erneut los. »Darf ich Sie zum Tisch geleiten?« fragte er schließlich, immer noch glucksend, und bot ihr seinen Arm an.

»Mit dem größten Vergnügen.« Caroline legte Milford eine Hand auf den Arm und warf Bradford einen eisigen Blick zu. »Wenn Sie sich daran erinnern, was sich gehört, dann dürfen Sie sich gerne zu uns gesellen.«

Bradford sah ihnen vollkommen verdattert hinterher. Wie war es ihr bloß so mühelos gelungen, ihn in die Defensive zu drängen? Und wußte sie überhaupt nur ansatzweise, wie verführerisch sie in diesem Kleid aussah? Er hatte keinen Zweifel, daß alle männlichen Gäste an diesem Abend starke Konzentrationsprobleme bekommen würden.

Caroline ignorierte Bradford während des ganzen Essens. Statt dessen plauderte sie mit Paul Bleachley, neben dem sie saß, und Milford, den man ihr gegenübergesetzt hatte. Bradford hatte sich den Stuhl rechts von ihr genommen. Sie blickte nicht einmal in seine Richtung.

Bradford konnte es nicht leiden, wenn man ihn ignorierte. Er rührte sein Dinner kaum an, obwohl die Kommentare über das Essen im allgemeinen ausgesprochen positiv waren. Mit einiger Befriedigung stellte er fest, daß Caroline auch nicht viel zu sich nahm.

Die ganze Zeit über kämpfte er gegen das Bedürfnis an, seinen Rock auszuziehen und ihn Caroline über die Schultern zu legen. Zähneknirschend schwor er sich, Nigel Crestwall zu einem Haufen Knochen zusammenzuschlagen, wenn er weiterhin so lüstern in Carolines Ausschnitt starrte.

Als das Dessert serviert war, fand Bradford, daß er genug Geduld aufgebracht hatte. Anfangs hatte er vorgehabt, ganz langsam vorzugehen, ihr Zeit zu geben, ihn zu akzeptieren, sich schrittweise an die Tatsache zu gewöhnen, daß sie ihm gehören würde. Nun gestand er sich ein, daß er in diesem Stil nicht weitermachen konnte. Es war an der Zeit, mit Caroline ein ernstes Gespräch zu führen, und je eher desto besser.

Caroline versuchte, sich auf Milfords Bemerkungen über die Oper, zu der sie nach dem Essen alle fahren würden, zu konzentrieren, aber ihre Aufmerksamkeit wurde immer wieder von Loretta Kendall, Franklins Frau, abgelenkt. Die rothaarige Frau führte sich in ihrer Bewunderung für Bradford einfach unmöglich auf, und Caroline wußte, daß sie etwas ganz und gar Grauenvolles machen würde, wenn Loretta nicht bald mit dem albernen Geplänkel aufhören würde. Einen Moment gab sie sich genüßlich der Phantasie hin, Loretta ›zufällig‹ eines der Himbeertörtchen in den Ausschnitt zu schleudern. Weiß Gott, das Kleid war tief genug ausgeschnitten, um einem ganzen Kuchen Platz zu bieten!

Schließlich war das Dinner vorbei, und die Ladies standen auf und verließen den Speisesaal. Die Männer würden bleiben, um einen Drink zu nehmen, doch Bradford brach ausnahmsweise die Tradition. Er war nicht in der Stimmung, belanglos mit irgend jemandem zu plaudern. Und so folgte er Caroline, berührte sie am Ellenbogen und bat um ein Wort unter vier Augen. Er benahm sich absichtlich höchst korrekt, da Lady Tillman und Loretta Kendall sie beobachteten.

Caroline nickte kurz. »Wenn es wichtig ist«, sagte sie säuerlich. Sie ging voran und führte ihn ins Arbeitszimmer ihres Vaters im ersten Stock, während sie innerlich noch immer über den lüsternen Blick kochte, mit dem Loretta Bradford abschließend bedacht hatte.

»Bitte lassen Sie die Tür offen«, sagte Caroline hochnäsig.

»Was wir zu besprechen haben, ist privat«, sagte Bradford barsch, knallte die Tür zu und lehnte sich mit dem Rücken dagegen. »Kommen Sie her.«

Caroline runzelte die Stirn über seinen Tonfall. Was nahm er sich heraus? Ihr Befehle entgegenzuschleudern ... Frechheit! Hielt er sie für ein Dienstmädchen?

Und sie hatte auf einen perfekten Abend gehofft! Perfekt mißlungen war wohl die bessere Bezeichnung, und dabei hatten sie noch nicht einmal die Hälfte überstanden. Noch mußte sie die Oper ertragen. Wenn ihr Temperament mit ihr durchging, dann war dies allein Bradford zuzuschreiben. Zuerst kam der arrogante Kerl über eine Stunde zu spät, dann kritisierte er ihr herrliches Kleid, und nun besaß er auch noch die Dreistigkeit, sie herumzukommandieren.

Als Reaktion auf seinen Befehl lehnte Caroline sich gegen die Schreibtischkante und verschränkte die Arme vor dem Körper. »Nein, ich denke nicht!«

Bradford holte tief Luft. Er lächelte, aber das Lächeln war gezwungen. »Caroline, Liebes. Erinnern Sie sich daran, mir vorgeworfen zu haben, ich wüßte nicht, wann man mich beleidigt?«

Caroline nickte. Die Frage an sich und die Sanftheit seiner Stimme brachte sie vollkommen aus dem Gleichgewicht. »Ja, natürlich erinnere ich mich daran«, sagte sie lächelnd.

»Nun, dann werfe ich Ihnen im Gegenzug vor, daß Sie offenbar nicht wissen, wann Sie sich fürchten sollten.«

Carolines Lächeln schwand. Alarmiert weiteten sich ihre Augen, als Bradford nun langsam auf sie zukam. »Ich habe keine Angst«, log sie.

»Oh, aber das sollten Sie«, flüsterte Bradford.

Sie hatte nicht die kleinste Chance. Bevor sie sich noch darüber klar werden konnte, welche Fluchtrichtung sie einschlagen sollte, hatte Bradford sie schon um die Taille gepackt und riß sie an sich. Kein einziges Mal ließ er seinen Blick von ihr. Als sie an seiner Brust lag und er ihr Gesicht zu sich hinaufzwang, sagte er: »Sie haben sich auf billige Art und Weise zur Schau gestellt, haben jedem Mann in diesem Haus einen großzügigen Blick auf Ihren Körper gewährt, Sie haben mich den ganzen Abend ignoriert und versuchen nun auch noch, sich mir zu widersetzen. Ja, meine Geliebte, ich glaube, dies ist einer der Augenblicke in Ihrem Leben, in dem Sie wirklich Angst haben sollten.«

Oh, er *war* wütend. Der verräterische Muskel in seinem Kiefer zuckte heftig – ein, wie sie bereits wußte, sicheres Anzeichen dafür, daß er extreme Schwierigkeiten hatte, sich zusammenzureißen.

Caroline war wie vom Donner gerührt. Sie konnte nicht glauben, wie mühelos es ihm gelang, die Tatsachen zu verdrehen. *Er* war es doch, der sich gemein und ekelhaft benommen hatte.

»Ich habe mich nicht zur Schau gestellt«, verteidigte sie sich. »Lorettas Kleid ist weit . . . weit offenherziger als meins. Und Sie sind derjenige, der den ganzen Abend herumgeschäkert hat, Bradford, nicht ich. Und wagen Sie es nicht, mich so böse anzustarren. Sie haben den ganzen Abend einer verheirateten Frau schöne Augen gemacht, oder haben Sie vielleicht vergessen, daß sie verheiratet ist?«

Sie wartete gar nicht erst auf eine Antwort, sondern fuhr fort: »Ja, ich habe Sie ignoriert, aber nur, weil Sie mein Kleid kritisiert haben. Wahrscheinlich war das sehr kindisch von mir, aber ich wollte, daß dieser Abend perfekt wird, und da Sie mir das verdorben haben, habe ich wohl ein wenig überreagiert.«

»Warum?« Bradfords Miene verriet nichts, was Caroline nervös machte. »Warum wollten Sie, daß dieser Abend perfekt wird?«

Caroline senkte den Blick, um konzentriert auf seine Halsbinde zu starren. »Ich hatte gehofft, daß Sie . . . das heißt, ich habe geglaubt . . .« Caroline seufzte. Sie konnte nicht fortfahren.

Sie wirkte nun so geknickt, daß Bradfords Wut nachließ. Er lockerte seinen Griff ein wenig und begann, ihr zart den Rücken zu streicheln. »Wir können die ganze Nacht hier stehen, wenn nötig«, sagte er schließlich. »Sie werden mir jetzt sagen, was in Ihnen vorgeht.«

Caroline wußte, daß er es ernst meinte. Sie nickte. »Ich

hatte gehofft, daß Sie ... daß Sie etwas Nettes zu mir sagen! So, jetzt ist es heraus, und vielen Dank, daß Sie nicht gleich loslachen. Ich wollte von Ihnen einmal etwas anderes hören, als immer nur ›Ich will Sie haben‹. Ist das denn zuviel verlangt, Bradford?«

Bradford schüttelte den Kopf. Er drückte ihr das Kinn hoch, damit sie ihn ansehen mußte. »Leider habe ich im Augenblick überhaupt keine netten Worte im Kopf. Ich würde Sie lieber erwürgen. Ich mag es nicht, wenn man mit mir spielt! Sie haben mich in den letzten Wochen am Gängelband geführt. Schlimmer noch,« sein Blick nahm eine Intensität an, die sie erzittern ließ, »ich habe mich gängeln *lassen*!« Er hielt inne, um sich ein wenig zu beruhigen. »Aber damit ist es jetzt vorbei. Und auch mit unserem kleinen Wettstreit. Meine Geduld ist am Ende.«

»Haben Sie soviel Geduld aufgebracht, weil Sie von mir hören wollten, daß auch ich Sie will?« flüsterte sie. »Ja, ich will Sie. Und jetzt? Nicht wahr, mein Eingeständnis freut Sie. Aber bevor Sie triumphieren, Bradford, sollten Sie sich klarmachen, daß es für mich nicht genug ist. Ich liebe Sie zufällig auch noch. Und nur deswegen ist es in meinen Augen überhaupt zu tolerieren. Ich will Sie, *weil* ich Sie liebe.«

Bradfords Ärger löste sich augenblicklich in nichts auf. Er konnte nicht verhindern, daß ein breites Grinsen auf seinem Gesicht erschien. Das Gefühl der Befriedigung war beinahe überwältigend. Er beugte sich herab, um sie zu küssen, aber sie wich ihm aus.

»Nein, Bradford, Sie haben keinen Grund, so selbstgefällig zu grinsen. Ich wollte mich nicht in Sie verlieben. Sie sind kein besonders netter Mann. Warum ich mir nicht so einen wie Paul Bleachley aussuchen konnte, wird mir wohl ewig ein Rätsel bleiben. Ich nehme an, ich habe mich mit der Zeit einfach an Sie gewöhnt, so wie man sich an lästige Warzen gewöhnt, die auf der Haut wachsen, ohne daß man es verhindern kann.« Sie brach ab und seufzte resigniert. »Ich weiß, das ist keine richtige Erklärung, aber eine andere fällt mir nicht ein. So, und nun werden Sie mich küssen, bis ich trunken vor Leidenschaft bin, nicht wahr?«

Bradford lächelte und drückte ihr einen züchtigen Kuß auf die Stirn. Ihr Duft war berauschend, und er atmete ihn tief ein.

»Mir wäre wirklich lieber, wenn Sie mich nicht küssen würden, Bradford.«

»Haben Sie denn ernsthaft geglaubt, in einem solchen Kleid könnten Sie ungeschoren davonkommen?«

»Ja.« Es war nur ein leises Flüstern, wie ein Hauch an seinen Lippen. Und dann küßte er sie, und sie küßte ihn. Sein Mund war so warm und seine Zunge wie seidiges Feuer, als sie eindrang und die ihre liebkoste. Carolines Arme schlangen sich um seine Taille, als er sie wieder fester an sich zog, und sie ergab sich der Leidenschaft, die seine Zärtlichkeiten in ihr weckten.

Als Bradford sich löste, mußte er Caroline stützen. Sie legte ihre Wange an seine Brust und wartete darauf, daß er ihr sagte, was er für sie empfand.

Doch Bradford dachte natürlich nicht daran. »Ist es so furchtbar, mich zu lieben?« fragte er statt dessen. Caroline hörte das Lachen in seiner Stimme und geriet augenblicklich in Wut.

»Ja«, antwortete sie giftig. »So ähnlich wie Bauchschmerzen. Eine Ewigkeit habe ich bestens damit gelebt, Sie nicht ausstehen zu können, und ich fand das Gefühl eigentlich recht angenehm. Aber dann war es plötzlich da.«

»Die Bauchschmerzen oder das Wissen, daß Sie mich lieben?« Bradford gluckste vergnügt über den Vergleich. »Und Sie beschuldigen mich, nicht romantisch zu sein!«

Ein diskretes Klopfen an der Tür ließ sie auseinanderfahren. Caroline, die sicher war, daß Bradford ihr gleich seine Liebe gestanden hätte, stöhnte resigniert auf.

»Brad? Aimsmond möchte gerne mit dir reden!« Es war Milford, und er hörte sich nicht besonders glücklich an.

»Wahrscheinlich ist mein Onkel wütend auf Sie, weil Sie mich verschleppt haben«, meinte Caroline, während sie auf die Tür zu ging. »Ich gehe ihn suchen, dann bringe ich ihn zu Ihnen. Aber denken Sie ja nicht, daß unser Gespräch schon zu Ende wäre, Bradford.« Mit dieser Warnung schloß Caroline die Tür hinter sich.

Caroline hatte erwartet, Milford draußen vorzufinden, doch er war schon wieder fort. Sie strich ihr Kleid glatt und ordnete ihr Haar, dann raffte sie den Rocksaum und hastete durch den Korridor, die Treppe hinunter und auf den Salon zu.

Als sie um die Ecke biegen wollte, packte sie plötzlich jemand. Bevor sie noch einen Laut von sich geben konnte, wurde sie an die Wand gedrückt. Nigel Crestwall hatte ihr offenbar im Schatten des Flures aufgelauert und begann nun, nasse, widerliche Küsse auf ihren Hals zu verteilen, wobei er obszöne Worte in ihr Ohr flüsterte. Caroline war so empört und so überrumpelt, daß sie sich nicht sofort widersetzte.

Sie begann sich endlich zu wehren, als auch schon Bradford um die Ecke kam. Er entdeckte die beiden und zögerte keinen Moment.

Nigel sah seinen Angreifer nicht einmal. Plötzlich flog er durch die Luft und landete mit einem dumpfen Laut an der Hintertür. Die Vase auf dem Tisch daneben schwankte und plumpste schließlich hinunter auf Crestwalls Kopf.

Bebend vor Abscheu starrte Caroline auf die zusammengekrümmte Gestalt.

»Sie sind selbst schuld«, grollte Bradford. Die Bemerkung verblüffte Caroline so sehr, daß sie sprachlos zu ihm aufschaute.

Und das, was sie sah, versetzte ihr einen gehörigen Schrecken. Sie hatte Bradfords Gesicht noch nie so wutverzerrt gesehen. Da war sie wieder, diese herrische Macht, die er ausstrahlte, und in diesem Augenblick fürchtete Caroline sich tatsächlich vor ihm.

Sie schüttelte den Kopf in dem Versuch, ihre Angst loszuwerden. »Meine Schuld? Der Mann hat mich angegriffen, und ich bin selbst schuld?« fragte sie flüsternd.

Nigel machte Anstalten, auf die Füße zu kommen, während sein Blick panisch hin- und herschoß – offenbar suchte er nach einem Fluchtweg. Bradford beobachtete ihn ungerührt. »Wenn Sie sich vernünftig kleiden würden, würden Sie auch nicht wie eine Dirne behandelt werden!«

Einen Moment herrschte ein eisiges Schweigen zwischen ihnen. Caroline spürte, wie ihre Furcht von ihr abfiel. Statt dessen kochte ein unbändiger Zorn in ihr auf. »Ist das die Ausrede, die Sie immer benutzen, wenn Sie mich anfassen? Daß ich ja nicht besser als eine Dirne bin und es daher ganz in Ordnung ist, sich Freiheiten herauszunehmen?«

Bradford gab keine Antwort. Crestwall versuchte, sich an ihnen vorbeizudrücken, und Bradford wartete, bis er in Reichweite war. Dann ließ er seinen Arm vorschnellen, packte den Mann am Hals, riß ihn vom Boden und rammte ihn gegen die Wand, so daß Crestwalls Füße im Leeren baumelten. »Wenn Sie sie noch einmal anfassen, dann sind Sie ein toter Mann. Haben wir uns verstanden?«

Nigel konnte keinen Laut hervorbringen – Bradfords Hand drückte ihm die Luft ab –, aber er war immerhin in der Lage, zu nicken. Bradford ließ ihn los, folgte ihm aber mit seinem Blick, als der Mann sich aufrappelte, zur Tür stolperte, sie aufriß und in die dunkle Nacht hinausstob. Einen Moment lang überlegte Caroline, was Rachel wohl von dem plötzlichen Verschwinden ihres Verlobten halten würde, doch dann schob sie den Gedanken beiseite. Es war ihr herzlich egal.

Bradford wandte sich um und baute sich vor ihr auf. Caroline straffte die Schultern und warf den Kopf zurück. »Ich habe nichts getan, das ihn hätte ermutigen können. Ich finde es abscheulich, daß Sie mir nicht vertrauen. Sie haben doch gar nicht gesehen, was passiert ist!«

»Wenn Sie das Wort ›Vertrauen‹ in meiner Gegenwart noch einmal erwähnen, dann rutscht mir die Hand aus! Es wird langsam Zeit, daß wir einander richtig verstehen, Caroline.«

Zum Glück tauchte in diesem Augenblick der Marquis auf. Er schien nicht zu bemerken, daß die Atmosphäre zum Zerreißen gespannt war. »Ah, Bradford, da sind Sie ja!«

Caroline drehte sich um und bemühte sich um ein Lächeln, während ihr Onkel Milo langsam auf sie zukam.

»Ich wollte jetzt nach Hause gehen«, erklärte der Marquis. Er nahm Carolines Hand und lächelte. »Kommst du morgen wieder auf einen Besuch zu mir?«

»Aber gern«, sagte Caroline.

»Gut! Bradford, mein Junge, ich erwarte Sie auch bald auf meiner Schwelle.«

»Es wäre mir ein großes Vergnügen«, erwiderte Bradford. Er hatte dies mit dem Unterton der Hochachtung und ohne jede Spur von Ärger gesagt, und Caroline mußte anerkennen, daß er sich offenbar weit besser im Griff hatte als sie, wenn es darum ging, seine Gefühle zu beherrschen. Sie hätte immer noch am liebsten aus vollem Hals gekreischt und konnte nur beten, daß das, was sie empfand, sich nicht auf ihrem Gesicht abzeichnete.

»Die Gäste machen sich zur Abfahrt bereit«, sagte der Marquis. »Loretta wird mich zu Hause absetzen, denn sie hat noch irgendeine andere Verpflichtung.« Er wartete, bis Caroline ihm die Hand auf den Arm gelegt hatte, und setzte sich dann langsam in Bewegung. »Keine Ahnung, wo Franklin ist. Er hat sich offenbar davongemacht«, fuhr der Marquis fort. »Nachdem Brax verkündet hat, wer mit wem fährt, ist er einfach aufgestanden und gegangen.«

Caroline konnte Bradford hinter sich spüren. »Ich fahre mit Vater«, sagte sie.

»Nein«, widersprach ihr Onkel. »Er begleitet Lady Tillman und die kleine Rachel. Nigel ist auch nirgendwo zu entdecken, aber er wird schon noch auftauchen. Milford hat vorgeschlagen, daß er und du bei Bradford mitfahrt.«

Caroline hätte am liebsten laut gestöhnt. Sie hatte nicht die geringste Lust, mit Bradford in einer Kutsche zu sitzen. Sie wollte nur weg von ihm. Zudem brauchte sie Zeit, in Ruhe über ihre Gefühle nachzudenken. Die einzige Chance, daß sie ihren Zorn loswerden würde, war, sich ein stilles Eckchen zu suchen und nachzudenken. Es war schlichtweg nicht möglich, vernünftige Gedanken zu fassen, wenn Bradford in ihrer Nähe war. Im übrigen mußte sie in erstklassiger Verfassung sein, wenn sie sich mit Bradford auseinandersetzen wollte. Und im

Augenblick fühlte sie sich ganz entschieden ... ausgelaugt.

Caroline überlegte, daß es das beste war, Kopfschmerzen vorzutäuschen. Und obwohl sie wußte, wie feige es war, hob sie die Hand in einer theatralischen Geste an die Stirn. »Ich fühle mich nicht bes-« Sie hatte den Satz nicht einmal beendet, als schon die Tür hinter dem Marquis zufiel, und sie grob herumgerissen wurde. Bradford zerrte ihr das Cape förmlich um die Schultern.

»Was ist? Bauchschmerzen?« fragte er bissig, während er den Kragen an ihrem Umhang richtete.

Caroline ging nicht auf seine Bemerkung ein. Sie konnte es absolut nicht komisch finden, daß er sie an ihren Vergleich mit der Liebe erinnerte. Sie sah verstohlen zu ihm auf, sah, daß seine Miene noch immer grimmig war, und kam zu dem Schluß, daß es ihn genauso wenig amüsierte.

Nun gesellte sich Milford zu ihnen, und Deighton ließ sie hinaus. Milford begann, über die bevorstehende Oper zu plaudern und versicherte, daß der italienische Sopran recht bemerkenswert sei, aber Caroline schenkte ihm kaum Beachtung. Sie kletterte in die Kutsche und ließ sich in die Mitte der einen Bank fallen – ein eindeutiger Hinweis darauf, daß sie niemanden neben sich haben wollte. Milford folgte ihr nach und setzte sich gegenüber.

Bradford hatte offenbar keine Lust, sich neben seinen Freund zu setzen. Er bat auch nicht höflich um den Platz. Caroline konnte sich gerade noch rechtzeitig zur Seite werfen und ihren Rock an sich reißen, damit er den Stoff nicht zerdrückte, als er sich auch schon neben ihr niederließ. Sie rückte so weit von ihm ab, bis sie sich an die Kutschenwand drückte.

Den größten Teil der Fahrt war Caroline sehr still. Sie wußte, daß Milford die Spannung spürte, aber es kümmerte sie nicht im geringsten, ob es ihm unangenehm war oder nicht.

Bradford schien sich im Gespräch mit seinem Freund ein wenig zu entspannen. Er ignorierte sie genauso wie sie ihn, und doch saß er so dicht neben ihr, daß sein Arm ständig an ihrer Seite rieb und sein Schenkel an ihrem zu kleben schien.

»Caroline«, wandte sich Milford schließlich an sie. »Sie sind sehr ruhig. Geht es Ihnen nicht gut?«

»Sie hat Bauchschmerzen«, erwiderte Bradford an ihrer Stelle. Seine Stimme klang leicht gepreßt. »Und sie werden auch nicht mehr weggehen. Sobald sie das als gegeben hinnimmt, wird es ihr bedeutend besser gehen.«

Milford sah verwirrt von seinem Freund zu Caroline und wieder zu Bradford.

»Ach, doch, es gibt gewisse Heilmittel für diese abscheulichen, unerträglichen, penetranten Bauchschmerzen«, erwiderte Caroline bissig.

Bradford schwieg. Milford kratzte sich ratlos am Kopf, und Caroline bemühte sich, ihn unbekümmert anzulächeln. Für den Rest der Fahrt behielten alle drei ihre Gedanken für sich.

Der Opernbesuch war wundervoll, und Caroline genoß ihn tatsächlich. Bradford blieb die ganze Zeit an ihrer Seite und stellte sie einer Reihe von Leuten vor. Auch Brummell war anwesend, und er begrüßte sie direkt vor einer sehr großen Gruppe überaus bedeutender Persönlichkeiten der Londoner Gesellschaft.

Bradford und Caroline sprachen so gut wie kein Wort miteinander. Als sie nach der Vorstellung hinausgingen, um auf ihre Kutsche zu warten, stellten sie fest, daß vor dem Opernhaus bereits ein gewaltiges Gedränge herrschte. Es hatte zu regnen begonnen, und einige der

Ladies quiekten indigniert. Caroline stand zwischen Milford und Bradford, ignorierte das schlechte Wetter und wartete schweigend, daß ihre Kutsche endlich vor dem Platz hielt.

Als das Gefährt endlich kam, öffnete Bradford die Tür und half Caroline hinein. Irgend etwas schien ihn zu beunruhigen, und plötzlich wandte er sich um und ging um die Kutsche herum nach vorne. Als er zurückkam und sich zu Milford und Caroline gesellte, lag seine Stirn in tiefen Falten.

»Es geht das Gerücht, daß Ihr Vater Lady Tillman heiraten will«, meinte Milford zu Caroline, als die Kutsche anzog.

Caroline sah aus dem Fenster und wunderte sich, warum die Kutsche eine andere Strecke als sonst einschlug. Oder war sie so durcheinander, daß sie nicht mehr wußte, in welcher Richtung sie wohnte? Stirnrunzelnd bat sie Milford, seine Frage zu wiederholen, und warf Bradford einen kurzen Blick zu. Der jedoch starrte ins Leere und schien ganz in seine eigenen Gedanken versunken zu sein.

»Mein Vater scheint sich in Lady Tillmans Gesellschaft wohl zu fühlen«, gab Caroline endlich zur Antwort. Was sie betraf, war das Thema damit erledigt. Sie wandte den Kopf, um wieder aus dem Fenster zu sehen, und erkannte augenblicklich, daß sie sich in einer absolut fremden Gegend befanden.

»Ziehen Sie den Vorhang zu!« Bradfords knapper Befehl ließ Caroline zusammenzucken. Entsetzt sah sie ihn an. Er wirkte plötzlich unglaublich wütend.

»Verdammt! Mein Instinkt hat mich im Stich gelassen!« sagte Bradford leise zu seinem Freund.

Caroline begriff nichts. Sie begriff noch weniger, als die beiden Männer plötzlich ihre Pistolen zogen.

Die Kutsche steigerte nun das Tempo, und Caroline tastete nach etwas, an das sie sich klammern konnte. Bradford schlang ihr einen Arm um die Taille und zog sie an sich.

»Was ist denn mit Harry los?« fragte Milford. Harry war Bradfords Fahrer.

»Das ist nicht Harry«, erwiderte Bradford. Seine Stimme klang nun sehr beherrscht, und Caroline nahm an, daß er sich um ihretwillen zusammennahm. Er wollte ihr nicht noch zusätzlich Angst einjagen.

Bradford war in erster Linie wütend auf sich selbst. Statt Vorsicht walten zu lassen und mißtrauisch zu werden, als er den fremden Kutscher befragt hatte, hatte er einfach dessen Erklärung hingenommen, Harry sei ganz plötzlich krank geworden und habe ihn gebeten, ihn zu vertreten. Noch schlimmer war aber seine Sorge um Caroline. Was, wenn ihr etwas passierte? Jemand hatte es offenbar auf ihn abgesehen, aber wer auch immer es war – er hatte einen fatalen Fehler begangen. Er hatte Caroline mit hineingezogen, und dafür würde er sterben.

Milford hob eine Ecke des Vorhangs hoch und spähte hinaus. Im gleichen Moment sprang der Kutscher in voller Fahrt ab. »Ich muß leider weg«, rief er noch nonchalant, dann war er nicht mehr zu sehen. Bradford drückte Caroline fester an sich, als es auch schon ohrenbetäubend krachte.

Ein Rad war von der Kutsche gesprungen. Es gab einen Ruck, und der Vorhang, dessen Zipfel Milford noch immer in der Hand hielt, riß ab. Caroline sah die Funken, als das Metall der Achse kreischend über die naßglänzende Straße rutschte. Milford stemmte die Beine gegen den gegenüberliegenden Sitz; Bradford tat dasselbe und klemmte seine Schulter wie einen Keil in die

Ecke der Kutsche. Mit einem Ruck riß er Caroline auf seinen Schoß und sie vergrub ihr Gesicht an seiner Brust.

Praktisch im gleichen Moment überschlug sich die Kutsche. Der Stoß preßte Caroline die Luft aus den Lungen. Mit seltsamer Klarheit nahm sie Hufgetrappel wahr, das sich entfernte, und war froh, daß die Pferde sich hatten losreißen können.

Bradford fing das meiste des Aufpralls ab. Er lag zuunterst und umklammerte Caroline, die auf ihm lag, über der sich wiederum Milford befand.

Caroline schlug die Augen auf und entdeckte den Lauf von Milfords Pistole vor ihrer Nasenspitze. Behutsam drückte sie seine Hand weg, bis die Waffe auf die Kutschenwand gerichtet war.

Ein Stöhnen entrang sich ihrer Kehle, als Milford sich hochstemmte und von ihr stieg. Caroline setzte sich auf, bemerkte, daß sie rittlings auf Bradfords Hüften saß, und ließ sich rasch wieder auf seine Brust nieder. Als sie ihr eines Bein zu sich heranziehen wollte, rutschte sie ab und rammte ihm ihr Knie versehentlich zwischen die Schenkel.

Bradford stöhnte auf und packte Caroline um die Hüften. »Offenbar sind Sie nicht verletzt«, bemerkte er gepreßt und zog eine Grimasse, die Caroline erschreckte. Unwillkürlich streckte sie den Arm aus und strich ihm über die Wange.

»Sind Sie in Ordnung?« Es klang soviel Furcht in ihrer Stimme mit, daß es Bradford überraschte. Offenbar schien sie schockierter über die Möglichkeit, daß er verletzt war, als über die Tatsache, daß sie gerade selbst nur knapp dem Tod entronnen war.

Er mußte ihr erst das Haar aus dem Gesicht streichen, um ihr in die Augen sehen zu können. »Wenn Sie

Ihr Knie da nicht wegnehmen, dann bin ich bald ein Eunuch«, flüsterte er.

Milford, der es gehört hatte, lachte leise. Caroline errötete und stöhnte dann wieder, als Milfords Stiefel sie in die Seite traf.

Milford entschuldigte sich, fand die Tür über ihnen und stieß sie auf. Bradford schützte Carolines Kopf vor den Stiefeln seines Freundes, als dieser sich mühsam hinaufzog und nach draußen hangelte. Dann stemmte Bradford Caroline hinauf, und Milford zog sie von oben in die Freiheit.

Die Kutsche lag auf der Seite. Caroline wanderte fassungslos um das Wrack, während Bradford als letzter herauskroch.

Ein Blick genügte, um Bradford zu verraten, daß sie sich in einem Viertel Londons befanden, in dem die Oberschicht nichts zu suchen hatte. Die Leute kamen bereits herbeigeströmt, aber zu Bradfords Unmut starrten sie auf Caroline statt auf die Kutsche. Er knurrte Milford irgend etwas zu, dann wanderte er um die Kutsche herum und zog Caroline an seine Seite.

Caroline bemerkte erst jetzt, daß beide Männer ihre Waffen noch in den Händen hielten. Offenbar war die Gefahr noch nicht vorbei.

Bradford blickte sich um und entdeckte das Schild einer recht anrüchig wirkenden Taverne auf der anderen Straßenseite. Er winkte Milford zu sich. »Geh mit Caroline dort hinein. Ich sehe zu, ob ich jemanden finden kann, der gewillt ist, uns zu helfen.«

Milford nickte, zog Caroline in seinen Arm und führte sie auf das Wirtshaus zu. Sie warf noch einen Blick zurück zu Bradford und öffnete schon den Mund, um ihm zu sagen, er solle vorsichtig sein, doch dann besann sie sich anders. Sie wollte nicht, daß diese dubiosen Gestalten, die sich um die Kutsche versammelt hatten, zu dem Schluß kamen, sie könnte sich fürchten. Vielleicht brachte sie das erst recht auf dumme Ideen.

»Der *Mischief Maker*«, las Caroline laut das Schild über dem Eingang der Taverne vor. »Komischer Name. Erwartet man hier von uns, daß wir hineingehen und Zwietracht säen?« Ihr Versuch zu scherzen mißlang. Ihre Stimme kippte, und ihre Beine knickten leicht ein.

Milford begriff, daß sie mit Verzögerung auf den Unfall reagierte. Er hielt sie fest, drückte herzlich ihre Schulter und grinste sie breit an. Schließlich öffnete er die Tür für sie.

»Lady Caroline«, sagte er aufgesetzt förmlich. »Ich habe die Ehre, Sie in einen kribbelnden Zeitvertreib der Oberschicht einzuführen. Besuchen Sie die Slums von London, wo es so richtig schön realistisch zugeht. Nun? Freuen Sie sich auf ihre erste Lektion?« Er grinste wieder sein Spitzbuben-Grinsen, das Caroline so sehr mochte.

»Und wie«, erwiderte sie, ebenfalls lächelnd. Sie trat in den verqualmten Schankraum und fühlte sich auf der Stelle vollkommen fehl am Platz. Ihr kostbares Kleid und der perlverbrämte Umhang bildeten einen unübersehbaren Kontrast zu dem Grau und Braun der groben Arbeiterkleider.

Es war nicht besonders voll in der Taverne. Caroline schätzte die Anzahl der Männer, die sie angafften, auf etwa fünfzehn. Milford schob sie vorwärts, bis sie an einem Ende des Tresens stehenblieben. Er drängte sie mit sanfter Gewalt in die Ecke und stellte sich dann vor sie. Anscheinend versuchte er, sie so gut wie möglich vor den Blicken der Gäste zu schützen.

Der Inhaber des unattraktiven Etablissements hatte offenbar genug gestarrt und kam nun zu ihnen, um ihre

Bestellung aufzunehmen. Milford erklärte ihm, daß zwei Brandy eine feine Sache wären, und da er in derart guter Stimmung war, würde er eine Lokalrunde ausgeben.

Das Schweigen, das sich über den Raum gelegt hatte, als sie eingetreten waren, war enervierend gewesen. Doch als Milford nun Drinks für alle bestellte, erhob sich ein lautes Gebrüll nach Ale und Whiskey.

»Das war sehr klug von Ihnen«, bemerkte Caroline mit leichter Ironie. »Sie haben sich potentielle Feinde im Handumdrehen zu Freunden gemacht. Das ist ein echtes Talent. Ich muß sie beglückwünschen.« Milford nickte leicht, drehte sich aber nicht zu ihr um. Er hatte zwar seine Pistole wieder in die Tasche gesteckt, doch seine Haltung verriet, daß er sich mitnichten sicher fühlte.

»Es tut mir fast leid«, erwiderte Milford mit einem Lachen in der Stimme. »Himmel, es ist Jahre her, seit ich eine anständige Schlägerei gehabt habe.«

Caroline lächelte, doch das Lächeln schwand, als plötzlich die Tür aufflog und eine Truppe von vier grobschlächtigen Kerlen hereingepoltert kam. »Tja, vielleicht geht ihr Wunsch ja doch noch in Erfüllung«, flüsterte sie, als die vier zu ihnen herüberstarrten.

Ein Raunen ging durch den Raum, als einer der Männer, ein sehr großer Dicker, der wirkte, als hätte er sich seit einer Dekade nicht mehr gewaschen, sich in Bewegung setzte und langsam auf sie zukam.

»Zeig mir doch mal das Püppchen, das du da hinter dir versteckst«, verlangte der Mann. Er streckte den Arm aus, um Milford zur Seite zu schieben, aber dieser blieb unbeirrt stehen.

»Sie rühren sich nicht vom Fleck«, befahl Milford ihr mit einem resignierten Seufzen. Und dann ging es ohne Verzögerung los. Milfords Faust krachte gegen den Kiefer des Dicken, und dieser taumelte zurück. Schon waren die anderen drei zur Stelle.

Der Inhaber der Taverne nutzte die Chance. Er packte Caroline am Haar und versuchte, sie um die Theke herum zu sich zu ziehen. Caroline schrie auf, und bereute es augenblicklich, denn ihr Schrei ließ Milford herumfahren.

»Ich schaff' das schon! Passen Sie auf sich selbst auf«, brüllte Caroline, während sie nach einer vollen Whiskeyflasche auf dem Tresen griff, ausholte und zuschlug. Der widerliche Besitzer der Taverne sackte zusammen und plumpste stöhnend auf den Boden. Caroline stürzte hinter die Bar. Gewiß konnte Milford ein wenig Hilfe gebrauchen! Sie griff nach den Flaschen im Regal und begann, eine nach der anderen auf die Kerle zu schleudern, die ihn überwältigen wollte.

Ihre Zielgenauigkeit war allerdings ein wenig beeinträchtigt, und ein Mann schaffte es bis zur Theke und halb darüber, bis es ihr gelang, ihn mit einem anständigen Schlag über den Schädel aufzuhalten. Mit einem lauten Stöhnen blieb er über dem Tresen liegen.

Einige der anderen Gäste hatten sich ebenfalls in das Kampfgetümmel gestürzt, und Caroline war sich nicht sicher, wer auf wessen Seite war. Sie hatte inzwischen sämtliche Flaschen vom Regal hinter ihr verbraucht, und bückte sich nun, um nach neuer Munition zu suchen. Als sie die Geldkassette zur Seite schob, fand sie zu ihrem Entzücken ein ganzes Waffenarsenal; offensichtlich gab es in dieser Taverne öfter Ärger. Sie entdeckte mehrere gebogene Messer, zwei Pistolen und eine Keule, die aber zu schwer war, als daß sie sie halten, geschweige denn schwingen konnte.

Caroline entschied sich für die Pistolen. Eine legte sie auf den Tresen, die andere nahm sie in die Hand. Milford hatte die Lage inzwischen im Griff. Er versuchte, es mit dreien gleichzeitig aufzunehmen, und schien echten Spaß daran zu haben.

Das Aufblitzen von Metall ließ Carolines Kopf herumfahren. In einer Ecke der Taverne sah sie einen Mann mit einem Messer in der Hand. Er hob den Arm und zielte auf Milfords Rücken, und Caroline zögerte nicht. Sie feuerte. Mit einem Aufschrei ließ der Mann das Messer fallen.

Als der Schuß ertönte, waren alle Anwesenden mitten in der Bewegung erstarrt und sahen nun fassungslos zu dem Mann hinüber, der sich wimmernd seine Hand hielt. Schließlich wandten die Köpfe sich langsam Caroline zu.

Caroline fühlte sich verpflichtet, eine Art Erklärung abzugeben. »Messer sind in diesem Kampf nicht zugelassen«, meinte sie streng und unnachgiebig. Langsam griff sie nach der zweiten Pistole und warf Milford einen Blick zu. »Nun?« fragte sie ihn, als er sie nur weiterhin mit offenem Mund ansah, »wollen Sie sich noch ein bißchen amüsieren, oder sollen wir gehen?«

Milford stieß ein Knurren aus, packte zwei Männer am Nacken und rammte ihre Köpfe gegeneinander. Sie plumpsten zu Boden, als sich schon der nächste auf ihn warf. Und die ganze Zeit stand Caroline mit der Pistole in der Hand da und wartete, daß das Handgemenge zu Ende war.

Das geschah eher, als sie geglaubt hatte. Die Tür der Taverne krachte so heftig gegen die Wand, daß sie aus den Angeln gerissen wurde. Der Lärm wäre vielleicht nicht laut genug gewesen, um die Schlägerei zu stoppen, wohl aber das Brüllen, das der Mann im Türrahmen ausstieß.

Bradfords Miene drückte Mordlust aus. Caroline war

froh, daß er endlich da war. »Du hast dir verdammt viel Zeit gelassen«, brüllte Milford ihm zwischen zwei Fausthieben zu.

Bradfords Blick suchte Caroline. Sie lächelte ihm zu, um ihm zu bedeuten, daß alles in Ordnung war, und seine wütende Miene verwandelte sich augenblicklich in eine, die beiläufiges Interesse ausdrückte. Caroline beobachtete, wie er gelassen seinen Rock auszog, ihn sorgfältig faltete und fast penibel über die Lehne eines Stuhls hängte. Oh, ja, er ließ sich tatsächlich Zeit. Milford brüllte ihm etwas zu, und dann stürzte Bradford sich endlich in den Kampf.

Gemeinsam machten sie kurzen Prozeß. Caroline war verblüfft, obwohl sie ihm instinktiv schon einiges zugetraut hatte. Bradford ließ so mühelos die Fäuste kreisen, als würde es ihn nicht einmal eine Andeutung von Kraft kosten. Er riß einen Mann, der mindestens doppelt so schwer war wie er, vom Boden und schleuderte ihn durch die offene Tür. Ein zweiter folgte, ein dritter, und immer weitere, bis das Straßenpflaster vor dem *Mischief Maker* übersät war von stöhnenden Gestalten. Bradford zerrte den letzten Angreifer von Milford weg, versetzte ihm einen kräftigen Tritt und schickte ihn ebenfalls zur Tür hinaus.

Bradfords Kleidung war immer noch tadellos, nur sein leicht wirres Haar wies auf eine etwas ungewöhnliche Abendbeschäftigung hin. Milford dagegen wirkte vollkommen derangiert. Sein Rock hing in Fetzen, seine Hosen waren verdreckt. Er fuhr sich kurz durchs Haar, richtete seine Krawatte und blickte grinsend zu Bradford hinüber.

»Der Wirt gibt eine Lokalrunde«, verkündete Caroline an die beiden Männer gewandt. »Das heißt, wenn ich noch eine Flasche auftreiben kann.«

»Tja, meine Liebe, so wie es hier aussieht, scheinen Sie alle verschossen zu haben«, bemerkte Milford.

»Du solltest auf sie aufpassen«, knurrte Bradford ihn plötzlich an. »Caroline, kommen Sie da vor. Draußen wartet ein Wagen.«

Caroline nickte und stieg vorsichtig über die reglosen Gestalten auf dem Boden. Bradford warf einen Blick über den Tresen und schüttelte den Kopf, als er den Wirt dort liegen sah. »Ich frage lieber nicht«, sagte er an Milford gewandt.

»Das denke ich auch«, erwiderte Caroline. »Ihrer Meinung nach müßte ich doch jetzt wimmernd und halb ohnmächtig in einer Ecke kauern, nicht wahr? Milford, dieser Freizeitspaß der höheren Gesellschaft hat durchaus etwas für sich.« Sie blickte sich zufrieden um. »Ja, so eine anständige Prügelei ist wirklich spannend. Warum haben Sie es eigentlich aufgegeben?«

Milford brach in lautes Gelächter aus, doch Bradford zog die Stirn in düstere Falten. Er griff nach Carolines Hand und zog sie hinter sich her nach draußen.

Die gemietete Kutsche war winzig, und Caroline war gezwungen, auf Bradfords Schoß Platz zu nehmen. Während der Fahrt unterhielt sie sich mit Milford, während Bradford düster vor sich hinstarrte.

Sie wußte, daß er nicht auf sie wütend war, denn die ganze Zeit streichelte er abwesend ihre Wange. Dennoch sagte er kein Wort.

Als der Wagen endlich vor ihrem Haus anhielt, lächelte Caroline Milford an. »Es war ein wundervoller Abend, Mylord. Erst die Oper, dann die Schlägerei. Ich hatte bisher weder das eine noch das andere erlebt. Vielen Dank!«

Bradford stand bereits draußen und wartete darauf, daß Caroline ausstieg. Milford hielt sie zurück, nahm ihre Hand und hauchte einen Kuß darauf. »Bis zu unserem nächsten Abenteuer, Lady Caroline.« Seine Augen funkelten vergnügt und Caroline lachte auf.

»Es wird keine Abenteuer mehr geben«, knurrte Bradford.

Caroline ließ sich aus dem Wagen helfen und folgte ihm zur Eingangstür des Braxton-Hauses.

»Bradford, sind Sie wütend auf mich?« fragte sie leise, als sie oben auf der Treppe standen.

»Ich lasse nicht zu, daß Sie sich in Gefahr begeben.« Plötzlich packte er sie an den Schultern und zog sie fest in seine Arme. »Ich will nicht, daß Ihnen etwas passiert.« Dann beugte er sich herab und küßte sie zärtlich auf die Wange.

Im gleichen Moment öffnete Deighton die Tür, und Caroline trat widerwillig ein. Sie war enttäuscht, als Bradford ihr nicht folgte.

Sie würde also bis morgen warten müssen. Dann würde er ihr gestehen, daß er sie liebte. Und alles würde sich zum Guten wenden.

KAPITEL 9

Jemand hat an dem Rad herumgepfuscht«, sagte Bradford zu seinem Freund, als sie weiterfuhren. »Es *sollte* abspringen.«

»Hast du dir mal wieder ein paar Feinde gemacht?« fragte Milford. Er lächelte nun nicht mehr. Caroline war in Sicherheit, und er konnte seine Beunruhigung zeigen. »Wir hätten dabei umkommen können.«

»Wer auch immer mir an den Kragen will – er scheint sich nicht um Nebensächlichkeiten zu kümmern«, meinte Bradford verächtlich. »Caroline ist unschuldig mit hineingezogen worden, und dafür wird er mir büßen.«

»Und was hast du vor?«

»Ich werde herausfinden, wer dahintersteckt, dessen kannst du sicher sein«, erwiderte Bradford zornig. »Aber bis es soweit ist, halte ich mich von Caroline fern. Ich will nicht, daß sie noch einmal in Gefahr gerät. Die Leute sollen glauben, daß wir nichts mehr miteinander zu tun haben.«

»Aber du wirst es ihr doch wenigstens erklären, oder?« Milford hielt es für richtig, daß Bradford Caroline meiden sollte, solange eine Bedrohung bestand. Doch er konnte nicht umhin, sich über Carolines Gefühle Gedanken zu machen, denn er ahnte, wie sehr es sie treffen würde, wenn Bradford sich nicht mehr bei ihr blicken ließ.

»Nein. Ich denke, es ist besser, wenn auch sie glaubt, ich hätte das Interesse an ihr verloren. Andernfalls wird sie nicht wirklich überzeugend sein. Ich will, daß es alle glauben! Dann kann sie auch nicht als Köder oder Druckmittel gegen mich eingesetzt werden.«

»Und Braxton? Wirst du mit ihm sprechen?«

Bradford schüttelte den Kopf. »Auch nicht. Er hängt so sehr an seiner Tochter, daß er es ihr bestimmt sagen würde.«

»Und wo fangen wir an?« fragte Milford. »Je eher wir den Täter finden, desto besser. Harry sollte wohl unsere erste Anlaufstelle sein, nicht wahr?«

Bradford nickte. »Ich werde auch mit meinen Bekannten beim Kriegsministerium reden.«

»Wenn das vorbei ist, dann kannst du dich auf einen echten Krieg einstellen«, prophezeite Milford.

»Caroline«, sagten beide wie aus einem Mund.

Die folgenden zwei Wochen waren eine schreckliche Zeit für Caroline. Zuerst weigerte sie sich schlichtweg, hinzunehmen, daß Bradford sie sitzengelassen hatte. Sie brachte jede Entschuldigung, jede Ausrede und jedes Argument, das ihr einfiel, vor, um sein Ausbleiben zu erklären. Bis sie ihn bei den Almacks traf und Bradford einfach durch sie hindurchblickte, als würde sie gar nicht existieren. In diesem Moment akzeptierte sie es. Es war aus.

Charity war nach außen hin weit aufgebrachter als Caroline. Sie tobte und zeterte, schimpfte auf Bradford, den gemeinen Schuft, der dringend eine gewaltige Tracht Prügel nötig hatte. Und sie verstärkte unabsichtlich Carolines Qualen, indem sie ihr den Klatsch wiedergab, der über Bradford umging. Der Duke war wieder im Rennen und lockte offenbar die Hälfte der weiblichen Bevölkerung Londons in sein Bett. Jeden Abend sah man ihn mit einer anderen Frau im Arm, und er war wieder in seine alten Gewohnheiten verfallen, die aus Spielen und exzessivem Trinken bestanden. Ganz London, Charity eingeschlossen, war überzeugt, daß Bradford sich prächtig amüsierte.

Nach dem Zusammentreffen mit ihm bei Almacks lehnte Caroline jede weitere Einladung ab. Sie blieb jeden Abend zu Hause. Einmal schrieb sie einen langen Brief an Caimen, in dem sie ihm ihr Herz ausschüttete, aber nachdem Deighton den Brief weggebracht hatte, bereute sie es schon wieder. Ihr Bericht würde ihren Vetter nur aufregen, und es gab nichts, was er für sie tun konnte.

Der Earl of Braxton hatte keine Ahnung, wie sehr Caroline litt. Stets begrüßte sie ihn mit einem freundlichen Lächeln, so daß er sie für glücklich und zufrieden hielt. Ohne großartig darüber nachzudenken, akzeptierte er ihre Ausrede, daß sie die vielen Partys im Augenblick satt hatte und einfach zu Hause bleiben wollte, um sich um Charitys bevorstehende Hochzeit zu kümmern.

Caroline belog den Earl um seines Seelenfriedens willen. Ihr war bewußt, daß man die Beziehung zu ihrem Vater bestenfalls als oberflächlich bezeichnen konnte, aber sie wollte ihm keine unnötigen Sorgen bereiten. Immer wenn er sich nach Bradford erkundigte, was öfter geschah, sagte Caroline ihm, daß sie und der Duke nichts mehr miteinander zu tun hatten.

Eines Morgens, es war ein Montag, kam ein Brief aus Boston an. Er steckte voller Neuigkeiten und Fragen, die Charitys und Carolines Aktivitäten betrafen. Onkel Henry gab seine Zustimmung zur Hochzeit seiner Tochter und bat gleichzeitig, Benjamin möge so bald wie möglich nach Hause kommen. Sie würden ihn alle dringend brauchen, da sie vor kurzem neue Pferde gekauft hatten und endlich die sieben Fohlen, die im letzten Frühling geboren worden waren, zureiten mußten.

Benjamin war begierig darauf, nach Boston zurückzukehren. »Du hast Heimweh, nicht wahr?« fragte Caroline ihn mit neckendem Unterton, während sie ihm dabei half, seine Habe zusammenzupacken.

»Dabei weiß ich gar nicht, wie wir ohne dich auskommen sollen«, warf ihr Vater ein, der für einen Augenblick gekommen war, um den beiden zuzusehen. »Wir werden vermutlich verhungern.« Dann ließ er die beiden in Benjamins Zimmer allein.

Caroline wußte auch nicht, wie sie ohne Benjamin zurechtkommen sollte. Aber sie behielt diesen Gedanken für sich.

»Wir haben eine Menge zusammen erlebt, nicht wahr?« fragte Benjamin, als er ihren traurigen Blick sah.

Caroline zwang sich zu einem Lächeln. »Ja, das ist wahr!« sagte sie. Dann schlang sie ihre Arme um ihn und drückte ihn fest. »Ich werde dich niemals vergessen, mein Freund. Du bist immer dagewesen, wenn ich dich gebraucht habe!«

Am folgenden Montag brachte Caroline ihn zum Hafen. Der Earl hatte für Benjamin eine komplett neue Garderobe anfertigen lassen, zu der auch ein schwerer, wetterfester Übermantel gehörte.

»Erinnerst du dich noch daran, wie du mich in der Scheune entdeckt hast?« fragte Benjamin, als es ans Abschiednehmen ging.

»Es kommt mir vor, als wäre es ein Jahrhundert her«, antwortete Caroline leise.

»Du bist jetzt auf dich allein gestellt, Mädchen. Aber ich bleibe, wenn du es möchtest.« Er sah ihr tief in die Augen. »Ich schulde dir mein Leben.«

»Und ich schulde dir meins«, erwiderte Caroline. »Deine Zukunft liegt in Boston, Benjamin. Mach dir um mich keine Sorgen.«

»Wenn du mich jemals brauchen solltest –«

»Ich weiß«, unterbrach Caroline ihn. »Ich schaffe das schon. Alles in Ordnung, Ben.«

Natürlich war nichts in Ordnung, und sie schluchzte den ganzen Nachhauseweg über.

Es war schwer, nicht in Selbstmitleid zu versinken. Caroline gab ihr Bestes, nach außen hin Heiterkeit zu demonstrieren. Der erste Schnee hüllte London ein, und sie hatte noch immer nichts von Bradford gehört.

Schließlich nahm sie eine Einladung von Thomas Ives an und ließ sich von ihm zu einer Dinner-Party bei Lady Tillman begleiten. Es war ein sterbenslangweiliger Abend, aber ihr Vater freute sich, daß sie hingegangen war.

Am nächsten Tag stattete sie ihrem Onkel Milo einen Besuch ab. Franklin war noch nicht da, und Caroline war das nur recht. Der Marquis und sie plauderten über dieses und jenes, bis er Benjamins Abreise erwähnte und sie bat, ihm zu erklären, was sie mit dem großen Schwarzen verband.

»Ich fand ihn eines Morgens in der Scheune«, sagte Caroline. »Er war ein geflohener Sklave aus Virginia und schon Wochen unterwegs gewesen.« Da Caroline nicht geneigt zu sein schien, ihm ausführlicher Bericht zu erstatten, fing Milo an, mit Fragen Details aus ihr herauszukitzeln.

»Dein Vater sagte, daß er zu deinem Beschützer geworden ist. Ist Boston denn so eine wilde, gefährliche Gegend?«

Caroline lachte. »Ich fürchte, es ging eher um meinen Charakter als um Boston. Ich habe ständig irgendwelchen Unsinn angestellt, aber Benjamin war stets in meiner Nähe, um den größten Schaden abzuwenden. Er hat mir mehr als einmal das Leben gerettet.«

Onkel Milo lachte. »Du bist deiner Mutter sehr ähnlich«, befand er. »Aber was ist mit Benjamin? Besteht die Gefahr, daß man ihn in den Süden zurückbringt? Ich habe einmal gehört, daß es Männer gibt, die geflohene Sklaven für eine Prämie suchen und zurückholen.«

Caroline runzelte die Stirn. »Das stimmt leider. Es gibt Sklavenjäger, die damit recht gut verdienen, aber Benjamin ist längst ein freier Mann. Papa, ich meine Onkel Henry, hat Caimen in den Süden geschickt, um Benjamins Papiere zu kaufen.«

In diesem Moment kam Franklin herein und fragte ohne Umschweife nach Bradford. Caroline zwang sich zu einer reglosen Miene und teilte ihrem Onkel mit, daß sie mit dem Duke nichts mehr zu tun habe.

»Heißt das, du wirst bald nach Boston zurückkehren?« wollte Franklin wissen.

Die Frage überraschte Caroline ein wenig. Sie verstand nicht ganz, was das eine mit dem anderen zu tun hatte. Wie konnte er nur so einen Schluß ziehen? Noch überraschter war Caroline allerdings über Onkel Milo, denn er wurde furchtbar wütend über die Frage seines Bruders. Caroline hatte ihn noch nie so aufgebracht gesehen. Es kostete sie fast eine Stunde, um ihn zu überzeugen, daß sie keinerlei Absicht hatte, zurückzureisen, und schließlich beruhigte er sich wieder.

Franklin erklärte, daß er Gerüchte gehört hatte, nach denen Caroline wieder nach Boston zurückkehren wollte und Carolines Vater beschlossen hatte, Lady Tillman zu heiraten. Es hieß, daß der Earl seine neue Frau auf eine Europareise mitnehmen wollte, um sich anschließend auf dem Land niederzulassen.

Nachdem Caroline eine so lange Zeit gebraucht hatte, um ihren Onkel zu beruhigen, fand sie es ziemlich unverschämt von Franklin, ihn noch einmal zu provozieren. Sie erwiderte verärgert, daß all dieser Klatsch jeglicher Grundlage entbehrte und schlichtweg lächerlich war. Bei der derzeitigen Situation in Frankreich würde der Earl ganz gewiß keine Europareise unternehmen. »Mein Vater geht nirgendwo hin.«

»Nun, und wenn, dann ziehst du bei mir ein«, verkündete Milo. Er warf seinem Bruder einen trotzigen Blick zu, als würde er nur auf Widerworte warten.

»Eine großartige Idee«, erwiderte Franklin. Damit war das Thema erledigt.

Als Caroline nach Hause zurückkehrte, fand sie auf dem Tisch im Foyer einen Brief, der an sie adressiert war. Sie nahm ihn und ging damit in ihr Zimmer. Nachdenklich betrachtete sie eine Weile den Umschlag, dann öffnete sie ihn. Sie hatte erst wenige Zeilen gelesen, als sie vor Entsetzen hörbar nach Luft schnappte.

Der erste Absatz war voller gemeiner, haßerfüllter Bemerkungen über ihren Charakter im allgemeinen. Im nächsten Absatz wurde der Absender konkreter. Dort stand, daß der Sturz von der Treppe bei den Claymeres sie nicht hätten töten, sondern nur erschrecken sollen. Der Unfall mit der Kutsche hatte dem gleichen Zweck gedient. Oh, ja, sie würde sterben, aber alles zu seiner Zeit. Rache war das Ziel, schrieb der Absender, das Schicksal würde seinen Lauf nehmen. Und dann folgten einige entsetzliche Beschreibungen von möglichen Todesarten.

Wie erstarrt stand Caroline da und schaute auf das Papier in ihren Händen. Was sollte sie tun? Sie schob den Brief mit zitternden Händen zurück in den Umschlag und versteckte ihn in ihrer Kommode. Oh, Gott, warum war Benjamin nur abgereist? Doch dann riß sie sich zusammen. Sie mußte etwas unternehmen. Es hatte keinen Sinn, in Panik zu verfallen!

Caroline machte sich auf die Suche nach Deighton und fragte ihn, wer den Brief abgegeben hatte.

Deighton wußte nichts von einer Nachricht, genauso wenig der Rest der Dienerschaft. So gut es ging verbarg Caroline ihr Entsetzen und erzählte nur, daß sie den Brief auf dem Tisch im Foyer gefunden hatte und nun neugierig war, wer ihn ihr geschickt hatte. Zur Erklärung setzte sie hinzu, daß die Botschaft nicht unterzeichnet gewesen war.

Deighton war erschüttert. Es war seine Aufgabe, die Vordertür zu öffnen – nur er hatte das Recht, Briefe zu empfangen oder Besucher einzulassen. Doch nun war offenbar jemand in sein Hoheitsgebiet eingedrungen! Er versicherte mehrmals, daß die Tür stets verriegelt war und daß nur eine der Zofen es gewagt haben konnte, sie ohne Erlaubnis zu öffnen. Da die Dienerschaft durch den Hinterausgang zu gehen hatte, traute sich die Schuldige offenbar nicht, ihre Tat zuzugeben.

Caroline ließ den tobenden Deighton stehen und ging zurück in ihr Zimmer. »Ich wette, Marie hat den Brief angenommen«, murmelte Mary Margaret. »Sie stromert ständig durchs Haus. Im Prinzip hat sie doch noch keine richtige Arbeit gemacht. Und jetzt, wo Benjamin weg ist, schmeckt das Essen auch wieder schauderhaft. Die dumme Frau hat überhaupt nichts gelernt! Ich finde, Deighton sollte sie rauswerfen.«

»Sei nicht so unbarmherzig«, schimpfte Caroline. Sie dachte an Maries Familie, an Toby und Kirby und daran, wie dringend die Frau den Lohn brauchte. Gewiß tat sie, was sie konnte. »Hab ein bißchen mehr Geduld, Mary Margaret. Marie braucht die Arbeit.« Als sie sah, daß ihre Kammerzofe noch etwas einwenden wollte, wehrte sie ab. »Ich werde mich bald noch einmal mit ihr unterhalten.«

Am liebsten hätte Caroline sich die Haare gerauft oder wäre einfach zusammengebrochen. Jemand hatte es auf sie abgesehen, wollte sie töten, und sie hatte nicht die geringste Ahnung, wer. Oder warum! Und doch schien der Alltag mit seiner Haushaltsführung Vorrang zu haben.

Sie beschloß, ihrem Vater noch nichts von dem Brief zu sagen. Wenn er wußte, daß sie in Gefahr schwebte, konnte er durchaus beschließen, ihr eine Schiffspassage zu buchen und sie nach Boston zurückzuschicken. Und obwohl diese Aussicht einen gewissen Reiz hatte, mochte Caroline nicht einfach so davonlaufen. Zudem würde das bedeuten, daß sie Bradford niemals wiedersehen konnte. Nun, allerdings war das nicht wirklich von Bedeutung, sagte sie sich. Bradford hatte ja schließlich aller Welt gezeigt, daß er kein Interesse mehr an ihr hatte.

Es gab niemanden, mit dem sie hätte reden können. Es Charity zu sagen, stand außer Diskussion, denn sie würde es jedem weitererzählen, der gewillt war, ihr zuzuhören. Außerdem würde sie genau wie Carolines Vater Angst bekommen. Der Earl hatte ein paar vage Andeutungen gemacht, warum er sie vor vierzehn Jahren zu seinem Bruder in die Kolonien geschickt hatte, und diese Andeutungen betrafen alle ihre Sicherheit. Caroline nahm an, daß ihr Vater damals aus irgendeinem Grund befürchtet hatte, man könne seine kleine Tochter als Druckmittel benutzen, und wahrscheinlich war Politik im Spiel gewesen. Hatte Bradford ihr nicht gesagt, daß ihr Vater damals als Radikaler gegolten hatte? Es war mehr als wahrscheinlich, daß er sich mit seiner politischen Einstellung viele mächtige und skrupellose Feinde gemacht hatte. Ihr Vater hatte sie kurzerhand aus dem Land geschafft, und das würde er gewiß wieder tun, wenn er um ihr Leben bangen müßte.

Eine ganze Woche lang behielt Caroline ihre Ängste für sich. Sie schlief immer schlechter und wurde stiller und zurückhaltender. Die meisten Einladungen, die sie bekam, lehnte sie ab. Das kleinste Geräusch ließ sie hochfahren, und die einzigen Gelegenheiten, zu denen sie das Haus verließ, waren ihre Besuche bei Onkel Milo.

Der Earl wunderte sich über Carolines merkwürdiges Verhalten. Als Milford Caroline eine Einladung zum Theater schickte, nahm er in ihrem Namen an. Caroline sträubte sich, aber Braxton stritt sich so lange mit ihr, bis seine starrköpfige Tochter schließlich um des lieben Friedens willen ja sagte.

Einerseits freute Caroline sich darauf, Milford wiederzusehen, doch andererseits machte es sie auch traurig. Sie mochte Milford und seinen Spitzbuben-Humor, doch jedesmal, wenn sie an ihn dachte, wurde sie auch an Bradford erinnert.

Als der Abend näherrückte, zog sie ein mintfarbenes Kleid an und wies Mary Margaret an, ihr Haar in Löckchen zu legen, durch das ein Band gewunden wurde. Der Schlafmangel der letzten Nächte hatte Caroline in reizbare Stimmung versetzt, und bei jedem Piken einer Nadel hätte sie am liebsten laut geschrien. Plötzlich hatte sie genug!

»Mary Margaret, wir haben noch über eine Stunde, bis Milford mich abholt«, begann Caroline in einem Tonfall, der keinen Widerspruch duldete. »Ich habe gesehen, wie du Charitys Haar gekürzt hast, und ich will, daß du meins auch abschneidest. Jetzt.«

Noch während sie sprach, wand sich Caroline aus ihrem Kleid und zog sich die Nadeln aus den Haaren. »Beeil dich, Mary Margaret. Ich bin fest entschlossen. Ich habe es satt, dieses Gewicht auf dem Kopf mit mir herumzuschleppen.«

Mary Margaret raffte die Röcke und rauschte, Verwünschungen murmelnd, aus dem Zimmer. Caroline ignorierte den Protest der Zofe und betrachtete sich eine Weile im Spiegel. Plötzlich drückte sie die Schultern zurück und bedachte ihr Spiegelbild mit einem zornigen Blick. »Du hast lange genug über dich selbst gejammert, Caroline Richmond.«

Charity, die gerade hereinkam, hatte die Bemerkung gehört. »Was machst du denn da?« fragte ihre Cousine.

»Ich nehme mein Leben wieder in die Hand«, verkündete Caroline. »Hast du mir nicht gesagt, ich bin nicht eine, die nur herumgluckt und abwartet?«

Charity nickte grinsend. »Und jetzt rückst du Bradford auf den Pelz?«

»Nein. Aber ich habe ein paar andere Dinge beschlossen«, antwortete Caroline ausweichend. »Ich werde es dir nächste Woche erklären. Vertrau mir einfach. Ich habe meinen Verstand *nicht* verloren.«

Charity war mehr als verwirrt über Carolines Beteuerungen. Wieso sollte sie, Charity, denn auf den Gedanken kommen, ihre Cousine hätte den Verstand verloren? Bevor sie fragen konnte, kehrte Mary Margaret zurück. Caroline schickte Charity hinaus. »Mary Margaret und ich haben zu tun. Ich komme gleich runter.«

Die Zofe weigerte sich stur, mehr als drei Zentimeter von Carolines Haar abzuschneiden, und wäre auch dabei geblieben, wenn Caroline ihr nicht die Schere aus der Hand gerissen und selbst an den Strähnen herumzuschnippeln begonnen hätte.

Die Zofe schnappte nach Luft, kam zu dem Schluß, daß es besser war, wenn sie größeren Schaden verhinderte, und tat endlich, was Caroline von ihr wollte. Als sie fertig war und ihr Werk begutachtete, lächelte sie verlegen und gab zu, daß Caroline umwerfend aussah. Fort waren die schweren Haarmassen – statt dessen ringelten sich weiche, kleine Locken, die unterhalb der Ohren aufhörten, um Carolines Kopf. Als Caroline den Kopf bewegte, fühlte sie sich so befreit, daß sie auflachte.

»Das ist ein wundervolles Gefühl«, sagte sie glücklich.

»Sie sehen auch wundervoll aus«, erwiderte die Zofe. »Ihre Augen wirken jetzt doppelt so groß, und Sie sehen viel weiblicher aus, Milady. Sie werden mal wieder für einen gewaltigen Aufruhr sorgen!«

Das Haareschneiden hatte Carolines Laune beträchtlich gehoben. »Wenn ich diesen Abend überstehe, dann – davon bin ich überzeugt – kann ich alles erreichen!«

Mary Margaret verstand die Bemerkung nicht und runzelte die Stirn, aber Caroline gab ihr keine Erklärung. Milford kam recht früh, und als Caroline sich endlich fertig angezogen und sich in die Wangen gekniffen hatte, um etwas Farbe hineinzubringen, wartete er schon eine ganze Weile.

Milford stand mitten in der Eingangshalle und sah Caroline entgegen, die nun die Treppe herunterkam. Augenblicklich brach er in einen Schwall Komplimente über ihre neue Frisur aus. Er fand tatsächlich, daß sie noch nie schöner ausgesehen hatte als jetzt . . . aber auch nie erschöpfter. Sie schien in letzter Zeit nicht genug Schlaf zu bekommen.

Als sie in seiner Kutsche saßen und auf dem Weg zum Drury Lane Theatre waren, grinste er sie an. »Und? Geht es Ihnen gut?« Sein sorgenvoller Ton strafte seine heitere Miene Lügen, und Caroline sträubten sich sofort die Nackenhaare. Hatte er etwa Mitleid mit ihr? Allein der Gedanke daran brachte sie zur Weißglut.

»Niemand ist gestorben, Milford. Sie brauchen mich nicht so beunruhigt anzuschauen. Mir geht es sehr gut, danke.«

»Bradford schläft in letzter Zeit auch ziemlich schlecht«, bemerkte Milford wie beiläufig.

»Erwähnen Sie den Namen ja nicht noch einmal!« fauchte sie. Als sie merkte, wie laut sie geworden war, brach sie hastig ab und fuhr etwas leiser fort: »Versprechen Sie mir das, Milford, oder ich steige jetzt sofort aus und gehe nach Hause zurück.«

»Schon gut, ich verspreche es«, antwortete er hastig. »Ich sage kein Wort mehr über ... Sie wissen schon. Es ist nur, daß ich finde, Sie sollten über ein paar Dinge –«

»Milford!« sagte Caroline mühsam beherrscht. »Ich will nichts über ihn hören. Es ist aus. Und nun«, fügte sie mit einem müden Seufzen hinzu, »erzählen Sie mir, was Sie in letzter Zeit so alles getrieben haben. Vielleicht wieder eine kleine Prügelei zwischendurch?«

Es war mühevoll, eine lockere Unterhaltung zu führen. Carolines Nerven waren zum Zerreißen gespannt, und in der Theaterpause fühlte sie sich von der Anstrengung, fröhlich zu wirken, vollkommen erschöpft. Das Stück war bestenfalls als mittelmäßig zu bezeichnen, und zwischen den einzelnen Akten versammelte sich eine dichte Menschenmenge im Foyer.

Caroline behielt ihr Lächeln bei, bis ihre Wangenmuskeln schmerzten. Einmal glaubte sie, Bradford in der Halle zu sehen, und ihr Herz setzte einen Schlag aus. Dann drehte sich der Mann um, und sie erkannte, daß sie sich geirrt hatte. Dennoch wollte ihr Herzschlag sich nicht beruhigen, was es ihr noch schwerer machte, ihre Fassung zu bewahren.

Sie und Milford standen inmitten einer Traube von Leuten, als Caroline begriff, wie dumm es von ihr war, sich auf diese Art und Weise in die Öffentlichkeit zu begeben. Hier bot sie ein leichtes Ziel, wenn ihr jemand etwas antun wollte. Als sie wieder an den scheußlichen

Brief dachte, erschauerte sie. In diesem Augenblick stieß jemand versehentlich gegen sie, und Caroline wirbelte mit nacktem Entsetzen in den Augen herum. Rasch nahm sie sich wieder zusammen, und es gelang ihr sogar, ein Lächeln aufzusetzen.

Aber sie war nicht schnell genug gewesen. Milford hatte die Veränderung in ihrem Gesichtsausdruck bemerkt und war schlichtweg verblüfft. »Was ist los mit Ihnen?« fragte er, nachdem er sie beiseite genommen hatte.

Caroline stand mit dem Rücken an der Wand und entspannte sich sichtlich. Sie schüttelte den Kopf, als ihr bewußt wurde, daß sie die Menschenmenge und den Lärm keinen Augenblick länger ertragen konnte. »Es ist zu gefährlich«, flüsterte sie. »Ich glaube, ich möchte jetzt lieber nach Hause.«

Milford verbarg seinen Schock so gut es ging. Caroline war leichenblaß geworden, und sie sah aus, als würde sie gleich in Ohnmacht fallen. Milford wartete, bis sie wieder in der Kutsche saßen und nach Hause fuhren, ehe er das Thema wieder aufgriff. Caroline saß ihm gegenüber und sah auf ihre Hände, die sie im Schoß gefaltet hatte.

»Caroline. Was haben Sie damit gemeint, als Sie sagten, es sei zu gefährlich?«

»Nichts«, antwortete sie und sah aus dem Fenster. »Sind Sie nächste Woche auch bei den Stantons anzutreffen?«

Es funktionierte nicht. Milford nahm ihre Hände und drückte sie leicht. »Warum war es zu gefährlich?«

Sie wußte, daß er nicht aufgeben würde. Caroline seufzte und ließ ihren Kopf hängen. »Jemand will mich umbringen«, flüsterte sie.

Milfords Kinnlade fiel herunter. Sprachlos ließ er ihre

Hände los und lehnte sich zurück. »Erzählen Sie mir alles«, sagte er schließlich.

»Nur, wenn Sie mir versprechen, daß dies unter uns bleibt.«

Milford nickte, und Caroline fuhr fort. »Ich bin damals bei den Claymeres nicht die Treppe hinuntergefallen. Jemand hat mich gestoßen. Und die Sache mit der Kutsche war auch kein Unfall.«

Milford sah sie so verdattert an, daß Caroline hastig fortfuhr. Er sollte nicht glauben, daß sie nicht mehr ganz richtig im Kopf war. »Ich habe letzten Monat einen Brief bekommen. Es war entsetzlich, Milford! Es gibt anscheinend jemanden, der mich abgrundtief haßt. Er sagt, er will mich umbringen. Aber ich verstehe nicht warum! Und ich weiß auch nicht, wer es sein könnte.«

Milford stieß einen lauten Fluch aus. Seine Gedanken überschlugen sich. »Haben Sie den Brief noch? Wem haben Sie davon erzählt?« Er wartete gar nicht auf eine Antwort, sondern stellte schon die nächsten Fragen: »Was sagt Ihr Vater denn dazu? Und warum in Gottes Namen läßt er Sie überhaupt auf die Straße?«

Auf so eine Reaktion war Caroline nicht gefaßt gewesen. Himmel, Milford sah aus, als würde er gleich einen Anfall bekommen! Caroline beschloß, mit der letzten Frage anzufangen. »Mein Vater weiß nichts von dem Brief.«

Milford warf ihr einen ungläubigen Blick zu, und Caroline beeilte sich, es ihm zu erklären. »Ich glaube, daß er mich vor vierzehn Jahren deswegen weggeschickt hat, weil er Angst um mich hatte. Und ich will nicht, daß das wieder geschieht, Milford. Seine letzten Jahre sollen friedlich und angenehm verlaufen. Er hat ein Recht darauf!«

»Das glaube ich einfach nicht«, murmelte Milford. »Jemand hat es darauf abgesehen, Sie umzubringen, und Sie erzählen mir, Sie würden nicht zulassen, daß Ihr Vater sich aufregt! Lieber Himmel, Caroline, Sie sollten in erster Linie an sich denken!«

»Bitte beruhigen Sie sich, Milford«, sagte Caroline. »Ich habe mich für eine bestimmte Vorgehensweise entschieden, und Sie brauchen sich keine Sorgen um mich zu machen. Ich bin durchaus in der Lage, auf mich selbst aufzupassen.«

»Was für eine Vorgehensweise?« fragte Milford beinahe abwesend. Er brannte darauf, Bradford aufzusuchen, damit er ihm sagen konnte, was er von Caroline erfahren hatte. Er verschwendete keine Gedanken daran, daß er ihr versprochen hatte, die Sache für sich zu behalten. Lieber Gott! Und sie beide hatten geglaubt, Bradford sei das Ziel der Attacke gewesen! Milford schüttelte wieder und wieder den Kopf. Er konnte es nicht fassen. Gleichzeitig wuchs sein Zorn beständig. Irgendein Schuft trachtete der wundervollen, liebreizenden Caroline nach dem Leben! Gott, sie war doch vollkommen schutzlos und allein! Bradford würde einen Herzanfall bekommen, wenn er davon erfuhr. Er, Milford, stand jedenfalls kurz davor!

»Nun, ich habe mir überlegt, Leute zu engagieren, die Nachforschungen anstellen«, begann Caroline. Allein die Worte auszusprechen, gab ihr das Gefühl, die Situation zu beherrschen. »Gleich morgen werde ich ein paar Gespräche führen. Und dann dachte ich, daß ich –«

»Das reicht. Sagen Sie nichts mehr«, unterbrach Milford. Es gab so viele Fragen, die wieder neue aufwarfen, so viele denkbare Konsequenzen, daß er sich einen Moment Ruhe gewünscht hätte, um seine Gedanken zu ordnen.

Caroline senkte verzagt den Kopf und blickte auf ihre

Hände. Sie hatte kein Recht, ihn mit ihren Problemen zu belasten. Nur ... es hatte so gut getan, mit jemandem zu reden, daß sie nicht daran gedacht hatte, wie selbstsüchtig sie sich damit benahm. »Ich verstehe«, sagte sie niedergeschlagen. »Ich mache Ihnen keinen Vorwurf, Milford. Je weniger Sie wissen, desto besser ist es für Sie. Es tut mir sehr leid, daß ich Ihnen die Laune verdorben habe, und ich denke, es ist am besten, wenn Sie sich von mir fernhalten, bis sich meine Probleme gelöst haben.«

Milford riß die Augen auf. Fast hätte er laut gelacht. »Fernbleiben? Und wozu soll das gut sein?«

»Nun«, erwiderte Caroline, »schließlich besteht die Möglichkeit, daß Ihnen in meiner Gesellschaft etwas zustößt. Und warum sehen Sie mich jetzt so merkwürdig an?«

»Ich bin mir nicht sicher, ob Sie mich nicht gerade schrecklich beleidigt haben«, gab Milford vergnügt zurück. »Ah, wir sind zu Hause. Ich melde mich morgen bei Ihnen, Caroline!«

»Aber warum denn das? Ich habe Ihnen doch gerade gesagt, daß es besser wäre, wenn Sie sich von mir fernhalten.«

Milford verdrehte die Augen zum Himmel, brachte Caroline zur Tür, schob sie hinein, und sprang eilig wieder in seine Kutsche.

Er brauchte eine Stunde, bis er Bradford gefunden hatte. Milford konnte seine Ungeduld kaum noch bezähmen, als er in die Spielhalle stürmte und endlich seinen Freund an einem der Tische entdeckte. Bradford, der mehrere Häufchen Geld vor sich liegen hatte, wirkte extrem gelangweilt.

Milford bahnte sich seinen Weg zu dem Tisch hinüber und beugte sich dort zu Bradford hinunter, um ihm ein paar Worte ins Ohr zu flüstern. Bradfords gelangweilte Miene verschwand augenblicklich. Zur allgemeinen Verwunderung stieß er ein lautes Wutgebrüll aus, sprang so rasch auf, daß er sowohl seinen Stuhl als auch den Spieltisch umstieß, und stürmte ohne ein Wort der Erklärung aus dem Raum. Milford warf noch einen Blick auf das Geld, das Bradford gewonnen hatte, zuckte dann die Schultern und folgte seinem Freund.

Bradford hörte sich an, was Milford ihm zu erzählen hatte, und verkündete anschließend, daß er sofort zu Caroline fahren würde. Milford schüttelte den Kopf. »Es ist nach Mitternacht, Brad. Du wirst bis morgen warten müssen.«

Nun schüttelte Bradford den Kopf. »Jetzt. Bring mich bei den Braxtons vorbei und geh nach Hause.«

Milford wußte, wann es keinen Sinn mehr hatte, mit seinem Freund zu diskutieren. Er willigte also ein und sagte, daß er seine Kutsche schicken würde, damit Bradford später damit nach Hause fahren konnte.

Kurz darauf öffnete Deighton auf Bradfords beharrliches Hämmern die Tür. »Schön, Sie wiederzusehen, Euer Gnaden«, sagte er mit einer formellen Verbeugung.

Bradford hielt sich nicht mit Höflichkeiten auf. »Sagen Sie Caroline, daß ich Sie sprechen will.«

Deighton klappte den Mund auf, um zu protestieren, doch der Ausdruck auf dem Gesicht des Dukes verriet ihm, daß er es sich sparen konnte. Also nickte er nur knapp und eilte die Treppe hinauf.

Caroline lag im Bett, war aber noch wach. Als Deighton meldete, wer unten auf sie wartete, wußte Caroline augenblicklich, was geschehen war. Milford! Sie hatte ihn gebeten, für sich zu behalten, was sie ihm anvertraut hatte, und er hatte nichts Besseres zu tun gehabt, als sofort zu Bradford zu stürmen und ihm alles zu verraten. »Bitte sagen Sie Seiner Gnaden, daß ich ihn nicht sehen will«, sagte sie gepreßt. »Ach, und Deighton?«

Der Butler, der schon wieder an der Treppe war, drehte sich um.

»Ist mein Vater schon zu Hause?«

»Ja«, erwiderte Deighton. »Er hat sich vor etwa einer Stunde schlafen gelegt. Soll ich ihn wecken?«

»Himmel, nein«, wehrte Caroline ab. »Was auch immer geschieht, Deigthon, mein Vater wird nicht gestört!«

Deighton nickte und ging wieder hinunter.

Caroline schloß die Tür und ging langsam zum Fenster. Der Holzboden fühlte sich kühl unter ihren nackten Füßen an. Sie wußte, daß Deighton einige Mühe haben würde, Bradford wieder hinauszubefördern, und sie erwartete, daß er den Butler dazu drängen würde, es wenigstens noch einmal bei Caroline zu versuchen.

Als das Klopfen an der Tür ertönte, nickte Caroline leicht und rief: »Sagen Sie ihm, daß er verschwinden soll.«

Die Tür flog auf, und Bradford stand im Türrahmen. »Ich denke ja nicht daran.« Er stand einfach nur da und sah so umwerfend aus, daß Carolines Körper augenblicklich reagierte. Ihre Beine begannen zu zittern, ihr Atem setzte aus und ihre Augen füllten sich mit Tränen.

Bradford starrte auf die wunderschöne Gestalt am Fenster und kämpfte gegen den Drang an, die Tür zuzuknallen und sie in seine Arme zu reißen.

Irgendwann fand Caroline ihre Stimme wieder. »Sie dürfen nicht im Zimmer einer Lady sein, Bradford. Das gehört sich nicht.« Ihre Stimme klang heiser.

Bradford lächelte. »Wann werden Sie je begreifen, daß ich selten etwas tue, was sich gehört«, sagte er sanft – so sanft, daß Caroline sich wie hypnotisiert fühlte. Sein

Blick wanderte über ihren Körper, und ihr war, als würde er eine brennende Spur auf ihrer Haut hinterlassen.

Langsam trat Bradford ein. Er schloß die Tür, und Caroline hörte das Klicken. Er hatte sie beide eingeschlossen! Carolines Herz setzte einen Schlag aus, und sie versuchte, Ärger oder Empörung zu empfinden, aber es gelang ihr nicht. So blieb sie einfach nur starr wie eine Statue dort stehen und wartete auf seinen nächsten Schritt.

»Entweder ist das ein Alptraum, oder Sie haben vollkommen den Verstand verloren«, brachte sie schließlich hervor. »Machen Sie die Tür wieder auf, Bradford, und gehen Sie!«

»Noch nicht, mein Liebes.« Er machte ein paar Schritte auf sie zu, und sie wich Schritt für Schritt zurück. Bradford sah sie unverwandt an, während sie nach ihrem Hausmantel griff und ihn überzog.

Er war ein wenig erstaunt, daß sie ihn nicht anbrüllte. Er hatte sich ihr gegenüber erbärmlich verhalten, und obwohl seine Beweggründe durchaus respektabel gewesen waren, wußte Caroline das ja nicht. Er hatte sie öffentlich verschmäht. Warum warf sie ihm keine Vasen an den Kopf?

Caroline starrte ihn immer noch an. Tausend Gedanken zuckten durch ihren Kopf, doch sie war nicht in der Lage, auch nur einen einzigen festzuhalten. Sie war zum ersten Mal in ihrem Leben vollkommen überwältigt.

Bradford blieb direkt vor ihr stehen. Er streckte den Arm aus und begann, zärtlich ihre Wange zu streicheln.

»Nicht.« Das Flüstern klang entsetzlich gequält. Bradford bemerkte, daß seine Hand bebte und senkte sie schließlich.

Sie trat erneut einen Schritt zurück, und Bradford

überlegte verzweifelt, wie er die Situation in den Griff bekommen konnte. »Sie haben mir gefehlt, Caroline.«

Caroline konnte nicht glauben, was sie da hörte. Sie schüttelte den Kopf und begann leise zu weinen. Bradford nahm ihre Hand und zog sie in seine Arme. »Es tut mir leid, Liebes. Gott, es tut mir so leid«, flüsterte er wieder und wieder, während seine Hände sanft über ihren Körper strichen, sie an sich drückten, sie liebkosten und trösteten. Caroline schluchzte auf und ließ die Tränen hemmungslos laufen.

Schließlich hob Bradford ihr Kinn an und nahm sein Taschentuch, um ihr die Tränen von den Wangen zu tupfen. »Für mich war es auch furchtbar«, sagte er leise. Er küßte sie zart auf die Stirn, dann auf die Nase und schließlich auf die Lippen. Caroline ließ es eine Weile geschehen, bis sie wieder genug Kraft gesammelt hatte und sich von ihm lösen konnte.

»Was war furchtbar?« fragte sie.

Bradford seufzte, während er sich wünschte, er könnte sie einfach nur weiterküssen, anstatt erklären zu müssen. Er entdeckte den Schaukelstuhl, ging darauf zu und zog Caroline mit. Nachdem er sich gesetzt hatte, zog er Caroline auf seinen Schoß, lächelte sie an und begann. »Sie müssen mir versprechen, daß Sie mich nicht unterbrechen, bis ich fertig bin.«

Caroline nickte feierlich.

»Ich glaubte, daß jemand hinter mir her wäre. Als die Kutsche sich überschlug und ich später sah, daß jemand sich an dem Rad zu schaffen gemacht hatte, erkannte ich, daß diese Person, die mich umbringen wollte, sich nicht darum kümmerte, wer dabei noch zu Schaden kam. Deswegen beschloß ich –«

»Wie kamen Sie denn auf die Idee, daß Ihnen jemand etwas antun wollte?« fragte Caroline ihn.

»Sie haben versprochen, mich nicht zu unterbrechen«, rief Bradford ihr in Erinnerung. »Es war schließlich meine Kutsche, deren Rad beschädigt worden ist, Caroline, und mein Kutscher, dem man einen Schlag über den Schädel verpaßt hatte. Es war nur logisch, daraus zu schließen, daß man *mir* an den Kragen wollte.«

»Das war nicht logisch, sondern mal wieder typisch für einen Egoisten wie Sie«, warf Caroline ein. »Sie müssen sich immer als Mittelpunkt der Welt sehen, nicht wahr?«

Bradford zuckte die Achseln. Wahrscheinlich hatte sie recht. »Wie auch immer. Ich beschloß, so zu tun, als ob unsere Beziehung zu Ende war, so daß ganz London glaubte, ich hätte das Interesse an Ihnen verloren. Denn nur auf diese Art und Weise –«, er hob die Stimme, als Caroline schon wieder den Mund öffnete, »– konnte ich sicherstellen, daß niemand Sie benutzte, um Sie gegen mich einzusetzen.«

»Aber warum haben Sie mir das denn nicht gesagt?« wollte Caroline wissen. Sie spürte endlich Zorn in sich aufkeimen, und das befriedigte sie enorm. Oh, wenn Sie nur daran dachte, wie sehr sie seinetwegen gelitten hatte!

Bradford sah die Veränderung in ihrem Ausdruck und wappnete sich innerlich gegen den Wutausbruch, der garantiert bald kommen würde.

»Oh, schon gut, Sie brauchen gar nicht zu antworten«, zischte sie. »Ich weiß schon, warum. Sie haben mir nicht vertraut!« Sie rutschte von seinem Schoß und stellte sich vor ihn. »Geben Sie es zu.«

»Caroline, ich wollte Sie wirklich nur schützen. Wenn ich mich Ihnen anvertraut hätte, dann hätten Sie es vielleicht dem Falschen erzählt und sich damit erst recht in Gefahr gebracht.« Bradford fand dieses Argument höchst logisch und war der Überzeugung, daß sie das auch so sehen müßte.

Weit gefehlt. Caroline blickte sich wütend im Zimmer um, als ob sie nach einer Waffe suchen würde. »Ist es Ihnen je in den Sinn gekommen, daß ich durchaus schweigen kann?« fauchte sie ihn an.

»Nein«, gab Bradford freimütig zu. »Und selbst wenn ich Ihnen in dieser Hinsicht vertraut hätte – es hätte nicht funktioniert! Man kann Ihnen Ihre Gefühle im Gesicht ablesen, Liebes, und jeder hätte gewußt, daß Sie bestimmt keine sitzengelassene Frau sind!«

Bradford streckte den Arm aus und versuchte, sie wieder auf seinen Schoß zurückzuziehen, doch sie wich seiner Hand aus. »Caroline, ich wollte wirklich nur Ihr Bestes.«

»Sie werden es wirklich nie begreifen, nicht wahr?« sagte sie eisig. »Ich bin nicht wie die anderen Frauen. Und wann werden Sie sich endlich dazu entschließen, Vertrauen zu haben? Man kann unmöglich ohne Vertrauen eine Beziehung beginnen.«

Sie stand vor ihm und blickte ihn verächtlich an. »Immer wieder ordnen Sie mich in die Gruppe von Frauen ein, die Sie in der Vergangenheit kennengelernt haben. Und ich habe es langsam satt!«

»Süße, Sie schreien!« Bradfords sanfte Bemerkung steigerte ihren Zorn nur noch. Er sah es und fuhr unbeirrt fort: »Und wenn Ihr Vater aufwacht und mich hier findet, dann wird er verlangen, daß ich Sie auf der Stelle heirate!«

Caroline schnappte hörbar nach Luft, und Bradford nickte. »Gut«, meinte er gelassen. »Das hätten wir also geklärt. Ich habe nämlich keine Lust, morgen zu heiraten. Samstag ist früh genug, und bis dahin können wir alles Nötige erledigen.«

Caroline starrte ihn an, als hätte er den Verstand verloren. »Haben Sie eigentlich ein Wort von dem gehört, was ich Ihnen gesagt habe?«

»Aber ja«, antwortete Bradford. »Und der gesamte Haushalt vermutlich auch. Nun seien Sie ein braves Mädchen und geben Sie mir den Brief. Das Bett ist zu nah, die Versuchung zu groß.«

»Lieber Gott, und ich habe Milford vertraut«, knurrte Caroline wütend. »Ich hätte es besser wissen müssen. Wenn er sich Ihr Freund nennt, dann ist er nicht besser als Sie.«

»Den Brief, Caroline«, wiederholte Bradford. Er stand auf, streckte sich und ging auf sie zu. »Geben Sie mir den Brief, dann kann ich entscheiden, was zu tun ist!«

»Sie entscheiden gar nichts!« preßte Caroline hervor. »Und ich werde Sie weder diesen Samstag noch nächstes Jahr Samstag heiraten. Sie wissen nicht einmal, was das Wort Liebe *bedeutet*. Denn wenn es so wäre, dann würden Sie zumindest darüber nachdenken, was *ich* fühle. Und Sie würden mir vertrauen!«

»Caroline, wenn Sie noch einmal das Wort ›Vertrauen‹ erwähnen, dann erwürge ich Sie!«

Seine Miene verriet ihr, daß er im Augenblick durchaus dazu in der Lage war. Sie wich wieder ein paar Schritte zurück. »Bitte gehen Sie jetzt! Es ist genug gesagt worden.«

»Da haben Sie recht!« Er hatte die Stirn gerunzelt, und Caroline glaubte, daß er nun wirklich gehen würde – bis er sich auf der Bettkante niederließ und sich in aller Ruhe erst den Rock auszog, dann einen Stiefel abstreifte.

»Was in aller Welt tun Sie da?« Sie hastete zum Bett und versuchte, ihn daran zu hindern, auch noch seinen Strumpf auszuziehen. »Sie müssen jetzt gehen.«

»Es ist genug gesagt worden, wie Sie soeben richtig festgestellt haben.« Er ließ seinen zweiten Stiefel zu Boden fallen und packte sie. Plötzlich lag sie auf dem Rücken, und Bradford ragte über ihr auf. »Deine Küsse haben mir gefehlt, Caroline«, flüsterte er. Dann lag sein Mund auf ihrem, und seine Zunge zwängte sich zwischen ihre Lippen. Caroline wand sich unter ihm und versuchte, ihn wegzudrücken, doch plötzlich preßte sich seine Hüfte auf ihre, und sie spürte seine harte Erektion.

Bradfords Zunge wurde fordernder. Er spürte, wie er ihr alle Widerstandskraft entzog. Sie fühlte sich so wunderbar weich an, so biegsam. Er liebkoste ihre Brüste unter dem dünnen Material ihres Nachtkleids und stöhnte vor Wonne auf.

Caroline wußte nicht genau, wie es passiert war, aber irgendwie hatte er sie ihres Hausmantels entledigt. Bevor sie noch genug Kraft gesammelt hatte, um sich zu wehren, knöpfte er schon ihr Nachtkleid auf.

Verzweifelt versuchte sie, ihn mit den Hüften wegzudrücken, aber als sie sein tiefes Stöhnen hörte, ahnte sie, daß sie ihm damit noch mehr Vergnügen bereitete. Bradford legte seinen schweren Schenkel über ihre Beine, um sie unter sich festzuhalten, und begann dann, genüßlich ihren Hals zu küssen.

Was auch immer sie tat, um sich zu wehren – Bradford ließ sich nicht beirren. Seine Lippen wanderten abwärts, erreichten ihre Brüste und umschlossen erst die eine, dann die andere harte Spitze.

Wieder bewegte Caroline ihre Hüften, doch diesmal war die Bewegung instinktiv. Sie rieb sich an ihm, ohne sich dessen wirklich bewußt zu sein, und die Empfindungen, die sich in ihrem Inneren ausbreiteten, waren zu schön, zu sinnlich, um aufzuhören. Seufzend ergab sie sich und bog ihm ihren Körper entgegen.

Ihr Nachthemd war hochgerutscht, und Bradford schob es nun noch höher hinauf, während er unablässig ihre weiche, samtige Haut liebkoste. Als seine Hand zwischen ihre Schenkel glitt, versuchte sie, sein Vordringen zu verhindern, doch Bradford zwang ihre Beine mit seinem Knie auseinander und erstickte ihre Proteste mit einem leidenschaftlichen Kuß.

Seine Finger fanden ihre intimste Stelle, und Caroline glaubte, vor Wonne sterben zu müssen. Sein Atem kam stoßweise und rauh vor Verlangen. »Ich komme niemals von dir los, Caroline. Ich fühle, wie du bebst!« Er küßte sie wieder, während seine Finger die heiße Feuchtigkeit erforschten.

Seine Absicht war, ihr Vergnügen zu bereiten, ihr anzudeuten, was sie gemeinsam für Wonnen erleben konnten, doch ihre Reaktion auf seine Liebkosungen, das Gefühl ihres Körpers unter ihm erregte ihn so sehr, daß er kurz davor stand, seine Beherrschung zu verlieren. Er mußte aufhören! Bevor es zu spät war ...

Mit schier übermenschlicher Anstrengung gelang es ihm, sich von ihr zu rollen. Er faltete die Hände hinter dem Kopf, atmete ein paarmal tief ein und aus und versuchte krampfhaft, an etwas anderes zu denken als an den warmen, wundervollen Körper, der so dicht neben ihm lag. »Wir heiraten am Samstag«, preßte er schließlich hervor. Er war wütend auf sich selbst, und er konnte den Zorn nicht aus seiner Stimme heraushalten.

Caroline fühlte sich, als hätte man sie soeben in eiskaltes Wasser gestoßen. Sie wünschte sich nichts mehr, als die Arme um ihn zu schlingen und ihn anzuflehen, weiterzumachen.

Die Versuchung war gewaltig. Caroline rappelte sich auf und sprang vom Bett. Ihre Knie bebten, und sie mußte sich am Bettpfosten festhalten. »Ich ... ich verstehe nicht, wie du mich so weit bringen konntest«, gestand sie schließlich kleinlaut. Bradford wandte den Kopf, erkannte ihre Verwirrung und lächelte.

»Du bist ebenso leidenschaftlich wie ich«, erklärte er ihr. »Und du bist noch nicht erfahren genug, um dich in dieser Hinsicht wirklich unter Kontrolle zu haben.«

»Wie deine anderen Frauen?« Ihre Stimme klang täuschend ruhig, doch Bradford sah das Aufblitzen in ihren Augen. Sie hat also wieder Lust, mich umzubringen, dachte er seufzend. Er setzte sich gerade noch rechtzeitig auf, um den Stiefel aufzufangen, den Caroline ihm entgegenschleuderte. Liebe Güte, sie regte sich wirklich über jede Kleinigkeit auf.

»Es hat keine anderen Frauen gegeben«, sagte er, um sie zu beruhigen. Er wollte eigentlich noch hinzufügen, daß er keine Frau mehr berührt hatte, seit sie sich an jenem schicksalhaften Tag auf der einsamen Landstraße kennengelernt hatten, doch Caroline drehte ihm den Rücken zu und zog sich ihren Hausmantel über.

Er seufzte noch einmal. »Den Brief, bitte«, wiederholte er.

Sie ging mit ausdrucksloser Miene zur Kommode und zog den Brief aus dem Versteck. Dann kehrte sie zu ihm zurück und reichte ihm das Papier wortlos.

In diesem Moment klopfte es an der Tür. Carolines Augen weiteten sich. »Raus aus meinem Bett«, wisperte sie. Hektisch fuhr sie sich durch die Haare, dann eilte sie zur Tür. Ihre bebenden Finger machten es ihr schwer, die Tür zu öffnen, doch endlich gelang es ihr. Draußen stand der Earl of Braxton in Nachthemd, Hausmantel und Hausschuhen und blickte sie erstaunt an.

»Oh, Papa, haben wir dich geweckt?« Caroline verfluchte sich für das Quieken in ihrer Stimme und wünschte sich, sie hätte im Erdboden versinken können. Sie warf einen raschen Blick über die Schulter und sah, daß Bradford vollständig angezogen mit Stiefeln und Rock hinter ihr stand. Caroline schickte ein stummes Dankgebet zum Himmel.

»Guten Abend«, sagte Bradford höflich. Er schien nicht im geringsten verlegen darüber, daß man ihn in Carolines Schlafzimmer vorgefunden hatte. Wahrscheinlich ist er an solche Situationen gewöhnt, dachte sie mit neu aufflammenden Zorn.

»Guten Abend?« knurrte sie ihn an. »Ist das alles, was du dazu zu sagen hast?« Sie warf ihm einen wilden Blick zu und wandte sich wieder an ihren Vater. »Papa, es ist nicht so, wie es aussieht. Ich wollte nicht hinuntergehen, weißt du, und da ist Bradford – du weißt ja, wie stur er ist – einfach raufgekommen und –«

Bradford unterbrach ihren Redefluß, indem er ihre Hand packte und sie mit einem Ruck an seine Seite zog. »Ich mach' das schon«, bemerkte er herablassend. Caroline betrachtete die beiden Männer abwechselnd. Armer Papa! Sein Gesichtsausdruck hatte sich im Laufe der letzten Minuten von Verblüffung zu Zorn gewandelt und kehrte nun wieder zu Verwirrung zurück.

»Ich wäre Ihnen sehr verbunden, wenn Sie einen Moment Ihrer Zeit erübrigen könnten, Braxton. Natürlich nur, wenn es Ihnen zu dieser späten Stunde nicht zu ungelegen kommt.«

Der Earl nickte knapp. »Geben Sie mir einen Augenblick, um mich anzuziehen. Ich komme gleich hinunter.«

»Das ist sehr freundlich von Ihnen, Sir«, sagte Bradford, als der Earl keine Anstalten machte, sich von der Tür wegzubewegen. Bradford drückte leicht Carolines Schulter, um ihr zu bedeuten, sich nicht einzumischen, und wartete schweigend ab. Schließlich machte der Earl kehrt und ging in sein Zimmer zurück. Bradford schloß die Tür.

»Bradford!« Ihre Stimme hörte sich sogar in ihren Ohren schrill und hysterisch an. Sie war so erschüttert über die Enttäuschung, die sie im Gesicht ihres Vaters gelesen hatte, daß sie am liebsten in Tränen ausgebrochen wäre.

»Was zum Teufel hast du mit deinen Haaren gemacht?« fragte er so unvermittelt, daß sie ihn nur dumpf ansehen konnte. Als sie keine Antwort gab, zog er sie in seine Arme und küßte sie wieder.

»Oh, nein, das tust du nicht«, flüsterte Caroline und stemmte sich gegen seine Brust. »Du willst mich nur wieder aus dem Konzept bringen und ablenken. Wir haben noch immer überhaupt nichts geklärt. Und ich habe dir auch noch nicht gesagt, wie abscheulich du bist! Wir passen überhaupt nicht zueinander. Du bist –«

Er küßte sie wieder und hielt sie hartnäckig fest, als sie sich zu wehren versuchte. Erst als sie ihren Widerstand aufgab, lockerte er seinen Griff ein wenig und wurde zärtlicher. »Caroline, du siehst entsetzlich aus. Hast du eigentlich die letzten Tage nicht mehr geschlafen? Geh jetzt ins Bett! Du brauchst deine Ruhe.«

»Dir geht's wohl nicht gut!« murmelte sie gegen seine Rockaufschläge. »Ich gehe mit dir hinunter. Gott weiß, was du meinem Vater alles erzählst. Ich will mich selbst verteidigen.«

Als Reaktion auf ihre Worte hob er sie auf und trug sie zum Bett. Er ließ sie in die Mitte fallen und drückte sie in die Kissen. »Ich kümmere mich schon um alles«, sagte er in beruhigendem Tonfall. Mit einem plötzlichen Funkeln in den Augen fügte er hinzu: »Vertrau mir einfach.«

Er küßte sie wieder – ein rascher brüderlicher Kuß auf die Wange –, und ging dann zur Tür.

»Bradford, wir sind noch nicht fertig miteinander«, rief sie ihm hinterher.

Bradford öffnete die Tür. Er hatte ihr den Rücken zugekehrt, doch sie konnte das Lächeln in seiner Stimme hören. »Ich weiß, Liebes. Und es wurde auch Zeit, daß du es begreifst.«

Caroline war aus dem Bett und an der Tür, bevor Bradford sie schließen konnte. »Du wirst ihm doch nichts von dem Brief sagen, nicht wahr? Er schickt mich nach Boston zurück, wenn du das tust. Ich will nicht, daß er sich Sorgen macht.«

Bradford schüttelte den Kopf und seufzte halb resigniert, halb verärgert. Dann setzte er sich wieder in Bewegung. Im gleichen Moment schoß Caroline ein furchtbarer Gedanke durch den Kopf. Sie hastete ihm hinterher und packte einen Zipfel seiner Jacke. »Wenn er dich zum Duell fordert, dann wag es ja nicht, anzunehmen!«

Bradford gab keine Antwort. Er ging einfach weiter, und zog Caroline hinter sich her. »Was soll ich nur tun?« überlegte sie laut. Plötzlich bemerkte sie, daß sie seinen Jackenzipfel noch immer umklammert hielt, und ließ augenblicklich los. Dieser Mann brachte sie dazu, sich wie eine Närrin zu benehmen!

Herrgott, sie mußte sich zusammenreißen. Wenn es bloß nicht so schwierig gewesen wäre! »Was soll ich bloß tun?« sagte sie noch einmal. Was würde geschehen, wenn Bradford dem Earl von dem Brief erzählte? Würde sie ihren Vater wieder beruhigen können?

Sie hatten nun die Treppe erreicht, und Bradford nahm immer zwei Stufen auf einmal. Caroline klammerte sich oben ans Geländer und sah ihm hinterher. »Du könntest versuchen, bis Samstag dein Haar wachsen zu lassen«, rief er ihr über die Schulter zu.

Sein alberner Vorschlag gab ihr den Rest. Erschöpft ließ sie sich auf der obersten Stufe nieder und legte die Stirn in ihre Hände. Was in Gottes Namen war nur mit ihr los? Sie mußte sich wirklich dringend zusammenreißen. Sie brauchte Ordnung in ihrem Leben, und es war an der Zeit, das Chaos, in dem sie sich momentan befand, zu beseitigen. Sie mußte aufräumen!

Langsam stand sie auf und kehrte in ihr Zimmer zurück. Also war Bradford wieder ein Bestandteil ihres Lebens! Sie wußte nicht, ob sie sich wirklich darüber freuen sollte. Einerseits jubelte ihr Herz natürlich, aber andererseits sagte ihr Verstand, daß die Probleme, die zwischen ihnen bestanden, noch längst nicht gelöst waren. Wenn es ihr nicht gelang, ihm beizubringen, sie zu lieben und ihr zu vertrauen, dann sah die Zukunft wirklich finster aus.

Wahrscheinlich war sie für Bradford nur eine hübsche Trophäe, die er zu gewinnen gedachte. Wie lange würde er sie reizvoll finden? Wie lange würde es dauern, bis er sie leid war und sich einer anderen zuwenden würde? Er hatte es ein Spiel genannt, einen Wettstreit, und Caroline glaubte langsam, daß es für ihn wirklich nicht mehr war als das. Allerdings war es erstaunlich, daß er so weit ging, sie sogar heiraten zu wollen!

Sie konnte unmöglich seine Frau werden. Sie wollte ihr Leben mit einem Menschen teilen, der sie liebte. Der sie auch dann noch liebte, wenn ihre Schönheit verblaßt war und die Falten sich in ihr Gesicht eingegraben hatten.

Und sie war überzeugt, daß eine solche Ehe kein naiver Wunschtraum war. Onkel Henry und Tante Mary liebten einander nach so vielen Jahren immer noch, und wahrscheinlich sogar weit mehr als früher. Bei Charity und Paul Bleachley würde es gewiß genauso sein. Wieder fiel Caroline ein, daß Bradford geglaubt hatte, Charity würde sich von Paul abwenden, weil sein Gesicht entstellt war.

Caroline konnte sich nicht vorstellen, daß sie seine Ansichten ändern würde. Er war in einer oberflächlichen Gesellschaft aufgewachsen, wo der äußere Schein mehr zu bedeuten schien als Charakter und Güte.

Wie konnte sie auf so einer Basis eine Ehe eingehen? Würde sie irgendwann anfangen, sich um ihr Äußeres zu sorgen, damit er sie weiterhin attraktiv fand? Würde sie anfangen, nur noch an ihre Figur und ihre Kleider zu denken? Würde alles, was sie bisher als unbedeutend eingestuft hatte, nun ihr Denken beherrschen? Lieber Gott, würde sie sich so sehr verändern, daß sie bald wie Lady Tillman kicherte und bei dem kleinsten ungewöhnlichen Geräusch in Ohnmacht fallen würde?

Nein. Caroline schüttelte den Kopf, um die albernen Gedanken zu verdrängen, die durch ihren Kopf jagten. Müde legte sie sich ins Bett und schloß die Augen. Nun, wenigstens war sie sich darüber klargeworden, daß sie ihn einfach nicht heiraten konnte. Noch nicht. »Bis ich weiß, daß er mich liebt«, flüsterte sie in die Dunkelheit. Und dann weinte sie sich in den Schlaf.

KAPITEL 10

Es war eine wundervolle Hochzeit. Zumindest war das die Meinung jedes einzelnen Gastes, der auf der anschließenden Feier erschien. Caroline stand in der Empfangsreihe und ließ die vielen Menschen an sich vorüberziehen, neben sich den Mann, dem sie kurz davor geschworen hatte, ihn zu lieben und zu ehren, bis der Tod einen von ihnen hinwegraffte.

Caroline war froh, daß sie es endlich hinter sich hatte. Sie hatte erst aufgegeben, sich gegen das offenbar Unvermeidliche zur Wehr zu setzen, als sie am Tag zuvor gemeinsam mit Charity und ihrem Vater nach Bradford Hills gereist war. Es war beschlossen worden, die Hochzeit dort stattfinden zu lassen, da es in Bradfords Familie so Tradition war. Sein Vater, Großvater und sein Urgroßvater hatten alle auf diesem Besitz geheiratet.

Bradford hatte sich um alle nötigen Formalitäten gekümmert, während Charity und der Earl die Einladungen abgeschickt und die offizielle Ankündigung herausgegeben hatten. Und nun, als sie sich wieder in dem prächtigen Ballsaal umschaute, konnte Caroline nur staunen, daß alles so reibungslos verlaufen war. Alle wirkten glücklich und zufrieden. Alle außer Caroline. Sie hatte noch immer Schwierigkeiten, zu begreifen, was geschehen war.

Bradford war es in jener Nacht irgendwie gelungen, dem Earl Honig um den Bart zu schmieren, und am nächsten Morgen hatte ihr Vater ihr eröffnet, daß er von dieser guten Partie schlichtweg begeistert war. Caroline hatte versucht, ihn darauf hinzuweisen, daß es keine – weder eine gute, noch eine schlechte – Partie geben würde, aber ihr Vater hatte sich stur geweigert, auf sie zu hören. Er hatte sie gefragt, ob sie Bradford liebte, und sie war dumm genug gewesen, aufrichtig zu antworten und es zuzugeben. Von diesem Augenblick an hatte ihr Vater sich taub gestellt, sobald sie Protest angemeldet hatte.

Es gab niemanden, den sie um Hilfe bitten konnte. Und Charitys Begeisterung trieb sie an den Rand des Wahnsinns. Caroline konnte noch nicht einmal flüchten, denn man hatte ihr wegen der Gefahr untersagt, das Haus zu verlassen.

Madam Newcott und drei aufgeregte Näherinnen arbeiteten Tag und Nacht, um ihr Hochzeitskleid fertigzustellen – und dies gleich im Haus des Earls, um Zeit zu sparen. Außerdem hatte Bradford zwei stämmige Männer angeheuert, die für ihren Schutz sorgen sollten. Ihr Vater gab keinen Kommentar dazu ab, und Caroline fragte sich, was er wohl denken mochte. Im übrigen war sie sich auch gar nicht so sicher, ob die Leibwache wirklich nur dazu da war, sie zu beschützen. Sie hätte es Bradford zugetraut, daß er den Männern auch eingetrichtert hatte, sie nicht entwischen zu lassen. Als ihr dieser Gedanke erst einmal gekommen war, überlegte sie mehr als einmal, ob sie nicht doch besser nach Boston zurückkehren sollte. Dort war das Leben wenigstens nicht so kompliziert gewesen.

Caroline lernte Bradfords Mutter erst kennen, als sie ihr Zimmer in dem herrlichen Anwesen namens Bradford Hills bezogen hatte. Sie war gerade dabei, sich zum Abendessen umzuziehen, als eine würdevolle alte Dame eintrat. Sie war größer als Caroline, sehr elegant gekleidet und hatte die Haltung einer Königin.

Caroline zog sich hastig einen Hausmantel über und gab sich alle Mühe, einen anständigen Knicks hinzubekommen, während die Duchess sie eingehend musterte.

»Sind Sie von ihm schwanger?« fragte die Duchess sie so barsch, daß Caroline erstarrte.

»Nein«, antwortete sie schließlich knapp. Wenn Bradfords Mutter ihr mit solch einer Unhöflichkeit begegnete, dann dachte Caroline auch nicht daran, *sie* übermäßig höflich zu behandeln.

Die beiden starrten einander eine lange Weile an. Caroline stellte fest, daß die Augen der Frau dieselbe Farbe wie Bradfords besaßen. Die tiefen Falten um die Lider herum verrieten Caroline, daß die Duchess eine Frau war, die oft und gerne lächelte.

»Lassen Sie sich nicht von ihm unterdrücken«, sagte Bradfords Mutter dann. Sie ließ sich in einem der dickgepolsterten Sessel nieder und winkte Caroline, sich neben sie zu setzen.

»Ich habe mich noch nie unterdrücken lassen«, bemerkte Caroline. »Ich weiß eigentlich gar nicht, was man dafür tun muß.«

»Er ist immer so ungeduldig. Wenn er sich zu etwas entschlossen hat, dann will er, daß es sofort getan wird.«

Caroline nickte. Plötzlich störte sie die Barschheit in der Stimme der Frau nicht mehr. Sie entspannte sich und lächelte. »Er ist nicht nur ungeduldig, sondern auch anmaßend und arrogant. Ich denke, Sie sollten wissen, daß er und ich überhaupt nicht zusammenpassen.«

Nun lächelte auch die Duchess. Offenbar fühlte sie sich durch Carolines Offenheit nicht beleidigt. »Das heißt, Sie wollen ihn eigentlich nicht heiraten?« fragte sie.

»Er liebt mich nicht«, erwiderte Caroline nüchtern. »Und er vertraut mir nicht. Eine traurige Basis für eine Ehe, würden Sie mir nicht zustimmen? Vielleicht überlegt er es sich ja noch einmal, wenn Sie mit ihm reden würden.«

»Unsinn, Kind. Er will anscheinend unbedingt Sie, sonst würde er Sie nicht heiraten. Es liegt an Ihnen, seine Liebe zu wecken. Nicht, daß es von Bedeutung wäre.«

»Liebe ist nicht von Bedeutung?« fragte Caroline verwirrt.

»Nein. Die gute Partie ist es, was zählt.«

Die Duchess stand auf und ging zur Tür. »Ich habe den Eindruck, daß mein Sohn gut gewählt hat.« Und mit diesen Worten verließ sie das Zimmer.

»Caroline! Dies ist dein Hochzeitstag! Hör auf zu träumen!« Charity zog an ihrem Arm, um ihre Aufmerksamkeit zu wecken. »Denk doch nur! Du bist jetzt eine Duchess!«

Caroline war sich nicht bewußt, daß Bradford gerade herankam und Charitys enthusiastische Bemerkung gehört hatte. Sie schüttelte den Kopf und antwortete: »Nein, ich bin in erster Linie Bradfords Frau. Und im Augenblick muß ich das erst einmal verdauen!«

Bradford grinste über ihre Antwort. In diesem Moment gesellte sich Milford zu ihnen. Er verbeugte sich vor Caroline und ergriff dann ihre Hand. Der Saphirring, den Bradford ihr auf den Finger geschoben hatte, funkelte im Kerzenlicht, und Bradford durchfuhr ein Gefühl umfassender Befriedigung. Der Ring war der Beweis, daß sie nun ihm gehörte. Endlich.

Als Milford gratuliert hatte, lächelte er Caroline schelmisch an. »Verzeihen Sie mir, daß ich mein Wort gebrochen habe?«

Caroline schüttelte den Kopf. »Niemals. Es war widerlich von Ihnen, das zu tun. Sehen Sie doch nur, was nun aus mir geworden ist.«

Milford wirkte nicht sehr reuig. »Nun erzählen Sie mir mal, was Sie so komisch fanden, als Sie die Worte des Priesters wiederholen sollten.«

»Wenn du dich auf die Tatsache beziehst«, antwortete Bradford an ihrer Stelle, »daß meine Frau die ganze Zeremonie über ständig Lachanfälle gehabt hat, dann laß dir sagen, daß sie vor Freude einfach aus dem Häuschen gewesen ist.«

Bradfords Bemerkung entlockte Caroline ein widerwilliges Lächeln. Einmal mehr hatte ihre übermäßige Nervosität sie in eine etwas peinliche Situation gebracht. »Ich bin von Natur aus ein fröhlicher Mensch«, sagte sie zu Milford. Dann wandte sie sich an Bradford. »Es sei denn, man zwingt mich in eine Situation, über die ich keine Kontrolle habe. Dann kann sich das schlagartig ins Gegenteil wenden.«

Bradford reagierte nicht auf ihren drohenden Unterton. Er griff statt dessen nach ihrer Hand und zog sie in die Mitte der Tanzfläche. Es war Zeit, den Tanz zu eröffnen.

Der Rest des Abends war für Caroline wie eine Aneinanderreihung von Eindrücken, die sich verwischten. Sie wünschte sich so sehr, eine Weile allein sein zu können, nur einen kurzen Moment, um nachdenken zu können und zu Atem zu kommen, aber Bradford wich nicht von ihrer Seite. Und dann kam der Moment, in dem sie hinaufgehen mußte.

Charity begleitete sie. Ihre Cousine war ungewöhnlich still, aber Caroline war froh darüber. Erst als sie gebadet und ein durchsichtiges weißes Nachtkleid übergestreift hatte, wagte es Charity, die Frage zu stellen, die ihr die ganze Zeit über schon Sorgen bereitet hatte. »Weißt du, was jetzt geschehen wird, Caroline? Hat Mama dir erklärt, was ein Ehepaar tut?«

Caroline schüttelte den Kopf. »Mama wäre in Ohnmacht gefallen, bevor sie den ersten Satz ausgesprochen hätte.«

Charity sah sie niedergeschlagen an. »Oh. Dann muß ich also warten, bis ich dich das nächste Mal sehe, um herauszufinden, was genau –«

»Charity! Mach mich nicht noch nervöser! Oh, warum müssen wir die Nacht hier verbringen?« stöhnte sie. Sie dachte daran, was vor ihr lag, dachte an die wissenden Mienen derer, denen sie morgen früh entgegentreten mußte ...

»Werde bloß nicht nervös«, mahnte Charity sie. »Du hast heute während der Zeremonie schon genug gelacht. Wenn du das jetzt auch tust, wenn du ... wenn er ... na, du weißt schon, dann wird Bradford bestimmt böse.«

Bevor Caroline eine Antwort geben konnte, drückte Charity sie fest an sich und sagte gute Nacht. »Ich bete für dich«, flüsterte sie, bevor sie die Tür schloß.

Caroline stand in der Mitte des Zimmers und wußte nicht, was sie tun sollte. Sie zog in Erwägung, ins Bett zu kriechen, besann sich dann aber anders. Bradford könnte es lustig finden, wenn sie sich unter den Decken versteckte, und sie würde sterben, wenn er sie auslachte.

Die Verbindungstür zu Bradfords Schlafzimmer öffnete sich, und da stand er.

Bradford lehnte sich an den Türrahmen und betrachtete seine Frau. Sie war so atemberaubend schön, daß es ihm die Sprache verschlug. Das verführerische Nachtkleid, das sie trug, überließ nur wenig der Phantasie, und Bradford nahm sich Zeit, ihre langen schlanken Beine, die schmalen Hüften und die vollen Brüste zu bewundern.

Caroline erwiderte den Blick ihres Mannes. Er hatte

seinen Rock und seine Krawatte ausgezogen, und sein Haar fiel ihm in die Stirn, wodurch seine kantigen Gesichtszüge gemildert wurden. Seine Miene verriet nicht, was er dachte, und Caroline fand ihn sowohl unglaublich anziehend als auch schrecklich beängstigend. Sie war nun nicht mehr nervös – nur noch eingeschüchtert. Nun wünschte sie sich, daß ihr Haar noch lang genug gewesen wäre, um wenigstens ein bißchen von ihren Brüsten verbergen zu können. Ob es wohl kindisch aussah, wenn sie sich die Stola vom Bett schnappte und um sich wickelte?

Sie erschauerte und wußte nicht, ob es an der kühlen Luft im Schlafzimmer oder an dem intensiven Blick ihres Mannes lag.

»Charity betet für mich«, hörte sie sich sagen. Ihre Stimme war kaum mehr als ein schwaches Flüstern, aber sie wußte, daß er sie dennoch verstanden hatte, als sich seine Augenbraue ein wenig hob.

Sie drehte ihm den Rücken zu und versuchte sich zu erinnern, wo sie ihren Hausmantel abgelegt hatte, als Bradford endlich seine Stimme wiederfand. »Hab keine Angst, Caroline.« Dann kam er langsam auf sie zu.

»Ich habe keine Angst. Mir ist bloß kalt«, erwiderte sie. Sie versuchte zu lächeln, während sie sich die Arme rieb. Sie zitterte nun heftig am ganzen Körper, und so sehr sie sich auch zusammenriß, das Beben wollte nicht aufhören.

Bradford schlang die Arme um sie und zog sie an sich. »Besser?« flüsterte er heiser.

Caroline nickte. »Du hast ein wunderschönes Haus, Bradford, aber es ist schrecklich kalt hier drin«, flüsterte sie, ihren Kopf an seiner Brust. »Und zugig«, fügte sie hinzu, als er sie auf die Arme hob und sich auf sein Zimmer zu bewegte. »Die Kamine reichen nicht aus.« Caroline biß sich auf die Unterlippe. Lieber Gott, warum konnte sie nicht aufhören, solch einen Unsinn zu reden? Die Worte schienen einfach so aus ihr herauszusprudeln, ohne daß sie es verhindern konnte.

Bradford schloß die Tür hinter ihnen und trug Caroline zu seinem Bett. Die Decke auf dem gewaltigen Vier-Pfosten-Bett war aufgeschlagen und Bradford legte sie sanft in die Mitte. Sobald er sie losließ, begann sie wieder zu zittern.

»Dir wird gleich warm, Liebes«, versprach er ihr. Seine Augen funkelten vergnügt, und Caroline erkannte, daß er glaubte, sie würde zittern, weil sie sich vor dem Kommenden fürchtete. Sie warf ihm einen Blick zu, der, wie sie hoffte, mürrisch war. Er besaß im Augenblick definitiv die Oberhand, und Caroline fühlte sich absolut hilflos. Vielleicht, dachte sie, wäre es mir möglich gewesen, ein wenig Kontrolle über die Situation zurückzubekommen, wenn ich nur endlich aufhören könnte, ihn anzustarren. Aber so, wie er da auf der Bettkante saß und sich Schuhe und Hemd auszog, konnte sie nicht anders.

Dann dachte sie daran, wie seine Küsse sie immer in Flammen gesetzt hatten, wie sie sich im stillen gewünscht hatte, er würde niemals aufhören, sie zu liebkosen. Allein der Gedanke daran nahm ihr ein wenig von der Furcht.

Bradford stand auf und begann seine Hosen aufzuknöpfen. Dann zögerte er plötzlich. Er drehte sich um, so daß Caroline zum ersten Mal seine massive Brust bewundern konnte. Schwarzes, lockiges Haar bedeckte die sehnigen Muskeln. Caroline konnte den Blick nicht davon abwenden. Selbst wenn sie es versucht hätte.

»Du erinnerst mich an einen spartanischen Krieger«,

entfuhr es ihr. Jetzt bemerkte sie die Narbe knapp über seiner Taille und fragte: »Hast du das in einer Schlacht bekommen?«

»Es war eher eine Schlägerei«, präzisierte er. Er lächelte und setzte sich wieder aufs Bett. Er hatte beschlossen, seine Hosen im Augenblick noch anzulassen, da er wußte, wie unschuldig seine frisch angetraute Frau war. Im Augenblick kam sie ihm schreckhaft wie ein junges Fohlen vor, und er wollte ihr nicht noch mehr Angst einjagen, als sie ohnehin schon hatte. »Milford hat eine ähnliche Narbe, allerdings auf der linken Seite. Erinnerungsstücke an unseren ersten Abend auf der anderen Seite der Stadt.«

»Ich muß ihn einmal bitten, sie mir zu zeigen«, gab Caroline mit einem Funkeln in den Augen zurück. Das belanglose Geplauder entspannte sie. Bradford tat, als hätte er alle Zeit der Welt, und die Panik, die Caroline eben noch zu überwältigen gedroht hatte, wich zurück. Sie fühlte sich fast wieder als Herrin der Lage.

»Das wirst du ganz bestimmt nicht tun«, erwiderte Bradford drohend. »Bester Freund oder nicht, er wird sich auf deine Bitte hin wahrscheinlich sofort seine Kleider vom Leib reißen.«

»Du würdest Milford nicht vertrauen?« fragte Caroline ungläubig.

Bradford gab keine Antwort. Er hatte ohnehin größte Schwierigkeiten, der Unterhaltung zu folgen. Seine Lenden schmerzten, und er konnte an nichts anderes denken, als seine Frau endlich in die Arme zu ziehen.

»Ich glaube, ich sollte dich warnen, Bradford . . .«, begann Caroline. Da sie ihn nicht ansehen konnte, senkte sie rasch den Blick.

Bradford runzelte die Stirn. Wieso wurde sie auf einmal so ernst? Er legte seine Hände an ihre Wangen und zwang sie, ihn anzusehen.

»Ich ... ich weiß nicht genau, wie man es macht. Ich meine, ich habe keine Ahnung, was du von mir erwartest.«

Bradford nickte und brachte es mit schier übermenschlicher Kraft fertig, seine Miene reglos zu halten. »Ich habe nicht erwartet, daß du Erfahrung hast.«

Caroline sah ihn immer noch ernst an, doch Bradford entdeckte, daß das gewisse Funkeln wieder in ihre Augen getreten war. »Ich gehe davon aus, daß du weißt, was zu tun ist?«

Bradford nickte langsam und konnte sich das Lächeln nicht länger verkneifen. Caroline fuhr fort: »Ja, das habe ich mir schon gedacht. Aber weißt du, du sitzt da und hast noch deine Hosen an, und sogar ich weiß, daß es notwendig ist, sie *dafür* auszuziehen!«

Bradford gab keine Antwort, sondern schlang statt dessen seine Arme um sie. Er streckte sich auf dem Bett aus, zog sie mit sich, packte sie dann an den Hüften und hielt sie auf sich fest. »Ich hatte gedacht, ich behalte sie lieber noch eine Weile an, weil ich deiner Unschuld nicht zuviel auf einmal zumuten wollte.«

»Ich glaube nicht, daß es funktioniert«, flüsterte sie an seinem Hals.

Bradford begann, ihren Rücken zu streicheln und drückte ihren Kopf mit seinem Kinn zur Seite, so daß er sich ihrem Hals widmen konnte. »Was? Meine Rücksichtnahme oder meine Hosen?«

Caroline wollte etwas antworten, aber der heiße Atem an ihrem Ohr brachte sie aus dem Konzept. »Mir wird warm«, flüsterte sie.

»Das reicht nicht.« Bradford drehte sie auf den Rükken und legte sich über sie. »Ich will dich heiß, Caroline.

So heiß, daß dein Körper vor Schweiß glänzt.« Dann legte sein Mund sich über ihren, als wollte er ihr einen Vorgeschmack auf das geben, was er verlangte.

Carolines Lippen teilten sich unter seinen, und Bradfords Zunge drang in ihren Mund, um das süße, heiße Innere zu kosten. Sie seufzte vor Behagen und begann, seine Schultern zu streicheln. Seine Haut fühlte sich fest und sehnig an und so unglaublich warm.

Bradford küßte sie, bis sie keinen zusammenhängenden Gedanken mehr fassen konnte. Sie ließ sich von den Wogen der Sinnlichkeit überspülen und hörte sich stöhnen, als er sich von ihr hinunterschob. Bradford stand auf und streifte sich seine restlichen Kleider ab, und während sie ihm zusah, dachte sie, daß er der schönste Mann der Welt sein mußte. Er trug seine Nacktheit mit einer solchen Ungezwungenheit zur Schau, daß Caroline zu ihrem Erstaunen nicht halb so verlegen war, wie sie es wahrscheinlich hätte sein sollen. Allerdings brachte sie es nicht über sich, diesen gewissen Körperteil zu betrachten, und als ihr Blick von unten hinaufwanderte, verharrte er an seinen muskulösen Oberschenkeln.

Bradford blieb eine Weile neben dem Bett stehen, damit sie ihn betrachten konnte, und wartete, bis sie ihm wieder ins Gesicht sah. Caroline wußte, daß ihre Wangen sich gerötet hatten und wünschte sich, sie hätte unbekümmerter und gelassener reagieren können. Immerhin war sie auf einer Farm aufgewachsen, auf der ein Kind rasch lernte, wie die Natur funktionierte. Zudem hatte sie vier Vettern, die sich keinen Zwang in Kleidung und Gesprächsthemen auferlegt hatten . . . nun ja, zumindest dann, wenn sie geglaubt hatten, daß Caroline und Charity nicht in der Nähe waren. Aber sehen und wissen war etwas ganz anderes, als es selbst zu erleben.

»Süße, sieh mich an.«

Caroline wollte ihm antworten, daß sie das ja schon die ganze Zeit tat, aber da sie durchaus wußte, was er eigentlich meinte, schwieg sie. Ihr Blick glitt langsam von seinem Gesicht abwärts, wanderte über seine Brust bis hinab zu seinem flachen Bauch, hielt kurz inne und wanderte dann weiter abwärts, bis sie den harten Beweis seiner Erregung sah. Wieder überkam sie pures Entsetzen. Diese Ehe konnte einfach nicht vollzogen werden! Sie hatte ja von vornherein gewußt, daß sie überhaupt nicht zueinander paßten ...

Bradford sah die Panik in ihren Augen und seufzte. Dann ließ er sich wieder neben sie nieder und zog sie in seine Arme. Caroline spürte seine Erektion durch das dünne Nachthemd und versuchte – ohne Erfolg – ein Stück von ihm abzurücken. Doch Bradford hielt sie fest, flüsterte süße Worte in ihr Ohr und begann, ihr das Nachthemd auszuziehen.

Caroline wußte, daß sie es ausziehen *mußte*, daß das eine notwendige Voraussetzung für die ... die *Sache* war, aber sie versuchte trotzdem, sich gegen seine Hände zu wehren. Dann hörte sie, wie das hauchdünne Material unter seinen Finger zerriß, und einen Moment später war sie nackt. »Charity hat mir das Nachthemd geschenkt«, sagte sie schwach. »Wenn sie herausfindet, daß es kaputt ist ...«

Bradford rollte sich wieder auf sie, und Caroline keuchte auf, als seine heiße Haut die ihre berührte. Sein Blick war so leidenschaftlich, daß ihr warm wurde.

»Ich verspreche dir, ich verrate es ihr nicht«, flüsterte Bradford. Seine Stimme war so zärtlich wie eine Liebkosung und linderte ihre wachsende Furcht ein wenig.

Bradford wußte, daß sie noch nicht so weit war, und er ermahnte sich, sich noch eine Weile zu beherrschen.

Sein ganzer Körper schrie nach Erfüllung, und er spürte, wie Schweiß auf seine Stirn trat. Er küßte sie wieder, und diesmal hielt er nichts zurück. Die Plauderei, das Geplänkel war vorbei. Caroline spürte die Veränderung, spürte, wie sich sein Griff verstärkte, wie seine Liebkosungen intensiver wurden. Sie wappnete sich innerlich gegen den Schmerz, doch Bradford tat nichts, was darauf hinwies, daß er in sie eindringen wollte. Statt dessen senkte er den Kopf und ließ seine Lippen abwärts bis zu ihren Brüsten wandern.

Caroline seufzte vor Wonne. Die pulsierende Wärme in ihrem Inneren begann, auf ihre Glieder auszustrahlen. Bradford neckte ihre Brüste, umkreiste die Spitzen mit seiner Zunge, und Caroline bog sich ihm instinktiv entgegen. Als er endlich zu saugen begann, stöhnte sie zufrieden, während sich gleichzeitig eine seltsame Unruhe in ihr ausbreitete. Seine Hand strich über ihre Hüfte, und je näher er ihrer intimsten Stelle kam, desto heißer wurde ihr. Sie schien nicht mehr atmen zu können, und ihre Hüften bewegten sich ungeduldig. Dann glitten seine Finger endlich in die heiße Feuchtigkeit, und Carolines Kehle entrang sich ein tiefer, knurrender Laut.

Nun war sie mehr als bereit für ihn. Die Nässe zwischen ihren Beinen, die langsamen, sinnlichen Bewegungen ihrer Hüfte unter seiner Hand trieben ihn an den Rand seiner Beherrschung. Vorsichtig schob er seine Finger in sie, spürte die Enge, den Widerstand, hörte, wie sie seinen Namen stöhnte, und wußte, daß es gleich um ihn geschehen war.

Er schaute zu ihr auf und beobachtete sie, während er seinen Körper langsam zwischen ihre Beine schob. »Ich tu' dir nicht weh«, flüsterte er heiser. »Ich kann nicht mehr länger warten.«

Bradford packte ihre Hüften und beugte sich hinab, um sie zu küssen. »Halt mich fest, Geliebte«, wisperte er. Dann preßte er seine Lippen auf ihre und drang gleichzeitig kraftvoll in sie ein.

Caroline bäumte sich auf, schrie vor Schmerz und versuchte, ihn wegzudrücken, doch Bradford hielt sie ganz fest, drückte sie mit seinem vollen Gewicht nieder. Der stechende Schmerz ebbte ab, doch das unangenehme, dumpfe Gefühl blieb bestehen. Caroline versuchte wieder, sich unter ihm zu winden, sich aus seiner Umarmung zu lösen.

»Nicht bewegen, Caroline. Noch nicht! Gib dir Zeit.« Er sagte nicht, wozu sie sich Zeit nehmen sollte, sondern konzentrierte sich wieder darauf, sie zu küssen und zu beruhigen. Seine Hände ließen von ihrer Hüfte ab und umfaßten ihr tränenüberströmtes Gesicht. Caroline spürte sein Beben, als sie schließlich die Arme um ihn schlang. Vielleicht ist das Gefühl doch nicht so unerträglich, dachte sie . . . bis Bradford begann, sich sehr langsam und vorsichtig in ihr zu bewegen.

Doch er ließ sich nicht beirren. Seine Zunge spielte in ihrem Mund, neckte und reizte sie, bis sie nach Atem ringen mußte. Der Schmerz war vergessen, und an seine Stelle war ein Kribbeln und Ziehen getreten, das ihre Glieder, ihren ganzen Körper durchdrang. Bradford hob ihre Beine an und legte sie sich um die Hüften, dann nahm er seinen Mund von ihrem und sah sie an. Caroline erwiderte den Blick, streckte die Hand aus, um seine Wange zu berühren, und zeichnete mit dem Zeigefinger die Konturen seiner Lippen nach. Bradford nahm ihren Finger in den Mund und begann, daran zu lecken. Caroline bog sie ihm entgegen, legte ihm eine Hand in den Nacken und zog seinen Kopf zu sich herab. Und das war das letzte, was sie bewußt tat.

Nun verlor auch Bradford endgültig die Kontrolle über seinen Körper. Wogen der Leidenschaft überspülten sie beide, und Caroline war es, als würde die Sonne in sie eindringen. Sie klammerte sich an Bradford, vertraute sich ihm an, gab sich ganz seiner Begierde hin.

Bradfords Atem kam stoßweise und rauh. Sein Liebesspiel war nun nicht mehr zärtlich; seine Stöße wurden heftig, fordernder, und die Lust wuchs. Als Caroline unter ihm erstarrte und seinen Namen in einem verängstigten Flüstern hervorstieß, wußte er, daß sie kurz davor stand, Erlösung von der süßen Qual, die sie gemeinsam erlebten, zu finden.

Sie bog sich ihm plötzlich so heftig entgegen, daß Bradford augenblicklich kam. Das Beben ihrer Körper schien seine Seele zu durchdringen, und obwohl er sie trösten, ihr zuflüstern wollte, daß alles in Ordnung war, brachte er kein Wort über die Lippen. Die Empfindung war so überwältigend, daß er sie nur festhalten konnte.

Bradford brauchte eine ganze Weile, um seinen Herzschlag auf ein angemessenes Tempo zu reduzieren. Er fühlte sich so befriedigt, so umfassend zufrieden! Ohne sich aus ihr herauszuziehen, stützte er sich mit den Ellenbogen ab und schaute seine Frau an. Ihre Augen war verschleiert, und ihr Gesicht wirkte zufrieden, entspannt. Sie sieht aus wie ein blauäugiges Kätzchen, dachte Bradford mit einem Grinsen. *Sein* blauäugiges Kätzchen.

Caroline versuchte, sich aus dem Dunstschleier der Befriedigung herauszuarbeiten. Sie war unglaublich erstaunt über das, was eben geschehen war. Ihre Lippen waren geschwollen, und ihr Inneres pochte noch immer in einer Mischung aus Schmerz und Wohlbehagen. Er hat mich überwältigt, dachte sie, doch dann fiel ihr ein, wie sie auf ihn reagiert hatte, was sie ihm von sich gegeben hatte, und sie spürte, wie ihr das Blut in die Wangen schoß.

Bradfords Grinsen wurde breiter, als er ihre Verlegenheit sah. Er küßte sie zärtlich und schüttelte dann leicht den Kopf. Eben noch hatte sie sich wie eine Wildkatze in seinen Armen gewunden, und nun war sie schüchtern wie ein Schulmädchen. Er spürte das Brennen der Kratzer auf seinen Schultern, wo ihre Nägel seine Haut traktiert hatten, und rief sich genüßlich ihr Flehen, nicht mehr aufzuhören, in Erinnerung.

»Bradford, du erdrückst mich«, murmelte sie an seiner Wange.

Er seufzte und rollte sich widerwillig von ihrem Körper. Auf der Seite liegend zog er sie wieder in seine Arme und strich ihr sanft eine feuchte Strähne aus der Stirn. »Habe ich dir weh getan, Geliebte?«

Caroline vergrub ihr Gesicht in seiner Halsbeuge und nickte. Bradford versuchte, sie ein Stück wegzudrücken, um ihr in die Augen sehen zu können. »Anfangs«, gab sie leise zu. »Nachher war es gar nicht mehr so schlimm.«

»Es?« neckte er sie. Er ließ seinen Kopf auf ihren sinken und drückte sie voller Zuneigung an sich.

Caroline gab keinen Kommentar. Sie lächelte an seiner Halsbeuge und seufzte. »Hast du vor, das öfter zu tun?« fragte sie in gespielter Naivität.

Sie hörte das Grollen in seiner Brust, kurz bevor er in lautes Gelächter ausbrach. Und dann war sie plötzlich unter ihm gefangen und starrte in seine braunen Augen mit den goldenen Sprenkeln. »Sehr oft!« knurrte er.

Caroline lächelte höchst selbstzufrieden. Doch dann weiteten sich ihre Augen, denn sie spürte, wie er wieder hart wurde. »Bradford? Können wir –«

»Und wie!« Sein Mund verschloß ihren, und sie schlang die Arme um seinen Nacken und genoß das Gefühl seiner Brust auf ihrer, genoß das Gefühl seiner harten Erektion an ihren weichen Schenkeln. Plötzlich drang ein Gedanke durch die wachsende Begierde, und sie löste ihre Lippen von seinen.

»Wird es wieder weh tun?« fragte sie ängstlich.

»Wahrscheinlich.« Er stützte sich auf den Ellenbogen, betrachtete sie einen Moment und fragte dann: »Meinst du, das macht dir etwas aus?« Er würde aufhören, wenn sie auch nur andeutete, daß sie zu zart gebaut war.

»Wahrscheinlich«, antwortete Caroline. Dann zog sie seinen Kopf zu sich herab und küßte ihn, bis sie seine Besorgnis ausgelöscht hatte. Alle Wahrscheinlichkeiten waren vergessen.

Bradford war schon längst in einen tiefen Schlaf gesunken, doch Caroline fand keine Ruhe. Das wunderte sie nicht weiter: Erstens war sie es nicht gewöhnt, im Bett jemanden neben sich zu haben, und zweitens befand sich ihr Körper in einem unvertrauten Zustand; er fühlte sich sowohl wund als auch wundervoll entspannt an. So wälzte sie sich hin und her, döste ein, nur um wieder aufzuwachen, und schließlich gab sie es auf.

Die Sonne tauchte gerade hinter dem Horizont auf, als Caroline aufstand und sich in das angrenzende Zimmer begab. Sie badete ausgiebig und zog anschließend einen warmen, kuscheligen Hausmantel an. Der Duft von Rosen hing an ihr, als sie langsam zu Bradford zurückschlenderte und sich neben ihn setzte. Sie war inzwischen hellwach und munter und fragte sich, wie lange er wohl noch schlafen würde. Ihr Hausmantel verwickelte sich mit den Laken, und sie streifte ihn ungeduldig ab.

Draußen schneite es, und Caroline beobachtete eine ganze Weile nur die weichen, tanzenden Flocken. Sie hatte die Arme um ihre Knie geschlungen und dachte an Benjamin. Ob er wohl mit der Kälte auf der Heimreise zurechtkam? Sie schickte ein rasches Gebet zum Himmel, in dem sie um die Sicherheit ihres Freundes bat, als sie plötzlich spürte, wie Bradfords Hand sie berührte und langsam ihren Rücken aufwärts glitt. Sie wandte den Kopf und lächelte ihn an. »Habe ich dich geweckt?« flüsterte sie. Dann streckte sie den Arm aus und berührte sein Kinn, auf dem über Nacht die Bartstoppeln gewachsen waren.

»Woran denkst du gerade?« fragte Bradford. Er streckte sich ausgiebig und faltete mit einem genüßlichen Gähnen die Hände hinter dem Kopf.

Caroline fand, daß er im Moment tapsig und behäbig wie ein großer Bär wirkte. »Ich habe an Benjamin gedacht«, antwortete sie. »Er muß im Augenblick entsetzlich frieren.«

»Wahrscheinlich«, antwortete Bradford. »Aber er wollte fort, und in Boston wird er gebraucht, Liebes. Er hat hier seine Aufgabe erledigt.«

»Und woher weißt du das?«

»Ich hatte ein ausführliches Gespräch mit deinem Beschützer, bevor er abgereist ist«, erklärte er.

Caroline mußte über seine Wortwahl lächeln. »Wir beschützen uns gegenseitig«, sagte sie. »Er ist mein Freund.«

Bradford nickte. »Er hat mir erzählt, wie ihr euch begegnet seid«, sagte er mit diesem gewissen jungenhaften Grinsen, das Carolines Herz stets einen Schlag aussetzen ließ.

»Das überrascht mich«, erwiderte sie. »Benjamin spricht nicht sehr viel, und schon gar nicht mit Fremden.« Wie war es Bradford bloß gelungen, diese Informationen aus dem großen Schwarzen herauszuholen?

Bradford lieferte ihr die Erklärung. »Ich habe ihm erzählt, daß ich dich heiraten und für deinen Schutz sorgen würde.«

»Typisch. Das war ziemlich arrogant.«

Bradford fühlte sich nicht beleidigt. Er trat die Decke von sich, rutschte tiefer und begann, an Carolines Hüfte zu knabbern.

Caroline zuckte heftig zusammen und versuchte ihn wegzuschlagen. Sie lachte und schimpfte mit ihm, daß er sich fürchterlich unschicklich benahm, doch dann sah sie seine Erektion, und ihr Lachen erstarb. »Bradford, ich bin ziemlich wund. Du wirst –«

»Dich auf andere Art lieben müssen«, beendet Bradford den Satz.

Caroline hockte sich auf ihre Fersen und sah ihren Mann stirnrunzelnd an. Sein Blick war heiß und lüstern. Er nahm sich Zeit, ihre Brüste zu betrachten, deren Spitzen sich in unfreiwilliger Erwartung bereits verhärteten. Dann wanderte sein Blick genießerisch über ihre schmale Taille und ihre schlanken Hüften, während sich die Hitze in seinen Lenden ausbreitete.

Caroline schüttelte den Kopf, als er sie mit einem Finger lockte. »Komm zu mir, Caroline. Diesmal tut es nicht weh, versprochen!«

»Das hast du das letzte Mal auch gesagt«, murmelte Caroline, als er sie auf sich zog. »Bradford, ich bin wirklich wund.«

»Caroline«, flüsterte er zärtlich. »Es gibt unzählige Arten, auf die man Liebe machen kann.«

Caroline war nicht sicher, was er damit meinte. Sie stützte sich auf und warf ihm einen mißmutigen Blick zu, um ihm zu bedeuten, daß sie ihm nicht glaubte. Er küßte ihr das Stirnrunzeln aus dem Gesicht, während seine Hand ihr Hinterteil streichelte.

Die zärtlichen Küsse waren bald unbefriedigend, und sein Verlangen nach ihr wuchs, wurde intensiver, ließ sich bald nicht mehr bändigen. Rastlos liebkoste sein Mund ihre Lippen, ihren Körper, küßte und leckte, biß und nagte, bis ihr Widerstand hinweggeschmolzen war. Er drückte sie auf den Rücken nieder und begann, sich ihren Brüsten zu widmen.

Carolines Finger wühlten sich in Bradfords weiches, seidiges Haar. Sie wollte näher an ihn rücken, doch sein Bein hielt sie dort fest, wo sie lag. Und dann wanderte sein Mund tiefer, immer tiefer, und hinterließ eine Spur aus heißen feuchten Küssen auf ihrem Bauch.

Sie ahnte nicht, was er vorhatte, bis sein Knie ihre Schenkel auseinandergezwängt hatte und seine Finger die zarte Knospe ihrer Lust fanden. Er streichelte und neckte sie, bis sie naß und heiß war, und bevor Caroline reagieren konnte, ersetzte sein Mund seine Hand.

Die Empfindungen waren unbeschreiblich süß und lustvoll. Caroline flehte ihn an, er möge aufhören, während ihre Hüften sich instinktiv zu bewegen begannen. Sie krallte sich in das Laken und warf rastlos den Kopf hin und her.

Als sie glaubte, es nicht einen Moment länger ertragen zu können, explodierte die Hitze in ihrem Inneren. Sie hörte sich seinen Namen schreien und bäumte sich heftig auf.

Bradford war wild entschlossen gewesen, ihr Vergnügen zu bereiten und sich ausschließlich um sie zu kümmern, doch nun mußte er gegen den mächtigen Drang ankämpfen, in sie hineinzustoßen. Sie war so eng, so heiß, und ihre leidenschaftliche Reaktion untergrub seine guten Absichten beinahe.

Er holte tief Atem, zwang seinen bebenden Körper zur Ruhe und rückte von ihr ab. Er gab sich alle Mühe, an irgend etwas Belangloses zu denken – irgend etwas, nur nicht an das sinnliche, verlockende Wesen neben ihm. Nein, er würde sie jetzt *nicht* nehmen.

Caroline setzte sich auf und betrachtete ihn eine Weile mit lustverhangenem Blick. Ihre Hand begann, auf seinem Schenkel Kreise zu ziehen. Als er ihre Hand packte und festhielt, sah sie ihn erstaunt und ein wenig verletzt an.

»Gib mir einen Moment, um mich wieder abzukühlen«, sagte er mit heiserer Stimme. »Andernfalls breche ich mein Wort und falle augenblicklich über dich her. Und dann, Süße, kannst du eine Woche nicht mehr laufen.«

Caroline lächelte. »Eine Woche? Du übertreibst.« Sie entzog ihm ihre Hand und fuhr ihm mit einem Finger über die Brust. »Du siehst aus, als hättest du Schmerzen, Gemahl«, neckte sie ihn leise. Ihre Hand hielt zögernd inne, als sie bei seinem Bauchnabel angekommen war, und sie bemerkte, daß ihr Mann den Atem anhielt. Plötzlich überkam sie ein wunderbares Gefühl der Macht. Auch sie konnte ihn verführen, auch sie war in der Lage, ihn um seine Beherrschung zu bringen! Ihre Hand setzte ihren Weg fort, bis sie seine harte Erektion berührte.

Bradford zuckte zusammen und stöhnte auf. Caroline konnte das Lächeln nicht unterdrücken. »Du hast gerade etwas Wunderschönes für mich getan, Bradford. Kann ich das nicht auch für dich tun?«

»Caroline, meine kleine, naive . . .« Er brach schlagartig ab, als Caroline den Kopf senkte und kleine, hauchzarte Küsse um seinen Nabel herum plazierte. »Du mußt mir nur sagen, was ich tun soll«, flüsterte sie.

Und exakt das tat der Duke of Bradford.

KAPITEL 11

Carolines Befürchtungen bezüglich ihrer Verlegenheit, wenn sie am Morgen den Gästen gegenübertreten mußte, waren vollkommen umsonst gewesen. Als das Wochenende vorbei war und Caroline und Bradford zum ersten Mal aus ihrem Schlafzimmer kamen, waren alle Gäste schon wieder abgereist.

»Wir haben uns furchtbar unhöflich benommen«, sagte Caroline, als sie am Abend zu Tisch saßen. Ihr Grinsen verriet ihm, daß sie nicht allzu erschüttert darüber war, und er mußte lachen.

Bradford hatte ursprünglich eine angemessene Hochzeitsreise geplant, doch er und seine Frau kamen in diesen wundervollen Tagen und Nächten nie weiter als bis zur Haustür.

Caroline paßte sich rasch an das neue Leben an und übernahm ohne größere Schwierigkeiten die Leitung des riesigen Haushaltes. Henderson, Bradfords Kammerdiener, und Mrs. Lindenbowe, die Haushälterin, halfen ihr bei der Eingewöhnung.

Bradford war nicht so leicht zu führen wie der Haushalt. Wieder und wieder stellte sie fest, daß er es einem nicht sehr leicht machte, ihn zu lieben. Sein Temperament war ähnlich explosiv wie das des Vesuvs, doch zum Glück regte er sich meistens genauso schnell wieder ab, wie er aufbrauste. Caroline bot ihm jedesmal die Stirn, teilte aus, so gut sie konnte, und kam langsam zu dem Schluß, daß ihre Beziehung immer voller Spannungen sein würde.

Mit wachsender Verzweiflung wartete sie einen Tag nach dem anderen darauf, daß ihr Mann ihr sagte, daß er sie liebte. Sie glaubte – sie hoffte! –, daß es ihr mit der Zeit gelingen würde, die Mauern, die Bradford in der Vergangenheit um sein Herz herum errichtet hatte, zum Einsturz zu bringen, damit er sich ihr wirklich öffnete.

Zweifellos war er der sturste Mann auf der ganzen Welt. Im Laufe der folgenden Wochen lernte sie, daß es gewisse Themen gab, über die zu reden er nicht für nötig erachtete. Und das Thema Familie stand ganz oben auf der Liste.

Geduld war noch nie eine von Carolines Tugenden gewesen, doch sie schaffte es erstaunlicherweise, sich zurückzuhalten, da der Preis, wie sie glaubte, es wert war. Sie war fest davon überzeugt, daß es nur Zeit brauchte, bis Bradford ihr endlich Vertrauen entgegenbrachte – und zwar ein Vertrauen, das aus dem Herzen kam.

Caroline bedauerte es, daß sie nach London zurückkehren mußten. Der Anlaß war Charitys Hochzeit, und obwohl sie ihrer Cousine eine wundervolle Feier gönnte, fand sie es schade, daß ihre Flitterwochen nun zu Ende waren. Als sie in der bequemen Kutsche saßen, die sie in die Stadt bringen sollte, teilte sie Bradford ihre Meinung mit, und er lachte und zog sie fest in seine Arme. »Es ist nicht unmöglich, auch in London ein kuscheliges Bett zu finden, Süße. Himmel, ich glaube, ich habe dich zu einem lüsternen Weibsbild gemacht.«

»Und? Tut es dir leid?« fragte Caroline grinsend.

Als Antwort hob Bradford sie auf seinen Schoß und zeigte ihr, wie wenig es ihm tatsächlich leid tat.

Caroline war noch nie in Bradfords Stadthaus gewesen, und es gefiel ihr recht gut. Es war geräumig und mit altmodischen Ledermöbeln sehr maskulin eingerichtet.

Das große Bett in Bradfords Schlafzimmer besaß schwere Vorhänge, die am Tag zurückgebunden wurden. Caroline testete die Matratze, während sich Bradford zum Abendessen fertigmachte. Er beobachtete aus dem Augenwinkel, wie sie die Vorhänge zuzog. Dann konnte er sie nicht mehr sehen, doch ihr kehliges Lachen verriet ihm, daß sie sich bestens amüsierte. »Gemütlich ist es hier drin. Schön warm«, rief sie ihm zu.

Bradford trat zum Bett und schob den Vorhang zur Seite. Seine nackte Brust war noch feucht vom Bad. Caroline lächelte und streckte sich auf der Decke aus. Sie verschränkte die Hände hinterm Kopf, wie er es immer tat und zwinkerte ihm übertrieben langsam und verführerisch zu.

»Ist dir in einem meiner Betten jemals kalt geworden?« wollte Bradford wissen. Er runzelte die Stirn, doch der neckende Unterton in seiner Stimme strafte seine Miene Lügen.

Caroline trug nur einen dünnen Hausmantel, und Bradfords Blick wanderte langsam von ihren Zehen aufwärts. Als er ihr wieder in die Augen sah, war das lustige Funkeln in den seinen verschwunden.

»Du willst mich verführen, Weib«, sagte er mit rauher Stimme.

»Haben wir noch Zeit genug?« fragte sie flüsternd. Sie lächelte ihn an, band den Gürtel ihres Mantels auf und streifte ihn ab. Dann streckte sie ihm die Hand entgegen.

Bradford hatte der Versuchung nichts entgegenzusetzen. Er streifte die Hosen ab, die er sich gerade erst angezogen hatte, und legte sich neben seine Frau. Caroline wartete darauf, daß er sie in die Arme zog, aber als nichts passierte, begriff sie, daß sie die Initiative ergreifen sollte. Sie lachte – so fröhlich und ungehemmt, daß es Bradford ein Lächeln entlockte – und schwang sich rittlings auf seine Hüften.

Und dann begann sie, seinen Körper mit einem Zauber zu belegen, dem er sich nicht entziehen konnte. Sie verwandelte den selbstbeherrschten, disziplinierten Duke of Bradford in den wilden, barbarischen Krieger, der direkt unter der Hülle der Förmlichkeit lauerte.

Bradford ließ ihr freie Hand, bis er glaubte, jeden Moment explodieren zu müssen. Mit barscher Stimme befahl er ihr, der Qual ein Ende zu bereiten.

Caroline ignorierte ihn und setzte ihre Folter fort.

Plötzlich stieß Bradford einen Kriegsschrei aus und warf seine Frau auf den Rücken. »Ich kenne keine Gnade«, knurrte er und begann, sie genauso zu liebkosen, wie sie ihn kurz zuvor, bis auch sie bettelte und flehte, er möge endlich damit aufhören. Zufrieden ließ Bradford sich neben sie fallen, zog sie wieder auf seinen Körper und drang kraftvoll in sie ein.

Caroline warf den Kopf zurück und stieß ein tiefes Stöhnen aus, das Bradford mit weiteren Stößen beantwortete. Beide fanden gleichzeitig Erfüllung.

Caroline war, als befände sie sich auf dicken, weichen Wolken. Nur langsam und widerwillig glitt sie in die Wirklichkeit zurück, ließ ihren Kopf auf seine Brust fallen und lauschte eine Weile seinem Herzschlag.

»Ich liebe dich.«

Es war zu einem Ritual geworden, daß sie ihm nach dem Liebesspiel diese Worte sagte, und wie immer wartete sie darauf, daß auch er ihr seine Liebe gestand. Sie wußte, daß sie es von ihm verlangen konnte und er ihr wahrscheinlich sogar den Gefallen tun würde, aber Caroline wollte keinen Gefallen. Sie wollte, daß die Liebeserklärung von ihm selbst kam.

Bradford drückte sie kurz und seufzte zufrieden. Es war der einzige Hinweis darauf, daß er ihre Worte gehört hatte. Und wieder akzeptierte Caroline, daß er noch nicht bereit war.

Trotz der Traurigkeit, die sie empfand, setzte sie eine heitere Miene auf und stützte ihr Kinn auf eine Hand. »Laß uns den ganzen Abend hierbleiben.«

»Kein schlechter Vorschlag.« Bradford grinste. »Aber deine Familie wird bestimmt eine Erklärung verlangen. Sagst du ihnen dann, was uns abgehalten hat, oder soll ich es tun?«

Caroline wurde prompt rot. »Ein Gentleman spricht nicht über solche Dinge«, sagte sie. »Also gut. Dann ziehen wir uns wohl besser an.«

Sie wollte sich von ihm heben, doch er hielt sie fest. »Warte noch, Caroline. Ich denke, wir sollten noch einmal durchgehen, was wir abgemacht haben.«

Caroline verdrehte die Augen zum Himmel und stieß einen ungeduldigen Seufzer aus. »Ich kann es auswendig herbeten, Bradford. Ich weiche den ganzen Ball über nicht von deiner Seite. Ich verschwinde nicht klammheimlich mit Charity, und wenn irgend etwas geschieht, so daß du mich allein lassen mußt, dann klebe ich an Milfords Seite, bis du zurück bist.«

Bradford nickte ernst. Caroline glättete seine Stirn mit einer Hand. »Bitte mach dir keine Sorgen. Die Männer, die ich engagiert habe, haben nichts, aber auch gar nichts finden können. Es wird wahrscheinlich so sein, wie ich dir schon gesagt habe. Irgendeine rachsüchtige Frau, die dich unbedingt für sich haben wollte, hat mir diesen Brief geschrieben, damit ich es mit der Angst zu tun bekomme und verschwinde.«

Nun war es an Bradford, seine Ungeduld zu zeigen. »Ach ja. Und diese böse Lady hat dich auch die Treppe hinuntergestoßen und das Rad an meiner Kutsche angesägt, ja?«

»Keine Lady, Bradford, eine Frau. Das ist ein großer Unterschied. Und ich finde es immer noch logisch. Sie kann ja jemanden angeheuert haben, damit er sich an deiner Kutsche zu schaffen macht.«

Bradford schwieg. Es hatte keinen Sinn, weiter darüber zu streiten. Seine Frau war so unschuldig, und er wollte ihr nicht noch zusätzliche Angst machen. Auch er hatte Nachforschungen angestellt, und im Gegensatz zu den bezahlten Männern, hatte er etwas herausgefunden. Es war seine Pflicht, Caroline zu beschützen, aber er wollte nicht, daß sie sich verängstigt verkroch, sondern nur vorsichtig war. Bis seine Falle zuschnappte und er den endgültigen Beweis hatte, würde er sie nicht aus den Augen lassen. Sie gehörte nun ihm, und jeder, der es wagte, sie anzurühren, mußte mit seinem Leben dafür bezahlen.

Stumm zog Bradford sich an. Caroline lief ihm ständig in den Weg, und als er sie darauf hinwies, daß ihr Schlafzimmer direkt nebenan war, schnaubte sie nur verächtlich und schimpfte, daß sie getrennte Schlafzimmer unmöglich fände.

»Ich denke ja nicht daran, mir von Henderson helfen zu lassen, während du hier splitternackt herumläufst«, knurrte Bradford.

Caroline stand vor dem ovalen Spiegel, bürstete ihr Haar und tat, als hätte sie ihn nicht gehört.

»Und?«

»Du bist doch kein kleiner Junge mehr, Bradford. Du kannst dich durchaus alleine anziehen, oder? Ich tue das schon seit Jahren.«

»Und deine Zofe beschwert sich darüber.«

»Mary Margaret hat genug zu tun, ohne mich noch durch die Gegend scheuchen zu müssen.«

Bradford gab es auf. Er verließ das Zimmer und ging nach unten, um dort auf sie zu warten. Mit einem Cognac in der Hand wanderte er unruhig im Empfangszimmer auf und ab und dachte brütend über den Abend, der vor ihnen lag, nach. Fast hätte er die Einladung nach Clavenhurst, dem Anwesen des Marquis of Aimsmond, abgelehnt, weil er sich Sorgen darüber machte, wie gut er Caroline in einer solchen Menschenansammlung tatsächlich beschützen konnte. Natürlich mußte er schließlich doch annehmen – der Marquis war Carolines Onkel, und er wäre gekränkt gewesen, wenn seine Nichte nicht erschienen wäre.

Der Ball war aus zwei Gründen angesetzt worden. Charity und Paul sollten in zwei Tagen heiraten, und dieses Ereignis war eine Art verspätete Verlobungsfeier. Zum anderen fand er zu Ehren des Dukes und der Duchess of Bradford statt und war der erste Anlaß, bei dem Caroline und Bradford als Ehepaar auftraten.

Als Caroline in einem eisblauen schimmernden Seidenkleid erschien, stand Bradford am Kamin. Bei ihrem Anblick glätteten sich die tiefen Falten auf seiner Stirn und machten einer arroganten Miene Platz.

Sie machte einen übertrieben förmlichen Knicks und sah ihn mit vergnügt funkelnden Augen an. Als er sein Glas zum Gruß hob, lächelte sie.

»Als ich hereinkam, sahst du noch aus, als wolltest du jemanden umbringen, und nun wirkst du überaus selbstzufrieden«, bemerkte sie. Wie gut er wieder aussah! Er trug Schwarz, eine Farbe, die ihn noch größer und stattlicher wirken ließ, als er ohnehin schon war. Caroline fragte sich unwillkürlich, wann ihr Puls sich bei seinem

Anblick nicht mehr augenblicklich beschleunigen würde. Allein ihn zu sehen ließ jede Faser ihres Körpers aufschreien, er möge sie in seine Arme ziehen und sie lieben.

Caroline war noch nie besonders geschickt darin gewesen, ihre Gefühle zu verbergen, und Bradford wußte genau, was sie in diesem Augenblick dachte. »Wenn du mich weiterhin so anschaust, dann gehen wir nirgendwo mehr hin«, sagte er spöttisch. Er stellte sein Glas auf dem Sims des Kamins ab und ging langsam auf seine Frau zu. Als er vor ihr stand, schien sein Blut schneller zu fließen, und die Kleider waren ihm plötzlich viel zu warm und zu eng. Und alles nur, weil seine Frau ihn mit diesem besonderen Blick angesehen hatte. Er konnte einfach nicht widerstehen, sondern zog sie in seine Arme und küßte sie ausgiebig.

Mit einem Seufzer des Widerwillens löste er sich schließlich, half ihr in ihren Winterumhang und ließ die Kutsche rufen. Sie waren schon ziemlich spät dran, aber es war ihm nur recht. Je eher der Ball vorbei war, desto eher würde er sie wieder in seinen Armen halten können.

Der Earl of Braxton lauerte förmlich im Eingangsbereich des Anwesens, und noch bevor Caroline ihr Cape ausziehen konnte, riß er sie schon in seine Arme. »Du hast mir gefehlt, Tochter«, sagte er. Dann nahm er sie ein Stück beiseite und flüsterte so laut, daß Bradford es auch bestimmt mithören konnte: »Bist du glücklich, Caroline? Sorgt er gut für dich?«

Caroline lächelte. »Ich bin sehr glücklich, Vater.« Sie hielt ihre Antwort absichtlich so knapp, weil auch sie genau wußte, daß Bradford lauschte. Wenn sie ihrem Vater gestand, wie glücklich und zufrieden sie wirklich war, dann würde man es in nächster Zeit mit Bradford nicht mehr aushalten können. Bescheidenheit gehörte nicht zu seinen Stärken, und sie hatte keine Lust, seinem übersteigerten Selbstvertrauen noch mehr Nahrung zu geben.

Charity und Paul fielen ihr als nächste um den Hals, dann gesellten sich auch Franklin und seine Frau zu ihnen.

So hatten der Duke und die Duchess of Bradford ein stattliches Gefolge, als sie den Ballsaal betraten und großartig angekündigt wurden. Sie begaben sich sofort zu ihrem Gastgeber. Onkel Milo saß in der Nähe des Eingangs und wirkte bereits sehr erschöpft. Er machte Anstalten aufzustehen, aber Caroline schüttelte rasch den Kopf und setzte sich neben ihn.

Bradford ließ Caroline mit ihrem Onkel allein, warf ihr aber vorher noch einen bedeutungsvollen Blick zu, den sie so interpretierte, daß sie sich nicht von der Stelle rühren sollte. Sie nickte leicht und wandte sich dann ihrem Onkel zu. Der Marquis gab zu, daß er müde war, beteuerte aber, daß es allein an der Aufregung lag. Er zwinkerte Caroline zu und flüsterte, daß er für den Ball nichts hätte tun müssen. Franklin und Loretta hätten sich um alle Vorbereitungen gekümmert.

Caroline hielt seine Hand und hörte zu, als er ihr erzählte, was er in den vergangenen Wochen getan hatte. Sie hatte nichts dagegen, den ganzen Abend bei ihm zu sitzen, wenn es ihm Vergnügen bereitete, und so lehnte sie auch alle Bitten um einen Tanz ab.

Als Onkel Milo in seiner typischen direkten Art fragte, wann er denn wohl mit Nachwuchs rechnen könnte, lachte Caroline laut auf. »Darüber haben wir noch nicht gesprochen«, sagte sie. »Es passiert, wenn es passiert. Ich weiß noch nicht einmal, wie viele Kinder Bradford überhaupt will.«

»Ich hoffe, ich lebe lange genug, um dein erstes Kind im Arm halten zu dürfen«, seufzte der Marquis.

»Ich hoffe, du lebst ewig«, erwiderte Caroline flüsternd. Ihre Bemerkung erfreute ihn, und er drückte herzlich ihre Hand.

Bradford stand mit Milford auf der anderen Seite des Ballsaals und konnte seinen Blick einfach nicht von seiner Frau lösen. Milford setzte mehrmals dazu an, seinen Freund in ein Gespräch zu verwickeln, doch als kein einziges Mal eine befriedigende Reaktion kam, verdrehte er seufzend die Augen zur Decke. »Der König läßt sich scheiden und geht nächste Woche nach Frankreich«, bemerkte er beiläufig in einem letzten Versuch.

Bradford nickte zustimmend und starrte seine Frau an.

»Weißt du, sie löst sich nicht einfach in Luft auf«, stellte Milford lachend fest. »Um Himmels willen, Mann, reiß dich zusammen.« Er versetzte seinem Freund einen kräftigen Schlag auf den Rücken, der ihn endlich aus seiner Erstarrung weckte.

»Sie trägt keinen Schmuck.«

Milford drehte verwirrt den Kopf, um Caroline anzusehen, und wandte sich wieder seinem Freund zu. »Und? Sie trägt deinen Ring.«

»Den würde sie auch niemals abnehmen«, erwiderte Bradford hochnäsig.

»Brad, warum reden wir über Schmuck?«

Bradford zuckte die Achseln und schenkte seinem Freund endlich seine volle Aufmerksamkeit. »Hast du noch irgend etwas herausbekommen, was mein Problem betrifft?«

»*Unser* Problem, meinst du wohl, und ja, ich habe noch etwas erfahren, was mir wichtig erscheint.«

Bradford nickte. »Wir sprechen nach dem Essen darüber.«

Auf der anderen Seite des Ballsaals half Caroline ihrem Onkel auf die Beine und reichte ihm seinen Stock. Sie hatte mehr als eine Stunde in seiner Gesellschaft verbracht, und er war nun zufrieden. Er gab ihr einen liebevolle Abschiedskuß, ließ sie dreimal versprechen, daß sie ihn am folgenden Nachmittag besuchen würde, und machte sich dann langsam auf den Weg ins Foyer. Caroline begleitete ihn ein Stück und nickte gelegentlich Leuten zu, die ihr einen Gruß zuriefen.

»Meinst du, du kannst bei diesem Lärm schlafen?« fragte Caroline ihn besorgt.

»In letzter Zeit schlafe ich wie ein satter Säugling«, erwiderte der Marquis. »Nun geh und amüsier dich, Liebes. Morgen nachmittag, wenn du kommst, bin ich wieder frisch und munter.«

Caroline blieb stehen, faltete die Hände und sah ihrem Onkel nach, der sich nun die Treppe hinaufmühte. Als er außer Sicht war, drehte sie sich um und wollte sich gerade auf den Weg machen, um Bradford zu suchen, als Rachel Tillman und ihr Verlobter Nigel Crestwall ihr in den Weg traten.

Rachel verblüffte Caroline, indem sie fast brutal nach ihrem Arm griff, um sie aufzuhalten. »Sie können ja wirklich sehr zufrieden mit sich sein«, zischte sie. Caroline konnte sie nur erstaunt anstarren. Was war mit der Frau los?

»Sieh nur, wie unschuldig sie tut«, sagte Rachel zu Nigel gewandt. Ihre Stimme klang höhnisch, und Caroline lief ein Schauder über den Rücken.

»Rachel, wovon sprechen Sie?« fragte Caroline. Sie riß sich los und blickte fast ein wenig panisch umher. Wo war ihr Mann?

Rachel interpretierte Carolines suchenden Blick falsch. »Oh, keine Sorge. Ich werde Ihre reizende Party nicht ruinieren. Wo es mir doch eine *solche* Ehre war, eingeladen worden zu sein! Ich wollte Ihnen nur mitteilen, daß ich mich nicht von Ihrem schönen Schein blenden lasse. Sie haben alles kaputtgemacht. Alles!« Wieder griff Rachel nach Carolines Arm und grub ihre Nägel in die Haut, daß es schmerzte. »Dafür werden Sie bezahlen, Sie Luder. Warten Sie nur ab!«

»Ich habe noch nie zuvor eine Frau geschlagen, nicht wahr, Milford?« erklang Bradfords gelassene Stimme. Er stand hinter Rachel, so daß er ihre haßerfüllte Miene nicht sehen konnte. »Aber wenn Sie Ihre Hand nicht sofort von meiner Frau nehmen, Miss Tillman, dann werden Sie wohl die erste sein.«

Rachel riß ihre Hand so heftig weg, daß Caroline einen Schritt zurücktaumelte. Rachel warf Nigel einen wütenden Blick zu, als würde sie ihn dafür verantwortlich machen, daß Bradford sich unbemerkt hatte nähern können, dann wirbelte sie auf dem Absatz herum und ging ohne ein weiteres Wort davon. Nigel mußte laufen, um sie einzuholen.

Caroline sah der Frau mit wachsendem Zorn hinterher. Milford nahm sanft ihren Arm und begann, ihr die roten Druckmale fortzureiben. »Gewöhnlich reagiert man während einer Konfrontation, nicht danach«, bemerkte er mit einem Grinsen.

Caroline sah von ihm zu ihrem stirnrunzelnden Ehemann. »Ich reagiere leider immer sehr langsam«, sagte sie. »Bradford! Rachel haßt mich. Sie sagt, es sei alles meine Schuld.«

»Was denn?« wollte Milford wissen.

Caroline zuckte die Schultern. Erst jetzt bemerkte sie, daß einige Gäste zu ihnen herüberstarrten, und bemühte sich rasch um eine gelassene Miene. »Wenn ich das wüßte.«

»Wir gehen nach Hause. Milford, paß auf sie auf, während ich die Kutsche holen lassen.«

»Wir gehen nicht nach Hause«, widersprach Caroline. »Ich lasse mich doch nicht von so jemandem wie Rachel Tillman vertreiben. Im übrigen habe ich versprochen, mich mit –«

»Es ist mir egal, was du versprochen hast«, unterbrach Bradford sie barsch, und sofort richtete sich Carolines Zorn gegen ihn. Sie *haßte* Bevormundung.

Sie dachte nicht daran, zu gehen. Ihr Vater würde enttäuscht sein, und sie hatte Charity versprochen, nach dem Essen ein Gespräch unter vier Augen mit ihr zu führen. Aber anstatt Bradford das zu erklären, sagte sie anklagend: »Du hast noch nicht einmal mit mir getanzt.«

»Das ist wahr, Bradford«, mischte Milford sich ein. Er lächelte noch immer, sogar noch, als sowohl der Duke als auch die Duchess ihm strafende Blicke zuwarfen.

»Also gut! Wir tanzen, und dann verschwinden wir.« Bradford griff nach ihrer Hand und zog sie auf die Tanzfläche.

Caroline lächelte über ihren kleinen Sieg. »Vielen Dank, Bradford«, sagte sie strahlend.

»*Ein* Tanz«, erwiderte Bradford drohend, als sie sich auf dem Parkett aufstellten.

»Natürlich, Liebling.«

Ihre plötzlich demütige Haltung konnte ihn nicht täuschen. Aber sobald die Musik zu Ende war, tauchte Milford auf und bat um den nächsten Tanz mit der Duchess.

Widerstrebend willigte Bradford ein. Seine Stimmung hob sich ein wenig, als er sah, daß Rachel und Nigel sich verabschiedeten. Er brauchte an diesem Abend keine zweite Auseinandersetzung. Morgen war früh genug. Morgen würde er mit dieser Frau ein Gespräch führen und eine Erklärung fordern.

Caroline tanzte mit halb London und war ziemlich erschöpft, als das Mitternachtsdinner vorbei und der Tanz wieder aufgenommen wurde. Bradford war zufrieden, seine Frau zu beobachten. Er ertappte sich sogar ein oder zweimal dabei, wie er über die offene Bewunderung, die man seiner Frau entgegenbrachte, lächelte. Sie wirkte würdevoll und selbstbewußt, und das machte ihn stolz. Und zweimal, als er es am wenigsten erwartete, wandte sie im Arm ihres Tanzpartners den Kopf und lächelte ihn an.

Bradford entging nicht, daß Terrence St. James stets in Carolines Nähe herumlungerte, ebenso wie ein junger Bursche namens Stanton. Bradford betrachtete das Treiben mit geduldiger Nachsicht, fügte die beiden Namen aber im Geiste der Liste von jungen Stutzern zu, mit denen er demnächst ein paar deutliche Worte sprechen würde.

»Du schaust schon wieder so finster aus der Wäsche. Denkst du noch immer über Rachel Tillman nach?«

Bradford schüttelte den Kopf. »Ich beobachte bloß die Kerle, die meiner Frau hinterherhecheln«, erwiderte er. Er hörte sich gelangweilt an, aber Milford wußte, daß Bradford verärgert war. »Bevor der Abend vorbei ist, werde ich mit einigen von ihnen reden.«

Milford schüttelte den Kopf. »Dann müßtest du mit jedem männlichen Wesen hier reden«, bemerkte er. »Schau, Caroline geht mit ihrem Vater auf die Tanzfläche. Das heißt, du kannst für einen Augenblick aufatmen. Was meinst du, sollen wir uns jetzt einen Augenblick in Ruhe unterhalten?«

Bradford nickte und folgte seinem Freund aus dem Ballsaal hinaus. Er blieb gerade lange genug stehen, um Stanton einen Blick zuzuwerfen, der ihm durch Mark und Bein gehen mußte, dann setzte er seinen Weg fort.

Milford gab sich überaus gleichmütig, aber die Tatsache, daß er von sich aus schon zweimal das Thema seiner Nachforschungen angesprochen hatte, verriet Bradford, daß es sich diesmal nicht um eine falsche Spur handelte. Sie betraten das Arbeitszimmer des Marquis', vertrieben mit unfreundlichen Blicken das Pärchen, das sich einen Moment Zweisamkeit erhofft hatte, und schlossen dann die Tür.

Caroline hatte sich gerade bei ihrem Vater für den Tanz bedankt, als Charity auf das Parkett gestürzt kam. »Onkel, wenn du uns bitte entschuldigen würdest! Caroline und ich haben ein paar Dinge zu besprechen«, sagte sie atemlos.

Caroline folgte ihrer Cousine ergeben zu einem kleinen Alkoven. Charity setzte sich und schob ihre Brille auf die Nase. »Eigentlich wäre ich lieber auf den Balkon gegangen, aber da ist es zu kalt«, erklärte sie, während Caroline sich neben sie setzte.

Caroline lächelte und tätschelte ihre Hand. »Du hast keinen Grund, so nervös zu sein, Charity. In zwei Tagen wirst du den Mann heiraten, den du liebst, und alles wird einfach wundervoll werden.«

»Und? *Ist* es wundervoll?« flüsterte Charity. Dann runzelte sie die Stirn. »Ich wünschte, Mama wäre hier. Ich fürchte mich schrecklich vor . . . na ja, du weißt schon, wovor. Ich habe wirklich die schlimmsten Befürchtungen.«

»Charity, das brauchst du nicht.« Caroline fühlte sich herrlich überlegen . . . bis sie sich daran erinnerte, wie verängstigt sie in ihrer Hochzeitsnacht gewesen war. Schon stieg ihr das Blut in die Wangen. »Paul erwartet von dir ja nicht, daß du weißt, was zu tun ist«, erklärte sie, während ihre Verlegenheit wuchs. »Und es ist wirklich recht nett!«

Charity lächelte. »Ich mag es, wenn er mich küßt«, gab sie zu. »Und ich weiß, daß du mich nicht belügen würdest. Wenn du sagst, daß es schön ist, dann muß es das auch sein.«

Caroline lächelte in der Hoffnung, daß Charity keine Details wissen wollte, und war froh, als ihre Cousine aufstand und ihre Brille abnahm. »Ich fühle mich schon sehr viel besser. Vielen Dank.«

Charity verschwand in einer rauschenden, rosafarbenen Atlaswolke. Ohne Zweifel wollte sie sich auf die Suche nach ihrem Zukünftigen machen. Caroline stand auf und wollte gehen, als der große, schlaksige Terrence St. James erschien und sie um einen Augenblick ihrer Zeit bat.

Caroline schüttelte den Kopf. Es hätte sich absolut nicht gehört, da der Alkoven sie vollkommen vor den Blicken der anderen schützte. Im übrigen hatte Caroline keine Lust, sich mit dem Dandy zu unterhalten. Sein Blick wanderte ständig in unverhohlener Bewunderung über ihren ganzen Körper, und Caroline fand das überaus ärgerlich. Sie war immerhin eine verheiratete Frau!

»Ich wollte Sie nur um die Erlaubnis bitten, Sie besuchen zu dürfen, solange Sie in London sind«, sagte St. James. »Nun, da Sie verheiratet sind, könnte ein wenig Abwechslung vielleicht . . .« Er zuckte die Achseln und ließ den Rest des Satzes bedeutungsvoll offen.

Caroline konnte die Unverschämtheit dieses Mannes nicht fassen. »Ich werde diese Beleidigung dieses eine Mal noch ignorieren«, sagte sie eisig. Dann schob sie ihn angewidert beiseite und trat aus dem Alkoven.

»Aber Sie verstehen nicht«, flüsterte Terrence hinter ihr.

Caroline tat, als hätte sie nichts gehört. Als sie ihren

Vater inmitten einer Gruppe von Gästen entdeckte, setzte sie sich sofort in Bewegung.

Sie unterdrückte ihren Zorn so gut es ging. Oh, doch, sie verstand sehr wohl, was dieser abscheuliche Mensch angedeutet hatte. Eine Weile war sie wild entschlossen, mit Bradford über die widerwärtige Moral einiger britischer Adeliger zu reden, doch dann zwang sie sich, die Sache zu vergessen.

Caroline tanzte mit Paul und verbrachte dann einige Minuten damit, ihren Mann zu suchen. Als sie ihn nirgendwo entdecken konnte, beschloß sie, in der Bibliothek nachzusehen. Sie hatte ihrem Vater bereits mitgeteilt, daß sie müde war und bald gehen würde. Nun mußte sie nur noch ihren Mann finden und die Kutsche rufen. Rachel Tillman und Terrence St. James hatten sie in eine nachdenkliche Stimmung versetzt, und sie wünschte sich nichts mehr, als den Lärm und die Oberflächlichkeit hinter sich zu lassen. Nein, am allermeisten wünschte sie sich, daß Bradford sie in seine Arme zog.

Caroline hatte nicht gemerkt, daß Terrence ihr gefolgt war. Sie klopfte an die Tür der Bibliothek, dann öffnete sie sie, um hineinzuspähen. Der Raum war leer, und Caroline wollte sich gerade umdrehen, um wieder zu gehen, als Terrence sie hineinstieß und die Tür hinter sich zumachte.

»Lassen Sie mich raus!« fauchte Caroline. Sie war wütend genug, um ihre Fäuste einzusetzen, falls es nötig werden würde, und sie wurde noch zorniger, als St. James den Kopf schüttelte.

»Ich bin ausgesprochen reich«, begann er. »Ich könnte Ihnen –«

Caroline war mit ihrer Geduld am Ende. Sie stieß ihn wortlos aus dem Weg und ging auf die Tür zu. In diesem

Moment wurde St. James' Stimme beißend. »Ich bin in Wirklichkeit überhaupt nicht reich«, sagte er und vertrat ihr den Weg. »Und man zahlt mir einen stattlichen Betrag dafür, daß ich Sie kompromittiere. Ihr Gatte ist ein eifersüchtiger Mensch, meine Liebe.«

»Ja, das ist er«, erwiderte Caroline. Sie wich in Richtung Schreibtisch zurück, auf dem ein Kerzenleuchter stand, der eine passable Waffe abgeben würde. »Eifersüchtig genug, um Sie umzubringen.«

»Aber doch nicht in so einer Menschenmenge«, sagte er verächtlich.

»Warum?« fragte Caroline. »Warum tun Sie das?«

»Nun, wie ich schon sagte, das liebe Geld«, erwiderte Terrence mit einem gleichgültigen Achselzucken. »Rachel wird mich morgen bezahlen. Sie ist wirklich sehr, sehr böse auf Sie, meine Liebe.«

Caroline hatte den Tisch erreicht und drehte sich blitzschnell um, doch sie war nicht schnell genug. Terrence St. James stürzte vor, packte ihre Arme und preßte sie an ihre Seiten. Caroline wand und wehrte sich, doch er besaß erstaunliche Kräfte. »Mir macht es nichts aus, Sie zu küssen. Sie sind ziemlich anziehend. Ein oder zwei Hiebe von Ihrem Gatten sind es mir wert!«

Caroline stand steif in seinem Griff. Sie wehrte sich nicht mehr, sondern wartete auf ihre Gelegenheit. Terrences Beine standen weit genug auseinander, um ihr Vorhaben in die Tat umzusetzen, und sie würde warten, bis er sich ein wenig entspannt hatte, um dann genau das zu tun, was Caimen ihr beigebracht hatte.

»Mein Mann wird mir glauben, wenn ich ihm erzähle, was geschehen ist«, sagte sie so hochnäsig wie möglich.

Terrence verlagerte seine Position, und Caroline schob augenblicklich ihren rechten Fuß zwischen seine Beine. Im gleichen Moment vernahmen sie beide Stimmen.

Caroline öffnete den Mund, um zu schreien, aber Terrence preßte seine Lippen auf ihre, um sie zum Schweigen zu bringen.

Die Tür öffnete sich, als Caroline gerade ihr Knie hochreißen wollte.

Doch sie hatte keine Chance. Bradford war schneller als der Blitz. Terrence St. James wurde von ihr fortgezerrt und vom Boden gerissen, bevor Caroline noch Luft holen konnte. Sie konnte sich gerade noch zur Seite retten, als St. James' Füße schon an ihrem Kopf vorbeisausten.

Bradford hatte ihr den Rücken zugekehrt, so daß sie sein Gesicht nicht sehen konnte. Er beobachtete St. James, der gerade versuchte, sich aufzurappeln. Caroline warf einen Blick zur Tür, an der Milford stand und offensichtlich dafür sorgen sollte, daß niemand hereinkam.

St. James kam endlich wieder auf die Füße, doch ein gewaltiger Faustschlag in den Bauch streckte ihn sofort wieder nieder.

Caroline hastete an die Seite ihres Mannes, umklammerte seinen Arm, und er wandte langsam den Kopf. Ein eiskalter Schreck durchfuhr Caroline. Er sah sie mit soviel Verachtung, Abscheu und Empörung an, daß sie fast in die Knie gegangen wäre. »Was um Himmels willen –«

»Schweig!«

Der kalte Befehl und sein angewiderter Blick erschütterten sie so sehr, daß sie zu weinen anfing. Lieber Gott, dachte er denn im Ernst, sie hätte sich dem widerlichen Stutzer hingeben wollen? Sie schüttelte verzweifelt den Kopf. Das konnte er doch nicht wirklich glauben. Er konnte doch nicht so schlecht von ihr denken!

St. James erwies sich als genauso dumm, wie er geldgierig war. Er versuchte wieder auf die Füße zu kommen. Bradford packte ihn mit einer Hand an der Kehle, zerrte ihn hoch und rammte ihn in das Bücherregal hinter ihm.

Terrence strampelte mit den Füßen in der Luft, während sein Gesicht langsam rot anlief. Caroline versuchte, die Hand ihres Mannes zur Seite zu drücken, aber es gelang ihr nicht. In ihrer Verzweiflung wandte sie sich hilfesuchend zu Milford um.

»Lassen Sie nicht zu, daß er ihn umbringt«, sagte sie.

Milford antwortete mit einem gleichgültigen Schulterzucken. Caroline wischte sich die Tränen aus den Augen und wandte sich wieder an ihren Mann. »Bradford, du wirst gehängt, wenn du ihn tötest. Und er muß dir doch noch erzählen, was geschehen ist.«

»Ich weiß verdammt genau, was geschehen ist . . . was ihr beide getan habt!« sagte Bradford bedrohlich leise.

In diesem Moment mischte sich Milford endlich ein. »Er ist den Ärger nicht wert, Brad. Schmeiß ihn draußen auf den Müllhaufen.«

Milfords Bemerkung drang durch Carolines Panik, und das Entsetzen ebbte langsam ab. Statt dessen spürte sie, wie ein unbändiger Zorn in ihr aufstieg. »Und was glaubst du, was wir getan haben?« fuhr sie ihn an. »Sag's mir, Bradford. Sag mir, was du denkst!«

Bradfords Miene veränderte sich langsam, bis er beinahe gelangweilt aussah. Er ließ sein Opfer los und sah ungerührt zu, wie Nigel zu Boden plumpste und dort zusammensackte.

St. James war natürlich nicht tot. Caroline hörte, wie er panisch nach Luft rang, während sie auf eine Antwort ihres Mannes wartete.

»Brad, hör auf deine Frau. Caroline, erzählen Sie uns, was passiert ist«, versuchte Milford sich als Vermittler.

»Ich erkläre gar nichts«, sagte Caroline. Ihre Stimme war bar jeder Emotionen. Nur ihre geballten Fäuste verrieten ihre Wut. »Sie haben doch gesehen, was geschehen ist. Ziehen Sie Ihre Schlüsse selbst! Mein Mann hat schon zu einer Antwort gefunden. Nicht wahr, Bradford?« Sie wandte sich um und setzte sich in Richtung Tür in Bewegung, aber Bradford hielt sie mit einer leichten Berührung zurück.

»Ich glaube, daß du in dieser Sache unschuldig bist«, sagte er endlich. Seine Stimme klang noch immer schrecklich kalt. »Bleib hier, bis wir zum Gehen bereit sind. Milford? Laß die Kutsche vorfahren.«

»Mach es selbst!« Milford dachte nicht daran, seinen Freund mit St. James allein zu lassen. Sein Freund hatte sich noch längst nicht unter Kontrolle!

Bradford murmelte etwas Unanständiges und verließ die Bibliothek.

Milford ging zu St. James und stieß ihn mit dem Fuß an. »Ich schlage vor, Sie sehen zu, daß Sie verschwinden, bevor Bradford zurückkommt.«

Caroline stand mit gesenktem Blick in der Mitte des Zimmers, und St. James stolperte in großem Bogen um sie herum.

Milford sah ihm nach, bis er verschwunden war, dann trat er neben Caroline. Er legte ihr tröstend die Hand auf die Schulter und runzelte verblüfft die Stirn, als sie sich mit einer heftigen Bewegung losmachte.

»Nun sagen Sie mir doch, was geschehen ist«, drängte er sie.

Caroline schüttelte den Kopf. »Sie würden es nur Bradford weitersagen«, flüsterte sie.

»Und was wäre so schlimm daran?«

Seine Stimme war so zärtlich und besorgt, daß es Caroline tief berührte. Sie erbebte und verschränkte fest ihre Hände, um das Zittern zu unterdrücken. Sie durfte nicht zulassen, daß Milford sie tröstete, denn dann würde sie zusammenbrechen, sie wußte es.

»Ich möchte bitte nach Hause gehen.« Sie wich noch einen Schritt zurück, als Milford wieder versuchte, sie zu berühren.

Die Qual in ihrer Stimme tat Milford im Herzen weh. Sie hielt sich aufrecht und war um Fassung bemüht, doch ihre Stimme verriet sie.

»Bradford kommt jeden Augenblick zurück«, sagte Milford. »Caroline, er hat Ihnen doch gesagt, daß er Ihnen glaubt. Er ist nur wütend auf St. James.«

Caroline schüttelte den Kopf. »Anfangs nicht«, widersprach sie. »Anfangs hat er das Schlimmste geglaubt ...«

»Wenn er sich beruhigt hat –«

»Ich will nicht mit Bradford nach Hause fahren«, unterbrach sie ihn.

»Das ist aber verdammt schade.« Die eisige Bemerkung kam von der Tür, wo der Duke of Bradford stand.

Caroline weigerte sich, ihn anzusehen. Sie spürte, wie ihr der Umhang um die Schultern geworfen wurde, dann riß Bradford sie an seine Seite.

Keiner der beiden sprach während der Heimfahrt ein einziges Wort. Caroline nutzte die Zeit, um sich ein wenig zu beruhigen. Sie spürte Bradfords Blick, sah ihn aber immer noch nicht an.

Ihr war, als wäre ihr Herz gebrochen. Sie fühlte sich entsetzlich elend, aber dafür konnte sie Bradford nicht verantwortlich machen. Sie war selbst schuld. Er hätte ihr niemals so weh tun können, wenn sie sich nicht in ihn verliebt hätte. Sie hatte ihm von ganzem Herzen vertraut, und nun hatte eben dieses Vertrauen sie beinahe vernichtet. Seine Eifersucht und sein Mißtrauen ihr gegenüber waren so unbegründet und so sinnlos, daß sie nicht wußte, was sie dagegen unternehmen sollte ... wie sie sich dagegen schützen konnte. Sie konnte sich noch allzu gut daran erinnern, wie er seinen Zorn gegen sie gerichtet hatte, als Crestwall sie auf der Dinner-Party ihres Vaters belästigt hatte. Mochte er auch sagen, daß er sie für unschuldig hielt – im Grunde glaubte er nicht daran.

Als sie vor Bradfords Stadthaus vorfuhren, wollte Caroline sich nur noch in ihrem Zimmer einschließen und weinen. Sie fühlte sich wie ein verwundetes Tier, das sich irgendwo verkriechen mußte.

Doch als sie die Treppe hinaufgehen wollte, rief Bradford sie zurück. Er verlangte, daß sie in der Bibliothek über den Vorfall reden sollten.

Caroline ging einfach weiter, ohne auf ihren Mann zu hören. Sie schaffte es bis zur Tür ihres Schlafzimmers, bevor Bradford sie einholte und am Arm herumriß, damit sie ihn ansah.

»Hast du nicht verstanden? Los, komm in die Bibliothek!«

»Nein.« Sie wandte sich um, betrat ihr Zimmer und drückte die Tür vor seiner Nase zu.

Einen Sekundenbruchteil später flog die Tür auf und schlug krachend gegen die Wand. Bradford stürmte herein und folgte seiner Frau zum Bett, auf dem sie sich niederließ und ihre Hände zusammenkrampfte.

Er stand mit gespreizten Beinen vor ihr und stemmte die Hände in die Hüften. Als Caroline zu ihm aufschaute, sah sie wieder Zorn in seinem Gesicht. Und in diesem Moment war es um ihre Beherrschung geschehen. »Ich will nicht mehr mit dir sprechen. Nicht nach diesem Abend«, fauchte sie.

»Du wirst mir jetzt erklären, was du mit St. James in der Bibliothek zu suchen hattest, und wenn ich es aus dir herausprügeln muß.«

»Du würdest deine Hand nicht gegen mich erheben«, stellte sie ruhig fest. Bradford war so verblüfft, daß er einen Moment brauchte, um sich wieder zu fassen.

»Und woher willst du das wissen?« fuhr er sie an.

»Du brauchst nicht deine Fäuste einzusetzen, wenn deine Gedanken und deine Blicke soviel mehr Schaden anrichten können. Außerdem würdest du niemals eine Frau schlagen; so ein Mann bist du nicht.«

Im stillen gestand Bradford sich ein, daß sie recht hatte. Und mit leeren Drohungen würde er nichts erreichen. Also beschloß er, das Problem mit Vernunft zu klären. »Sag mir, was geschehen ist.«

»Ich will, daß du mir zuerst meine Frage beantwortest. Danach erzähle ich dir alles.« Sie stand auf und sah ihn an. »Als du mich mit St. James sahst, dachtest du im ersten Moment, daß ich dich betrogen hatte, richtig?«

»Ich weiß, daß du ihn nicht –«

»Weich meiner Frage nicht aus«, unterbrach Caroline ihn ruhig. »Antworte mir, Bradford. Sag die Wahrheit!«

Er zuckte die Achseln. »Es war eine logische Schlußfolgerung. Ja, für einen kurzen Moment glaubte ich, daß du mich betrogen hast. Du hast irgendwann am Abend gesagt, daß du jemandem versprochen hast, dich mit ihm zu treffen. Ich habe überreagiert, aber dann rasch begriffen, daß du unschuldig bist.«

Carolines Schultern fielen herab. »Ich war mit Charity verabredet«, erwiderte sie. »Ihr habe ich versprochen, daß wir uns treffen. Jetzt sage ich dir, was passiert ist. Ich war auf der Suche nach dir. Paul schlug mir vor, doch in der Bibliothek nachzusehen, und St. James folgte mir. Rachel wollte ihn dafür bezahlen, mich in eine kompromittierende Situation zu bringen. Tja, wie du siehst, weiß die ganze Welt, wie eifersüchtig du bist – die ganze Welt, bis auf deine dumme, naive Frau! St. James meinte, er bräuchte dringend Geld. Und weißt du, daß ich ihm noch allen Ernstes versichert habe, daß du ohnehin mir glauben und aus der Situation keine falschen Schlüsse ziehen würdest? Nun, ich habe mich offenbar geirrt.« Der letzte Satz ging beinahe in einem leisen Schluchzen unter.

»Du verdrehst die Tatsachen«, fauchte Bradford. »Du warst doch diejenige, die mir versprochen hat, nicht von meiner Seite zu weichen. Ein einziges Mal drehe ich dir den Rücken zu, und schon –«

»Ich habe dich *gesucht!*« unterbrach sie ihn. »Ich habe einen Fehler gemacht.«

»Das hast du allerdings.«

»Mein Fehler war es, dich zu heiraten. Mein Fehler war es, mein ganzes Vertrauen in dich zu setzen. Mein Fehler war es, dich zu lieben. Doch Liebe und Haß liegen sehr nah beieinander, und in diesem Moment glaube ich fast, daß ich dich hasse! Und daran bist du selbst schuld.« Sie hielt inne, um Luft zu holen, und setzte dann wütend hinzu: »Du preßt langsam aber sicher die ganze Liebe aus mir heraus.«

Dann drehte sie ihm den Rücken zu und begann sich auszuziehen, als würde er für sie überhaupt nicht mehr existieren.

Als sie nur noch ihr Hemd trug, wollte sie ins angrenzende Zimmer gehen, um sich ihren Hausmantel zu holen, doch Bradford stellte sich ihr in den Weg.

»Warum siehst du mich so finster an, Bradford? Du solltest dich doch freuen«, sagte sie eisig. Sie konnte sich nicht mehr zurückhalten und steigerte sich fast befreit in ihren Zorn hinein. »Seit dem Tag, an dem wir uns kennengelernt haben, lauerst du doch darauf, daß ich dich irgendwie betrüge oder verrate. Du bist dir doch sicher, daß ich genau wie alle anderen bin, und habe ich dir nicht gerade bewiesen, daß du recht hast? Ich bin nicht besser als eine Käufliche, nicht wahr?«

»Wovon redest du?«

»Du glaubst, es sei deine Pflicht, mich vor mir selbst zu schützen, ist es nicht so? Wir armen Frauen sind so schwach, und natürlich besitzen wir kein angeborenes Gefühl für Anstand und Ehre. Ach, wir können es einfach nicht lassen, mit dem nächstbesten Mann ins Bett zu springen, stimmt's? Sag mir eines, Bradford: Wie ist es mir bloß gelungen, bis zu unserer Hochzeit Jungfrau zu bleiben?«

»Verdammt, rede nicht so einen unverständlichen Unsinn.« Er hatte nicht vorgehabt, sie anzubrüllen, aber sie kam der Wahrheit viel zu nahe, als es ihm lieb war.

»England ist ein scheußliches Land«, flüsterte Caro line. »All die Jahre, die ich in Boston gelebt habe, mußte ich mich nur ein einziges Male mit solchen Schuften auseinandersetzen. Es waren drei Männer, betrunken, und ich befand mich in der falschen Gegend. Aber hier, in diesem Land, kann ich hingehen, wohin ich will . . . überall werde ich bedroht, attackiert und beleidigt. Und, lieber Gott, es handelt sich noch nicht einmal nur um Fremde. Mein eigener Mann greift mich mit seinen widerlichen Vermutungen an. Ich will nach Hause. Ich will nach Boston zurück.«

Und dann begann sie wieder zu weinen.

»Caroline, ich habe nie einen Hehl daraus gemacht, daß ich sehr aufbrausend bin.«

»Es ist sinnlos, einen Tauben anzubrüllen oder von einem Blinden zu verlangen, herzusehen. Heute abend habe ich begriffen, daß du Ansichten hast, die so tief verwurzelt sind, daß du dich niemals ändern wirst. Du wirst mir niemals wirklich vertrauen. Du *kannst* es gar nicht. Ich hätte dich niemals heiraten dürfen!«

»Du hattest keine Wahl«, stellte Bradford fest. Ihre zornigen Worte ließen seine Wut neu aufflammen. Es war unfaßbar, daß sie es wagte, so mit ihm zu reden.

Caroline war inzwischen ins Bett geschlüpft und zog sich die Decke über. Dann drehte sie ihm den Rücken zu.

»Wärst du so freundlich, mein Schlafzimmer zu verlassen?« fragte sie. Sie zitterte vor Kälte und aus Verzweiflung und wußte, daß es nur eine Frage der Zeit war, bis sie wirklich zusammenbrach und einen Weinkrampf bekam. Sie wollte nur mit ihrem Elend alleingelassen werden. Erst, wenn ihre Tränen versiegt waren, konnte sie vernünftig darüber nachdenken, was sie tun sollte.

»Du verdrehst die Tatsachen, Frau. Himmel, wie *immer* verdrehst du die Tatsachen«, murmelte Bradford. »Du hast keinen Grund, auf mich böse zu sein. Ich bin doch derjenige, der dich mit diesem Bastard in der Bibliothek entdeckt hat. Und das, nachdem du mir dein Wort darauf gegeben hast, nicht allein umherzuwandern. Du bist viel zu vertrauensvoll, Caroline. Und deswegen gerätst zu ständig in Situationen, mit denen du nicht zurechtkommst.«

»Ich verdrehe keine Tatsachen«, antwortete Caroline. Sie drehte sich um und sah, daß auch er ihr den Rücken zugewandt hatte. »Endlich sehe ich die Dinge glasklar. Und du bist derjenige, der darauf bestanden hat, daß wir zwei Schlafzimmer haben. Dies ist *mein* Zimmer, also geh jetzt raus! Ich will dich nicht neben mir haben!« Heiße Tränen brannten in ihren Augen, und sie setzte trotzig hinzu: »Ich erlaube es nicht.«

»Erlauben? Du erlaubst es nicht?« Er wirbelte herum, und Caroline erkannte, daß er innerlich kochte. Aber es kümmerte sie nun nicht mehr.

»Niemand, Caroline, niemand hat es je gewagt, so mit

mir zu reden. Ich bin derjenige, der hier erlaubt und verbietet, und du solltest das niemals vergessen, ist das klar?«

Bradford trat ans Bett und zog sein Hemd aus. Caroline rollte sich auf den Bauch. Sie spürte, wie die Decke weggerissen wurde und wie sein Gewicht die Matratze niederdrückte, die protestierend ächzte. Dann wurde ihr das Hemd von den Schultern geschoben und ausgezogen. Sie regte sich nicht, und nur das leichte Anspannen ihrer Pomuskeln, als sein Arm sie dort streifte, zeigte, daß sie seine Anwesenheit nicht vollkommen ignorieren konnte.

Caroline wartete mit angehaltenem Atem ab, bis sie glaubte, explodieren zu müssen, doch es geschah gar nichts. Dann spürte sie seine Lippen an ihrem Nacken. »Ich will nicht, daß du mich anfaßt«, flüsterte sie in ihr Kissen.

»So läuft das aber nicht, Frau. Was du willst, ist nicht von Bedeutung«, sagte er hart.

Caroline drehte sich mit solchem Schwung um, daß Bradford zurückzuckte. Eine Weile starrten sie einander nur schweigend an, jeder zeigte dem anderen das volle Ausmaß der Wut, die er verspürte. Caroline zwang sich, so ruhig wie möglich zu sprechen. »Vielleicht sind meine Wünsche für den Duke of Bradford nicht von Bedeutung, doch in diesem Bett hier haben deine Macht und dein Geld keinen Einfluß. In diesem Bett bist du mein Mann. Die Öffentlichkeit mag vor dem Duke of Bradford das Knie beugen, aber ich werde mich meinem Mann gegenüber niemals devot verhalten. Niemals, begreifst du? Lerne endlich, zwischen deinem Titel und dem Menschen, der du bist, zu unterscheiden, denn sonst hat unsere Ehe überhaupt keine Chance, das schwöre ich dir.«

Seine Miene verriet seine Verwirrung, und Caroline hätte ihn vor Verzweiflung fast angeschrien. »Leg deine Eifersucht und deinen Zorn draußen vor der Tür ab. Ach ja, und tu deine Arroganz gleich dazu. Komm zu mir als Jered Marcus Benton!«

Nach diesen Worten drehte sie sich wieder auf den Bauch. Sie wußte, daß er sie noch immer nicht verstanden hatte, und die Verzweiflung zog ihr die Eingeweide zusammen.

Bradford begriff tatsächlich nicht. Sie sprach in Rätseln, und er hatte nicht die Geduld, diese aufzulösen. Er war der Duke of Bradford! Und es war einfach nicht möglich, den Titel von dem Menschen zu trennen. Verstand sie denn nicht, daß sein Rang seine Schutzhülle war? Wollte sie ihm seine Würde, seinen Wert nehmen?

Eine nagende Unsicherheit begann, sich in ihm festzusetzen. Versuchte sie vielleicht, ihm seinen Selbstschutz zu nehmen? Und wenn sie es schaffen sollte, was dann? Würde überhaupt noch etwas übrigbleiben?

Nein, sie verlangte zuviel von ihm. Und sie kannte sich offenbar selbst nicht. Sie stritt ab, daß ihr Vermögen, Macht und Titel etwas bedeuteten, aber warum sonst hätte sie ihn heiraten sollen? Oder sollte es tatsächlich wahr sein, was sie ihm ständig sagte? Sollte es wahr sein, daß sie den Menschen Jered Marcus Benton liebte?

Bradford schüttelte den Kopf und versuchte, die Verwirrung, für die sie verantwortlich war, zu verdrängen. Lieber Gott, sie schaffte es wirklich, daß ihm vor lauter Fragen und möglichen Antworten schwindelig wurde. Zum ersten Mal, seit sein Vater und sein Bruder gestorben waren, fühlte er sich verwundbar. Und er verabscheute dieses Gefühl.

Sie verwirrte ihn, und er war noch nicht bereit, sich

mit ihren Ansichten ernsthaft auseinanderzusetzen. Sie forderte Veränderungen, die ihn zu einem anderen Menschen machen würden. Aber wer war er dann? Nein, er wollte jetzt nicht darüber nachdenken. Er wollte nur sie. Jetzt. Auf der Stelle. Aber er wollte sie willig und leidenschaftlich. Und er wollte ihre Liebe.

Caroline kniff in dem Versuch, die Tränen zu unterdrücken, die Augen zu, doch es nützte nichts. Sie spürte, wie Bradford die Position verlagerte und ein Bein über ihre Oberschenkel legte. Dann begann er, ihren Rücken zu liebkosen. Die Berührung war so zärtlich, daß sie erneut vollkommen aus dem Gleichgewicht gebracht war. Sie spürte seinen warmen Atem an ihrem Rückgrat und bekam eine Gänsehaut. Sein Finger zog eine sinnliche Linie von ihrem Nacken bis zu ihrem Hinterteil, hielt ganz kurz nur inne und glitt schließlich zwischen ihre Schenkel, um sie dort zu liebkosen.

Caroline fühlte die Veränderung in seiner Stimmung, wußte, daß sein Zorn vorüber war und konnte nicht anders, als auf seine zärtliche Verführung zu reagieren. Sie wollte sich unter ihm wegrollen, sagte sich, daß sie den Genuß, den er ihr aufzwang, verabscheuen müßte, und hätte dann beinahe über ihre albernen Gedanken gelacht. Er zwang ihr überhaupt nichts auf.

Seine Lippen wanderten in heißen Küssen über ihren Rücken, während seine Finger sie immer feuchter und heißer machten. Sie krallte sich in das Laken, als er die Flamme ihrer Leidenschaft immer stärker auflodern ließ, doch sie konnte weder etwas gegen das Zittern ihres Körpers, noch gegen die wachsende Lust unternehmen.

Seine Finger drangen wieder und wieder in sie ein, bis sie glaubte, vor Wonne sterben zu müssen. Sie drückte sich ihm entgegen, stöhnte seinen Namen und flehte mit heiserer Stimme, er möge endlich etwas tun.

Bradford schob sich zwischen ihre Beine. »Sag mir, wie sehr du es willst«, befahl er.

»Ich will *dich*, Jered«, flüsterte Caroline. »Bitte. Jetzt.«

»Und ich will dich, Caroline«, knurrte er. Seine Hände packten ihre Hüften, und er drang mit einem einzigen heftigen Stoß in sie ein.

Seine Stimme drang durch den Schleier der verzehrenden Leidenschaft hindurch, sprach die zärtlichen, lockenden Worte eines Liebenden, bat sie zu nehmen, was er zu geben hatte. Er wartete auf ihre vollkommene Hingabe, und als sie erneut seinen Namen schrie, folgte er ihr zum Höhepunkt und fand seine glühende Erfüllung.

Mit einem Knurren der Befriedigung brach er auf seiner Frau zusammen, und als das Zittern aufgehört hatte, rollte er sich von ihr und zog sie mit sich. Sein Kinn ruhte auf ihrem Scheitel, und seine Hand strich zärtlich über ihre Wange. Er fühlte Tränen an seinen Fingerspitzen und flüsterte wieder und wieder »Süße, weine nicht, wein doch nicht«, bis Caroline sich wieder ein wenig beruhigt hatte.

»Du kannst mich immer dazu bringen, daß ich dich will«, flüsterte sie unglücklich.

Bradford reagierte nicht sofort. Er zog die Decke über ihre beiden Körper und zog sie enger an sich. Dann schmiegte er sich so sanft und zärtlich an sie, daß Caroline schon wieder zu weinen begann.

»Caroline, willst du von mir hören, daß mir das leid tut? Ich kann dir das nicht sagen. Oder ich müßte lügen«, meinte er seufzend. »Ich habe dich nicht mit Gewalt oder durch Zwang genommen. Du wolltest es genau wie ich.«

Sie schüttelte den Kopf, bevor er den letzten Satz zu Ende gesprochen hatte. »Du wolltest nicht?« fragte er.

Wollte sie ihn nun anlügen? Bisher war sie immer aufrichtig zu ihm gewesen, manchmal vielleicht sogar zu aufrichtig, und er hatte gelernt, sich vollkommen auf ihre Ehrlichkeit zu verlassen.

»Doch, natürlich«, antwortete Caroline. »Aber ich wollte von dir hören, daß es dir leid tut, mir heute abend etwas so Scheußliches unterstellt zu haben«, erklärte sie. Ihre Stimme war gedämpft durch das Kissen, und Bradford mußte sich auf einen Ellenbogen stützen, um sie zu verstehen.

Er küßte sie auf die Schläfe. »Du hast überreagiert«, sagte er.

»Bitte? *Ich* habe überreagiert?« Caroline war vollkommen verdutzt. »Du hast heute abend beinahe jemanden umgebracht, und der Blick, mit dem du mich angesehen hast, war entsetzlich. Du wolltest glauben, daß ich schuldig war, nicht wahr?«

»Um Himmels willen. Nicht schon wieder. Hör auf, so dramatisch zu sein«, sagte er verärgert. »Ich habe doch sehr bald begriffen, daß du nichts getan haben kannst.«

In Caroline regte sich der Trotz. Er hatte wirklich nicht die leiseste Ahnung, wie weh er ihr getan hatte. »Aber nicht bald genug«, fauchte sie. Sie kämpfte sich in eine sitzende Position und drehte sich so, daß sie ihn ansehen konnte. »Solange du kein Vertrauen zu mir hast, kann diese Ehe nicht funktionieren. Ich will *blindes* Vertrauen, und ich gebe mich nicht mit weniger zufrieden. Ich will, daß du so bedingungslos an mich glaubst, daß du stets erst um eine Erklärung bittest, bevor du auch nur daran denkst, mich zu verurteilen! Und selbst wenn du mich mit zwei Männern gleichzeitig im Bett vorfindest.«

»Du hast keinen Narren geheiratet«, murmelte Bradford.

»Da bin ich mir nicht so sicher.« Das zornige Aufblitzen in den Augen ihres Mannes entging ihr nicht, doch sie fuhr unbeirrt fort: »Ein Narr nimmt sich nicht die Zeit, seinen Gegner zu verstehen. Du hast mich – meinen Charakter – vorschnell verurteilt und das angegriffen, das ich am meisten schätze.«

»Und was soll das sein?« fragte Bradford beherrscht.

»Meine Ehre.«

»Was soll das? Ist unsere Ehe deiner Meinung nach ein Schlachtfeld, auf dem wir Kämpfe austragen?« Bradford schnaubte. »Wir sind Mann und Frau, Caroline, keine Gegner in einem Krieg.«

»Im Augenblick ist mir der Unterschied nicht ganz klar«, sagte Caroline ungerührt. »Man könnte unsere Ehe durchaus als Schlachtfeld bezeichnen, bis du mir zugestehst, daß ich –«

»Ich gestehe überhaupt nichts zu«, bellte Bradford. Das Gespräch bewegte sich in eine Richtung, die ihm ganz und gar nicht gefiel. Etwas, das sie vorhin gesagt hatte, wollte in sein Bewußtsein vordringen, aber es gelang ihm nicht, sich daran zu erinnern. Nun, was auch immer es war – es würde ihm schon noch früh genug einfallen.

Bradford gähnte herzhaft. Im Augenblick wollte er nur noch seine Frau in die Arme ziehen und schlafen. »Du bist diejenige, die mir etwas zugestehen muß, Frau«, sagte er in dem Versuch, die Diskussion zu beenden. »Sieh ein, daß ich die Kraft und die Macht besitze, um in dieser Ehe die Oberhand –«

»Hör auf. Du bist jetzt absichtlich unausstehlich«, fuhr Caroline ihn an. »Du weißt genau, was ich von dir will. Entweder du vertraust mir oder –«

»Vielleicht irgendwann, wenn du mir bewiesen hast, daß du es wert bist«, erwiderte Bradford und gähnte wieder. Was ihn betraf, war die Sache für heute erledigt. Er versuchte, Caroline wieder in seine Arme zu ziehen.

Doch die war mit einem Satz aus dem Bett. Sie packte die Überdecke und wickelte sich darin ein. Ihr ganzer Körper bebte vor Zorn. »Ich habe es satt, mich beweisen zu müssen. Wenn es nach dir ginge, müßte ich vor Angst zittern, sobald irgendein Mann auch nur den Mund öffnet, um mit mir zu sprechen, weil es ja sein könnte, daß du dann direkt wieder deine widerwärtigen Vermutungen anstellst. Wenn du begreifst, daß ich weder ein oberflächliches Weibchen bin, das nur auf Geld und Wohlstand aus ist, noch eine gerissene Dirne, die die halbe männliche Bevölkerung Londons verführen will, dann könnte unsere Zukunft vielleicht angenehm sein. Bis dahin kannst du meinetwegen allein schlafen. Wärm dich an deinem Mißtrauen!«

Mit diesen Worten stolzierte sie aus dem Zimmer. Es gab ihr eine gewisse Befriedigung, die Tür mit einem lauten Krachen zuzuwerfen, doch dieses Gefühl war nur kurzlebig. Als sie in Bradfords Bett kletterte, zitterte sie schon wieder am ganzen Körper. Sie war absolut überzeugt davon, daß er hereinstürmen und sie in ihr Bett zurückschleifen würde. Aber er tat es nicht.

Statt dessen öffnete er ruhig die Verbindungstür und blieb im Türrahmen stehen. Mit einer Stimme, die ihr einen kalten Schauder über den Rücken jagte, verkündete er: »Wie du willst. Aber dies ist mein Schlafzimmer. Du hast meine Erlaubnis, in deinem eigenen zu schlafen, Frau. Wenn du begriffen hast, wie albern du dich benommen hast, bin ich bereit, mir deine Entschuldigung anzuhören.«

Caroline gab ihm keine Antwort. Sie rappelte sich auf, schlüpfte aus dem Bett und umrundete ihn, um in ihr eigenes Zimmer zurückzukehren. Dort legte sie sich zitternd in ihr Bett und weinte sich in den Schlaf.

Ihr letzter Gedanke war, daß ihr Mann der sturste Mensch auf der Welt war.

Bradford hörte seine Frau weinen und war versucht, aufzustehen und zu ihr hinüberzugehen, aber dann überlegte er es sich anders. Sie war diejenige, die mit dem Unsinn angefangen hatte, und sie würde auch diejenige sein, die auf ihn zukam.

Er schloß die Augen und versuchte, seinen Kopf frei zu machen. Und gerade, als er dabei war, in den Schlaf hinüberzudämmern, fiel ihm wieder ein, was die ganze Zeit am Rande des Bewußtseins gelauert hatte. Sie hatte ihn mit seinem normalen Vornamen angeredet. Als sie sich geliebt hatten, hatte sie ihn Jered genannt. Stirnrunzelnd versuchte er sich darüber klar zu werden, was daran so wichtig war.

KAPITEL 12

Später hätte Caroline nicht sicher sagen können, wie sie die nächsten zwei Tage überstanden hatte. Charitys Hochzeit war beinahe nicht zu ertragen. Ihre Cousine war so glücklich, so überschäumend vor Freude und so entsetzlich trunken vor Liebe, daß Caroline mehr als einmal echten Neid verspürte. Natürlich verbarg sie ihre Gefühle so gut es ging, und wann immer Bradford an ihrer Seite war, spielte sie die brave Ehefrau, die strahlend lächelnd die Bekannten begrüßte.

Carolines Stimmung kannte in dieser Zeit nur zwei Phasen, die sich abwechselten. Entweder sie verspürte akutes Heimweh nach Boston und ihrer dortigen Familie oder eine allumfassende Melancholie, wenn sie an ihre Beziehung zu Bradford dachte. Durch ihre Liebe zu ihm war sie wie gefangen, war sie an ihn gebunden, und nicht nur einmal wünschte sie sich, sie hätte irgend etwas tun können, um den Schmerz zu unterdrücken, den die Liebe zu einem solchen Schuft mit sich brachte.

Die Hochzeitszeremonie war wunderschön, und Caroline schluchzte die ganze Zeit – sehr zum Mißvergnügen ihres Ehemanns. Mit einem resignierten Seufzer, der laut genug war, daß ihn vermutlich jedermann in der Kirche hörte, drückte er ihr ein Taschentuch in die Hand.

Während Caroline sich alle Mühe gab, ihre Unzufriedenheit bezüglich ihrer Ehe zu verbergen, versuchte Bradford es noch nicht einmal, was Caroline furchtbar wütend machte. Oh, er gab sich freundlich und nett, wenn er mit anderen umging, ja er lachte sogar ein oder zweimal während der anschließenden Feier! Ihr gegenüber jedoch benahm er sich – auch vor anderen – deutlich herablassend und übellaunig. Die meiste Zeit ignorierte er ihre Anwesenheit ganz, doch manchmal war es eben unumgänglich, sie anzusprechen – nämlich, wenn er ihr einen Befehl erteilen wollte.

Rachel und ihre Mutter waren sowohl bei der Hochzeit als auch beim anschließenden Empfang dabei. Caroline war erstaunt, daß die beiden gekommen waren, doch sie wartete, bis sie, Bradford und Milford in der Kutsche saßen, die sie zurückbringen sollte, bis sie das Thema endlich ansprach.

»Ich begreife nicht, wie Rachel zu der Hochzeit kommen konnte«, begann Caroline. »Sie hat ja keinen Hehl daraus gemacht, daß sie mich haßt, und sie muß doch gewußt haben, daß ich kommen würde.«

»Sie waren beide eingeladen«, stellte Milford achselzuckend fest. »Mutter und Tochter.«

»Ja, aber sie hat so scheußliche Dinge gesagt«, argumentierte Caroline schwach.

»Natürlich«, erwiderte Milford. »Aber das wissen schließlich nur Sie, Nigel, Bradford und ich. Rachels Mutter hat doch keinen Grund damit aufzuhören, Ihren Vater zu umgarnen.«

»Ich habe versucht, Rachel beiseite zu nehmen, um mit ihr zu reden«, gab Caroline zu. »Aber sie war wie eine Maus. Immer wenn ich in ihre Nähe kam, huschte sie in eine andere Ecke.«

Milford grinste. »Sie sieht auch aus wie eine Maus.«

Bradford fand das überhaupt nicht komisch. »Du wirst dich dieser Frau nicht mehr nähern«, sagte er schroff.

»Ich wollte doch nur herausfinden, warum sie mich so haßt. Sie hat gesagt, alles sei meine Schuld. Aber was?

Ich finde, ich habe ein Recht darauf, zu erfahren, warum sie mir so negative Gefühle entgegenbringt, Bradford. Sie hätte mich töten können, als sie mich damals bei Claymeres die Treppe hinuntergestoßen hat.«

»Wie kommen Sie auf die Idee, daß sie es war?« fragte Milford Caroline, doch sein Blick war auf Bradford gerichtet. Das kurze Kopfschütteln seines Freundes sagte ihm, daß er das Thema nicht fortführen sollte. Milford zog verwirrt eine Augenbraue hoch und überlegte sich hastig etwas, mit dem er Caroline wieder davon ablenken konnte. »Werden Sie Charity vermissen, wenn sie England verläßt?« Bravo, Milford, dachte er. Eine dämlichere Frage hättest du vermutlich nicht stellen können.

»Was? Oh, ja, natürlich. Und wie«, erwiderte Caroline. »Ich habe überlegt, ob ich meine Familie nicht auch mal wieder besuchen sollte.« Sie warf Bradford einen Blick zu, um zu sehen, wie er ihre Worte aufnahm, doch er starrte nur aus dem Fenster und ignorierte sie wieder. »Vielleicht könnte ich im Frühling für eine Weile hinübergehen«, fügte sie hinzu.

»Du wirst nirgendwo hingehen«, stellte Bradford kalt fest, aber Caroline war zu müde, um sich mit ihm zu streiten.

Milford suchte in seinem Kopf verzweifelt nach einem anderen, unverfänglicheren Thema. Die Atmosphäre in der Kutsche war zum Zerreißen gespannt, und er fühlte sich mehr als nur ein bißchen unbehaglich. »Wie geht's Ihrem Onkel?« brachte er schließlich etwas lahm hervor. »Wie ich gehört habe, leidet er im Augenblick ein wenig unter dem Wetter.«

»Er hat nur eine Erkältung«, antwortete Caroline. »Bradford und ich haben ihn gestern besucht. Er hat eine leuchtendrote Nase und tränende Augen, aber der Arzt meint, er wird in ein paar Tagen wieder gesund und munter sein. Er war zu Tode betrübt, daß er Charitys Hochzeit nicht miterleben durfte.«

Sie hatten nun das Stadthaus erreicht, und Caroline ging ohne zu zögern nach oben. Bradford und Milford zogen sich in die Bibliothek zurück, um sich zu unterhalten.

Caroline wanderte eine gute Stunde unruhig in ihrem Zimmer auf und ab, bis sie schließlich ins Bett ging. Mit den Fäusten hieb sie auf die Kissen ein, um ihren Ärger und ihre Verzweiflung abzuschütteln, doch die unschuldige Matratze konnte ihr auch nicht helfen. Der Abgrund zwischen ihr und ihrem Mann wurde immer größer, und sie hatte langsam das scheußliche Gefühl, daß sich ihr Problem niemals lösen würde.

Die Verbindungstür zu Bradfords Zimmer war offen, und Caroline ging hinüber und blickte auf das große, einladende Bett. Hatte sie denn kein Recht, seine Liebe zu verlangen? War sie diejenige, die stur und dickköpfig war? In Bradfords Augen waren ihre Ansichten unrealistisch, und möglicherweise hatte er recht. Vielleicht verlangte sie tatsächlich zuviel von ihm. »Aber ich will mich nicht mit der Hälfte zufrieden geben«, flüsterte sie in die Stille hinein. Tief in ihrem Herzen wußte sie, daß Bradford sich irrte. Und sie durfte sich keinesfalls durch ihre Sehnsucht, in seinen Armen zu liegen, von ihrer Entschlossenheit abbringen lassen.

Sie würde um Kraft beten.

Am folgenden Morgen verkündete Bradford, daß es an der Zeit war, nach Bradford Hills zurückzukehren. Caroline hatte keine Einwände zu machen. Sie hielt Abstand zu ihrem Mann, und er benahm sich nicht anders.

Die Feindseligkeiten zwischen ihm und seiner Frau

begannen, an Bradfords Nerven zu zerren. Er hatte sich an den trockenen Humor seiner Frau gewöhnt und ihren verbalen Schlagabtausch genossen. Sie war eine intelligente Frau, die über die politischen Ereignisse sowohl in England als auch in den Kolonien informiert war, und er begann, ihre hitzigen Debatten über die Unterschiede beider Nationen zu vermissen.

Rasch lebten sie sich wieder auf dem Landsitz ein. Bradford war zuversichtlich, daß Caroline sich über kurz oder lang einsam und gelangweilt fühlen und wieder seine Gesellschaft suchen würde. Außerdem fehlte sie ihm auch körperlich; er hoffte, daß sie sich bald entschuldigen würde, so daß sie ihre Liebesbeziehung wieder aufnehmen konnten.

Als das Wochenende kam, mußte er sich eingestehen, daß er sich geirrt hatte. Caroline wirkte ganz und gar nicht, als würde sie sich einsam fühlen, und wenn er es nicht besser gewußt hätte, dann wäre er zu dem Schluß gekommen, daß ihr das Landleben besser gefiel als der Trubel, den die Londoner Gesellschaft mit sich brachte.

Carolines Vater hatte darauf bestanden, daß sie die beiden Araber behalten sollte, und so ritt sie jeden Morgen auf einem von beiden aus, wobei ihr ihre Leibwachen stets auf den Fersen blieben.

Die Geschäfte zwangen Bradford, wieder nach London zurückzukehren, und während er in der Stadt war, erwarb er verschiedene teure Schmuckstücke. Am besten gefiel ihm eine Halskette aus Rubinen und Diamanten. Er ließ sie durch einen Boten nach Bradford Hills schicken und freute sich schon auf seine Rückkehr, bei der er gewiß eine dankbare, devote Ehefrau vorfinden würde.

Derselbe Bote brachte das Halsband am späten Abend zurück. Es lag keine Nachricht dabei, aber der erschöpfte

Bote erzählte ihm, daß die Duchess ihn gebeten hätte, den Schmuck so schnell wie möglich zum Absender zurückzubringen.

Bradford war verärgert, daß sie sein Geschenk zurückwies, aber dann überlegte er, daß es ihr wahrscheinlich einfach nicht besonders gefallen hatte. In weiser Voraussicht erstand er noch verschiedene wundervolle Steine, die nach ihrem Geschmack gefaßt und bearbeitet werden konnten, und machte sich schließlich an die Rückfahrt nach Bradford Hills. In seiner Kutsche transportierte er außerdem eine Auswahl der neuesten Stoffe, die er als zusätzliches Friedensangebot für Caroline ausgesucht hatte. Keine Frau konnte einem neuen Kleid widerstehen, und Bradford war fest überzeugt, daß seine Frau unter dem Ausmaß seiner Großzügigkeit klein beigeben würde.

Doch er irrte sich wieder. Nicht nur, daß sie seine Geschenke zurückwies – sie tat auch noch so, als hätte er sie mit dieser Geste beleidigt! Bradford tobte. Er tat alles, um mit ihr wenigstens einen Waffenstillstand zu schließen, aber sie war zu stur, um es anzuerkennen. Nun, natürlich hatte er seine Beweggründe nicht ausdrücklich erklärt, aber jede Frau mit einem Funken Verstand im Kopf hätte es begriffen.

Es war spät am Abend, als Bradford seine Frau in der Bibliothek zur Rede stellte. Er sagte ihr, daß er ihr Verhalten merkwürdig und unverständlich fand, und das schien Caroline erst recht aufzubringen. Sie trug ein einfaches königsblaues Kleid und hatte sich eine schwere Stola um die Schultern gelegt, weil es im Haus recht kalt war.

»Wann wirst du endlich begreifen, daß ich nicht wie andere Frauen bin?« fragte Caroline ihn. Sie stand mit dem Rücken zu ihm vor dem Kamin und wärmte ihre

Hände an dem anheimelnden Feuer. »Ich will keine Juwelen.«

»Du machst dir also nichts aus den edleren Dingen des Lebens?« fragte Bradford täuschend ruhig. Caroline drehte sich um und sah das verärgerte Glitzern in seinen Augen.

»Es gibt anderes, das ich erstrebenswerter finde«, erwiderte sie. So gerne hätte sie ihm gesagt, daß seine Liebe und sein Vertrauen ihr mehr als alles andere auf der Welt bedeuteten, aber sie wußte genau, daß er sich vor ihr zurückziehen würde, wenn sie dieses Thema erneut ansprach.

»Ich habe einen Fehler gemacht. Ich wollte mich mit dir auseinandersetzen, dir Frieden anbieten«, sagte Bradford nun. Seine Stimme klang wieder so arrogant und herablassend wie eh und je. »Morgen wirst du deine Sachen packen und ans andere Ende meines Besitzes reisen. Dort steht ein Haus – das erste, das je von einem Bradford gebaut wurde. Du erzählst mir, daß Luxus dir nichts bedeutet. Also gut, Frau, beweis es mir! Ich bin gespannt, wie lange es dauert, bis du dir die Wahrheit eingestehst.«

Caroline nickte, während sie versuchte, sich ihre wachsende Verzweiflung nicht anmerken zu lassen. Wie sollten sie jemals die Kluft zwischen sich überwinden, wenn sie in zwei verschiedenen Häusern lebten? »Wirst du mitkommen?« fragte sie ruhig.

Bradford erkannte die Furcht in ihren Augen und hätte beinahe gelächelt. So hatte er also endlich einen Weg gefunden, sie zur Vernunft zu bringen. »Nein«, antwortete er. »Die Männer, die ich angestellt habe, um dich zu beschützen, werden mit dir gehen. Ich reise nach London und kümmere mich dort um meine Geschäfte. Anschließend kehre ich in dieses Haus hier zurück. Im Gegensatz zu dir, Caroline, gebe ich gerne zu, daß ich die Annehmlichkeiten, die mir mein Reichtum ermöglicht, durchaus zu schätzen und zu genießen weiß.«

»Und wirst du dir andere Frauen nehmen, während du in London bist?« fragte Caroline sehr sanft. Sie hatte ihrem Mann wieder den Rücken zugekehrt, so daß er ihr Gesicht nicht sehen konnte.

Die Frage verblüffte ihn wirklich. Seit er Caroline kannte, hatte er nicht einmal in Erwägung gezogen, eine andere Frau anzufassen, und allein der Gedanke stieß ihn ab. Er erkannte, daß er noch eine weitere Waffe besaß, die er gegen sie einsetzen konnte, aber er brachte es nicht übers Herz, dies zu tun. »Nein«, sagte er also nur, ohne ihr eine weitere Erklärung zu bieten.

»Danke«, erwiderte sie. Die schlichte Antwort brachte ihn erneut aus dem Gleichgewicht.

»Warum? Warum ist dir das so wichtig?«

Caroline drehte sich um und ging ruhig auf ihn zu. Direkt vor ihm blieb sie stehen. »Weil ich dich liebe, Jered Marcus Benton«, antwortete sie und sah ihm dabei direkt in die Augen.

»Du hast eine merkwürdige Art, mir deine Liebe zu zeigen«, bemerkte er. Er streckte den Arm aus, legte eine Hand in ihren Nacken und zog sie zu sich. »Ich habe dich nicht aus meinem Bett verbannt, Caroline. Du bist freiwillig gegangen.«

Caroline sagte nichts. Sie sah ihn einfach nur stumm an, bis er der Versuchung nicht mehr widerstehen konnte. Seine Lippen strichen über ihre, und als sie versuchte, sich ihm zu entziehen, küßte er sie wieder. Und wieder.

Caroline öffnete den Mund unter seinem zärtlichen Angriff, und ihre Hände glitten um seine Taille. Sie hielt nichts zurück, sondern gab ihm alles, was ihre Liebe zu bieten hatte.

Bradfords Zunge erforschte ihren Mund und entzündete die Funken der Leidenschaft mit jeder Liebkosung. Der Kuß wurde immer intensiver, immer verlangender, und Carolines Stola glitt zu Boden, als er sie plötzlich an sich drückte.

Sie wünschte sich, daß er niemals aufhören würde, und als Bradford seine Lippen von ihren löste und ihren Hals zu liebkosen begann, seufzte Caroline, teils aus Wonne, teils aus Resignation.

»Ich will dich heute nacht«, flüsterte er. Er küßte sie wieder, hob sie auf die Arme und trug sie ohne Umschweife in sein Schlafzimmer hinauf.

»Kein Protest?« fragte er, nachdem er die Tür geschlossen und sich zu ihr umgewandt hatte.

Caroline schüttelte den Kopf. Bradford küßte sie erneut und begann dann, sie langsam und methodisch auszuziehen. Als nächstes zog er sich selbst aus und war erstaunt, als Caroline sich vor ihn hinkniete und ihm half, die Stiefel abzustreifen.

Sie schien also gewillt, ihm seine Wünsche zu erfüllen. Unwillkürlich runzelte Bradford die Stirn über die plötzliche Veränderung in ihrem Verhalten.

Caroline stand auf und trat zum Bett, während Bradford abwartend stehenblieb und sie beobachtete. Auf jeder Seite des Bettes standen Kerzen, die ein weiches Licht abgaben, und Bradford beschloß, die Flammen heute nicht zu löschen. Er wollte ihre Leidenschaft nicht nur spüren, er wollte sie auch sehen.

Er riß die Decke weg und streckte sich auf der Seite aus. Er wollte es heute besonders lange auskosten, wollte die Spannung steigern, aber sobald er sie in seinen Armen spürte, konnte er sich nicht mehr zurückhalten.

Fast brutal preßte er seinen Mund auf ihre Lippen und drang mit der Zunge in sie ein, während die verzehrende Sehnsucht, die nur sie stillen konnte, immer weiter wuchs.

Er konnte in dieser Nacht nicht zärtlich sein, und Caroline, die von einer genauso starken Sehnsucht erfüllt war wie er, wollte auch keine Liebkosungen, keine Zärtlichkeiten spüren. Ihre Nägel bohrten sich in seine Schultern, während sie ihre Hüften auffordernd an seine Lenden preßte.

Bradford drang mit einem heftigen Stoß in sie ein. Caroline stieß einen Schrei aus, und er hielt sofort inne. »Lieber Gott, Caroline«, flüsterte er. »Ich wollte dir nicht weh tun.«

Doch als er von ihr abrücken wollte, drängte sie sich ihm entgegen und hielt seine Hüften fest. »Hör nicht auf, Bradford, bitte nicht!«

Bradford legte seine Hände an ihre Wangen und sah ihr ins Gesicht, während seine Stöße ihre Leidenschaft immer noch steigerten. Als er sich schneller zu bewegen begann, entrang sich ein tiefes Stöhnen ihrer Kehle, ein Stöhnen, das bis in seine Seele drang und ihn die Kontrolle verlieren ließ.

Als er spürte, wie Carolines Muskeln sich verkrampften, und sie mit einem Aufschrei kam, ergab auch er sich der Wonne der Erfüllung. Zufrieden und ausgelaugt ließ er sich auf ihren Körper sinken.

Caroline hörte seinen rauhen Atem, fühlte seinen Herzschlag an ihrer Brust und schloß die Augen mit einem zufriedenen Seufzer.

Und dann wartete sie darauf, daß er ihr sagte, wie sehr er sie liebte. Mit jedem Augenblick, der verstrich, ebbte das Gefühl der Zufriedenheit ab.

Bradford rollte sich auf die Seite und zog Caroline in

seine Arme. »Wie es scheint, ist dies der einzige Ort, an dem wir nicht streiten«, flüsterte er.

»Sind die Betten in dem alten Haus drüben bequem?« fragte sie. Die so beiläufig gestellte Frage verriet ihm, daß sich nichts geändert hatte.

Doch er wollte sich nicht noch einmal in Rage bringen lassen. »Ein Teil des Hauses ist nicht möbliert. Gott, du bist wirklich dickköpfig, Caroline. Gib doch einfach zu, daß du zu mir gehörst, und du kannst bleiben.«

»Ich habe nie behauptet, daß ich nicht zu dir gehöre«, erwiderte Caroline, die von seiner merkwürdigen Auslegung des Problems überrascht war. »Du weißt genau, worum es wirklich geht. Und bevor du nicht begreifst, daß ich mich nicht mit –«

»Du kannst von hier mitnehmen, was immer du brauchst«, unterbrach er sie. Er dachte nicht daran, klein beizugeben.

»Warum muß ich die Leibwächter denn mitnehmen?« fragte sie, um das Thema zu wechseln. »Ich weiß, daß du mit Rachel gesprochen hast.«

Bradford hielt sie an seiner Brust fest und ignorierte ihre Bemühungen, sich in seinen Armen zu drehen, damit sie ihn ansehen konnte. »Rachel hat nichts mit den Angriffen auf dich zu tun.«

»Bist du sicher?« Endlich gelang es Caroline, sich aus seinem Arm zu winden. Sie setzte sich auf und blickte ihn verwirrt an.

Bradford konnte nicht umhin, den Anblick, den sie ihm bot, zu bewundern. Ihre Locken fielen ihr wirr ins Gesicht und tanzten um ihren zarten Hals. Die Spitzen ihrer Brüste lugten gerade eben über den Saum der Decke hervor, die sie sich um den Oberkörper geschlungen hatte.

»Bradford! Ich habe dich gefragt, ob du sicher bist!«

Bradford löste sich widerwillig von dem reizvollen Anblick. »Ja.«

Caroline seufzte. »Weißt du, ich finde, du siehst die ganze Sache recht entspannt«, murmelte sie. »Wenn jemand versuchen würde, dir etwas anzutun, würde ich ganz London umgraben, um ihn zu finden. Du dagegen tust, als würde es dich furchtbar langweilen.«

»Ich habe dir versprochen, daß ich mich um die Angelegenheit kümmern werde«, stellte Bradford fest. »Du brauchst nicht mehr zu wissen. Das ist mein Problem, nicht deines.«

»Nein, Bradford. Das ist *unser* Problem.«

Bradford seufzte. »Rachel glaubt, daß du deinem Vater ausgeredet hast, ihre Mutter zu heiraten. Sie hatte sich finanziell sehr viel davon versprochen und meint jetzt, du hättest ihr einen Stock zwischen die Beine geworfen.«

»Wie kommt sie denn auf solch eine alberne Idee?« fragte Caroline erstaunt.

Bradford dachte einen Moment nach, beschloß aber dann, daß sie ein Recht darauf hatte, es zu erfahren. »Weil dein Vater es ihr gesagt hat.«

»Aber wieso sollte er das tun?«

»Caroline, dein Vater fühlte sich unter Druck gesetzt und hat dich als Ausrede benutzt. Es wäre zu kompliziert gewesen, Rachels Mutter die Wahrheit zu sagen, und so hat er den Weg des geringsten Widerstands genommen und dich zum Sündenbock gemacht.«

Caroline schüttelte ungläubig den Kopf. »Das ist aber entsetzlich feige«, flüsterte sie.

»In den meisten Fällen schon«, stimmte Bradford zu. »Aber bei deinem Vater liegt die Sache anders. Er hat so lange allein in seiner eigenen Welt gelebt . . .«

»Vierzehn Jahre«, warf Caroline ein.

»Ja. Nun, er besitzt einfach nicht die nötige Erfahrung, mit Frauen wie Lady Tillman umzugehen. Sie hatte ihre Netze ausgeworfen, um ihn einzufangen, und er hat den einzigen Fluchtweg genommen, der ihm eingefallen ist.«

»Er hat sich davor gefürchtet, ihr aufrichtig die Wahrheit zu sagen?« fragte Caroline. »Ist es das, was du damit ausdrücken willst?«

Bradford seufzte wieder. »Er ist ein alter Mann, Caroline. Er wird sich in vieler Hinsicht nicht mehr ändern. Ich würde ihn eher als ein wenig verwirrt als ängstlich bezeichnen.«

»Vor vierzehn Jahren, als er mich fortgeschickt hat, geschah es aus Angst. Das weiß ich.«

»Er hatte gerade seine Frau und seinen neugeborenen Sohn verloren. Caroline, der Mann war am Boden zerstört.«

Caroline hörte nicht mehr richtig zu, als Bradford weitere Argumente vorbrachte, die für den Earl sprachen, denn ihr war soeben bewußt geworden, daß er das Verhalten ihres Vaters verteidigte. Anstatt die einfache Lösung zu akzeptieren – nämlich, daß ihr Vater sich feige aus der Affäre gezogen hatte – zeigte er Verständnis und Mitgefühl!

Warum konnte er ihr gegenüber nicht verständnisvoller sein? Warum konnte er sich nicht nur ein ganz klein wenig an sie anpassen? Caroline wußte, daß er um sein Herz herum einen mächtigen Schutzwall errichtet hatte, damit niemand ihn verletzen konnte. Aber wie sollte sie diesen Schutzwall niederreißen?

Bradford hatte zu sprechen aufgehört, und sein tiefer, gleichmäßiger Atem sagte ihr, daß er eingeschlafen war. Sie versuchte, von ihm abzurücken, aber seine Arme packten sie fester.

Caroline schloß die Augen, aber der Schlaf wollte sich

lange Zeit nicht einstellen. Ihre Gedanken kreisten um offene Fragen und Entscheidungen, die zu treffen waren. Sie wußte, daß ihr Mann etwas für sie empfand – mehr wahrscheinlich, als er selbst wußte. Vielleicht war es einfach nur eine Frage der Zeit, bis er ihr seine Liebe eingestand. Und würde das Vertrauen mit dem Eingeständnis Hand in Hand gehen?

Caroline wußte es einfach nicht. Sie hatte ihre Ehe mit einem Schlachtfeld verglichen, auf dem sie einander bekriegten, um gegenseitiges Verständnis zu erringen. Sie hatte ihm vorgeworfen, daß er sie nicht wirklich kennen würde. Daß dies zutraf, hatte er ihr bewiesen, als er mit Schmuck und Kleidern ihre Vergebung hatte erkaufen wollen. Vielleicht hätten die Frauen, die er früher gekannt hatte, sich damit zufriedengegeben, aber Caroline verlangte noch immer mehr. Sie wollte sein Herz. Sie wollte alles.

Ihr Gespräch eben hatte ihr jedoch deutlich gemacht, daß auch sie einen schweren Fehler begangen hatte. Sie war überrascht gewesen, als er sich für ihren Vater eingesetzt hatte. Natürlich ... auch sie hatte sich niemals die Mühe gemacht, die Gründe für sein Verhalten zu erforschen, seinen Zynismus zu hinterfragen. Bisher hatte sie immer nur über die Auswirkungen getobt, wenn es um seine Einstellung Frauen gegenüber ging. Auch sie kannte ihren Gegner nicht.

Caroline beschloß, noch einen letzten Versuch zu starten, seine Rüstung zu durchdringen. Sie betete, daß es ihr gelingen würde. Und wenn sie es schon nicht schaffen konnte, diesen verfluchten Schutzwall niederzureißen, dann wollte sie ihm wenigstens ein paar gravierende Einschußlöcher beibringen!

Caroline war schon auf, fertig angezogen und mit Pakken beschäftigt, als Bradford schließlich erwachte. Sobald er sah, was sie tat, wurde er wütend. »Das ist doch Unsinn«, knurrte er.

Caroline ließ das Kleid, das sie gerade falten wollte, aufs Bett fallen. »Du hast vollkommen recht.« Sie ging zur Verbindungstür, in der ihr Mann stand, stellte sich auf Zehenspitzen und küßte ihn auf die Wange. »Ich will auch nicht fortgehen«, sagte sie. »Und wenn du mir nur versprichst, daß du in Zukunft vollstes Vertrauen zu mir hast, dann packe ich sofort alles wieder aus.«

»Caroline, ich bin noch nicht wach genug, um jetzt schon mit dir zu streiten. Es ist meine Pflicht, dich vor jeder Bedrohung zu beschützen, ob sie nun von außen oder von innen kommt. Ich muß keine Versprechungen machen, wenn ich sichergehen kann, daß du keine Möglichkeit erhältst, auf Abwege zu geraten.«

»Du beleidigst mich schon wieder, Bradford«, sagte sie sanft. »Aber ich werde es dir verzeihen. Du weißt es eben nicht besser.« Sie wandte sich um und nahm das Kleid wieder auf, um weiter zu packen. Tränen brannten in ihren Augen.

Bradford hatte es satt, daß sie ihn ständig zu manipulieren versuchte. Er hätte dem Einhalt geboten und ihr befohlen, ihre Sachen wieder auszupacken, wenn er nicht zwei Gründe gehabt hätte, sie wegzuschicken. Das wichtigste war Carolines Sicherheit. Er wollte sie aus der Gefahrenzone haben, wenn er seinen Plan, ihrem Feind eine Falle zu stellen, in die Tat umsetzte. Bradford Place, eine Festung, die im Mittelalter errichtet worden war, bot ihr mehr als genug Schutz. Das Haus war aus massiven Steinen gebaut und stand auf einem kahlen Hügel. Niemand, der sich der Festung näherte, konnte dies ungesehen tun. Bradford würde Caroline zwei Männer mitgeben; drei andere warteten bereits auf Bradford Place.

Der zweite, wenn auch weit unbedeutendere Grund war sein Bedürfnis, seiner Frau eine wohlverdiente Lektion zu erteilen. Nach einer Woche Isolation würde sie mehr als nur willig sein, wieder zum Luxus und der Bequemlichkeit zurückzukehren. Dessen war er sich sicher.

Und sie besaß die Frechheit, ihn zum Abschied zu küssen! Sie standen zusammen auf der Marmortreppe von Bradford Hills und verabschiedeten sich voneinander. Bradford setzte eine entschlossene Miene auf, während seine Frau, wie er fand, wirkte, als zöge sie aus, um die Welt zu erobern.

Einen Augenblick zog er in Erwägung, ihr klarzumachen, daß es sich bei ihrer Reise nicht um ein Abenteuer, sondern um eine Strafe handelte. Aber er schwieg lieber. Wenn sie die Festung sah, würde sie es schon erkennen.

»Caroline, du wirst eine ganze Woche dort bleiben, hast du das begriffen?«

Caroline nickte und wollte sich schon abwenden, doch Bradford hielt sie zurück. »Zuerst will ich, daß du mir dein Wort gibst. Du wirst das Anwesen eine ganze Woche nicht verlassen, was auch immer geschieht oder du –«

»Warum?«

»Ich habe es nicht nötig, meine Gründe zu erklären«, murmelte Bradford. »Gib mir dein Wort.«

Er drückte ihre Schultern so fest, daß Caroline befürchtete, sie würde dort blaue Flecken bekommen. Stirnrunzelnd sah sie ihm in die Augen. »Du hast mein Wort, Bradford.«

»Und wenn du nach einer Woche beschließt, zu mir zurückzukommen, wo du auch hingehörst, dann warte ich auf deine Entschuldigung!«

Caroline machte sich los und setzte sich in Bewegung. »Bradford, schau nicht so finster drein«, rief sie ihm über die Schulter zu. »Ich habe dir mein Wort gegeben.« Sie stellte einen Fuß in die Kutsche und wollte gerade einsteigen, als sie sich noch einmal umdrehte. »Allerdings ist es dazu nötig, mir zu vertrauen, daß ich es auch halte!«

Grinsend ließ sie sich im Wagen nieder. Der verdatterte Ausdruck auf dem Gesicht ihres Mannes war wirklich zu schön gewesen.

Ihre Zufriedenheit wich mit jeder Meile, die sie sich von Bradford Hills entfernte. Es dauerte fast vier Stunden, bis sie die alte Festung erreichten. Das ausgedehnte Land, das ihrem Mann gehörte, war mit Hügelketten durchzogen; sie zählte drei auf dem Weg zu ihrem vorübergehenden Zuhause.

Caroline konnte nur beten, daß Bradford sie vermissen würde. Vielleicht war der Schmerz der Trennung es wert. Vielleicht würde sie ihm so sehr fehlen, daß er erkannte, wie sehr er sie liebte.

Und vielleicht fiel Weihnachten und Ostern auf denselben Tag, dachte sie voller Ironie, als das monströse Bauwerk schließlich in Sicht kam. Es stand oben auf einem absolut kahlen Hügel und wirkte abweisend und deprimierend. Um den Fuß des Berges wand sich ein Bach, über den sich eine baufällige Brücke spannte, und ihre beiden Leibwächter bestanden darauf, daß sie sie zu Fuß überquerte, für den Fall, daß das morsche Holz das Gewicht der Kutsche nicht tragen würde.

Als sie näher kamen und die Festung genauer betrachten konnten, wurden Carolines schlimmste Befürchtungen bestätigt. Der zweistöckige Klotz war ganz aus gewaltigen, massiven Steinen gebaut, wahrscheinlich der einzige Grund, warum er noch nicht zerfallen war.

»Meine Güte. Fehlt nur noch ein Wassergraben und Moos und Schimmel an den Wänden«, murmelte Caroline.

Mary Margaret wanderte schweigend neben ihrer Herrin. »Du brauchst nicht hierzubleiben«, sagte Caroline zu ihr. »Ich kann verstehen, wenn du nach Bradford Hills zurückfahren möchtest.«

»Jeder hat sein Päckchen zu tragen«, erwiderte Mary Margaret mit einem Grinsen. »Ich weiß zwar nicht, warum Sie in die Verbannung gehen, Milady, aber ich bin sowohl Ihnen als auch Ihrem Gatten treu ergeben. Und ich habe ihm versprochen, auf Sie aufzupassen.«

»Nun, dann sehen wir mal, wie grauenvoll es drinnen aussieht«, sagte Caroline seufzend.

Die Tür war verschlossen, doch Huggins, eine der Wachen, brauchte nicht lange, um sie zu öffnen. Das von Wind und Wetter verzogene Holz gab knirschend und ächzend nach, und Caroline hätte sich nicht gewundert, wenn die Tür gleich aus den Angeln gebrochen wäre.

Die Eingangshalle war karg und roch moderig. Der Steinboden und die Mauern waren braun von Schmutz. Eine Treppe führte ins erste Stockwerk hinauf, doch das Geländer sah so brüchig aus, als würde es sofort auseinanderfallen, wenn man es berührte.

Zur Rechten lag der Speisesaal. Caroline trat an den Tisch, der in der Mitte des dunklen Zimmers stand, und fuhr mit einem Finger über die dicke Staubschicht auf der Oberfläche. Sie blickte zum Fenster hinüber. Ehemals burgunderrote Vorhänge, nun gräulich verblichen, hingen bis auf den Boden herab.

Caroline wanderte langsam in die Eingangshalle zurück. Der Hauptraum lag dem Eßzimmer gegenüber. Das entsprach in etwa dem Grundriß des Stadthauses ihres Vaters, aber damit hörten die Ähnlichkeiten auch schon auf.

Der Eingang zum Salon war durch zwei Glastüren verschlossen, die jemand ein paar Jahrhunderte nach dem Errichten des Hauses hinzugefügt haben mußte. Caroline stieß sie auf und ging drei Stufen hinab.

»Ich versuche gerade, mir vorzustellen, wie es hier aussieht, wenn es sauber und aufgeräumt ist«, sagte sie zu ihrer Zofe, die ihr langsam folgte.

Der Raum war sehr geräumig. An der Wand zur Rechten war ein gewaltiger Kamin eingebaut, zur Linken befanden sich zwei große Fenster, und direkt gegenüber vom Eingang führten Türen hinaus in den Garten ... oder was auch immer dort sein mochte.

Caroline ging zu den Türen, konnte jedoch nicht durch die Fenster sehen. Sie öffnete sie also und entdeckte einen gepflasterten Weg. »Im Frühling könnte es hier sehr schön sein«, bemerkte sie geistesabwesend. »Wenn man draußen etwas anpflanzen würde und –«

»Sie haben doch nicht etwa vor, so lange hierzubleiben?« fragte Margaret besorgt.

Caroline gab keine Antwort. Der Wind, der durch die offenen Türen hereinwehte, war kalt, und sie fröstelte. Schnell schloß sie die Türflügel wieder und wanderte durch den aufwirbelnden Staub zurück zu den drei Stufen.

Dort setzte sie sich nieder und ließ den Kopf hängen. Sie war besiegt. Himmel, es würde Monate dauern, dieses Haus wieder präsentabel zu machen. Bradford war sehr zuversichtlich gewesen, als er ihr gesagt hatte, sie würde nach einer Woche zurückkehren. Nun verstand sie auch, warum.

»Wollen Sie wieder zurückfahren?« fragte Mary Margaret hoffnungsvoll.

Caroline schüttelte den Kopf. »Wir fangen mit den Schlafzimmern an. Das heißt, wenn wir uns nicht schon bei dem Versuch, die Treppe hinaufzukommen, umbringen.«

Der zweite Mann der Wache, ein Riese namens Tom, hörte ihre Bemerkung und machte sich augenblicklich daran, die Haltbarkeit der Konstruktion zu überprüfen. »Noch genau so stabil wie am Tag, an dem sie gebaut wurde«, verkündete er schließlich zufrieden. »Das Geländer kann ein paar Nägel gebrauchen, aber das war es dann schon.«

Caroline hatte eine plötzliche Eingebung. »Wir machen dieses Haus im Handumdrehen wieder ansehnlich«, prophezeite sie mit einem Anflug von Begeisterung.

Mary Margaret verdrehte die Augen. »Wir werden allein eine Woche brauchen, um ein einziges Zimmer zu reinigen.«

»Nicht, wenn wir Hilfe haben. Hör zu, Mary Margaret. Du fährst in das Dorf, an dem wir auf der Hinfahrt vorbeigekommen sind. Dort suchst du uns Handwerker, Frauen, die putzen, Leute, die anpacken können«, erklärte Caroline. »Und eine Köchin! Wir brauchen eine Köchin.«

Caroline machte eine Liste und schickte ihre Zofe mit der Kutsche los.

Die Prophezeiung, daß das Haus im Handumdrehen wieder sauber war, erwies sich als nicht zutreffend. Sie brauchten die ganze Woche dazu, wobei sie von Tagesanbruch bis zur Abenddämmerung schufteten.

Nach dieser einen Woche jedoch war Bradford Place fast nicht mehr wiederzuerkennen. Die Wände waren nun nicht mehr schmutzigbraun, sondern strahlten in reinem Weiß. Die Holzböden im Eßzimmer und im Salon waren blankpoliert worden. Auf dem Speicher hatten sie Möbel gefunden, und der karge Empfangsraum wirkte nun warm und einladend. Caroline hatte einen hübschen Kanonenofen erstanden und in eine Ecke des Salons stellen lassen, so daß das Zimmer nun mollig warm war, wenn die Türen zur Eingangshalle geschlossen waren.

Doch als die Woche verstrichen war, wurde Caroline immer unruhiger. Sie hatte erwartet, daß Bradford auf der Türschwelle auftauchen würde, sobald die Frist vorbei war, doch er kam nicht. Und so wartete sie. Eine weitere Woche verstrich, bevor sie sich den Tatsachen stellte.

Caroline weinte sich jede Nacht in den Schlaf, während sie sich selbst, ihren Mann und die Ungerechtigkeit dieser Welt im allgemeinen verfluchte. Dann, endlich, entschloß sie sich, aufzugeben. Sie teilte Mary Margaret mit, daß sie am nächsten Tag nach Bradford Hills zurückfahren würden.

Caroline stand vor dem Kamin im Empfangszimmer und überlegte, was sie Bradford sagen sollte. Sie hatte keinerlei Absicht, ihn um Vergebung zu bitten, aber wahrscheinlich würde er ihre Rückkehr als Sieg betrachten. Sie mußte sich etwas ausdenken, um ihm deutlich zu machen, was sie tief in ihrem Herzen empfand.

Selbstverständlich würde er die falschen Schlüsse ziehen, dachte sie kopfschüttelnd. Er würde glauben, sie sei zurückgekehrt, weil sie sich schließlich doch nach dem Luxus sehnte, den er ihr zu bieten hatte. Dieses Wissen ärgerte sie gewaltig, denn es traf sie in ihrem Stolz, ihn in seiner irrigen Meinung auch noch zu bestätigen. Aber was nützten ihr all ihre Ideale und

Prinzipien, wenn sie allein war? Was war Stolz schon wert? Sie hatte sich gebrüstet, sich nicht mit der Hälfte zufriedenzugeben, aber nun mußte sie sich eingestehen, daß die Hälfte auf jeden Fall besser war als gar nichts.

Mary Margaret öffnete die Tür und meldete, daß der Earl of Milfordhurst zu Besuch gekommen sei. Ein erfreutes und überraschtes Lächeln erschien auf Carolines Gesicht. »Führ ihn herein«, bat sie ihre Zofe.

Milford tauchte im Türrahmen auf und grinste breit. Mary Margaret half ihm aus dem schweren Wintermantel und schloß die Tür im Hinausgehen.

Caroline eilte zu ihm hinüber und nahm seine beiden Hände in ihre. »Sie sind mein erster Gast«, sagte sie und stellte sich impulsiv auf Zehenspitzen, um ihn auf die Wange zu küssen. »Oje, Sie sind ja eiskalt«, stellte sie fest. »Gehen Sie zum Feuer und wärmen Sie sich. Was führt Sie hierher?«

»Ich wollte nur einmal guten Tag sagen«, sagte Milford.

»Sie sind den ganzen Weg von London hergekommen, um mir *guten Tag zu sagen*?«

Milford grinste verlegen. Er nahm ihre Hand, führte sie zum Sofa und setzte sich dann neben sie. »Sie haben abgenommen«, bemerkte er. Dann holte er tief Luft. »Caroline, ich muß mich mal wieder einmischen. Bitte hören Sie mir zu. Bradford wird nicht nachgeben. Sein Stolz ist ihm zu wichtig, und je eher Sie das akzeptieren, desto besser werden Sie sich beide fühlen.«

»Ich weiß.«

»Das wissen Sie? Aber dann –« Bradford brach kopfschüttelnd ab. »Tja, das war wahrhaftig leichte Arbeit. Kommen Sie, Caroline. Fahren wir nach Bradford Hills. Jetzt sofort.«

»Bradford ist dort? Aber ich dachte, er sei in London.«

»Nein. Ich war zuerst bei ihm, bevor ich herkam«, erklärte Milford. »Aber er will morgen nach London fahren. Sie brauchen nichts zu packen, Caroline. Kommen Sie einfach mit mir.«

Caroline lächelte und schüttelte den Kopf. »Milford, gefällt Ihnen dieses Zimmer?«

Milford, der sich schon die nächsten Argumente zurechtgelegt hatte, klappte verwirrt den Mund zu. »Bitte? Ob ich das Zimmer mag?« Er blickte sich um. »Ja. Warum?«

»Ich möchte, daß Bradford herkommt und es sich auch ansieht«, erklärte Caroline. »Er wird es wahrscheinlich zu klein finden, aber es ist behaglich und warm . . . wie ein Zuhause sein soll. Vielleicht versteht er mich endlich, wenn er nur –«

»Caroline, wovon reden Sie? Ich habe Ihnen doch gerade erklärt, daß Bradford nicht nachgeben wird.«

»Das muß er auch nicht«, besänftigte Caroline ihren Freund. »Ich schreibe ihm einen Brief und bitte ihn, zu mir zu kommen.«

»Wollen Sie Zeit schinden?«

Caroline schüttelte den Kopf, und Milford studierte ihre Miene eine ganze Weile. Dann kam er zu dem Schluß, daß sie die Wahrheit sagte. »Also gut, dann schreiben Sie ihm ein Zettelchen. Aber, lieber Himmel, Sie sind wirklich furchtbar stur. Kein Wunder, daß Brad Sie geheiratet hat. Sie sind sich sehr, sehr ähnlich.«

»Das sind wir gar nicht«, gab Caroline zurück. »Ich bin schüchtern und zurückhaltend, und er ist ein Schreihals. Ich bin ein sehr umgänglicher Mensch, während mein Mann dickköpfig und zynisch ist.«

»Also sind Sie die Heilige, und er ist der Sünder?« fragte Milford lachend.

Caroline gab keine Antwort. »Bleiben Sie diese Nacht hier, bevor Sie nach London zurückkehren?« fragte sie. »Oder ist das unschicklich?«

»Nein, keinesfalls«, gab Milford mit einem Grinsen zurück. »Sie haben genug Leibwächter um sich herum, daß niemand auf dumme Gedanken kommen könnte.«

Später aßen sie zusammen und sprachen über dieses und jenes. Unvermeidlich jedoch wandte sich das Gespräch schließlich dem Thema Bradford zu, und Milford erzählte ihr, wie sie sich als Jungen angefreundet hatten. Er erzählte ihr von scheußlichen Streichen, die sie ihren Familien und Lehrern gespielt hatten, und Caroline mußte sich mehr als einmal vor Lachen die Tränen aus den Augen wischen.

»Was hat ihn nur so verändert?« fragte Caroline schließlich. »Warum ist er heute so zynisch?«

»Die Verantwortung hat ihn gezwungen, sehr schnell erwachsen zu werden«, sagte Milford. Er schenkte sich Wein nach und trank einen Schluck. »Als sein Vater und sein älterer Bruder noch lebten, war Bradford sozusagen das vergessene Kind. Seine Eltern hatten offenbar nicht genug Liebe für zwei, und so bekam ihr Erbe alles und Brad praktisch nichts. Damals war er wild und undiszipliniert. Dann verliebte er sich in eine Frau namens Victoria. Er stürzte sich mit aller Naivität und dem Ungestüm der Jugend in diese Liebe.«

Caroline hätte fast ihr Glas fallen lassen. »Davon hat er nie ein Wort gesagt. Er war wirklich verliebt? Richtig, meine ich? Victoria wer? Lebt sie noch? Was ist geschehen? Oh, dieser verdammte Kerl. Warum erzählt er mir so etwas nicht?« Caroline war einerseits erleichtert, daß Bradford lieben *konnte*, andererseits vollkommen entsetzt. Allein der Gedanke, daß Bradford, *ihr* Bradford, jemand anderen geliebt hatte als sie, war ihr unerträglich.

Milford machte eine beruhigende Geste. »Wie ich gerade erklären wollte, war er sehr jung, und Victoria beteuerte jedem, der es hören wollte, daß sie rein und jungfräulich und absolut wohlerzogen war. In Wirklichkeit war sie ein kleines Biest, das die Männer um den Finger wickelte, und die meisten wußten das auch. Brad erzählte seinem Bruder und seinen Eltern, daß er sie heiraten würde, und rief damit allgemeines Entsetzen hervor. Dann kam sein Bruder, der genauso gerissen war wie Victoria, auf eine Idee, die er offenbar ausgesprochen lustig fand. Er wollte dem Nesthäkchen der Familie beweisen, was für ein erfahrenes Luder Victoria tatsächlich war. Er nahm sie mit ins Bett, aber natürlich stimmte er es zeitlich so ab, daß Brad die beiden erwischen mußte.«

»Warum hat sein Bruder ihm nicht einfach gesagt, daß sie ihn betrog?« fragte Caroline. »Warum hat er so etwas Grausames getan?« Die Geschichte entsetzte sie, und wenn sie daran dachte, wie sehr Bradford in diesem Augenblick gelitten haben mußte, tat ihr das Herz weh.

»Er wollte Brad Hörner aufsetzen. Jeder sollte es wissen«, erklärte Milford. »Victoria wurde für ihre Mühen gut bezahlt. Caroline, Sie haben ja Brads Mutter kennengelernt. Sicher, das Alter und die Einsamkeit haben sie etwas umgänglicher gemacht, aber sie ist und war immer kalt wie ein Fisch. Zwei Wochen nach dieser Demütigung kamen sein Vater und sein Bruder um. Die Kutsche, in der sie saßen, überschlug sich. Plötzlich erkannte die Duchess, daß sie nur noch Brad hatte, aber es war zu spät. Er wollte ihre Liebe nicht mehr. Seitdem behandelt er sie wie eine Fremde, und das hat sie sich ganz allein selbst zuzuschreiben.

Seit dieser Zeit hat sich Brad nur noch in die Gesellschaft von ... nun, sagen wir professionellen Damen begeben. Und dann lernte er ein Mädchen mit blauvioletten Augen aus den Kolonien kennen, die seine Welt, in der er sich gegen jeden Schmerz abgesichert hatte, auf den Kopf stellte.« Milford hob sein Glas in ihre Richtung und lächelte.

»Was geschah mit Victoria?«

»Sie dürfte inzwischen Syphilis haben. Nun sehen Sie mich nicht so alarmiert an, Caroline. Brad hat nicht mit ihr geschlafen.« Er lachte leise in sich hinein. »Seit Jahren hat keiner mehr etwas von der Frau gehört.«

»Sie erzählen mir das, um mir zu verdeutlichen, daß ich mit meinem Mann Geduld haben muß«, stellte sie sachlich fest. Milford mußte wieder grinsen.

»Sie sind ein sehr lieber Freund, Milford«, fuhr Caroline fort. »Ich liebe ihn, wissen Sie das? Aber es ist nicht leicht. Und warum er so ist, wie er ist, hat keine Bedeutung. Die Vergangenheit ist vorbei. Bradford ist nun an mich gebunden, und ich werde nicht aufgeben.«

»Was aufgeben?«

»Meinen Feldzug gegen seinen Zynismus.« Caroline stand auf und seufzte. »Es ist spät, und Sie sind wahrscheinlich sehr müde, aber wenn Sie mögen, dann könnten wir noch eine Runde Karten spielen.«

Milford folgte ihr in die Eingangshalle. Er war müde, und er fand die Aussicht auf eine Partie Faro oder Whist ganz und gar nicht anziehend, aber Caroline war schließlich seit über zwei Wochen ganz allein gewesen, und so würde er es wohl ertragen können, um ihr einen Gefallen zu tun.

»Und was haben Sie sich vorgestellt?« fragte er.

»Na ja, Poker natürlich«, erwiderte Caroline. »Ich sag's auch niemandem, wenn Sie es für sich behalten.« Sie führte ihn in den Salon. »Ich habe schon versucht, es Mary Margaret beizubringen, aber sie scheint nichts für Karten übrig zu haben.«

Sie hörte Milford hinter sich lachen und fügte rasch hinzu: »Wir müssen selbstverständlich nicht, wenn Sie es zu ordinär finden.«

Caroline setzte sich an einen viereckigen Tisch hinter dem Sofa, nahm die Karten und begann geübt zu mischen.

Milford konnte sich nicht mehr beherrschen. Er lachte laut heraus, zog seine Jacke aus, krempelte die Hemdsärmel hoch und ließ sich ihr gegenüber nieder. »Es ist mir unangenehm, Geld von Ihnen zu nehmen«, bemerkte er in der Hoffnung, daß sie protestieren würde.

»Mir nicht«, erwiderte Caroline. »Im übrigen ist es Bradfords Geld, nicht meines. Und wenn Sie erst einmal die ersten Runden verloren haben, dann werden Sie Ihre Meinung rasch ändern.«

Sie spielten bis tief in die Nacht. Als Caroline schließlich ankündigte, sie sei nun zu müde, um weiterzuspielen, begann Milford zu schimpfen. »Das ist gemein. Sie müssen mir schon die Chance geben, mein Geld zurückzugewinnen!«

»Das haben Sie vor einer Stunde auch schon gesagt«, bemerkte Caroline. Sie erhob sich, sagte gute Nacht und ging hinauf in ihr Zimmer.

Jedes Mal, wenn sie am Abend zu Bett ging, war ihre Einsamkeit größer als in der Nacht zuvor. Sie vermißte ihren Mann entsetzlich. Die alte Matratze war knubbelig, und ihr Rücken protestierte jedesmal, wenn sie sich umdrehte.

Sie dachte an Bradfords Vergangenheit und empfand ein schlechtes Gewissen, weil sie nicht mehr Interesse daran und mehr Geduld mit ihm gehabt hatte. Schließlich kuschelte sie sich in ihr Kissen, malte sich aus, es wäre ihr Mann und fiel dann endlich in Schlaf.

Der Bote, den Caroline zu Bradford geschickt hatte, kehrte am nächsten Morgen zurück, um zu melden, daß der Duke of Bradford schon einen Tag früher nach London gerufen worden war.

Milford fluchte, weil er nun seinem Freund hinterherjagen mußte, ermahnte Caroline, es sich ja nicht anders zu überlegen, und verabschiedete sich mit einem brüderlichen Kuß von ihr. Dann war er fort.

Auch Caroline war zutiefst enttäuscht. Sie wanderte unruhig durch das Haus und überlegte, wie sie vorgehen sollte, wenn sie und ihr Mann erst einmal wieder vereint waren.

Sie ging hinauf, setzte sich auf ihr Bett und überlegte, welches Kleid sie tragen würde, wenn er endlich kam. Sie wollte mit ihm eine Nacht hier in Bradford Place verbringen, denn es war inzwischen sehr anheimelnd und gemütlich geworden, und er sollte selbst sehen, was sie aus dieser ungastlichen Stätte gemacht hatte. Doch dann fiel ihr ein, daß ihr Mann wahrscheinlich keine einzige Nacht auf dieser grauenvollen Matratze überleben würde. Dieser Gedanke führte zu anderen, und plötzlich kam Caroline eine absolut verrückte Idee. Sie lachte vor Begeisterung auf und rannte zurück nach unten, um ihre Idee in die Tat umzusetzen.

Nur noch ein einziger Hieb gegen seine Rüstung, rechtfertigte sie sich, als sie alle Anweisungen gegeben hatte. Eine letzte Attacke. Wenn diese fehlschlug, würde sie aufgeben und versuchen, sich zu fügen.

KAPITEL 13

Zuerst geriet Bradford in Panik.

Als der Bote in Bradford Hills ankam und meldete, daß Franklin Kendall die Männer, die ihn beschatteten, abgehängt hatte, war Bradfords erster Impuls, sofort zu Caroline zu fahren.

Als er sich wieder ein bißchen beruhigt hatte, ließ er diesen Gedanken fallen. Für Carolines Sicherheit sorgten fünf Wachen, die niemanden in ihre Nähe lassen würden. Zudem bestand das Risiko, daß Bradford selbst beobachtet wurde, und wenn er nach Bradford Place reiste, konnte es sein, daß er den Feind direkt bis an die Haustür führte.

Mit dem Schwur, die ganze Stadt auseinanderzunehmen, bis er den Mann wiedergefunden hatte, machte er sich auf den Weg in die Hauptstadt. Zweimal hatte er versucht, die Falle zuschnappen zu lassen, und beide Male hatte sein gerissener Gegner den Köder verschmäht. Nun, Bradford hatte keine Lust mehr, noch mehr Zeit mit der Planung neuer Fallen zu vergeuden. Er wußte, daß der jüngere Bruder des Marquis der Schuldige war, und wenn er ihn so lange reizen mußte, bis sie sich duellieren konnten, nun, dann würde er das eben tun.

Er hatte sich von Caroline versprechen lassen, mit keinem ihrer Verwandten zu korrespondieren. Wahrscheinlich dachte sie, er hätte es ihr deswegen untersagt, weil er befürchtete, sie könnte erzählen, wie schlecht er sie behandelte. Und obwohl er sich nicht die Mühe gemacht hatte, es ihr zu erklären, war sein Beweggrund ein ganz anderer gewesen. Er hatte schlichtweg verhindern wollen, daß jemand anderer erfuhr, wo sie sich aufhielt. Er hatte sich nur Milford anvertraut, und daß dieser den Mund hielt, stand außer Frage.

Seltsamerweise hatte er ein schlechtes Gewissen, daß er Caroline nicht in seine Pläne eingeweiht hatte. Andererseits war es besser so: Je weniger sie wußte, desto weniger Sorgen konnte sie sich auch machen.

Bradford kam erst spät am Abend in seinem Stadthaus an. Einer der Männer, die er angeheuert hatte, um Nachforschungen anzustellen, wartete schon auf ihn, um ihm mitzuteilen, daß Franklin wieder aufgetaucht war. Er hatte sich mit seiner neuen Mätresse in ein Liebesnest zurückgezogen und sich das ganze Wochenende mit ihr vergnügt.

Nachdem der Bote neue Anweisungen erhalten und wieder gegangen war, wanderte Bradford unruhig in der Bibliothek auf und ab, bis Henderson einen unerwarteten Besucher meldete. Der Earl of Braxton verlangte, augenblicklich empfangen zu werden.

Braxton wirkte müde und angegriffen und kam direkt auf den Punkt. »Ich hatte wenig Hoffnung, Sie hier zu finden, aber wie ich sehe, habe ich Glück. Caroline ist nicht mit Ihnen gekommen, nicht wahr?«

»Nein.« Ohne eine weitere Erklärung abzugeben, bot er seinem Schwiegervater einen Drink an.

»Haben Sie beide Streit? Verstehen Sie mich richtig, mein Junge, ich möchte mich nicht in Ihre Angelegenheiten mischen, aber der Marquis ist außer sich. Franklin macht immer wieder hämische Andeutungen, und Milo ist am Boden zerstört. Caroline hat ihn seit Wochen nicht mehr besucht, ihm auch keine Nachricht geschickt, und er fühlt sich schrecklich einsam. Er glaubt natürlich nichts von den schmutzigen Lügen, die sein Bruder ihm erzählt, aber er ist davon überzeugt, daß Caroline krank ist und Sie ihm die Wahrheit vorenthalten. Ach, Milo zerbricht sich ständig wegen allem und nichts den Kopf. Natürlich ist Caroline gesund und munter, nicht wahr? Das ist sie doch?«

Bradford entging die Angst in der Stimme des Mannes nicht. Rasch nickte er mit dem Kopf. »Ja, es geht ihr bestens«, versicherte er seinem Schwiegervater. »Wir hatten eine Art Meinungsverschiedenheit, aber nichts, was Sie beunruhigen müßte. Was erzählt Franklin denn über Caroline?«

Der Earl schüttelte angewidert den Kopf. »Das möchte ich nicht wiederholen. Er scheint es sich zur Aufgabe gemacht zu haben, meine Tochter zu diskreditieren. Aus irgendeinem Grund mag er sie nicht, aber ich habe keine Ahnung, warum.«

Bradford schwieg. Innerlich kochte er vor Zorn, denn er wußte nur allzu gut, warum Franklin Lügen über Caroline verbreitete.

»Nun, mein Sohn, sie sollte mal wieder nach London kommen. Milo ist wirklich zu Tode betrübt. Sie werden sich doch darum kümmern, ja?«

»Es tut mir leid, Sie enttäuschen zu müssen, aber im Moment ist das leider nicht möglich.«

»Vergessen Sie doch nur einmal Ihren Stolz, Bradford! Haben Sie ein wenig Mitleid. Sie haben noch ein ganzes Leben Zeit, sich mit meiner Tochter zu streiten. Sie könnten doch im Moment einen Waffenstillstand schließen. Sehen Sie, Milo ist kein junger, starker Bursche mehr. Ihm bleibt nicht mehr viel Zeit, und er hat vierzehn Jahre lang darauf gewartet, daß Caroline zu ihm zurückkommt. Er liebt sie genauso sehr wie ich.«

Der Earl sah aus, als würde er Bradford am liebsten am Kragen packen und ordentlich durchschütteln. Bradford sah ihn eine lange Weile nachdenklich an und faßte dann endlich einen Entschluß. »Caroline und ich hatten tatsächlich eine Meinungsverschiedenheit, aber das ist nicht der Grund, warum sie nicht hier bei mir ist.«

Und mit bedächtig gewählten Worten begann Bradford, seinem Schwiegervater den wahren Grund für die Abwesenheit seiner Frau zu erklären. Er berichtete, wie jemand Caroline im Haus der Claymeres die Treppe hinuntergestoßen hatte, beschrieb detailliert den ›Unfall‹ mit der Kutsche, zitierte Passagen des Drohbriefs, den Caroline bekommen hatte, und schloß seinen Bericht mit der Äußerung, daß er Franklin in Verdacht hatte, hinter der schmutzigen Geschichte zu stecken.

»Er hat das meiste zu gewinnen«, fuhr Bradford fort. »Aus unterschiedlichen Quellen habe ich erfahren, daß der Marquis in seinem Testament einen stattlichen Betrag für Caroline bestimmt hat. Der Titel und das Land gehen natürlich an Franklin, aber ohne das Geld wird er Mühe haben, seinen Lebensstandard zu halten. Loretta hat Spielschulden in schockierender Höhe, und der einzige Grund, warum die Gläubiger sich noch nicht auf sie gestürzt haben, ist die Tatsache, daß sie Schuldscheine unterschrieben hat, laut denen das Geld nach dem Tod des Marquis' garantiert gezahlt wird. Ursprünglich hätte sie sich damit auch tatsächlich aus der Affäre ziehen können. Doch als Caroline nach London zurückkehrte, änderte der Marquis sein Testament. Erst nachdem alles ordnungsgemäß unterschrieben worden war, erzählte er Franklin und Loretta von dem, was er getan hatte.«

Während Bradford berichtete, sank Braxton tiefer und tiefer in seinem Sessel zusammen. Nun vergrub er fassungslos den Kopf in den Händen.

»Der Marquis verachtet seinen Bruder wegen seiner ständig wechselnden Mätressen. Und er weiß auch alles über Lorettas Spielleidenschaft.«

Der Earl schüttelte den Kopf und begann plötzlich zu weinen.

Bradford war erschüttert. »Sir, es ist nicht so schlimm, wie es sich anhört«, beeilte er sich, seinen Schwiegervater zu besänftigen. »Caroline ist in Sicherheit, und Franklin kann keinen Schritt machen, ohne daß ich nicht davon erfahre. Ich habe zwar noch nicht genug Beweise, um ihn vor Gericht zu bringen, aber ich habe vor, ihn herauszufordern. Ich will mich mit ihm duellieren.«

Braxton schüttelte immer noch den Kopf. »Nein. Sie verstehen nicht! Warum hat sie mir nur nichts davon gesagt? Ich hätte sie zurückschicken können, bevor Sie sie geheiratet haben.« Seine Stimme war voller Verzweiflung. »Ich hätte sie –«

»Sie zurückschicken? Nach Boston?« Bradford fiel es schwer, den gequälten Worten seines Schwiegervaters zu folgen. Plötzlich packte ihn eine ungewisse Furcht, als ein Verdacht in ihm aufkeimte. Er packte den Earl am Arm und riß ihn auf die Füße. »Reden Sie! Sie wissen doch etwas, nicht wahr? Um Himmels willen, sagen Sie es mir!«

»Es ist sehr lange her, und ich habe gewartet, bis auch der letzte tot war, bevor ich sie zu mir zurückholte. Gott, so lange her, und doch kommt es mir vor, als wäre es erst gestern geschehen! Meine Frau und das Baby waren gerade erst gestorben, und Caroline und ich bezogen unser Landhaus. Ich hatte mir mit meinen radikalen Ansichten bezüglich Irland einige Feinde geschaffen, und Perkins, einer der einflußreicheren meiner politischen Gegner, war über mein Engagement besonders aufgebracht. Er besaß ausgedehnte Ländereien in Irland, und zwar weit mehr als irgendein anderer englischer oder anglo-irischer Adeliger, und ich unterstützte eine Verfügung, die forderte, daß das enteignete Land den irischen Katholiken zurückgegeben werden sollte. Ich wußte, daß Perkins mich haßte, aber ich hatte keine Ahnung, wie weit er tatsächlich gehen würde. Für die Öffentlichkeit war er ein aufrechter Bürger.«

Der Earl ließ sich wieder in den Sessel fallen und vergrub erneut sein Gesicht in den Händen. Bradford mahnte sich innerlich zur Geduld. Er schenkte seinem Schwiegervater einen weiteren Drink ein und reichte ihm das Glas.

Der Earl trank den Inhalt mit einem Schluck aus und fuhr dann fort: »Perkins hetzte mir seine Männer auf den Hals. Er wollte mich ein für alle Mal zum Schweigen bringen. Das Land, das ihm gehörte, war nicht in Gefahr, doch er beabsichtigte, seinen Besitz zu vergrößern, und ich gewann immer mehr an Popularität. Er war der Meinung, daß ich einen Weg finden würde, ihm das Land abspenstig zu machen. Das paradoxe war, daß ich zu diesem Zeitpunkt längst keine Energien zum Kämpfen mehr hatte. Nachdem meine Frau gestorben war, lag meine Welt in Scherben zu meinen Füßen, und ich wollte mich nur noch mit meiner kleinen Tochter verkriechen und in Frieden leben.«

Der Earl holte tief Luft und straffte die Schultern. »Caroline war erst vier Jahre alt. Sie war ein aufgewecktes Kind, hatte nur Flausen im Kopf. Die Männer kamen mitten in der Nacht. Es waren nur zwei. Caroline war oben und schlief, aber das Geschrei muß sie geweckt haben, und sie kam herunter. Einer der Männer hatte eine Pistole, die ich ihm aus der Hand schlug. Caroline bekam sie irgendwie zu fassen und schoß auf ihn. Er starb drei Tage später.«

Bradford lehnte sich verwirrt in seinem Stuhl zurück. Von dieser Geschichte hatte er nicht das geringste gewußt.

»Es war ein Unfall«, fuhr der Earl fort. »Sie wollte die Waffe mir geben. Sie wollte mir helfen, verstehen Sie? Der Mann hatte mich mit dem Messer verletzt, und überall war Blut. Caroline rannte auf mich zu, stolperte, und dabei löste sich ein Schuß.«

Bradford schloß die Augen. »Mein Gott, sie war doch noch ein Baby.« Er schüttelte den Kopf. »Davon hat sie mir nie etwas erzählt.«

»Sie kann sich auch nicht daran erinnern.«

Bradford hörte seine Worte kaum. Er versuchte sich vorzustellen, wie Caroline als kleines Kind war, wie sehr sie das Geschehen entsetzt haben mußte.

Dann drang die Bemerkung seines Schwiegervaters in sein Bewußtsein. »Wie ich gehört habe, hatte sie als junges Mädchen Angst vor Pistolen. Sie hielt es für eine bedauerliche Charakterschwäche und strengte sich an, die Furcht zu überwinden.« Bradfords Stimme bebte, aber er konnte nichts dagegen tun.

»Ja«, gab Braxton zurück. »Henry hat mir darüber geschrieben. Mein jüngerer Bruder war der einzige in der Familie, der den wahren Grund kannte, warum ich Caroline nach Boston geschickt habe. Er hat es nicht einmal seiner Frau erzählt.«

»Und was geschah mit diesen Männern? Der eine starb drei Tage später, sagten Sie?«

»Ja. Die Kugel traf ihn in den Bauch«, antwortete der Earl. »Sein Name war Dugan.«

»Familie?«

»Nein.«

»Und die anderen?«

»Perkins starb ein Jahr danach. Der dritte Mann war ein gewisser MacDonald. Auch er hatte offenbar keine Familie und war auch nur für wenige Monate in London. Er gab zu, daß Perkins ihn bezahlt hatte, weigerte sich aber, als Zeuge auszusagen, wenn ich vor Gericht gehen würde. Als ob ich das getan hätte! Mein Baby in solch einen Skandal verwickeln? Niemals! Zudem war ich mir auch nicht sicher, ob Perkins nicht noch einmal jemanden beauftragen würde, mir oder ihr etwas anzutun. Also schickte ich Caroline mit zwei meiner besten Freunde weg und beschloß, das Problem ein für alle Male aus der Welt zu schaffen.«

»Und wie? Was haben Sie getan?« Bradford bemerkte, daß sich seine Hände um die Armlehnen krampften, und konzentrierte sich darauf, sich zu entspannen.

»Ich nahm meine Pistole und stattete Perkins einen Besuch ab. Er hatte zwei Söhne, und in dem Augenblick, wo ich mit ihm allein war, sagte ich ihm, daß ich bereits Männer angeheuert hätte, die ihn und seine Kinder töten würden, wenn mir oder Caroline etwas zustoßen würde. Er verstand. Er wußte, daß ich es ernst meinte.«

Er hob den Kopf und warf Bradford einen Blick zu. Als dieser nickte, setzte er seinen Bericht fort: »Ich war überzeugt, daß die Gefahr vorüber war, aber ich wollte dennoch kein Risiko eingehen. Caroline war alles, was ich hatte. Ich hielt mich also von allem, was mit Politik zu tun hatte, fern und schwor mir, daß meine Kleine erst dann zurückkommen würde, wenn alle Männer, die mit der Sache zu tun hatten, tot waren.«

Bradfords Haltung veränderte sich plötzlich, seine

Miene wurde ausdruckslos und kühl. Die Sicherheit seiner Frau hatte Priorität, und er durfte sich keine Gefühle, die ihn ablenkten, erlauben. Mitgefühl konnte er noch später zeigen. Später, wenn er Caroline alles erzählt hatte.

»Also gut. Perkins und seine beiden Schergen sind also tot. Welche Auswirkungen hat die Geschichte jetzt auf uns?« Nachdenklich rieb er sich das Kinn und starrte in die Flammen des Feuers, das im Kamin brannte.

Für eine Weile war nichts zu hören außer dem Schlagen der Standuhr und das Knistern des Feuers.

»Sind Sie wirklich sicher, daß niemand sonst weiß, was damals geschehen ist? Kann Perkins jemandem etwas erzählt haben?«

Braxton schüttelte den Kopf. »Das hätte er nicht gewagt. Und ich habe mich nur meinem Bruder anvertraut.«

Bradford stand auf und begann, im Zimmer auf und ab zu laufen.

»Was haben Sie nun vor?« fragte der Earl. Er hatte die Hände fest miteinander verschränkt und wirkte in diesem Augenblick genauso alt und zerbrechlich wie der Marquis.

»Ich weiß es noch nicht. Aber der Brief bekommt nun eine andere Bedeutung. Wer immer ihn geschrieben hat, fordert Rache, aber es stehen so viele boshafte Dinge darin, daß ich dem keine große Beachtung geschenkt habe.«

»Oh, Gott, sie ist noch immer in Gefahr! Sie –«

Bradford unterbrach seinen Schwiegervater mit einer ungeduldigen Geste. »Ihr wird nichts geschehen. Verdammt, ich habe gerade erst begriffen, wieviel sie mir bedeutet. Ich lasse nicht zu, daß ihr jemand auch nur ein Haar krümmt. Ich –« Er brach abrupt ab.

»Ja?« fragte der Earl.

»Ich liebe sie.« Bradford stieß einen Seufzer aus. »Und ich denke nicht daran, sie jetzt zu verlieren. Hören Sie, versuchen Sie, sich möglichst keine Sorgen zu machen. Sagen Sie dem Marquis, daß Caroline sich erkältet hat oder irgend etwas in der Art. Überzeugen Sie ihn, daß sie inzwischen wieder auf den Beinen ist und vorhat, ihm zu schreiben. Das sollte den alten Mann so lange ruhigstellen, bis mir etwas Vernünftiges eingefallen ist.«

Der Earl hatte das Gefühl, als hätte man ihm eine gewaltige Last von den Schultern genommen. Er nickte langsam, stand auf und ging auf die Tür zu. »Sie werden Caroline doch nicht sagen, was ich Ihnen anvertraut habe? Sie braucht es nicht zu wissen. Meine Kleine konnte doch nichts dafür.«

Bradford schüttelte den Kopf. »Im Augenblick werde ich schweigen, doch wenn dies alles vorbei ist, dann muß ich es ihr sagen.«

Er brachte seinen Schwiegervater zur Haustür. Dort legte er ihm eine Hand auf die Schulter. »Caroline hat Ihnen nichts von den Vorfällen gesagt, weil sie nicht wollte, daß Sie sich Sorgen machen. Und ich habe ihr wiederum nur sehr wenig von dem mitgeteilt, was ich über ihren Feind herausgefunden hatte, weil ich *sie* nicht unnötig beunruhigen wollte. Wir alle waren so eifrig bemüht, den anderen zu beschützen, daß wir damit irgendwie in eine Sackgasse geraten sind. Ich habe stets auf blindes Vertrauen –« Bradford brach ab, sobald er die Worte ausgesprochen hatte. Er schüttelte den Kopf. »Blindes Vertrauen. Genau das, was sie von mir verlangt.«

»Bitte?« Der Earl sah ihn verwirrt an.

»Sie hat mir ihre ganze Liebe und ihr Vertrauen geschenkt«, sagte Bradford beinahe emotionslos. »Wußten Sie, daß sie mich manchmal Jered nennt?«

Sein Schwiegervater schüttelte nur stirnrunzelnd den Kopf und betrachtete den jüngeren Mann, als hätte dieser den Verstand verloren.

Bradford hüstelte verlegen und griff nach dem Türknauf. »Nun, wie ich schon sagte, ich halte Sie auf dem laufenden. Jetzt gehen Sie nach Hause und ruhen Sie sich aus.«

Der Earl hatte schon fast die unterste Treppenstufe erreicht, als Bradford ihn noch einmal aufhielt. »Wann genau ist es geschehen?«

»Was?«

»Wann sind die Männer damals gekommen?«

»Es ist nun fast fünfzehn Jahre her.«

»Nein. Ich möchte das genaue Datum wissen. Tag, Monat . . . können Sie sich noch erinnern?«

»Und ob«, antwortete der Earl. »Sie kamen in der Nacht zum zwanzigsten Februar siebzehnhundertachtundachtzig. Ist es wichtig?«

Bradford bemühte sich, keine Reaktion zu zeigen. »Möglich. Ich melde mich.«

Doch sobald er die Tür geschlossen hatte, war es um seine Beherrschung geschehen. Er bebte vor Zorn und schickte ein stummes Gebet zum Himmel, daß er sich irrte. Wenn seine Vermutung zutraf, dann blieb ihm nicht mehr viel Zeit. Nur noch sechs Tage, um den Bastard zu finden. Sechs Tage bis zum zwanzigsten Februar.

Bradfords Hände zitterten, als er eine Liste der Dinge aufstellte, die zu tun waren. Erst sehr spät in der Nacht begab er sich zu Bett. Morgen, wenn er seinen Plan in die Tat umgesetzt hatte, würde er zu seiner Frau zurückkehren. Dieser Gedanke beruhigte ihn etwas, und er mußte feststellen, daß er sich darauf freute, ihr seine

Liebe zu gestehen und sie um Verzeihung zu bitten. Er würde sowohl als Duke of Bradford als auch als Jered Marcus Benton zu ihr gehen. Er wußte tief in seinem Herzen, daß sie ihn liebte. Und wenn seine Macht, sein Vermögen und sein Titel morgen nicht mehr existierten – dann würde sie ihn immer noch lieben.

Bradford empfand auf einmal eine unglaubliche Zufriedenheit. Er konnte es kaum erwarten, seine Frau wieder in die Arme zu schließen. Dann begann er, sich auszumalen, auf wie viele verschiedene Arten sie sich lieben würden, und sank mit einem Lächeln auf den Lippen in den Schlaf.

Milford betrat Bradfords Stadthaus, als sein Freund gerade aufbrechen wollte.

Bradford erzählte ihm rasch von seinem Verdacht, daß derjenige, der es auf Caroline abgesehen hatte, in sechs Tagen zuschlagen würde, doch er gab für diese Vermutung keine Gründe an. Er fand, daß seine Frau es als erste erfahren sollte, so daß sie selbst entscheiden konnte, ob sie es Milford oder irgend jemand anderem weitererzählte.

»Ich würde es zu schätzen wissen, wenn du mit nach Bradford Place kämst. Ich könnte deine Hilfe gebrauchen. Je mehr Leute Caroline um sich hat, denen sie vertraut, desto besser.«

Milford stöhnte. »Gott, mein Hintern tut mir jetzt noch von dem gestrigen Ritt weh. Aber du weißt, daß ich dir nichts abschlagen kann. Im übrigen ist die ganze Sache zu ergreifend, als daß ich sie mir entgehen lassen könnte. Ich bin gespannt, wer sich zuerst entschuldigt.« Er sah das wütende Aufblitzen in den Augen seines Freundes und lachte.

Doch schließlich mußte auch Bradford grinsen. Er

fühlte sich ertappt. »Wie kommst du darauf, daß ich mich entschuldigen würde?«

»Weil du zwar entsetzlich dickköpfig, aber immerhin nicht dumm bist, Brad.«

Bradford überraschte seinen Freund, indem er nickte.

»Dann wirst du sie tatsächlich um Verzeihung bitten?«

»Auf Knien, wenn es sein muß«, verkündete Bradford feierlich. Sein Gegenüber verzog gequält das Gesicht, so daß Bradford laut auflachte. »Was ist los? Ich dachte, du wärest es inzwischen leid, den Vermittler zu spielen.« Er klopfte seinem Freund herzlich auf die Schulter. »Deswegen warst du doch bei Caroline, nicht wahr? Du wolltest sie zur Vernunft bringen.«

Milford grinste verlegen. »Schuldig«, bekannte er. »Aber, Brad, nun übertreib es nicht gleich. Wenn du erst einmal auf den Knien liegst, dann wird Caroline zusehen, daß du für den Rest deines Lebens darauf herumrutschst. Im übrigen ist sie schon bereit, nach Hause zu kommen. Gott weiß, ich liebe diese Frau, aber sie –«

»Ich auch«, unterbrach Bradford ihn.

»Was?«

»Sie lieben«, erwiderte Bradford.

»Sag das nicht mir, Mann, sag es Caroline.«

Bradford schüttelte den Kopf. »Das würde ich ja gerne. Wenn du dich endlich in Bewegung setzen könntest ...«

Die beiden sprachen während ihrer Reise von London nach Bradford Hills sehr wenig. Einige Abkürzungen ersparten ihnen fast eine Stunde Ritt, und mit jeder Meile, die sie zurücklegten, hob sich Bradfords Stimmung etwas mehr.

Bradford begab sich in den Salon seines Hauses und

rief laut nach Henderson, während er sich einen Drink einschenkte. Nachdem er einen anständigen Schluck getrunken hatte, wollte er sich in seinen Lieblingsledersessel niederlassen, doch der war nicht da. Stirnrunzelnd setzte er sich in einen anderen und wandte sich halb um, um das Glas auf den kleinen dreibeinigen Tisch abzustellen, der immer dort stand. Nur befand sich auch dieser nicht mehr an seinem Platz, und Bradford hätte beinahe das Glas zu Boden fallen lassen.

Während er noch den Kopf schüttelte, betrat Milford den Raum.

»Brad, warst du schon in der Bibliothek?« fragte er freundlich.

Bradford verneinte. Seine Gedanken kreisten um seine Frau und er versuchte, im Geiste zu formulieren, wie man sich am besten dafür entschuldigte, ein Narr gewesen zu sein, ohne einen ebensolchen aus sich zu machen. Plötzlich fiel ihm auf, wie nervös ihn die Vorstellung, der Frau, die er liebte, sein Herz und seine Seele zu offenbaren, noch immer machte. Nun, er hatte in dieser Hinsicht so gut wie keine Übung, und das war ein Problem.

Milford ließ ihm keine Chance, dieses Problem zu lösen. Während er an einem Stück Brot kaute, das er sich aus der Küche geholt hatte, forderte er Bradford beharrlich auf, ihm in die Bibliothek zu folgen. »Ich habe das dumpfe Gefühl, daß dort eine Botschaft auf dich wartet, aber ich kann sie nicht richtig entziffern.«

Bradford gab schließlich nach und ging hinter Milford zur Tür seines Arbeitszimmers.

»Ja, aber . . . Hölle und Teufel! Henderson!« Keine Antwort. Sein Gebrüll hallte von den kahlen Wänden wider.

Bradford betrat langsam sein Heiligtum und blickte sich wie vom Donner gerührt um. Da war nichts mehr: sein Tisch, die Stühle, Bücher, Papiere und sogar die Fensterbehänge waren fort.

Bradford drehte sich zu Milford um und starrte ihn mit offenem Mund an.

»Kein Wunder, daß Henderson sich versteckt«, meinte Milford grinsend. »Was ist bloß hier los?«

Bradford hob nur in einer hilflosen Geste die Schultern. »Das werde ich schon früh genug rauskriegen. Im Augenblick will ich mich nur umziehen und nach Bradford Place fahren.« Schon wandte er sich um und lief, immer zwei Stufen auf einmal nehmend, die Treppe hinauf. »Du kannst gerne ein Hemd von mir haben, wenn du dich auch umziehen willst«, rief er seinem Freund über die Schulter zu.

Bradford hielt an Carolines Tür inne. Aus einem Impuls heraus drückte er sie plötzlich auf und spähte hinein. Alles war noch an seinem Platz. Wieder legte sich seine Stirn in Falten. Er zog die Tür zu und ging zu seinem Schlafzimmer. Und sobald er den ersten Schritt hineingegangen war, begann er zu lachen. Sein Zimmer war genauso leer und kahl wie seine Bibliothek!

Henderson erschien im Laufschritt, knapp gefolgt von Milford.

»Leider ist es nicht möglich, sich umzuziehen«, verkündete der Butler ein wenig atemlos, doch würdevoll.

»Ach, und wie kommt das?« brachte Bradford mühsam hervor. Er lachte noch immer so sehr, daß ihm die Tränen in die Augen traten.

»Ihre Frau hat angeordnet, daß all Ihre Habe abtransportiert werden sollte. Ich bin davon ausgegangen, daß es auf Ihren Befehl hin geschehen ist.«

Bradford nickte und wischte sich die Tränen aus den Augen. »Ja, sicher, schon gut, Henderson.« Er wandte sich zu seinem ratlos dreinblickenden Freund um. »Sie hat nur meine Sachen abgeholt, Milford. Du hast recht, es ist eine Nachricht, und nicht gerade eine dezente.«

»Und wie lautet sie, die Nachricht?« fragte Milford. Bradfords Lachen war ansteckend, und Milford stimmte ein, ohne zu wissen, worüber er lachte.

Bradford tat entrüstet. »All meine Sachen sind nach Bradford Place gebracht worden. Ein Vollidiot kann sich denken, was das bedeuten soll. Meine Frau sagt mir, wo ich hingehöre.« Er versetzte seinem Freund einen kräftigen Klaps auf die Schulter und setzte sich in Richtung Eingangshalle in Bewegung. »Wie in aller Welt habt ihr nur mein Bett hinuntergeschafft, Henderson? Dazu braucht man mindestens vier Männer.«

Henderson war sichtlich erleichtert, daß sein Herr die Situation mit Humor nahm. »Fünf, um genau zu sein«, gestand er. Dann räusperte er sich und fügte hinzu: »Sie haben sogar versucht, *mich* zu entführen, Euer Gnaden. Ich muß zu meiner Schande gestehen, daß ich mich versteckt habe, bis sie endlich fort waren.«

»Es hat keinen Sinn, sich zu verstecken, Henderson«, bemerkte Bradford, nachdem er sich wieder ein wenig in der Gewalt hatte. »Früher oder später bekommt sie dich doch. Wenn sie sich in den Kopf gesetzt hat, dich nach Bradford Place zu holen, dann kannst du dich ebenso gleich fügen.«

»Und wo werden Sie sein, wenn ich fragen darf?«

»Bei meiner Frau«, antwortete Bradford grinsend.

Bradford und Milford machten sich auf frischen Pferden wieder auf den Weg. Dieses Mal konnten sie keine Abkürzung nehmen, weil es durch die Hügelketten keine Wege gab, und so war es schon später Nachmittag, als sie schließlich die abweisende Festung betraten. Doch drinnen war nichts mehr so, wie es gewesen war. Hier war nichts von der früheren Kargheit zu spüren. Dies war ein Zuhause.

Bradford stand wie angenagelt in der Mitte des Foyers und schaute sich verblüfft um. »Sie hat aus etwas Unerträglichem etwas Wunderschönes gemacht.«

»Sprichst du von dir oder unserem Zuhause?« erklang eine Stimme von oben, und Bradford drehte sich um und sah zum Kopf der Treppe hinauf.

Dort stand sie und wartete auf eine Antwort. In Bradfords Brust zog sich etwas zusammen, und er brachte kein einziges Wort hervor.

Caroline wünschte nichts mehr, als die Treppe hinunterzustürmen und sich ihrem Mann in die Arme zu werfen. Doch sie wollte erst seine Reaktion abwarten, wollte sehen, ob er wütend oder erfreut war. Ihr Mann sah immer noch wortlos zu ihr herauf, und je länger das Schweigen andauerte, um so unbehaglicher fühlte sie sich. Sie hatte sich gerade ein gelbes Kleid angezogen, in dem sie, wie sie sehr wohl wußte, viel zu blaß aussah. Oh, warum hatte sie nur nicht das blaue genommen? Wenn sie nur gewußt hätte, daß er kommen würde. Himmel, sie war nicht einmal anständig gekämmt!

»Du hast ziemlich lange gebraucht, um herzukommen«, rief sie ihm zu, um sich von der Sorge um ihr Äußeres abzulenken. Es war ohnehin seine Schuld, wenn sie ungepflegt wirkte.

Schließlich hielt sie es nicht mehr aus. Langsam ging sie die Treppe hinunter und blieb vor Bradford stehen. Seine Miene war sehr ernst, fast kühl, doch in seinen Augen las sie Zärtlichkeit. Merkwürdig . . . warum brüllte er sie denn nicht an? Es gab nur eine Erklärung: Er war noch nicht in Bradford Hills gewesen!

Caroline knickste höflich und lächelte ihren Mann an. »Willkommen zu Hause.«

Sie wagte nicht, ihn zu berühren. Sie wußte, daß sie alles vergessen würde, wenn sie erst in seinen Armen lag, und sie war wild entschlossen, die kleine Rede, die sie sich zurechtgelegt hatte, auch anzubringen.

Ohne den Blick von ihrem Mann zu nehmen, begrüßte sie Milford. »Haben Sie das Geld, das Sie mir schulden, dabei?«

Bradford hatte Schwierigkeiten, den Sinn von Carolines Worten zu erfassen. Sie stand so nah vor ihm, sie war so wunderschön, daß es seine Konzentration empfindlich störte. Ein Grinsen nahm seiner Miene die Ernsthaftigkeit, als er bemerkte, daß sie ein wenig nervös war. Er hätte zu gerne gewußt, was gerade in ihrem so wundervoll komplizierten Verstand vor sich ging.

Er brauchte nicht lange auf eine Antwort zu warten. »Seid ihr direkt von London gekommen? Ihr seid nicht erst in Bradford Hills vorbeigefahren?«

»Doch.«

»Im Ernst? Und du bist nicht böse auf mich?« Sobald die Frage heraus war, schalt sie sich schon dafür. Sie konnte schließlich sehen, daß er nicht böse war – er lächelte sie sogar an! Nun, daraus ließ sich nur ein Schluß ziehen: Er war nicht lange genug in seinem Haus geblieben, um zu bemerken, was sie getan hatte. Nun ja, dachte sie mit einem nervösen Lachen, er würde es schon früh genug herausfinden. Und dann war bestimmt der Teufel los.

Das beste war, ihm sofort all das zu sagen, was sie

sich vorgenommen hatte. Sofort . . . bevor er hinaufging. »Bradford, ich muß unbedingt mit dir sprechen.«

»Verabschiede dich von Milford, Liebes.«

»Was? Aber er ist doch gerade erst gekommen. Wollen Sie etwa schon wieder gehen, Milford?«

»Nein, will er nicht«, meinte Bradford.

»Also bleibt er noch hier?«

Die betroffene Person begriff weit schneller als Caroline. Milford warf seinen Umhang über den kleinen Tisch in der Eingangshalle und schlenderte, eine fröhliche Melodie pfeifend, in Richtung Küche, um sich auf die Suche nach etwas Eßbarem zu machen.

»Zeit, ins Bett zu gehen, Caroline.«

»Aber ich bin noch nicht müde.«

»Das ist gut.«

»Es ist noch hellichter Tag, Bradford. Ich werde nicht schlafen können.«

»Das will ich auch nicht hoffen.«

Caroline, der endlich dämmerte, was er im Sinn hatte, errötete, als er sie auf seine Arme hob und die Treppe hinauftrug. »Bradford, das geht doch nicht«, protestierte sie. »Milford wird genau wissen, was wir tun.«

Bradford war oben angekommen und fragte nun: »Dein Schlafzimmer oder meines?«

Caroline gab den Widerspruch auf. »Unseres«, präzisierte sie und wies auf eine Tür. Doch als ihr Mann sie öffnen wollte, fielen ihr wieder seine Möbel ein, und sie packte beinahe panisch seine Hand. »Ich . . . ich, muß dir etwas erklären«, stammelte sie.

Bradford ignorierte sie und stieß die Tür auf. Wie er es erwartet hatte, befand sich sein Schlafzimmermobiliar in dem Zimmer, und er bemühte sich, seine Miene so neutral wie möglich zu halten, als er eintrat und die Tür wieder schloß.

Caroline wartete halb ängstlich, halb gespannt auf seine Reaktion, doch Bradford schien zufrieden, einfach mit ihr auf dem Arm an der Tür zu lehnen.

Als er in einer Ecke des Raumes eine leere Wanne entdeckte, fiel ihm wieder ein, daß er mit einer dicken Staubschicht überzogen sein mußte. Widerstrebend setzte er seine Frau auf den Boden ab und gab ihr einen züchtigen Kuß auf den Scheitel. Er wußte, daß er den Gedanken an ein Bad sehr schnell fallenlassen würde, wenn er sie so küßte, wie er es im Moment am liebsten getan hätte. »Ich fürchte, ein paar Dinge kommen noch vorher«, flüsterte er mit einem resignierten Seufzer. Er wandte sich um, öffnete die Tür und rief laut genug, daß alle fünf Wachen ihn hören mußten, nach Wasser.

»Bradford, würdest du mir jetzt bitte zuhören?« drängte Caroline. Sie trat zum Bett und setzte sich auf die Kante. »Dir ist nicht zufällig irgend etwas ... nun ja, Merkwürdiges aufgefallen?«

»Natürlich. Mir entgeht nichts«, erwiderte Bradford. »Dein Haar hängt dir wirr ins Gesicht, und in dem häßlichen Kleid siehst du aus, als wärst du gestern gestorben. Zieh es aus, sobald das Bad bereitet ist.«

Caroline war nicht beleidigt, denn schließlich hatte er recht. Aber was noch viel wichtiger war: Er lächelte sie so zärtlich an, daß es ihr warm ums Herz wurde. Er begehrte sie. »Ich habe dich noch nie so gutgelaunt erlebt«, gestand sie flüsternd. »Ich dachte, du würdest wegen der Möbel einen Wutanfall bekommen, aber du scheinst es noch nicht einmal wahrzunehmen. Dein Arbeitszimmer befindet sich übrigens am Ende des Flurs.«

»Ich *habe* es wahrgenommen.« Bradford lachte leise. »Ich denke, es gibt in England nur ein einziges Bett von dieser Größe.«

»Bradford, bitte versuch, nur einen Augenblick ernst zu sein. Ich muß mit dir reden. Und es macht mich nervös, wenn du mich die ganze Zeit so angrinst.«

Ein Klopfen unterbrach sie. Bradford öffnete die Tür und ließ die Wachen mit den Eimern voller Wasser eintreten. Er zog die große Wanne vor den Kamin und entzündete ein Feuer, während die Männer ihre Eimer leerten, um neue zu holen.

Caroline kam das Warten wie eine Ewigkeit vor. Sie wollte unbedingt sagen, was sie zu sagen hatte, wollte ihre Rede endlich hinter sich bringen. Oh, wie selbstzufrieden er wirkte . . . und dann plötzlich verstand sie. Milford! Er mußte Bradford erzählt haben, daß sie bereits den Entschluß gefaßt hatte, nach Hause zurückzukehren. Kein Wunder, daß ihr lieber Gemahl sich diebisch zu freuen schien.

»Was hat Milford dir gesagt?« fragte Caroline. »Als er mich hier besucht hat, war er –«

Sie konnte ihren Satz nicht zu Ende sprechen, denn Bradford begann nun, sich auszuziehen, was ihre Konzentration enorm beeinträchtigte. Er zog sein Hemd über den Kopf und warf es zu Boden, dann trat er zum Waschtisch. Caroline beobachtete wie hypnotisiert, wie er sich das Gesicht und die Hände in der Porzellanschüssel wusch. »Du wäschst dich, bevor du badest?« fragte sie verwirrt. »Findest du das nicht ein bißchen zuviel des Guten?«

Bradford lächelte. Er gesellte sich zu seiner Frau und setzte sich neben sie aufs Bett. »Auf die Knie, Weib«, knurrte er.

Caroline sah ihn staunend an. »Bitte? Du willst, daß ich auf die Knie falle?« Nein, das war entschieden zuviel! »Hör mal, Bradford, ich weiß nicht, was Milford dir erzählt hat, aber –«

»Bitte hilf mir, meine Stiefel auszuziehen, Liebes.«

»Oh.« Caroline gab sich keine Mühe, ihre Ungeduld zu verbergen. Aber statt sich zu bücken oder auf die Knie zu gehen, stellte sie sich mit dem Rücken zu ihm über sein Bein und zog am Stiefel, so daß Bradford einen herrlichen Ausblick auf ihr entzückendes Hinterteil hatte. Als sie fertig war, wandte sie sich zu ihm um und stemmte die Hände in die Hüften. »Hörst du mir jetzt endlich zu?«

»Erst nach unserem Bad.«

»*Unserem* Bad?«

Bradford nickte und lachte, als sie errötete. Dann machte er sich daran, ihr langsam die Kleider auszuziehen. Caroline bemerkte, daß seine Hände zitterten. Dieses Anzeichen einer starken Gefühlsregung überraschte sie, denn sein Gesicht verriet nicht, was in seinem Kopf vorging.

Einen Moment später hob er sie auf die Arme und ließ sich mit ihr zusammen in der Wanne nieder.

»Du errötest wie eine Jungfrau«, bemerkte Bradford mit einem aufgesetzt lüsternen Blick. Dann reichte er ihr ein Stück Seife. »Wasch mich«, befahl er, und Caroline begann, ihm die Seife über die Brust zu reiben.

Keiner sagte ein Wort, während sie ihn atemlos mit der Seife liebkoste. Caroline vergaß alle anderen Gedanken, konzentrierte sich ganz auf das Gefühl seiner Haut, über die ihre Hände glitten und hörte sich mit heiserer Stimme sagen, daß er aufstehen mußte, wenn sie ihm auch die Beine abreiben sollte.

»Ich glaube, ich kann mich nicht hinstellen«, sagte Bradford leise. Seine Frau starrte fasziniert auf seine Brust, und er hob ihr Kinn an, damit sie ihn ansehen mußte. »Und du bist schuld daran, weißt du das?«

»Woran?« flüsterte sie schüchtern.

»Daß ich schwach vor Begierde bin. Ich wollte mir diesmal viel Zeit nehmen, die Augenblicke genießen, bevor ich dich anfassen darf, den Moment hinauszögern, um die Freude an der Lust zu steigern . . .«

»Wenn du mich nicht sofort küßt, dann sterbe ich.« Sie schlang ihm die Arme um den Nacken und zog seinen Kopf zu sich herab.

Nun konnte sich auch Bradford nicht mehr halten. Er öffnete den Mund auf ihr Drängen und ließ ihre Zunge ein. Verlangend, fordernd und immer wilder schlangen ihre Zungen sich umeinander, bis Bradford sie auf seinen Schoß hob und sich ihren Brüsten widmete. Caroline schlang die Beine um seine Hüften und begann zu stöhnen. Sie wand sich auf ihm, preßte sich gegen ihn, bis Bradford glaubte, den Verstand verlieren zu müssen.

Caroline klammerte sich an seine Schultern und gab sich der Leidenschaft, die in ihr explodierte, vollkommen hin. Sie hörte ihn Worte der Liebe flüstern, doch die Sehnsucht nach ihm war zu groß, als daß sie sich auf ihren Sinn hätte konzentrieren können. Seine Zunge quälte sie, seine Hände schienen jeden Fleck ihres Körpers erforschen zu wollen, und nichts schien ihr mehr wichtig auf der Welt außer seine Nähe, seine Gegenwart, sein Körper an ihrem.

Langsam, aufreizend langsam ließ er seine Hände den Rücken herabgleiten, tiefer, immer tiefer, und dann liebkoste er die heiße, feuchte Stelle, die die Essenz ihrer Lust war. Caroline schrie auf. »Jered«! Es war ein Befehl.

Er gehorchte sofort, hob sie an den Hüften an und stieß in sie hinein. Caroline bog sich ihm entgegen, krallte sich in seine Schultern und schrie erneut auf, als sie gemeinsam den Höhepunkt erreichten.

Erschöpft ließ sie sich gegen seine Brust sinken. Sie

hörte seinen wilden Herzschlag und wartete, bis er sich wieder ein wenig beruhigt hatte.

»Ich hatte ganz vergessen, daß wir noch in der Wanne sind«, flüsterte sie mit einem zittrigen Lachen. Sie seufzte, vergrub das Gesicht in seiner Halsbeuge und schloß die Augen. »Ich liebe dich, Bradford.«

»Ich werde nie müde, das zu hören«, flüsterte er.

Caroline nickte nur – die einzige sichtbare Reaktion auf seine Worte. Und dann begann sie zu weinen, und – der Himmel mochte ihr beistehen – sie heulte förmlich genauso laut, wie Charity es immer tat.

Bradford streichelte zärtlich ihre Schulter, während sie an seinem Hals schluchzte. Als sie sich ein wenig beruhigte, so daß sie ihn hören konnte, sagte er: »Caroline, hör mir zu.«

»Nein«, erwiderte sie. »Du hörst mir zuerst zu. Ich verstehe jetzt, daß du mich nicht lieben kannst. Ich bin zu ungeduldig gewesen. Und ich habe zuviel von dir verlangt.« Wieder brach sie in heftiges Schluchzen aus. »Du hast es dir ja niemals zugestanden, anständige Frauen näher kennenzulernen, und ich habe Anforderungen an dich gestellt, die du unmöglich erfüllen kannst. Aber damit ist jetzt Schluß. Ich will dich so nehmen, wie du bist!«

Wenn sie geglaubt hatte, daß ihre inbrünstigen Worte ihren Mann erfreuten, so hatte sie sich geirrt. »Das ist ja sehr nobel von dir, Frau. Heißt das, du gibst auf?«

Caroline blickte auf und sah das vergnügte Funkeln in seinen Augen. »Was? Nein, ich nehme es nur hin.«

»Und was denkst du, wie lange du die Geduld aufbringen kannst, Geliebte?«

»Bradford, was soll das?« sagte Caroline gereizt. Die Tränen waren vergessen. »Du bringst mich ganz durcheinander. Ich dachte, daß mein Entschluß dich rühren müßte, aber statt dessen scheinst du die Angelegenheit spaßig zu finden. Was soll ich davon halten?«

Sie stand auf und stieg aus der Wanne, wobei sie seinen harten Bauch als Treppenstufe benutzte. Zufrieden nahm sie sein Stöhnen zur Kenntnis.

»Das geschieht dir recht. Du bist viel zu arrogant«, meinte sie. »Milford hat dir gesagt, daß ich nach Hause kommen wollte, nicht wahr? Das ist der Grund, warum du so fröhlich bist, oder?«

»Ich bin fröhlich, weil ich gerade mit meiner gehorsamen Frau geschlafen habe«, erwiderte er grinsend.

»Es gibt nichts Gehorsames an mir«, widersprach Caroline beißend. Sie kniete sich neben die Wanne, fischte die Seife aus dem Wasser und begann wieder, ihren Mann damit abzureiben. »Ich gehorche nur, wenn ich mein Wort darauf gegeben habe. Dann, denke ich, kann man sagen, daß ich es auch brav halten werde.« Sie seufzte verärgert und fügte hinzu: »Du denkst, du hast gewonnen, nicht wahr?«

Bradford konnte sich nicht vorstellen, daß sie sich bewußt war, was ihre Hände taten. Sie schien innerlich genauso zu schäumen wie die Seife, die sie auf seinem Bein so heftig hin und her rieb, daß Bradford befürchtete, sie würde die ganze Haut ablösen. Wieder begann er zu lachen.

»Caroline, hör auf. Du sollst mich waschen, nicht mich wundrubbeln.« Als sie verdattert erst auf sein Bein, dann in sein Gesicht sah, fuhr er fort. »Reg dich nicht so auf. Bist du jetzt fertig mit deiner Entschuldigung, oder kommt noch etwas?«

»Ich habe mich nicht entschuldigt, aber darüber brauchen wir nicht zu diskutieren.«

»Gut. Dann bin ich jetzt wohl dran«, verkündete Bradford. »Es tut mir leid, Caroline. Ich weiß, daß es nicht leicht gewesen ist, mich zu lieben, und ich habe dir eine Menge Kummer bereitet. Meine einzige Entschuldigung ist, daß ich mich wie ein Narr verhalten habe, weil ich dich so sehr liebe. Ich –«

Caroline hatte die Seife fallen lassen und richtete sich auf. »Wag es nicht, mich zu verspotten, Bradford.« Tränen rannen über ihre Wangen, und sie wischte sie mit dem Handrücken fort. »Ist das wahr, was du mir sagst? Liebst du mich wirklich?«

Bradford sprang aus der Wanne und zog sie in seine Arme, bevor Caroline reagieren konnte. »Bin ich daran schuld?« flüsterte er gequält. »Gott, Caroline, ich liebe dich! Schon vom ersten Moment an, glaube ich. Und nun, da ich es endlich geschafft habe, es dir zu sagen, weinst du! Ich habe dich noch nie belogen, Caroline. Noch nie!«

Sie konnte nicht aufhören, zu schluchzen. Bradford stand nur da und fühlte sich vollkommen hilflos. Das Wasser von seinem Körper tropfte auf den Boden, und Carolines Tränen tropften auf seine Brust.

»Du kannst so etwas nicht zurücknehmen.«

Ihre Stimme klang so gedämpft, daß er sie bat, ihre Worte zu wiederholen. Sie schniefte und hickste, schaffte es aber schließlich doch. »Ich sagte, du kannst so etwas nicht zurücknehmen.«

Bradford begann erneut zu lachen, und ganz sicher war das auch der Grund für die Tränen, die er in seinen Augenwinkeln spürte. Er zerrte seine bebende Frau ins Bett und steckte die Decken um ihre beiden Körper herum fest. Er küßte sie und sagte ihr wieder und wieder, wie sehr er sie liebte, bis er schließlich den Eindruck hatte, daß sie ihm glaubte.

»Gut. Jetzt will ich den Rest hören. Ich warte, Bradford.« Ihre Finger trommelten eine ganze Weile ungeduldig auf seiner Brust herum, bis sie begriff, daß er nicht die Absicht hatte, noch mehr zu sagen. Nun war sie es, die in Gelächter ausbrach. »Himmel, du bist wirklich ein furchtbar dickköpfiger Mensch, Bradford. Natürlich liebst du mich. Das weiß ich schon lange.« Das war zwar eine freche Lüge, aber Caroline fand sie legitim. »Und nun gib zu, daß du mir vertraust. Unter welchen Umständen auch immer.«

»Ich möchte zuerst alle Umstände umrissen haben, bevor ich mich dir ganz ausliefere«, erwiderte er grinsend. Er schob ihren Kopf unter sein Kinn und atmete ihren Duft ein. »Du riechst nach Rosen.«

»Du auch. Das liegt daran, daß wir meine Seife genommen haben.«

Bradford grummelte etwas Unverständliches.

»Wenigstens stinkst du jetzt nicht mehr nach deinem Pferd«, meinte Caroline kichernd. »Weißt du, Bradford, das hätte ich eigentlich schon eher merken müssen. Der Name deines Pferdes ist ein echter Hinweis auf deine Persönlichkeit.«

»Was? Wovon redest du?«

»*Reliance*. Der Schlüssel zu dem, was du am meisten auf der Welt schätzt, und was dein bisheriges Leben vollkommen entbehrt hat: Vertrauen, Verläßlichkeit«, erklärte Caroline.

»Ich vertraue dir wirklich, Caroline«, sagte er plötzlich ernst. »Aber was die Eifersucht angeht, da kann ich wohl nichts versprechen. Ich werde mir Mühe geben. Reicht das fürs erste?« Wieder sagte er ihr, wie sehr er sie liebte. Er konnte noch immer kaum glauben, was drei so schlichte Worte bewirkten, was für einen inneren Frieden das Eingeständnis seiner Liebe ihm verschafft hatte. Er wollte sie noch einmal nehmen, langsam diesmal, wollte jeden Moment auskosten und ihr alles geben, was er zu geben hatte.

Er liebte sie mit einer Intensität, die sie erneut zum Weinen brachte.

»Ich liebe dich, Caroline«, sagte er und drückte sie sanft.

»Ich werde nie müde, es zu hören.«

Bradford brauchte einen Moment, bis ihm wieder einfiel, daß dies genau die Worte waren, die er vorhin zu ihr gesagt hatte. Er lächelte.

»Bradford? Wann wußtest du es? Wann hast du erkannt, daß du mich liebst?«

»Es war nicht wie ein Blitzschlag«, antwortete er. Caroline lag auf dem Rücken, und er stützte den Kopf auf einen Ellenbogen, um sie anzusehen.

Er grinste über ihre enttäuschte Miene und fühlte sich genötigt, ihr die Falte von der Stirn zu küssen, bevor er fortfuhr. »Du warst wie ein Dorn in meiner Haut«, erklärte er. »Ein ständiges Ärgernis.«

Caroline lachte. »Wie romantisch du bist.«

»Genauso romantisch wie du. Ich kann mich noch ganz gut daran erinnern, daß du mir erzählt hast, mich zu lieben sei vergleichbar mit Bauchschmerzen.«

»Aber damals war ich wütend auf dich«, warf sie ein.

»Ich habe mich von Anfang an zu dir hingezogen gefühlt«, fuhr Bradford fort. »Ich hätte dich auch als Mätresse genommen, ohne mich um die Konsequenzen zu kümmern, wenn du nur ja gesagt hättest«, gab er zu.

»Ich wußte es doch!«

»Aber du warst nicht wie die Frauen, die ich bisher kennengelernt hatte. Am Abend, als wir zum Ball bei Aimsmond gegangen sind, hast du keinen Schmuck getragen.«

»Und was hat das mit deiner Einstellung zu mir zu tun?« fragte Caroline.

»Schmuck bedeutet dir wirklich nichts«, erklärte Bradford. Er lachte, als er über seine Dummheit nachdachte. »Ich habe versucht, mir deine Zuneigung zu erkaufen, stimmt's?«

»Ja, das hast du wohl.« Caroline freute sich, daß er es erkannte. »Und du hast dich mir gegenüber auch ziemlich scheußlich benommen. Wußtest du eigentlich, wie dieses Haus aussah, bevor du mich hier einquartiert hast?«

Bradford verzog das Gesicht und nickte widerstrebend. »Ich war furchtbar wütend, Caroline. Du hast alles zurückgewiesen, was ich dir geben konnte«, sagte er mit einem Achselzucken.

»Das ist nicht wahr«, flüsterte Caroline. »Ich wollte nur deine Liebe, dein Vertrauen.«

»Ja, das weiß ich jetzt auch«, erwiderte Bradford. »Wärst du zufrieden, den Rest deines Lebens mit mir auf dem Land zu leben?«

»Ich würde auch mitten in Londons Slums mit dir leben, solange du mich nur liebst«, antwortete Caroline. »Aber ich mag das Landleben. Immerhin bin ich auf einer Farm aufgewachsen.«

»Und meinst du, du könntest England irgendwann als deine Heimat ansehen?«

»Tja, ich muß zugeben, daß es mir nicht ganz leicht fällt, mich hier einzufügen. In Boston war es soviel ruhiger. Niemand hat mich eine Treppe hinuntergestoßen oder mir böse Briefe geschickt. Ich glaube auch kaum, daß mich jemand genug gehaßt hat, um mich töten zu wollen. Und einige der Gentlemen hier haben wirklich keine Moral, ist dir das aufgefallen? Selbstverständlich gab es auch in den Kolonien miese Schufte, aber die waren wenigstens nicht wie Gentlemen gekleidet.«

Bradford lächelte. »Du hast tatsächlich ein paar unangenehme Dinge miterleben müssen«, meinte er. »Aber ich passe von nun an noch besser auf dich auf.«

»Ich weiß«, gab Caroline zurück. »Und außerdem habe ich ja auch ausgesprochen nette Leute kennengelernt. Doch, England ist nun meine Heimat.« Sie seufzte und kuschelte sich zufrieden an ihren Mann. »Langweilig scheint es hier ja nie zu werden.«

»Meine Süße, ich fürchte, das Leben kann niemals langweilig für dich werden«, erwiderte Bradford. »Benjamin hat mir erzählt, was du früher für einen Unsinn angestellt hast. Dein Vater sollte dankbar sein, daß sich sein Bruder mit dir herumschlagen mußte, als du älter wurdest. Wie mir zu Ohren gekommen ist, warst du wild, undiszipliniert und unbezähmbar.«

»Ich war immer still und zurückhaltend«, stellte Caroline im Brustton der Überzeugung fest. Als ihr Mann in lautes Gelächter ausbrach, kam sie zu dem Schluß, daß er ihr nicht glaubte. »Also gut, ich habe versucht, still und zurückhaltend zu sein«, schränkte sie schließlich ein. »Und ich bin überzeugt, daß mein Vater sich gewünscht hätte, ich wäre bei ihm geblieben.«

»Ja, davon bin ich auch überzeugt«, erwiderte Bradford. Seine Miene wurde sehr ernst, als er hinzufügte: »Es war ein Opfer, das er für dich gebracht hat, Caroline.«

Sie nickte. »Das habe ich mir auch gedacht. Aber ich weiß nicht, wieso. Meinst du, er wird es mir eines Tages sagen?«

Bradford fiel wieder ein, daß er seinem Schwiegervater versprochen hatte, es Caroline nicht zu sagen, bis die Gefahr endgültig vorüber war. Doch plötzlich erkannte er, daß sie ein Recht darauf hatte, die Wahrheit jetzt zu erfahren. Sie war seine Frau, seine geliebte Frau, und er wollte nicht nur die Freuden, sondern auch seine Sorgen mit ihr teilen. »Dein Vater hat mich besucht, während ich in London war. Er hat mir erzählt, was vor fast fünfzehn Jahren geschehen ist.«

Er sah sie prüfend an, dann fuhr er fort: »Eines Nachts kamen zwei Männer in das Haus deines Vaters. Sein Landhaus«, präzisierte er. »Du bist anscheinend von den lauten Stimmen wach geworden und hinuntergegangen. Die Männer wollten deinen Vater umbringen, und du hast versehentlich einen von ihnen erschossen.«

Caroline sah ihn mit weit aufgerissenen Augen an. »Im Ernst?«

Bradford nickte. »Du kannst dich nicht erinnern, nicht wahr?«

Sie schüttelte den Kopf. »Erzähl mir, was genau passiert ist. Warum wollten diese Männer meinen Vater umbringen?«

Bradford wiederholte die Geschichte, wie er sie vom Earl of Braxton gehört hatte. Als er fertig war, schwieg er, um ihr Zeit zu geben, das Gehörte zu verarbeiten. Sie hatte sich aufgesetzt und ihn die ganze Zeit aufmerksam angesehen.

»Dem Himmel sei Dank, daß ich nicht meinen Vater erschossen haben«, flüsterte sie nun. »Es hätte leicht passieren können.«

»Du warst ein kleines Kind, Caroline«, sagte er beruhigend. »Und es war ein Unfall.«

»Mein armer Vater! Was muß er durchgemacht haben! Oh, jetzt verstehe ich alles. Warum er mich zu Onkel Henry geschickt hat, warum er solange gewartet hat, bis er mich zurückholte! Oh, mein armer Papa!« Tränen der Trauer über die Qualen ihres Vaters rannen ihr die Wangen herab.

Bradford zog sie an sich und wiegte sie beruhigend in

seinen Armen. Caroline, dankbar über seinen Trost, dachte eine lange Weile über die seltsame Geschichte, die sie gerade gehört hatte, nach. Sie konnte sich an nichts, rein gar nichts erinnern, so sehr sie sich auch bemühte, die Ereignisse von damals vor ihrem inneren Augen heraufzubeschwören. Schließlich gab sie es auf. »Meinst du, ich werde mich je an diese Nacht erinnern?« fragte sie schließlich ihren Mann.

»Ich weiß es nicht, meine Süße«, erwiderte Bradford. »Dein Vater erzählte, daß du ohnmächtig geworden bist, nachdem sich der Schuß gelöst hatte. Du bist erst am nächsten Morgen wieder aufgewacht. Dann hast du dich verhalten, als wäre nichts passiert. Wahrscheinlich hat dein Verstand sich geweigert, es als Tatsache zu akzeptieren, und das Ereignis einfach aus deiner Erinnerung gelöscht.«

»Ich und ohnmächtig!« stieß Caroline entrüstet hervor. Bradford mußte grinsen.

»Liebes, du warst erst vier«, rief er ihr in Erinnerung zurück.

»Bradford! Der Brief!« schrie sie plötzlich. Sie riß sich los und starrte ihn an. »Der Brief hat etwas damit zu tun, nicht wahr? Jemand will Rache. Rache für das, was vor vielen Jahren geschehen ist! Das ist es doch, oder?«

Bradfords Miene wurde grimmig. »Ich hatte geglaubt, den Täter und sein Motiv zu kennen, bis dein Vater mir von seiner Vergangenheit erzählt hat«, gab er zu.

»Und was denkst du nun? Meinst du, es könnte irgendein Verwandter dieser Männer sein? Was ist mit dem Mann, den ich getötet habe? Hatte er einen Sohn oder eine Tochter?«

Bradford schüttelte den Kopf. »Wie es aussieht, nicht. Caroline, wenn ich richtig vermute, dann haben wir nur noch wenig Zeit.«

»Wieso?« fragte Caroline. Die Sorge in der Stimme ihres Mannes beunruhigte sie mehr als die Tatsache, daß es jemanden gab, der ihr etwas antun wollte.

»In sechs Tagen ist dieser Vorfall exakt fünfzehn Jahre her.«

»Dann gibt es nur eines, was wir tun können.« Carolines Augen blitzten entschlossen auf. »Wir müssen dem Absender des Briefes eine Falle stellen, in der ich der Köder bin!«

»Vergiß es! Ich habe bereits einen Plan, aber du wirst nichts damit zu tun haben. Ist das klar?« Sein barscher Ton verriet Caroline, daß er nicht mit sich handeln lassen würde. Sie schmiegte sich an ihn und küßte ihn. Sie war so glücklich, daß er sich ihr zum ersten Mal anvertraut hatte, daß sie keine Lust hatte, ihn nun zu verärgern. Im übrigen, dachte sie mit einem heimlichen Lächeln, hatte sie noch sechs Tage, um ihn zu überreden, seine Meinung zu ändern. Sie war fest entschlossen, dabei zu helfen, den Mann zu fangen, der hinter ihr her war.

Ein plötzlicher Gedanke ließ sie hochfahren. »Bradford, wer weiß von den Ereignissen jener Nacht?«

»Mal sehen«, erwiderte Bradford nachdenklich. »Der Earl hat es deinem Onkel erzählt, doch der Rest deiner Bostoner Familie weiß nichts. Dann natürlich ich, und jetzt du. Damit sind wir vier.«

»Nein«, sagte Caroline abwesend. Sie mußte daran denken, wie ihr Onkel ihr dabei geholfen hatte, ihre Furcht vor Pistolen zu überwinden. Er war so geduldig und verständnisvoll gewesen, als sie zu ihm gekommen war und ihm von ihrer Angst erzählt hatte. Der Anlaß war ihr Wunsch gewesen, mit Caimen und Luke auf die Jagd zu gehen. Erst zu diesem Zeitpunkt war ihr wirklich bewußt geworden, wie sehr sie sich vor Waffen jeglicher Art fürchtete, und sie war sich schrecklich feige vorgekommen. Es hatte fast ein Jahr gedauert, bis sie diese Furcht mit Hilfe ihres Onkels schließlich hatte unterdrücken können.

»Nein was?« fragte Bradford. »Nur vier Leute wissen, was geschehen ist, wenn man die drei Männer ausschließt, die inzwischen tot sind. Also bleiben nur noch dein Vater, dein Onkel Henry, du und ich.«

»Und Onkel Milo«, setzte Caroline hinzu.

Bradford schüttelte den Kopf. »Nein, Liebes. Dein Vater hat sich sehr präzise ausgedrückt. Er sagte, er habe es nur seinem jüngeren Bruder erzählt, niemandem sonst.«

Caroline nickte. »Ich verstehe durchaus, was du meinst. Er hat es ihm damals nicht erzählt! Aber nachdem ich nach England gekommen bin, ist mein Vater zu Onkel Milo gegangen, um ihm zu erklären, warum er mich damals fortgeschickt hat. Da bin ich so gut wie sicher, denn Papa sagte, er habe ihm eine Erklärung geschuldet. Damals wußte ich nicht, was er damit meinte, aber nun wird mir alles klar ... Bradford, warum siehst du mich so seltsam an? Was ist los?«

»Warum hat er mir das nicht gesagt?« brüllte Bradford so plötzlich, daß Caroline zusammenzuckte. Bradford beeilte sich, seine Frau zu beruhigen: »Schon gut, tut mir leid. Es ist nur ... plötzlich paßt alles zusammen! Verdammt, ich *wußte*, daß Franklin dahinter steckt!«

»Franklin? Bradford, bist du sicher?« Ungläubig starrte Caroline ihren Mann an. »Ach, nein, das kann ich mir nicht vorstellen. Gut, Franklin versteht sich mit seinem Bruder nicht und versucht ständig, ihn zu ärgern, aber ich glaube nicht, daß er fähig ist ... Ich meine, er ist mein *Onkel*!«

Sie brach ab, als ihr klar wurde, daß Bradford es ernst

meinte. Ein unbändiger Zorn stieg in ihr auf und nahm ihr beinahe den Atem.

»Ich würde darauf wetten«, sagte er nun. »Er hat ein starkes Motiv, Caroline. Habgier. Der Marquis hat dich in seinem Testament mit einer stattlichen Geldsumme bedacht. Als du nach England gekommen bist, hat er seinen letzten Willen geändert und Franklin erst nachher davon erzählt. Gott sei Dank«, murmelte er. »Ich könnte mir vorstellen, daß Franklin ihn sonst schon getötet hätte.«

»Und Loretta?« fragte Caroline. »Meinst du, sie hat auch etwas damit zu tun?« Allein der Gedanke an das schurkische Paar entsetzte sie. Sie wußte noch, wie zornig sie geworden war, als Loretta bei der Dinner-Party ihres Vaters mit Bradford geschäkert hatte.

»Sie hat gewaltige Spielschulden und braucht dringend Geld. Die Gläubiger haben Schuldscheine, die ihnen das Geld nach dem Tod des Marquis' garantieren.«

»Du meinst, sie hat ihnen Onkel Milos Geld zugesagt?« rief Caroline empört. »Nun, du hast mir meine Frage ausreichend beantwortet. Natürlich hat sie etwas damit zu tun! Diese Frau besitzt ja überhaupt keinen Anstand, kein Ehrgefühl!«

»Franklin muß das Gespräch zwischen dem Marquis und dem Earl belauscht haben. Nun benutzt er die Vorfälle von damals, um den Verdacht in eine andere Richtung zu lenken. Franklin will keine Rache – er will nur Geld!«

Caroline schüttelte den Kopf. »Das verstehe ich nicht ganz.«

»Du hast Milford und mir den Brief gezeigt, und dein Vater ist schließlich noch am Leben und könnte erzählen, was sich damals vor fünfzehn Jahren ereignet hat.

Franklin war klug genug, dieses Wissen zu nutzen, indem er alles so darstellt, als wollte jemand, der mit der Sache von damals zu tun hat, sich an dir rächen. Deswegen gehe ich auch davon aus, daß das Datum eine Bedeutung hat. Wenn dir irgend etwas am zwanzigsten zustößt, würde normalerweise jeder, der Nachforschungen anstellt, auf die Geschichte mit Perkins stoßen und dort anfangen, nach dem Täter zu suchen. Franklin hätte bekommen, was er wollte, ohne das Risiko einzugehen, daß man ihm auf die Schliche kommt. Nun, er hat sich geirrt.«

Bradford hatte sehr ruhig gesprochen, doch seine Augen blitzten vor Zorn. Caroline begann zu zittern, und als Bradford es spürte, zog er sie auf seinen Körper und streichelte sie sanft. »Mein Gott, ich hoffe nur, daß ich recht habe! Ich konnte Franklin noch nie leiden!«

»Wir werden es bald genug wissen«, flüsterte Caroline.

»Hab keine Angst, Geliebte. Ich habe mein ganzes Leben auf dich gewartet. Ich werde nicht zulassen, daß dir irgend jemand ein Haar krümmt.«

»Das weiß ich«, antwortete Caroline und küßte ihn aufs Kinn. »Bei dir fühle ich mich sicher und geborgen. Es sei denn, du brüllst mich an.«

»Ich brülle dich nie an«, erwiderte Bradford in gespielter Entrüstung.

Caroline lächelte. In diesem Moment begann ihr Magen zu knurren. »Ich habe Hunger«, sagte sie vorwurfsvoll.

Bradford tat, als würde er sie falsch verstehen. Er sagte ihr, daß auch er hungrig sei und bekräftigte seine Aussage mit einem leidenschaftlichen Kuß. Caroline wollte sich wehren und ihm erklären, daß sie dringend etwas zu essen benötigte, doch einen Augenblick später war ihr Magenknurren vergessen. Das Abendessen konnte noch eine Weile warten. Und im übrigen, versicherte Caroline sich selbst, war sie ja eine gehorsame Frau.

KAPITEL 14

Bradfords gelöste Stimmung war über Nacht verschwunden. Er sprach nur wenig, und sein Verhalten war abweisend. Caroline, die wußte, daß er sich auf einen Plan, Franklin das Handwerk zu legen, konzentrierte, war darüber nicht weiter betroffen.

Milford verschlug es für eine Weile die Sprache, nachdem Caroline ihm berichtet hatte, was in der Nacht vor fünfzehn Jahren geschehen war, aber dann ermahnte er Bradford, sich nicht ausschließlich auf Franklin zu konzentrieren. Seiner Meinung nach konnte es durchaus sein, daß es tatsächlich noch einen vergessenen Verwandten gab, der an Caroline Rache für den erschossenen Mann nehmen wollte.

Die drei saßen im Salon und besprachen, wie sie vorgehen sollten. Bradford wartete geduldig ab, bis Milford seine Theorien dargelegt hatte, und brachte dann die Argumente für seinen Standpunkt vor.

»Ich glaube eigentlich nicht, daß Franklin schon von Carolines Vergangenheit gewußt hatte, als er sie die Treppe hinunterstieß. Und ich denke auch, daß er den Unfall mit der Kutsche inszeniert hat, bevor er auf die Idee mit dem Drohbrief gekommen ist.«

»Aber das würde ja bedeuten, daß Onkel Milo ihm im nachhinein davon erzählt hat«, warf Caroline ein.

»Caroline, du hast doch schon miterlebt, wie Franklin versucht hat, dich in den Augen seines Bruders zu diskreditieren. Ich könnte mir vorstellen, daß der Marquis es ihm bei einem Versuch, dich zu verteidigen, erzählt hat.«

Als Caroline langsam nickte, fuhr Bradford fort: »Franklin wollte dich wahrscheinlich nicht umbringen, als er dir oben auf der Treppe den Stoß versetzte, Liebes. Ich denke, er wollte dich tatsächlich nur einschüchtern. Er hat wohl angenommen, du würdest es deinem Vater erzählen, so wie es die meisten Töchter täten. Als dann aber nichts geschah, arrangierte er den Unfall mit der Kutsche. Er wußte schließlich, daß du mit Milford und mir fahren würdest, weißt du noch?«

Caroline nickte wieder. »Ja, allerdings. Onkel Milo kam und erzählte uns, daß mein Vater seine Gäste auf die verschiedenen Kutschen aufgeteilt hatte!« Sie dachte einen Moment nach und setzte dann hinzu: »Und daß Franklin schon fort war. Ich war so wütend auf dich, Bradford, daß ich in dem Moment keinen Gedanken an Franklins plötzliches Verschwinden verschwendet habe.«

»Und wieso waren Sie wütend auf Brad?« wollte Milford wissen.

»Nigel Crestwall hat sie belästigt, und ich habe ein klein wenig die Beherrschung verloren«, gab Bradford zu.

»Ein klein wenig?« fragte Caroline mit hochgezogener Augenbraue.

Bradford zuckte die Achseln und wandte sich hastig wieder dem eigentlichen Thema zu. »Ich glaube, daß Franklin davon ausgegangen ist, einer von uns würde dem Earl of Braxton von dem Vorfall erzählen. Franklin wollte anfangs nur, daß du nach Boston zurückkehrst. Darüber wäre der Marquis sicherlich so wütend geworden, daß er dich wieder aus seinem Testament gestrichen hätte.«

Milford nickte. Das Szenario, das sein Freund da entwarf, schien überaus logisch. »Du mußt für Franklin ein weiteres Ärgernis bedeutet haben, Brad«, meinte er. »Es war ja allgemein bekannt, daß du es auf Caroline abgesehen hattest.«

Bradford wollte darauf gerade antworten, als Caroline ihn unterbrach. »Das sind zwar alles nur Vermutungen, aber wenn sie stimmen, bedeutet das dann nicht auch, daß Onkel Milo ebenfalls in Gefahr ist?«

Bradford nickte. Er hatte sich schon gefragt, wie lange es wohl dauern würde, bis seine Frau zu diesem Schluß kommen würde, und er wußte genau, was sie als nächstes sagen würde.

»Wir müssen sofort nach London zurück!«

»Das ist zu gefährlich«, mischte sich Milford stirnrunzelnd ein. »Außerdem wird dem Marquis nichts passieren, wenn Brad mit seiner Theorie recht hat. Dann muß Ihr Onkel nämlich am Leben bleiben, bis Sie –« Er brach ab, als er bemerkte, daß der Satz wenig feinfühlig geworden wäre.

Caroline nickte jedoch nur. »Bis ich beseitigt worden bin«, beendete sie Milfords Gedankengang. Dann wandte sie sich ihrem Mann zu. »Ich bin sicher, dir wird schon etwas einfallen, um eine Gefahr für mich auszuschließen. Wir *müssen* nach London.«

Caroline, die davon ausgegangen war, daß Bradford in Milfords Protest einstimmen würde, war überrascht, als er nickte. »Ich werde dafür sorgen, daß dir nichts geschieht«, verkündete er. »Wir reisen morgen früh ab.«

»Brad, benutz dein Hirn! Dann haben wir nur noch vier Tage Zeit, und wie glaubwürdig du auch immer argumentierst – du bist dir doch gar nicht sicher, daß Franklin wirklich der Schuldige ist!«

»Woher wollen Sie denn wissen, daß er nicht sicher ist?« fragte Caroline.

»Das ist ganz einfach«, erwiderte Milford unbekümmert. »Wenn Brad sicher wäre, dann würde Franklin nicht mehr leben!«

Caroline starrte ihn schockiert an.

»Glauben Sie denn ernsthaft, daß Ihr Mann jemanden am Leben lassen würde, der Sie bedroht?« Nun wirkte Milford schockiert.

»Hör auf, ihr Angst einzujagen«, mischte Bradford sich ein. Er zog seine Frau in die Arme und küßte sie auf die Stirn. »Wir werden nach London fahren und abwarten müssen, wer in unsere Falle tappt!«

Sobald Caroline sicher im Londoner Stadthaus untergebracht war, schickte Bradford dem Earl of Braxton eine Nachricht, in der er um ein sofortiges Gespräch bat.

Caroline war von der Reise so erschöpft, daß sie auf dem Sofa einschlief. Bradford trug sie hinauf in ihr Zimmer und legte sie ins Bett. Erst am nächsten Morgen erfuhr sie, wie das Gespräch zwischen ihrem Mann und ihrem Vater verlaufen war. Der Earl hatte zugegeben, daß er dem Marquis die Geschichte von damals erzählt hatte.

»Können wir Onkel Milo besuchen?« fragte Caroline zaghaft.

»Ich bestehe sogar darauf«, erwiderte Bradford. Er sah ihre erstaunte Miene und lächelte. »Franklin hat sich irgendwo mit seiner Mätresse verkrochen, aber Loretta ist da. Ich werde beiläufig erwähnen, daß wir am Morgen des zwanzigsten nach Bradford Hills zurückkehren werden.«

»Woher weißt du das von Franklin und seiner Geliebten?«

»Caroline, du mußt mir schon ein wenig gesunden Menschenverstand zugestehen«, antwortete er ungeduldig. »Ich habe schon vor einigen Wochen Männer auf die beiden angesetzt!«

»Und du bist sicher, daß Loretta in die Sache verwikkelt ist?« fragte Caroline. Der Gedanke machte sie immer nervöser.

Bradford seufzte und nickte. »Geh und mach dich fertig.«

Caroline hastete schon auf die Treppe zu, als Bradford sie aufhielt. »Süße, versuch, möglichst wenig Überraschung zu zeigen, wenn du die neue Angestellte deines Onkels siehst.«

»Aha? Wer soll das sein?« fragte Caroline verwirrt.

»Die ehemalige Köchin deines Vaters.«

Caroline klammerte sich ans Treppengeländer, als ihr bewußt wurde, was Bradford da andeutete. »Himmel! Sie hätte uns alle vergiften können . . . Warum hat sie es nicht getan?«

»Sie hätte es wahrscheinlich, wenn Franklin nicht auf die Idee mit dem Brief gekommen wäre. So war es nur ihre Aufgabe, euch zu beobachten und ihn über eure Aktivitäten auf dem laufenden zu halten.«

»Sie ist diejenige, die den scheußlichen Brief auf den Tisch im Foyer gelegt hat!«

Bradford nickte. Dann zuckte er heftig zusammen, als Caroline einen seiner Lieblingsflüche ausstieß.

Grinsend sah er seiner Frau nach, die die Treppe hinaufstob, während sie vor sich hin murmelte, sie würde von nun an auf Mary Margarets Instinkt hören.

Bradford und Caroline wollten gerade losfahren, als Paul und Charity auf der Türschwelle erschienen.

Caroline war so erfreut, ihre Cousine zu sehen, daß Bradford sich in Geduld faßte und Charitys Geplapper zuhörte, bis er glaubte, es keinen Augenblick mehr ertragen zu können. Er wollte den Besuch beim Marquis hinter sich bringen, bevor Franklin zurückkehrte. Er glaubte zwar nicht, daß Caroline in seinem Beisein etwas zustoßen würde, aber er war sich nicht sicher, ob er sich selbst soweit unter Kontrolle hatte, um einigermaßen gelassen auf Franklins Anwesenheit reagieren zu können. Es war zu befürchten, daß er den Mann vor den Augen seines Bruders erdrosselte. Er hatte keinerlei Absicht, Franklin zu schonen, aber er wollte sich mit ihm auseinandersetzen, wenn weder Caroline noch der alte Marquis in der Nähe waren.

Seine Frau war so glücklich, als sie hörte, daß Charity und Paul erst im Spätsommer nach Boston zurückkehren würden, daß sie in Hochstimmung war, als sie sich endlich auf den Weg zum Haus des Marquis' machten.

Bradford hatte Caroline genaue Anweisungen gegeben, wie sie sich verhalten und was sie sagen sollte, und er fand, daß sie sich recht gut hielt. Sie zuckte nicht einmal mit der Wimper, als sie Marie sah, und als sie Loretta begrüßte, klang ihre Stimme nur ein wenig gepreßt.

Der Marquis saß im Hauptsalon vor dem Feuer und wirkte munter und zufrieden. Caroline saß neben ihm und hielt seine Hand. Sie hatte bereits erzählt, daß sie am zwanzigsten morgens nach Bradford Hills zurückkehren würden, da ihr Mann dort Geschäfte zu erledigen habe und sie nicht von seiner Seite weichen wolle.

Onkel Milo zog sie ein wenig damit auf, indem er etwas von Frischvermählten und Neuverliebten seufzte, und Caroline errötete pflichtschuldig. Nach einer Weile verabschiedete Loretta sich, und Bradford stand auf, um Caroline zu signalisieren, daß es nun auch für sie an der Zeit war, nach Hause zu fahren.

»Onkel Milo, ich möchte dich um einen Gefallen bitten«, sagte Caroline. Sie warf ihrem Mann einen Blick zu und bedeutete ihm, sich noch einmal zu setzen.

Bradford runzelte die Stirn, doch Caroline ignorierte es und wandte sich wieder ihrem Onkel zu.

»Du weißt, daß ich alles für dich täte, meine Liebe«, sagte ihr Onkel zärtlich.

»Ich mache mir Sorgen um Vater«, begann sie. »Es ... es geht ihm nicht gut, und er ist so allein. Aber er will auch nicht mit nach Bradford Hills kommen.«

»Brax ist krank?« fragte der Marquis entsetzt.

Caroline beeilte sich, ihn zu beruhigen. »Der Doktor sagt, er sei körperlich gesund.« Caroline sah zu ihrem Mann hinüber, der sie anstarrte, als hätte sie den Verstand verloren.

»Es geht um seinen Seelenzustand, verstehst du? Er fühlt sich, glaube ich, schrecklich einsam. Nun ja, ich habe mich gefragt, ob du nicht vielleicht Lust hättest, eine Weile zu ihm zu ziehen. Nur, bis er sich daran gewöhnt hat, daß ich jetzt nicht mehr bei ihm wohne.«

Onkel Milo wirkte recht angetan von dem Vorschlag. »Keine schlechte Idee«, murmelte er. »Ja, warum nicht? Wenn ich dir damit eine Freude mache?«

»Bradford wird dir helfen, deine Sachen hinüberzubringen«, meinte Caroline. Sie strahlte ihren Mann an und fügte dann hinzu: »Ich bin erst wirklich beruhigt, wenn mein Vater dich an seiner Seite hat, Onkel Milo. Meinst du, du könntest schon heute umziehen?«

Nun mischte sich auch Bradford ein. Er mußte zugeben, daß die Idee seiner Frau hervorragend war, denn nun mußte Caroline sich keine Sorgen mehr um die Sicherheit ihres Onkels machen. Zudem hatte er eben die Augen des alten Mannes erfreut aufleuchten sehen. Auch wenn er so tat, als wollte er Caroline nur einen Gefallen tun, schien auch er sich recht einsam zu fühlen.

Seine einfühlsame Frau hatte es schon längst begriffen. Bradford kämpfte gegen den Drang an, sie sofort in die Arme zu ziehen. Einmal mehr wurde ihm bewußt, daß er die wunderbarste Frau der Welt besaß. Sie war schön, doch es war eine Schönheit, die aus dem Herzen kam.

Er wartete, bis sie beide allein in der Kutsche saßen. Dann küßte er sie ausgiebig.

»Nanu?« fragte Caroline. Ihre Stimme bebte von der Leidenschaft, die sein Kuß in ihr geweckt hatte, und sie bemühte sich, die Schmetterlinge in ihrem Bauch zur Ruhe zu bringen. »Wofür war das?«

»Dafür, daß du so schön bist.«

Caroline seufzte. »Ich freue mich ja, daß du mich schön findest, Bradford. Aber was geschieht, wenn ich alt und faltig werde?«

»Ich liebe dich, Süße, aber nicht, weil du schön bist. Es ist das, was du bist, und das wird sich niemals ändern. Hältst du mich für so oberflächlich, daß du meinst, ich könnte dich nur deines Äußeren wegen lieben?«

Caroline schüttelte den Kopf, obwohl sie exakt das vor kurzer Zeit noch gedacht hatte. Er drückte ihren Kopf an seine Schulter, damit sie das schelmische Funkeln in seinen Augen nicht sehen würde, und fügte hinzu: »Wenn das der Fall wäre, dann hätte ich dich verlassen, als du dir dein Haar abgeschnitten hast!«

Caroline lachte laut auf und erwiderte, daß sie ihn ausschließlich wegen seines Geldes geheiratet hatte.

Das war das letzte Mal für zwei volle Tage, daß sie unbekümmert miteinander lachten.

Die Männer, die Franklin beschatteten, meldeten, daß Carolines Onkel wieder aus seinem Liebesnest hervorgekrochen war.

Am Morgen des zwanzigsten startete die Kutsche des Duke of Bradford in Richtung Bradford Hills.

Caroline gab sich ausgesprochen gelassen, was die Umsetzung von Bradfords Plan anging . . . bis der Tag schließlich anbrach. Sie flehte ihren Mann an, bei ihr zu bleiben und lieber seine Männer loszuschicken, damit sie sich um Franklin kümmerten.

Als sie begriff, daß er sich nicht davon abbringen lassen würde, verlangte sie, daß er jede mögliche Sicherheitsvorkehrung treffen sollte. »Es ist absolut unnötig, daß mich so viele Männer bewachen«, behauptete sie. »Nimm lieber noch welche mit!«

»Du wirst in deinem Zimmer bleiben, bis ich zurückkomme«, befahl Bradford, ohne auf ihr Argument einzugehen.

»Bitte, vergewissere dich, daß du genügend Leute bei dir hast, bevor du kopfüber in einen Hinterhalt gerätst!« bettelte Caroline.

»Um Himmels willen, Caroline!« brüllte Bradford. »Hab ein bißchen Vertrauen in die Fähigkeiten deines Mannes!« Dann küßte er sie, um ihr klarzumachen, daß er sie eigentlich nicht hatte anbrüllen wollen.

Caroline folgte ihm an die Schlafzimmertür, an der Milford wartete, und flüsterte: »Decken Sie ihm den Rücken, Milford.«

Bradford hörte es und verdrehte die Augen zum Himmel. Er drückte sie noch einmal an sich und zog dann mit Nachdruck die Tür hinter sich zu. Caroline begann augenblicklich unruhig in ihrem Zimmer auf und ab zu laufen. Nun konnte sie nur warten und beten, bis er zurückkehrte.

Zwei Männer fuhren Bradfords leere Kutsche. Bradford selbst, Milford und sechs weitere Männer nahmen eine andere Route. Als sie die Vororte von London hinter sich hatten, verließen sie die Straße und ritten querfeldein durch die Hügel.

Bradford wußte, daß es mehrere geeignete Stellen für einen Hinterhalt gab, und sie brauchten zwei Stunden, bis sie Franklins Männer entdeckt hatten.

Sie lauerten im dichten Unterholz rechts und links von der Straße, die sich durch zwei Hügel wand. Mit den Waffen im Anschlag warteten auf jeder Seite vier Mann auf die Kutsche, die nun bald eintreffen mußte. Etwas abseits davon, auf dem höchsten Punkt des Hügels, stand ein weiterer Mann. Bradford konnte ihn nicht erkennen, doch er wußte, um wen es sich handelte.

Er tippte Milford an und zeigte zum Gipfel hinauf.

»Franklin?«

»Er gehört mir«, sagte Bradford gefährlich leise.

Die Männer, die auf der Lauer lagen, hatten keine Chance. Sie wurden überwältigt, bevor sie wußten, wie ihnen geschah. Einen Augenblick später stürmte Bradford schon auf seinen Hengst zu, saß auf und galoppierte den Hügel hinauf, um den Beobachter dort oben zu erwischen.

Der Wald war dicht, doch der frisch gefallene Schnee machte es leicht, die Spur des Flüchtenden zu verfolgen. Bradford hatte seinen Gegner eingeholt, bevor dieser die nächste Lichtung erreicht hatte. Als der Hengst auf gleicher Höhe war, ließ Bradford sich aus dem Sattel gleiten und stürzte sich auf den Mann. Beide fielen zu Boden. Bradford rollte sich ab und sprang wieder auf die Füße. Der andere Mann regte sich nicht.

Er lag mit dem Gesicht nach unten im Schnee, und Bradford erkannte aus der unnatürlichen Haltung seines Kopfes, daß er seinem Gegner das Genick gebrochen hatte. Bradford war wütend, daß es so schnell gegangen war, denn der Durst nach Rache brannte noch immer in ihm. Der Bastard hatte einen zu leichten Tod gehabt.

Bradford ging langsam auf die reglose Gestalt zu und drehte ihn mit seiner Stiefelspitze um. Ein Wollschal verbarg die untere Gesichtshälfte des Toten, doch Bradford erkannte ihn auch so. Es war Franklin. Genau wie er es vermutet hatte.

Bradford vergeudete keine Zeit mit Überlegungen, was er mit dem Leichnam anstellen sollte. Franklin sollte das Begräbnis, das er verdiente, bekommen. Er gehörte nun den wilden Tieren.

Es war vorbei. Loretta und Marie mußten inzwischen von seinen Männer gestellt worden sein. Es würde kein Verhör, keine Gerichtsverhandlung geben. Bradford hatte seiner Frau versprochen, daß Loretta unbehelligt das Land verlassen durfte. Er wußte, warum Caroline den Wunsch ausgesprochen hatte. Sie hatte Angst, daß ihr Onkel Milo sich niemals von dem Schock erholen würde, wenn er erführe, was geschehen war.

Doch nun war die Gefahr vorüber, und es war allein die Zukunft, die zählte. Die Zukunft mit der Frau, die er liebte.

EPILOG

Der Duke of Bradford hatte sich in London um dringende Geschäfte kümmern müssen und freute sich nun darauf, nach Bradford Hills zurückzukehren. Es war später Nachmittag, als er eintraf. Er war nur drei Tage fort gewesen, aber es kam ihm wie eine Ewigkeit vor, und er wünschte sich nichts mehr, als Caroline in seinen Armen zu halten.

Zu seiner Überraschung erfuhr er von Henderson, daß seine Gemahlin Herrenbesuch hatte. Sie waren nach oben gegangen!

Verärgert zog Bradford die Brauen zusammen. Das Haus platzte beinahe schon aus den Nähten, weil Caroline ständig Gäste hatte. Als ihm vor kurzem sein Geduldsfaden gerissen war und er sich bei seiner Frau beschwert hatte, hatte sie ihm mit Unschuldsblick erzählt, daß sie soeben seine Mutter eingeladen hatte. Und erst letzte Woche hatten Charity und Paul sich hier häuslich eingerichtet, obwohl sie ja ›bloß vier Tage‹ bleiben wollten.

Er seufzte ungeduldig und stieg die Treppe hinauf. Diesmal würde er Caroline ein für alle Mal deutlich machen, daß er es satt hatte, gastfreundlich zu sein. Als er auf ihr gemeinsames Schlafzimmer zuging, hörte er fröhliches Gelächter. Verblüfft zögerte er einen Moment, bevor er die Tür öffnete.

Der Anblick, der sich ihm bot, strapazierte seine Geduld noch ein klein wenig mehr. In ihrem Schlafzimmer befanden sich zwei Männer. Der eine saß, Beine und Arme von sich gestreckt, in einem Sessel und schien zu dösen, der andere hockte auf der Bettkante und klammerte sich an seine Frau.

»Wenn du nicht aufhörst, so herumzuzappeln, dann kriege ich deine Stiefel nie aus«, schimpfte Caroline mit dem Fremden.

Bradfords Augenbraue schnellte hoch. In diesem Moment sah seine Frau ihn. »Gut, daß du da bist. Ich kann deine Hilfe wirklich gebrauchen«, rief sie ihm zu.

Bradford schwieg und ging zu dem Mann hinüber, mit dem sie eben gesprochen hatte. Behutsam entfernte er die Hände des Mannes von den Schultern seiner Frau. »Und? Was genau hatten Sie gerade vor?« fragte er in recht mildem Tonfall.

Da er seinen Halt verloren hatte, plumpste der Mann aufs Bett zurück. Seine Augen waren geschlossen, und sobald sein Kopf die Matratze berührte, begann er zu schnarchen.

»Wie wäre es mit einem Kuß?« fragte Caroline und lächelte ihren Mann an. »Willkommen zu Hause«, flüsterte sie. Sie stellte sich auf Zehenspitzen und küßte ihn züchtig auf die Wange.

»Das war aber eine schwache Begrüßung«, sagte Bradford entrüstet.

»Das war die Begrüßung für den Duke of Bradford«, erklärte Caroline. »Und dies«, setzte sie hinzu, und zog seinen Kopf zu sich herab, »ist die Begrüßung für meinen Mann.« Sie küßte ihn lange und leidenschaftlich und schob ihm neckend die Zunge in den Mund.

»Ich glaube, ich habe langsam begriffen, daß du mich nur Jered nennst, wenn du mit mir schläfst. Oder schlafen willst«, flüsterte Bradford.

»Sehr gut bemerkt«, erwiderte Caroline. Ihre Augen leuchteten warm und lockend und verrieten ihm, wie sehr sie ihn liebte.

Einer der Fremden brummte im Schlaf, und Bradford sah zu ihm hinüber. »Caroline, wer *sind* die beiden?«

Caroline hatte sich schon wieder dem Mann auf dem Bett zugewandt und startete einen neuen Versuch, dessen Stiefel zu entfernen. »Hilf mir, ihn auszuziehen«, bat sie keuchend.

Bradford stieß einen ungeduldigen Seufzer aus und griff nach ihrem Arm. Er drehte ihren Kopf zu sich und wiederholte seine Frage. »Wer sind sie?«

»Hat Henderson dir nichts gesagt?« Plötzlich riß Caroline die Augen auf. Sie warf dem schnarchenden Mann einen Blick zu und sah dann wieder fassungslos ihren Mann an. Und dann warf sie ihm die Arme um den Hals, küßte und drückte ihn an sich und küßte ihn wieder, bis es Bradford beinahe egal war, um wen es sich bei den Fremden handelte oder was überhaupt vor sich ging.

»Warum sind zwei Fremde in deinem Zimmer?« fragte er schließlich ein drittes Mal.

»Das sind Caimen und Luke, meine Vettern«, erklärte Caroline glücklich lächelnd. »Caimen ist der auf dem Sessel. Oh, ich habe mir so sehr gewünscht, daß sie einen guten Eindruck auf dich machen, aber die beiden haben angefangen zu feiern, sobald sie in London angekommen waren, und nun sind sie leider furchtbar betrunken. Ich konnte sie gerade noch bis zu unserer Zimmertür schaffen, dann habe ich es aufgegeben.« Sie warf den Kopf zurück, um ihm in die Augen zu sehen, und fuhr strahlend fort: »Bradford, ist dir aufgefallen, daß du mich gar nicht anbrüllst? Diesmal hast du keine voreiligen Schlüsse gezogen.«

Bradford versuchte, Empörung zu zeigen, aber innerlich grinste er breit. Er hatte tatsächlich nicht einmal daran gedacht, daß sich in diesem Zimmer irgend etwas Verdächtiges abspielen könnte. »Tja, ich vertraue dir eben«, sagte er blasiert.

»Oh, ich habe es schon immer gewußt!« Carolines Augen füllten sich mit Tränen, und sie drückte ihn fest an sich. »Ich glaube ich liebe den Duke of Bradford *und* Jered Marcus Benton«, flüsterte sie.

»Das habe ich schon immer gewußt«, gab ihr Mann zurück. Seine Stimme klang herablassend . . . und schrecklich zärtlich. Er hob seine Frau auf die Arme und verließ das Zimmer, während er barsch fragte, ob es in seinem Haus noch einen Ort gab, wo sie beide allein sein konnten. Caroline küßte ihren Mann und nannte ihm flüsternd verschiedene Möglichkeiten.

Band 12668

Constance O'Banyon

Im Meer der Leidenschaft

Auf der Suche nach seinem verschollenen Vater begegnet Lord DeWinter der schönen Mallory Stanhope

Die junge Mallory Stanhope reist zu ihren Eltern nach Ägypten. Auf dem Schiff lernt sie Lord Michael De Winter kennen, dem eine gefährliche Mission bevorsteht: Er will in die unendlichen Weiten der Wüste vordringen, um seinen Vater zu suchen.
Als das Schiff im Hafen des fremden Kontinents anlegt, hofft Mallory, den faszinierenden Mann bald zu vergessen. Doch ihre Wege kreuzen sich wieder, und Mallory muß sich eingestehen, daß sie sich hoffnungslos in den jungen Lord verliebt hat. Aber auch Michael gelingt es nicht, die bezaubernde Frau aus seinen Gedanken zu verbannen. Stark durch ihre Liebe und vereint in Leidenschaft, schmieden die beiden einen riskanten Plan, um Michaels Vater aus den Händen skrupelloser Rebellen zu befreien...

BASTEI LÜBBE